Wilh. Havemann

Das Leben des Don Juan d'Austria

SALZWASSER VERLAG

Wilh. Havemann

Das Leben des Don Juan d'Austria

Unveränderter Nachdruck der Originalausgabe von 1865.

1. Auflage 2022 | ISBN: 978-3-37500-883-3

Verlag: Salzwasser Verlag GmbH, Zeilweg 44, 60439 Frankfurt, Deutschland
Vertretungsberechtigt: E. Roepke, Zeilweg 44, 60439 Frankfurt, Deutschland
Druck: Books on Demand GmbH, In de Tarpen 42, 22848 Norderstedt, Deutschland

Das Leben

des

Don Juan d'Austria.

Eine geschichtliche Monographie

von

Dr. Wilh. Havemann.

GOTHA.

1865.

Vorwort.

Die bedeutungsschwere Zeit der Regierung Philipp's II. hat neuerdings vorzugsweise den Gegenstand historischer Forschungen abgegeben. Die bisherige Auffassung der Persönlichkeit dieses Königs und der Lebensbedingungen Spaniens zeigte sich als nicht ausreichend, um die von ihm behauptete Machtstellung, seinen mehr oder minder gebietenden Einfluss auf fast alle Höfe Europa's zu erklären, und erst Ranke ist es gelungen, das durch Hass oder Bewunderung gleichmässig entstellte Bild dieses Habsburgers in die ihm gebührende Beleuchtung zu stellen. Seitdem haben die Archive und Bibliotheken Spaniens, Frankreichs, der Niederlande und Deutschlands reichhaltige Aufschlüsse über diesen Abschnitt der spanischen Geschichte gewährt, und das sich häufende Material ist nach verschiedenen Seiten auf die glücklichste Weise verwendet. Keiner hat in dieser Beziehung mit so unermüdlichem Fleisse gesammelt, mit so umsichtiger Kritik die Documente zu läutern, so fein und sicher die gewonnenen Resultate an einander zu reihen gewusst, wie Gachard, so dass, wer fortan diesem Theil der Geschichte seine besondere Aufmerksamkeit zuwendet, dem belgischen Gelehrten den Dank nicht vorenthalten kann, den der Unterzeichnete hiermit freudig ausspricht. Durch seine Correspondance de Guillaume le Taciturne, die Actes des états généraux des Pays-Bas, die Collection de documens inédits concernant l'histoire de la Belgique, durch eine Reihe von Veröffentlichungen in den Analectes historiques, vor allen Dingen durch die reichhaltige Correspondance de Philippe II. sur les affaires des Pays-Bas, ist, in Verbindung mit den Actenstücken der Coleccion de documentos ineditos, den zum grösseren Theile jetzt im Druck vorliegenden Relationen der Venetianer, der gewichtigen, durch Groen van Prinsterer zusammengetragenen oranischen Correspondenz und den jüngst erschienenen Sammelwerken, für welche östreichische Archive den Stoff boten, die breite Grundlage für eine Geschichte der äusseren Politik Philipp's II. gewonnen.

Hierauf gestützt, traten theils umfassende historische Werke in's Leben, wie die von Prescott und Motley, deren jeder überdies für seine Zwecke dem Archive in Simancas werthvolle Geheimnisse entlockte, theils gaben einzelne Abschnitte oder Episoden aus der Regierungszeit Philipp's II. den Gegenstand besonderer Untersuchungen ab. So frischten Bermudez de Castro, Mignet und Pidal (Las alteraciones de Aragon) das Andenken an Antonio Perez wieder auf, und in seinem Don Carlos et Philippe II. führte Gachard eine seit bald 3 Jahrhunderten schwebende Frage mit sicherer Hand der Lösung entgegen. Nur in Bezug auf das Leben von D. Juan d'Austria fehlte es an einer eingehenden Darstellung, was um so auffälliger ist, als derselbe in den gewichtigsten

Momenten die Richtungen des Königs, Italien, England und den Niederlanden gegenüber vertritt, mit ihm die Politik Philipp's II. aus weiter Ferne operirt, und so sorgsam dieser auch die Geheimnisse seines Cabinets zu verschleiern bemüht ist, die Fäden, mit denen seine Hand das versteckte Spiel der Gleisnerei und des Truges in Bewegung setzt, überall sichtbar hervortreten.

Die einzige Monographie, welche angeführt zu werden verdient: Don Juan de Austria, por Lorenzo Van der Hammen y Leon, erschien vor länger als 200 Jahren und ist ausserhalb Spaniens wenig bekannt. Ranke hat in seiner bekannten Digression über D. Juan die Thaten und Richtungen dieses jungen Helden mit der ihm eigenen Meisterschaft gezeichnet und, indem er das geheimste Leben desselben entfaltet, einen bis zum Tode fortgesetzten Kampf zwischen Pflicht und Neigung, das Ringen einer thatkräftigen, nach den höchsten Zielen strebenden Jugend mit der kalten Bedachtsamkeit, dem Misstrauen und der Verstellung dessen, der ihm als Herr und Bruder die Wege vorschrieb, den Wandel menschlichen Hoffens in erschütternder Weise vorübergeführt. Aber Ranke musste sich mit einer Skizze begnügen, die dem Gegenstande seiner Studien eben so unerlässlich war, als dieser ein genaueres Eingehen auf die Geschicke D. Juan's nicht zuliess.

Wie weit es mir gelungen, die Persönlichkeiten Philipp's II. und D. Juan's wahrheitsgetreu zu schildern, muss ich der Beurtheilung Anderer überlassen. Die Aufgabe war keine leichte. Es erheischt eine gewisse Ueberwindung, gegen einen Philipp II. Gerechtigkeit zu üben, sich mit den Angaben constatirter Thatsachen zu begnügen, die von der Lüge, von einer jedes menschlichen Gefühls spottenden Kälte, mitunter von Grausamkeit Zeugniss ablegen, und wiederum durch Jahrhunderte getragene Anschuldigungen zurückzuweisen, welche jedes Beweises ermangeln; einer Lieblosigkeit und einem Egoismus gegenüber, der den Werth des Menschen nur nach der Brauchbarkeit zur Durchführung seiner Befehle abschätzt, auch wahrhaft bedeutenden Eigenschaften, einer weit über das Gewöhnliche hinausreichenden Begabung, einem seltenen Grade von Selbstbeherrschung, von Arbeitskraft und Stärke des Willens die Anerkennung nicht zu versagen. Das Urtheil von Zeitgenossen konnte für mich nicht massgebend sein; spanischen Berichterstattern verbietet Scheu vor der Majestät den unumwundenen Ausspruch, dem Niederländer, auch wenn ihm nicht Oranien's Bitterkeit inne wohnt, gestatten gerechte Entrüstung und nationaler Hass keine Unbefangenheit in der Schilderung, und auf die kritische Schärfe venetianischer Relationen hat man doch vielleicht ein allzu grosses Gewicht gelegt. Dagegen bin ich bemüht gewesen, den König nach seinem verbürgten Thun und Wollen, vornehmlich nach solchen Niederzeichnungen desselben hervortreten zu lassen, von deren einstiger Veröffentlichung freilich keine Ahnung in ihm aufsteigen mochte.

Eine nicht unbeträchtliche Zahl sorgfältiger Abschriften von Documenten, welche im Reichsarchive zu Simancas oder auf der kaiserlichen Bibliothek in Paris aufbewahrt werden, bot mir die Mittel zur Ergänzung der obengenannten Quellenschriften.

Der Verfasser.

Inhalts-Verzeichniss.

Das Jugendleben D. Juan's.

Während seines Aufenthaltes in Brüssel, wo er in Gemeinschaft mit seiner Schwester, der Königin Maria von Ungarn, die Angelegenheiten der Niederlande ordnete, erhielt Kaiser Karl V. die Nachricht, dass ihm um die Mittagsstunde des Matthiastages (24. Februar) 1545 in Regensburg ein Sohn geboren sei [1]).

[1]) Lorenzo Van der Hammen y Leon, D. Juan de Austria. Madrid 1627, 4⁰. Der Verfasser, Sohn eines Niederländers, aber in Madrid geboren, Geistlicher am Hofe Philipp's III., dann in der Umgebung von Pedro Gonzalez de Mendoza, Erzbischof von Toledo, folgt im Allgemeinen der Erzählung von Cabrera, hat aber doch manches Eigene, mehr als Ranke (Jahrbücher der Literatur, Th. 29) ihm zuspricht, namentlich in Bezug auf D. Carlos und auf das Verhältniss, in welchem D. Juan während seiner letzten Lebensjahre zu Philipp II. stand. Seine Darstellung wird in allen wesentlichen Punkten durch authentische Documente bestätigt; er zeigt sich bis in Einzelnheiten gut unterrichtet und verhehlt es nicht, wenn seine Quellen ihn im Ungewissen lassen, oder seine Mittheilungen nur auf Hörensagen beruhen. — Der Angabe van der Hammen's in Bezug auf das Geburtsjahr von D. Juan, die sich später wiederholt, wenn er seinen Helden noch vor dem 34. Lebensjahre sterben lässt, folgt auch Mignet, Charles-Quint, son abdication etc., S. 376. Damit stimmen Antonio Tiepolo, der 1567 berichtet, dass D. Juan damals 23 Jahre gezählt habe, und Lippomano, der bemerkt, dass derselbe 1575 30 Jahre alt sei, sich aber für jünger ausgebe, im Wesentlichen überein. In einem an Antonio Perez gerichteten Schreiben Escovedo's vom 7. April 1577 wird D. Juan — und Keiner stand demselben näher als Escovedo — gleichfalls etwas jünger bezeichnet. Dagegen nennt Evaristo de San Miguel, historia

Als Karl im Jahre zuvor, von körperlichen Gebrechen gequält, jener Schwermuth sich nicht erwehren konnte, die wie eine Erbschaft von seiner unglücklichen Mutter Juana auf ihn übergegangen war, führte man in Regensburg ein schönes junges Mädchen zu ihm, damit es durch die Lieblichkeit ihres Gesanges den Trübsinn des Herrn verscheuche [1]). Das war Barbara Blomberg, die Tochter eines bemittelten Bürgers in Regensburg; sie war die Mutter des Knaben, der am Geburts- und Krönungstage des Kaisers, am Tage der Jahresfeier des Sieges von Pavia, das Licht der Welt erblickte [2]).

---

de Felipe II., Madrid 1844, Th. 1, S. 309, das Jahr 1547, verwickelt sich aber später in den Widerspruch, dass er D. Juan noch vor Abschluss des 33. Lebensjahres sterben lässt. Lafuente, historia general de España, Th. 13, sagt: »Aus den Protocollen der im Februar 1560 zu Toledo gehaltenen Cortes ergiebt sich, dass D. Juan damals noch nicht das vierzehnte Jahr erreicht hatte, welches zur Ablegung eines Eides erforderlich war und dass deshalb Philipp II. ihm die venia aetatis ertheilte, um dem Thronerben Carlos die Huldigung leisten zu können.« Ueberdies zeigt die Inschrift der auf den Sieg von Lepanto geprägten Denkmünze »Joannes Austriae Caroli V. filius aet. su. anno XXIIII«, dass D. Juan 1571 erst 24 Jahre zählte.

[1]) Strada, lib. 10.

[2]) Lafuente, Th. 13. — Van der Hammen nennt die Mutter »una principal señora Alemana«, fügt aber hinzu, dass Viele ihr den adlichen Stand abgesprochen hätten. — Strada bezeichnet sie als »Barbara Blomberga, forma ac genere juxta nobilis«. Auch Philipp II. erwähnt ihrer als »muy noble«. — Cabrera begnügt sich mit der kurzen Angabe: D. Juan wurde in Oberdeutschland geboren von einer madre noble, und indem er hinzufügt, dass dieselbe zu Arroyo de Molinos, 4 Leguas von Madrid, gestorben sei, stellt er die Mutterschaft Barbara's ausser Zweifel. Die vollständigste Bestätigung dieser Angabe erhalten wir durch D. Juan selbst, wenn er auf dem Todbette »seinen Bruder, Sohn der Barbara Blomberg« dem Könige empfiehlt. — In mehreren Zuschriften, welche der General-Statthalter Requesens 1575 an Barbara abgehen liess (Gachard, Correspond. de Phil. II., Th. 4, S. 168 ff.), nennt er diese Wittwe Kegell's nur »Madame de Blomberghe«. — Brantôme, Vies des capitaines étrangers, der in seinen Erzählungen Wahrheit und Dichtung wunderlich durcheinander mischt und werthvollen, auf eigenen Erlebnissen beruhenden Mittheilungen zur Seite vage Gerüchte und leichtfertige Anecdoten anreiht, erklärt, Juan's Mutter sei weder eine Bäckerfrau in Brüssel, noch die durch Schönheit ausgezeichnete Barbe de Plombergh gewesen; dass Letztere für den Kaiser den Gegenstand der Neigung abgegeben habe, sei allerdings

Den Neugeborenen, dessen Taufe in der höchsten Stille erfolgt war, übergab die Mutter einer vertrauten Freundin zur Auferziehung. Als nun der Kaiser 1546 Regensburg verliess, nahm er, nachdem durch ihn Barbara mit einem im kaiserlichen Hofdienste stehenden Deutschen von Adel, Namens Hieronymus Piramis Kegell, verheirathet war, den Knaben heimlich mit fort und vertraute ihn, unter Mitwissen des Edlen Luis de Quijada, der Obhut seines Kammerdieners Adrian Dubois [1]).

---

glaublich; aber Juan's Mutter könne sie nicht sein, denn der Knabe »tenoit trop de noble, et d'un costé et de l'autre«. — Diese Ansicht, dass der Knabe, welcher nach seinem Wesen und Character allen gewöhnlichen Erscheinungen fern stand und das Gepräge fürstlicher Abkunft an der Stirn trug, unmöglich einer Mutter geringen Herkommens angehören könne, scheint bei vielen Berichterstattern Geltung gewonnen zu haben. Brantôme bezeichnet geradezu Margaretha von Oestreich als Mutter. Es ist nicht unwahrscheinlich, dass die Sorgfalt, mit welcher man das auf Juan's Herkommen ruhende Geheimniss hütete, Veranlassung bot, die Mutter in den höchsten Classen der Gesellschaft, ja in der nächsten Sippschaft des Kaisers zu suchen. Diesem Gerüchte folgt auch Amelot de la Houssaie, Mém. historiques et politiques, Amsterdam 1722, Th. 1, S. 193, wo es heisst: »Jamais bâtard ne fut de si haute naissance des deux côtez; le père et la mère de D. Juan étoient tous deux de la maison d'Autriche; et ce ne fut ni par modestie, ni par pudeur que l'empereur le cacha si soigneusement; ce fut pour dérober à la posterité la connaissance d'un opprobre éternel.« Barbara, fügt er hinzu, habe sich aber hochgeehrt gefühlt, als Mutter vorgeschoben zu werden. — Alexis Dumesnil, welcher seine Histoire de D. Juan d'Autriche (Paris 1827, zweite Ausgabe) vornehmlich nach Van der Hammen, Strada, Brantôme und der kleinen Monographie des Brusle de Montpleinchamp zusammengestellt hat, ist es gelungen, durch Vertheilung einer willkürlich gewählten Staffage und gelegentliche Declamationen einen ganz lesbaren kleinen Roman mit modernen Anschauungen und empfindsamen Phrasen zu componiren. Nach seiner Meinung ist Margaretha, die Schwester (!) Karl's V., unzweifelhaft die Mutter D. Juan's. Motley, the rise of the dutch republic, Th. 3, S. 131, schneidet jede Untersuchung über die Herkunft D. Juan's kurzweg mit den Worten ab: »his mother was Barbara Blomberg, washwoman of Ratisbon.« — Evaristo de San Miguel bemerkt: den Namen der Mutter von D. Juan kannten nur Wenige; denn man hält dafür, dass die, welche dafür ausgegeben wurde, ihren Namen nur hergegeben habe, um den Ruf einer hochstehenden Frau zu schonen. — Also wiederum Margaretha. Dagegen legt Pieter Bor (lib. XII, fol. 65) das ehrliche Geständniss ab: »De name ofte afcomste vande moederen heb ick niet connen vernemen.«

[1]) Van der Hammen bezeichnet den Gemahl Barbara's nur als »un

Luis Mendez Quijada, Herr von Villagarcia, war, noch nicht dem Knabenalter entwachsen, als Page in den Dienst Karl's V. getreten. Als Hauptmann über eine Rotte Fussvolk wohnte er der Unternehmung gegen Tunis bei, wurde bei der Belagerung der Goleta verwundet, kämpfte dann gegen die Schmalkaldischen und wurde unlange darauf vom Kaiser zum Obersten ernannt und unter die Zahl seiner Haushofmeister aufgenommen. Seit 34 Jahren hatte D. Luis im Dienste des Kaisers gestanden, als dieser den treu erfundenen Vasallen zum Mitwisser seines sorgsam bewahrten Geheimnisses machte. Bis zum fünften Jahre blieb der Knabe Geronimo — der Name war unstreitig vom Gemahl Barbara's entlehnt — unter der mittelbaren Aufsicht Quijada's.

Da wir der Barbara nur noch ein Mal im Leben des Sohnes begegnen, so dürfte nicht ungeeignet sein, die wenigen und abgerissenen Angaben, welche bis zur Zeit ihres Zusammentreffens mit D. Juan vorliegen, in der Kürze hier zusammenzustellen.

So spärlich die bis dahin über Barbara veröffentlichten Nachrichten sind, so reichen sie doch aus, um den Mangel umfassender Mittheilungen leicht zu verschmerzen. Aus der schönen, sangreichen Frau, die, während sie durch anmuthige Weisen und den Zauber der Stimme aus einem kranken Herzen Schwermuth scheuchen sollte, die Liebe eines Kaisers gewann, spricht nichts, was zu ihr hinziehen könnte. Die Schönheit, in welche sie Gott gekleidet hatte, liess den herben, eigenwilligen, in äusseren Genüssen des Lebens aufgehenden Sinn nur um so schärfer hervortreten.

---

ilustre Aleman y muy calificado cavallero de la boca de su Magestad«. Lafuente giebt den Namen richtig; wenn er ihn aber schon für jene Zeit »Kriegscommissair« nennt, so entlehnt er diesen Titel aus den nachfolgenden Jahren. Brantôme verkehrt den Namen in Requell und fügt hinzu, dass derselbe einer adlichen Familie in Namur oder Luxemburg angehört habe, eine Angabe, die der Herausgeber mit der Anmerkung begleitet, dass in den Landschaften Namur und Luxemburg zu keiner Zeit eine Adelsfamilie dieses Namens angetroffen werde.

Ob der Gemahl Barbara's dem schon im 13. Jahrhundert im Fürstenthum Grubenhagen auftauchenden rittermässigen Geschlechte der Kegel, Piramis, de Piramine, angehört, mag dahingestellt bleiben.

Es ist oben bemerkt, dass Barbara mit Hieronymus Pyramis Kegell vermählt wurde. Unlange darauf scheint sie, wohl auf Veranstaltung des Kaisers, nach den Niederlanden übersiedelt zu sein, wo der Gemahl das Amt eines Musterungscommissairs [1]) versah und nebenbei aus dem kaiserlichen Schatze ein Jahrgehalt von hundert Gulden bezog. Es wird berichtet, dass Karl V. häufig lieber mit einem gnädigen Lächeln, als mit Gold lohnte; aber wir wissen auch, dass seine Hand gegen Die, welche er liebte, nie karg spendete. Er verlor den in Regensburg ihm geschenkten Sohn nie aus den Augen; in allen Fährlichkeiten und Schmerzen des Lebens gedachte er seiner, er sorgte in seiner letztwilligen Verfügung für eine wahrhaft fürstliche Ausstattung des Kindes, dessen Anblick ihn noch im Bethause zu San Juste erquickte. Und gleichzeitig verschmähte er, der Mutter dieses Knaben das Leben zu erleichtern, und hielt selbst auf dem Todbette das kümmerliche Geschenk von einigen Hundert Ducaten für sie ausreichend? Sei es, dass das innerste Wesen einer Frau, der er sich einst in Liebe hingegeben hatte, ihn abstiess, sei es, dass er durch den bescheidenen Haushalt derselben missliebigen Gerüchten und Vermuthungen vorbeugen zu können glaubte — gewiss ist, dass Barbara in beschränkten Verhältnissen lebte, die erst durch die Freigebigkeit Philipp's II. beseitigt wurden.

Im Junius 1569 starb der Musterungscommissair in Brüssel, und Barbara, welche acht Tage später auch des jüngeren der beiden mit ihm gewonnenen Söhne durch den Tod beraubt wurde, trat arm und verschuldet in den Wittwenstand. »Ich habe ihr rathen lassen«, schreibt der Herzog von Alba an den König [2]), »über ihre Person nicht zu verfügen, ohne mich zuvor davon in Kenntniss zu setzen, und da sie notorisch die Mutter von D. Juan ist, so wird man nicht umhin können, etwas für sie zu thun, weshalb ich darüber die Befehle Ew. Majestät erwarte.« Er möge, erwiedert Philipp II. [3]), vorschlagen, was für die Frau geschehen könne, habe jedoch

---

[1]) »Il remplissoit l'office de commissaire ordinaire des monstres du roy.«

[2]) d. d. Brüssel, 29. Junius 1569. Gachard, Correspondance de Philippe II., Th. 2, S. 96.

[3]) d. d. Aranjuez, 26. September 1569. Ebendas. S. 110.

keineswegs zu gestatten, dass sich die Mutter D. Juan's nach Spanien begebe. Auf einen späteren Bericht Alba's [1]), dass es der Wittwe Kegell's an Anträgen nicht fehle, ihr Alter auch wohl das Eingehen einer neuen Ehe zulasse, er aber wiederholt ihr habe sagen lassen, dass sie an dergleichen auf keine Weise denken dürfe, lautet die Antwort des Königs [2]) dahin, man habe dafür zu sorgen, dass die Mutter D. Juan's an einem beliebigen Orte in den Niederlanden ihren festen Wohnsitz nehme, ohne sich wieder zu verheirathen; zugleich möge man auf ein ihrem Stande entsprechendes Auskommen sinnen; damit geschehe dem Wunsche von D. Juan ein Genüge. Barbara, mit welcher hiernach der Herzog von Alba in Verhandlungen trat, zeigte sich anfangs befremdet über die an sie gestellte Forderung, entschied sich jedoch nach einigem Ueberlegen für Gent. Nun war es freilich die Absicht Alba's, ihr Mons anzuweisen; aber in Erwägung, dass sie der französischen Sprache nicht mächtig sei, gab er ihrer Wahl nach [3]). Am liebsten wäre es ihm gewesen, wenn sein Vorschlag, sich in ein Kloster zurückzuziehen, Eingang gefunden hätte; diesen Antrag indessen wies die Frau, welcher noch ein Sohn von 12 bis 14 Jahren geblieben war, auf's Entschiedenste zurück [4]). Uebrigens liess es der Herzog an der Sorge für eine standesmässige Stellung Barbara's nicht fehlen. Er verschaffte ihr männliche und weibliche Bedienung und gewann für sie als Gesellschafterin eine ehrbare Dame aus guter Familie [5]).

---

[1]) d. d. Brüssel, 17. November 1569. Gachard, Correspondance de Philippe II., Th. 2, S. 112.

[2]) d. d. Escurial, 30. Junius 1570. Ebendas. S. 136.

[3]) Alba an den König, d. d. Grave, 9. August 1570. Ebendas. S. 145.

[4]) Alba an den König d. d. Antwerpen, 9. October 1570. Ebendas. p. 155.

[5]) Es scheint, dass Barbara durch energischen Trotz von der einen Seite und andererseits vermöge der hervorragenden Stellung D. Juan's eine Verwilligung nach der andern dem Könige abzwang. Während sie bei Lebzeiten Kegell's in überaus beschränkte Verhältnisse sich hatte fügen müssen, standen 1571 eine Dueña und sechs Frauen, ein Caplan, Ausgeber (Dépensier) und vier Aufwärter zu ihrer Verfügung, so dass der bare Lohn der Dienerschaft sich auf 1226 Livres belief; rechnet man dazu, dass die Erziehung ihres Sohnes Konrad und die Tafel 4100 Livres kostete, überdies Kleidung, Mobiliar, ein Kutschpferd etc. bestritten sein wollten, so stellt sich der

Der vom Könige ihm auferlegte Verkehr mit Barbara machte dem Herzoge von Alba den Kopf warm. Er hatte mehr Uebung, mit dem Leben von Helden zu spielen, oder einem ganzen Volke gegenüber seinen eisernen Willen zur Geltung zu bringen, als über Laune und Eigensinn einer heftigen und halsstarrigen Frau die Herrschaft davon zu tragen. Es scheint, dass der König, seinem früheren Ausspruche zuwider, den Rath ertheilt habe, Barbara zur Uebersiedelung nach Spanien zu bewegen. Dort konnte es nicht schwer halten, ohne besonderes Aufsehen zu erregen, ihren lästigen Maasslosigkeiten Einhalt zu thun. In Bezug hierauf meldet der Herzog dem Könige[1]): Es sei ihm nicht möglich gewesen, die Mutter D. Juan's dahin zu stimmen, dass sie um die Erlaubniss anhalte, sich nach Spanien zu begeben; sie erkläre vielmehr, sie lasse sich nicht betrügen; ihr sei nicht unbekannt, wie man dort die Frauen einsperre, und sie lasse sich lieber in Stücke hauen, als dass sie einwillige. Man habe, setzt der Schreiber hinzu, viel Noth mit dieser Frau »parce qu'elle a une terrible tête«. Ihr Geld geben, heisse nichts anders, als es in's Wasser werfen, denn zwei Tage nach dem Empfange desselben habe sie alles in Gastereien aufgehen lassen; auch könne er sich der Besorgniss nicht entschlagen, dass sie auf eine neue Ehe sinne. Ein noch derberes Urtheil fällt Olbornoz in einem Schreiben an den Staatssecretair Zayas[2]): »On passe une terrible vie avec elle, qui est bien la personne la plus entêtée que j'aie connue en ma vie.« Er hält für rathsam, unter dem Vorwande einer Lustfahrt nach Antwerpen, Barbara auf einer Barke nach Seeland und von da nach Spanien bringen zu lassen. Im Jahre 1573 schreibt Zayas an Alba: »Die Mutter D. Juan's anbelangend, so ist ein zügelloses Weib ein fürchterliches Thier.«[3])

Haushalt als ein sehr kostspieliger heraus. — In einem späteren Rechenschaftsberichte an den König heisst es: »A dame Barbara Blomberch, vefre de feu messire Jéronime Kegel, alias Piramis, en son vivant commissaire ordinaire des monstres du Roy« etc. — eine Pension von 4944 Gulden. Gachard, Correspondance de Philippe II., Th. 4.

[1]) d. d. Brüssel, 7. Mai 1571. Ebendas. Th. 2, S. 176.

[2]) Ebendas. S. 203.

[3]) »Terrible animal es una muger desenfrenada.« Ebendas. S. 390.

Dass D. Juan mit dem gegen seine Mutter beabsichtigten Verfahren einverstanden war, ergiebt sich aus verschiedenen Briefen desselben. Schon bevor er die Reise nach den Niederlanden antrat, liess er den Vorschlag an den König ergehen, Barbara zu sich einzuladen und dieselbe, wenn sie in Genua ein scheinbar nach Neapel bestimmtes Schiff bestiegen, in Spanien an's Land setzen zu lassen [1]). Der Plan kam nicht zur Ausführung, und wir werden sehen, wie es erst der mündlichen Besprechung Juan's mit der Mutter bedurfte, um diese zur Entfernung aus einem Lande zu bewegen, welches der Sohn im Namen des Königs regieren sollte.

Im Jahre 1550 begegnen wir dem Kaiser auf dem Reichstage zu Augsburg in Gesellschaft seines Sohnes Philipp, der dem Vater dahin von Brüssel gefolgt war. Als nun der Infant sich zur Rückkehr in seine Heimath anschickte, hielt der Kaiser diese Gelegenheit für besonders günstig, Geronimo nach Spanien zu senden, sei es, um das auf der Geburt des Knaben ruhende Geheimniss sicherer zu wahren, sei es, um denselben in seiner Nähe zu wissen, wenn er dem immer mächtiger in ihm aufsteigenden Verlangen, sein Leben in der Einsamkeit eines spanischen Klosters zu beschliessen, nachgebe. In diesem Sinne besprach er sich mit Quijada. Der vertraute Diener fand den ihm vorgelegten Plan in allen Beziehungen angemessen; das grosse Gefolge des Infanten werde, so meinte er, den Knaben jeder lästigen Neugier entziehen und gewähre zugleich ausreichenden Schutz gegen Gefahren; er sei, fügte er hinzu, gern bereit, den Kleinen nach Villagarcia, 5 Leguas von Valladolid, bringen und dort der Pflege seiner Gemahlin Madalena de Ulloa, Schwester des Marques D. Rodrigo de la Mota, übergeben zu lassen; andererseits könne derselbe in dem südlich von Madrid, auf der Strasse nach Toledo gelegenen Dorfe Leganes bei dem Pfarrer Bautista Vela untergebracht werden; er kenne diesen Geistlichen, und es sei um so leichter, mit ihm in Verbindung zu treten, als einer seiner Diener zu demselben in naher Verwandtschaft stehe [2]).

Dieser letztgenannte Vorschlag war es, welcher dem Kaiser

---

[1]) Coleccion de documentos ineditos. Th. 28, S. 215.
[2]) Van der Hammen.

besonders zusagte; musste doch die Abgelegenheit von Leganes zur Wahrung des Geheimnisses vorzugsweise geeignet erscheinen, während andererseits der geistliche Pflegevater den Wünschen des Kaisers entsprach.

Da fügte der Zufall, dass Francisco Massi, Geiger in der kaiserlichen Capelle und mit der aus Leganes gebürtigen Ana de Medina vermählt, ein Flammänder, der in jungen Jahren dem Kaiser nach Spanien gefolgt war, Urlaub erbat, um nach Castilien zurückzukehren, und, vom Kaiser nach dem Grunde seines Gesuches befragt, erwiederte, er sei des unsteten Lebens müde, trage Sehnsucht nach der Frau und wünsche von seinen Ersparnissen in der Stille von Leganes fortan zu leben. Der Kaiser verweigerte den Abschied nicht, fügte demselben einen kleinen Gnadengehalt hinzu, liess sofort durch Luis de Quijada in einem Schreiben an den Pfarrer Bautisto Vela den Wunsch aussprechen, sich der Erziehung Geronimo's annehmen zu wollen, und sagte dem Geigenspieler, als dieser sich zur Verabschiedung einstellte, er werde es gnädig vermerken, wenn derselbe auf den Antrag Quijada's eingehe und sich der Verpflegung eines Knaben unterziehe. Dazu erklärte sich Massi willig, worauf der Kaiser an Adrian Dubois und den Huissier Agier Bodart den Auftrag ertheilte, dass Kind an Massi verabfolgen zu lassen. Dem Inhalte eines am 13. Junius 1550 besiegelten Contractes gemäss versprach Massi, den kleinen Geronimo — er hielt ihn für einen Sohn des Adrian Dubois — wie sein eigenes Kind zu behandeln, bekam für die Reise und das erste Jahr sogleich hundert Thaler ausgezahlt und sollte für die Folgezeit mit jährlich 50 Ducaten entschädigt werden. Einen Schein, kraft dessen sich Massi verpflichtete, den Knaben jederzeit auf Verlangen Adrian's zurückzugeben, schloss der Kaiser den Documenten bei, welche seine letztwilligen Verfügungen enthielten [1]).

---

[1]) Der Contract ist zu interessant, als dass er hier nicht, mit Ausnahme des Schlusses, unverkürzt mitgetheilt werden sollte. Er lautet also: »Yo, Francisco Massi, violeur de su magestad, y Ana de Medina, mi muger, conocemos y confessamos de aver tomado y recebido un hijo del señor Adrian de Bues, ayuda de camera de su magestad, el qual tomamos por su ruego, que nos ha rogado que le tomemos, y tratemos y gobernemos, assi como si fuesse nuestro hijo proprio, y de no dezir ni déclarar a ning-

Also traten Geronimo und Massi im Gefolge des Infanten die Reise nach Spanien an, stiegen in den ersten Tagen des August 1550 in Barcelona an's Land und begaben sich von da nach Leganes, wo Massi seiner Frau den kleinen Gast als den Sohn eines angesehenen, aber ihm unbekannten Mannes überbrachte. Hier sah man Geronimo in der Freiheit des Landlebens, in seinem fröhlichen Muth durch die knappen Verhältnisse nicht eingeengt, mehr im Felde, oder mit der kleinen Armbrust den Vögeln im Walde nachstellend, als bei der bald verwittweten Ana de Medina, lieber dem Spiel mit der gleichalterigen Dorfjugend, als den spärlichen Lehrstunden beim Pfarrer und Sacristan nachgehend, durch Sonnengluth nicht beirrt und dem Eiswinde Trotz bietend, der von der Sierra de Guadarama über die Hochebene von Madrid streift.

Zu der nämlichen Zeit, als der kränkelnde Kaiser den festen Entschluss fasste (1554), sich seiner Kronen zu begeben und das Weltleben mit der Stille einer klösterlichen Zelle zu vertauschen, sollte auch den Lebensverhältnissen Geronimo's eine wesentliche Umgestaltung zu Theil werden. Es war dem Kaiser nicht unbekannt, dass Bautisto Vela sich wenig um die Erziehung des Knaben kümmere, dass dessen Sacristan, Francisco Fernandez, sich des Unterrichts in so grober Fahrlässigkeit annehme, dass Geronimo meist in Gesellschaft seiner Altersgenossen die Schule des benachbarten Dorfes Jetafe besuche oder unbeachtet seinen Belustigungen nachgehe. Es drängte ihn, dem Kinde ein Unterkommen zu verschaffen, welches zur Entwickelung seiner geistigen Anlagen

---

una persona cuyo sea el dicho niño, porque el señor Adrian no quiere en ninguna manera que su muger supiesse ni oyesse hablar de ello, ni otra persona ninguna. Para lo qual yo, Francisco Massi, y Ana de Medina, mi muger, y nuestro hijo Diego de Medina, juramos y prometimos al décho señor Adrian, de no dezir ni declarar a persona que sea en esta vida de quien es el dicho niño, sino que yo diré que es mio, hasta que el señor Adrian me embie una persona con esta misma carta, ó que el dicho señor Adrian verna en persona. Y porque el señor Adrian quiere tener este caso secreto, me ha rogado, por hazerle buena obra, de tomar el dicho niño en cargo; lo qual hazemos de muy buena voluntad yo y mi muger, y conosco aver recebido del dicho señor Adrian, para hazer este viage de llevar este niño, para cavallo, y adereço y dispensa de un año de tratamiento que me da cien escudos.« Weiss, Papiers d'état du cardinal de Granvelle, Th. 4, S. 499 ff.

geeigneter sei und ihm zugleich Aussicht biete, sich, wenn auch verstohlen, am Anblick desselben erfreuen zu können. In diesem Sinne besprach er sich in Brüssel mit Luis de Quijada, bat ihn, den Knaben nach seinem Schlosse Villagarcia bringen zu lassen und seine Gemahlin Madalena in das Geheimniss einzuweihen, damit dieselbe sich um so sorgsamer der mütterlichen Pflege unterziehe. In letzterer Beziehung glaubte Quijada der Meinung seines Herrn nicht beipflichten zu dürfen, und kam man überein, dass Madalena nur im Allgemeinen von der Ankunft des Knaben in Kenntniss gesetzt werden solle, und zwar mit dem Zusatze, derselbe sei der Sohn eines hochstehenden Freundes, dessen Name verschwiegen bleiben müsse, und wolle sie ihn wie ihr eigenes Kind hegen.

Mit diesem Auftrage begab sich ein Diener Quijada's nach Leganes. Er fand Geronimo in Bauerntracht; ein schöner Knabe mit funkelnden blauen Augen, hoher Stirn, langem blonden Haar, kräftig, gewandt und kühn. Unter Thränen trennte sich Ana de Medina von ihrem Pflegekinde, die Dorfjugend trauerte um den Verlust des fröhlichen Spielgenossen und begleitete die Kutsche, welche ihn entführte — es war das erste Mal, dass dem Dorfe ein solcher Anblick zu Theil wurde —, eine weite Strecke. So gelangte Geronimo über Valladolid, wo sein Reisegefährte für anständige Bekleidung Sorge trug, nach Villagarcia. Madalena de Ulloa gehörte einer alten, durch Wissenschaft und Kriegsruhm ausgezeichneten Familie an. Die edle, feingebildete Frau lebte in kinderloser Ehe; um so liebevoller schloss sie das schöne, Adel verrathende Kind in ihr Herz, heimlich von dem Glauben getragen, dass sie in dem Pflegling den Sohn ihres Gemahls gewonnen habe. Zwei Jahre verlebte Geronimo auf dem Schlosse Villagarcia. Madalena's Frömmigkeit waltete über ihrer ganzen Umgebung; nicht nur, dass sie den Knaben zu Werken der Barmherzigkeit anhielt, also dass er freudig nach Armen spähte, denen er seine kleinen Gaben zutheilen könne; sie lehrte ihn auch ehrbare Zucht und adliche Sitte, unterwies ihn im Lesen, Schreiben und Singen und selbst in den Anfangsgründen der lateinischen Sprache.

Als Karl V. sich zur Abdankung entschloss, geschah es nicht, weil der Ehrgeiz in ihm erloschen, die Freude an der

Erhaltung seiner Kaisermacht gewelkt war; aber der nach allen Richtungen reich begabte Herr, der so gern im Kreise von Gelehrten, wie von Staatsmännern und Feldobersten verkehrte, den in Italien, Niederland und Deutschland in Jugendfrische erblühenden Kunstschulen mit Liebe sich zuwandte und wiederum tiefsinnigen Gesprächen über Lehre und Verheissung der heiligen Schrift gern das Ohr lieh, er fühlte, dass eines Menschen Kraft nicht ausreiche, um allen Aufgaben zu genügen, die aus den zahllosen Verwickelungen einer langen, getrennte Reiche und Nationalitäten umfassenden Regierung erwachsen waren. Und während die Zeit in Jugendlust überschäumte, auf allen Gebieten des Denkens und Wissens Wandel auf Wandel erfolgte, in Staat und Kirche die Grundpfeiler wankten und, um beide zu stützen oder deren Neubau zu leiten, es der Vereinigung von Jünglingsmuth und Seherblick bedurft hätte, lagerte Schwermuth auf dem Frühgealterten, körperliche Gebrechen beugten den straffen Geist, und aus dem jahrelangen Kampfe mit durchwachten Nächten ging das Verlangen nach Genesung in einer still-einsamen Ruhestätte gereift hervor. Schon in der Zeit des kräftigsten Mannesalters, bevor noch irgend ein herber Unfall seine Regierung betroffen hatte, war dieser Gedanke zeitweise in ihm aufgetaucht. Mit den Jahren gab er sich ihm länger und in steigender Vorliebe hin und 1554 ertheilte er den Befehl zum Anbau einer an das Hieronymitenkloster in San Juste stossenden bescheidenen Wohnung. Seit er sich der Kronen begeben hatte, schien ihm ein längeres Verweilen in den Niederlanden nicht rathsam; nicht nur dass das dortige Clima seiner Gesundheit nicht zusagte, er fühlte auch, dass ihm in Brüssel, dem Mittelpunkte der politischen Bewegungen Europa's, die ersehnte Ruhe nicht zu Theil werden könne.

In der Mitte des September 1556 schiffte sich der Kaiser auf der Flotte von Guipuscoa nach Spanien ein, während D. Philipp in allen Kirchen der Niederlande Gebete und Processionen für die glückliche Ueberkunft des Vaters anstellen liess. Neun und dreissig Jahre zuvor hatte Karl dieselbe Fahrt unternommen, um das spanische Erbe anzutreten. Damals lag das Leben mit allem Zauber seiner Verheissungen vor dem Jünglinge ausgebreitet; jetzt war das Auge müde und der

Drang nach Thaten dem Verlangen nach den Busspsalmen der Klosterbrüder gewichen. In dieser Stimmung mochte der Kaiser an den während der Reise durch Spanien bei ihm sich sammelnden Granden und Prälaten und an den Vorstellungen der höheren Behörden wenig Gefallen finden. Sein Wunsch, aller Empfangsfeierlichkeiten überhoben zu sein, ging nicht überall in Erfüllung; er konnte den Bewohnern der alten Königsstädte Burgos und Valladolid nicht wehren, wenn sie in Liebe und Neugier sich um ihn drängten. Als er in Jarandilla sein überzähliches Gefolge verabschiedete, erhob sich unter der Dienerschaft Weinen und Wehklagen und die Leibwächter warfen ihre Hellbarden zur Erde.

In der Abendstunde des Blasientages (3. Februar) 1557 traf der Kaiser vor San Juste ein. In einem saftiggrünen Thale des Carpetanosgebirges, in der gepriesenen Vera de Plasencia, dem Norden Estremadura's angehörig, war das Kloster für Hieronymiten 1409 an einem von der Sierra herabströmenden Giessbache aufgeführt. Während man drinnen unter Orgelklang das Tedeum anstimmte, wurde vor der von Orangen beschatteten Pforte der Klosterkirche der hohe Ankömmling aus seiner Sänfte gehoben und auf einem Sessel durch Edelleute zu den Stufen des Hochaltars getragen, voran der Prior des Klosters, zu beiden Seiten Fernando Alvarez de Toledo, Graf von Oropesa, und der Mayordomo D. Luis de Quijada. Die glänzend geschmückte Kirche strahlte in zahllosen Lichtern; es schienen, wie der Bericht eines dortigen Klosterbruders lautet, die Glocken heller zu tönen als je, da sie den kaiserlichen Beter begrüssten. Von der Kirche begab sich Karl nach den kleinen, für ihn bereiteten Gemächern, durch deren von Limonien umrankte Fenster der Blick in das mit Blumen und seltenen Ziergewächsen versehene Gärtchen hinausging.

Somit begann das Betleben Karl's, jedoch ohne dass er sich in der Art, wie er früher erträumt und wie er es noch zu thun wähnte, gegen alle Erscheinungen des äusseren Lebens abgeschlossen hätte. Er hatte zu lange in der Grösse und dem Glanze seines Hauses gelebt, um plötzlich von jedem Gedanken an dasselbe scheiden zu können. Die Sorge für den Sohn und Nachfolger, für Spanien, für das Wohl seines

Geschlechtes liess ihn nicht los; er glaubte nur seinem Gott zu leben und wir wissen, dass er mit Spannung den Verwickelungen auf dem Gebiete der Politik und der Kirche folgte, schärfer als zuvor auf Vernichtung der ketzerischen Lehre drang und bei Staatshändeln zuvorkommend seinen Rath ertheilte. Als er die Nachricht von der Kaiserwahl seines Bruders Ferdinand erhielt, liess er seinen Beichtvater, den gelehrten Hieronymiten Juan Regla rufen, gebot ihm, seiner im Kirchengebete nicht mehr als Kaiser zu gedenken, und fügte hinzu: »Für mich reicht der Name Karl aus, denn weiter bin ich nichts mehr.« Jenen Ehrgeiz, dem er fast vierzig Jahre gedient hatte, konnten Hora und Vesper nicht ganz ertödten; aber er galt jetzt nicht der eigenen Grösse, sondern der des Sohnes. Und doch hatte Philipp für warme Liebe, und sei es die des Vaters, nie Verständniss. Er zeigte sich stets bereit, die Wünsche des Kaisers zu erfüllen, wie er auch später gewissenhaft dessen letztwillige Verfügungen vollzog; aber jene zarte Aufmerksamkeit, die nur vom Herzen geboten wird, das Ablauschen der Wünsche eines geliebten Gegenstandes, war ihm fremd.

Quijada, welcher kurz vor dem Kaiser in Spanien eingetroffen war und sich sogleich nach dessen Landung zu ihm begeben hatte, war von Valladolid aus nach Villagarcia zurückgesandt, um Geronimo zu geleiten [1]). Der Kaiser konnte der Sehnsucht nach dem Kinde nicht widerstehen. In Jarandilla holte der treue Mayordomo den Gebieter ein, welchem Geronimo als Page im Namen Madalena's ein kleines Geschenk nach der Sitte des Landes überreichte. Des kranken Kaisers Auge leuchtete vor Freude über die Jugendschönheit des Knaben, dessen Nähe selbst auf seine Gesundheit vortheilhaft einzuwirken schien. Bis zum April 1557 blieb Quijada in der un-

[1]) Wenn es in einer Mittheilung des Geheimschreibers Ayala an den Cardinal Granvella (22. November 1556) heisst: »der von Gichtschmerzen gequälte Kaiser wolle in Jarandilla auf einen seiner Diener harren, welcher ihm Schriften von Wichtigkeit zu überbringen habe«, so könnte sich dieses auf die erwartete Ankunft Quijada's und Geronimo's beziehen; doch liegt die Vermuthung näher, dass es dem Eintreffen einer Anweisung auf 30,000 Ducaten galt, deren der Kaiser zur Ablöhnung seiner Dienerschaft bedurfte. Weiss, Papiers d'état du card. de Granvelle, Th. 4.

mittelbaren Umgebung Karl's. Dann bat er um Urlaub und begab sich nach Villagarcia. Ihn trieb Verlangen nach seiner geliebten Madalena de Ulloa und er hoffte mit Gewissheit, für immer von seinem Dienste befreit zu sein, seit der Herr das Kloster betreten hatte. Aber dieser, der nächst dem Grosscomthur D. Luis de Avila, welcher ihn auf allen Feldzügen begleitet, den Krieg gegen die Schmalkaldischen in einer anmuthigen Erzählung zusammengefasst hatte und den Waffengenossen bis zur Stunde des Todes nicht verliess, den Mayordomo am wenigsten entbehren konnte, rief ihn nach wenigen Monaten zurück und gestattete ihm gern, dass Madalena in dem hart bei San Juste gelegenen Dorfe Cuacos eine Wohnung beziehe. So geschah es; Madalena wurde vom Kaiser mit Auszeichnung empfangen, Quijada versah fortan auch im Kloster seinen Dienst als Mayordomo und, wenn die königlichen Schwestern, Eleonore von Frankreich und Maria von Ungarn, welche auf dem Schlosse des Grafen Oropesa in Jarandilla für längere Zeit weilten, den Bruder im Kloster besuchten, sah man den schönen Pagen Quijada's ungestört im Aufwarten beschäftigt. Es konnte nicht fehlen, dass der Knabe für Mönche und Laien den Gegenstand der Neugier abgab, und vielfach wurden Vermuthungen in Bezug auf dessen Herkunft laut. Des Kaisers Züge aber, so oft er auch mit freundlichen Wort dem Dienenden dankte und mit dem Auge dem lebhaften Pagen folgte, behielten stets den Ausdruck herablassender Hoheit und verriethen die Gefühle des Vaters nicht [1]. Und doch hing sein ganzes Herz an dem Kinde. In dieser kecken, fröhlichen Offenheit, in diesem Reichthum einer vielverheissenden Jugend mochte er D. Philipp nie gesehen haben. Er konnte zittern, wenn dem verwegenen Knaben jedes Pferd und jeder Sattel gerecht schien. Darum schenkte er ein sanfttrabendes Maulthier, das er bis dahin selbst zu reiten pflegte, an Quijada, damit der Page sich dessen bediene.

Gegen Ausgang des Sommers 1558 schwanden die letzten Kräfte des Kaisers. Wenn er damals eine halbe Stunde lang leise mit dem vor seinem Bette knieenden Quijada sprach, so

---

[1] Siguenza, historia de la orden de S. Geronimo, Th. 3, S. 205.

mochte es wohl dem Sohne Barbara's gelten [1]). Am vorletzten Tage traf der Dominicaner Bartolomaeus de Carranza, Erzbischof von Toledo, aus Flandern in San Juste ein. Um die Mitternachtsstunde an das Lager des Sterbenden gerufen, deutete er darauf hin, dass der Kaiser am Tage Matthiä das Licht der Welt erblickt habe, die er nun am Tage des Apostels Matthäus verlassen werde; beide seien Brüder und Jünger Christi gewesen und mit solchen Fürsprechern dürfe er sich der ewigen Gnade versichert halten. Der Kaiser rang schwer mit dem Tode. Als seiner Brust ein tiefer Klagelaut entquoll, sprach der neben ihm sitzende Arzt: »Jam moritur.« Da rief der Sterbende noch einmal »Jesus« und verschied. Es war 2½ Uhr Morgens, am Matthäustage (21. September) des Jahres 1558 [2]).

Drei Wochen nach dem Tode Karl's V. schrieb Quijada an Philipp II. [3]): »Am Tage vor seinem Tode befahl mir der Kaiser, dem Kammerdiener Agier Bodoarte 600 Goldthaler auszuzahlen, mit welcher Summe derselbe zum Besten einer Person, die er Ew. Majestät namhaft machen werde, in Brüssel eine Leibrente von 200 Gulden kaufen solle. Ich bitte, solches genehmigen zu wollen, weil es ein Werk der Barmherzigkeit ist, und zwar ein Almosen für die Mutter eines Wesens, von dem Ew. Majestät weiss.« [4]) Hiernach und sobald die Bestattung der kaiserlichen Leiche erfolgt war, begab sich Quijada mit seinem Pflegkinde nach Villagarcia; dort wollte er die weiteren Befehle des Königs abwarten.

Dem Testamente des Kaisers fand man ein versiegeltes

---

[1]) Die Angaben von D. Luis Cazata in seiner übrigens werthlosen Dichtung »Carlo Famoso« (Valencia 1566), dass der Kaiser auf dem Todbette D. Juan zu sich beschieden und ihm seine Herkunft enthüllt habe, entbehrt jeder Begründung. Die hierauf bezüglichen Worte lauten:

»Carlo que como cisno sa fin siente
A nino Don Juan de Austria ante si llama,
Y le dize quien es, y de alli ausente
Se le encomienda al rey que tanto el ama.«

[2]) Bericht vom 27. September 1558. Coleccion de documentos ineditos, Th. 6.

[3]) d. d. Juste, 12. October 1558, bei Gachard, Retraite et mort de Charles V., Th. II, S. 506.

[4]) »A la madre de aquella persona, que Vuestra Magestad sabe.«

Codicill angeschlossen mit der Aufschrift: »Es soll Keiner das Siegel erbrechen als mein Sohn der König, und nach diesem mein Enkel D. Carlos, und wenn auch dieser nicht mehr am Leben, derjenige, welcher nach den Worten meines Testaments als mein Erbe und Nachfolger gilt.« [1]) Der Inhalt dieses am 6. Junius 1554 in Brüssel vom Kaiser eigenhändig unterzeichneten und mit seinem kleinen Geheimsiegel versehenen Codicills lautete also: »Während ich in meinem Wittwenstande in Deutschland lebte, gewann ich von einer nicht verheiratheten Frau einen Sohn, Geronimo. Nun habe ich Grund zu wünschen, dass derselbe, wenn man ihn gutwillig dazu stimmen kann, das Gewand eines reformirten Ordens anlege; doch soll man ihn dazu weder zwingen noch überreden [2]). Besteht er dagegen auf dem weltlichen Stande, so ist mein Wille und Befehl, dass man ihm jährlich 20- bis 30,000 Ducaten aus den Einkünften Neapels verabreiche, und zwar im Ertrage von Grundstücken bestehend. Wo und wie letztere zu wählen seien, überlasse ich meinem Sohn, dem Könige, oder nach dessen Tode dem Infanten Carlos. Dieser Rente soll Geronimo bis zum Tode geniessen, und darnach soll sie auf dessen rechtmässige Leibeserben übergehen. Welche Lebensweise der Genannte auch erwähle, so empfehle ich meinem Sohn und dessen Infanten, denselben zu ehren und nach Gebühr mit Achtung ihm zu begegnen.« [3]) Um das geheimnissvolle Kind auffinden zu können, schrieb Karl V. auf ein dem Testamente beigelegtes Papier: »Wenn dieser mein letzter Wille von meinem Sohn oder Enkel eröffnet wird und man den Aufenthalt Geronimo's nicht kennt, so hat man sich an meinen Ayuda Adrian und, falls dieser verstorben sein sollte, an meinen portero de camera Agier zu wenden, um Aufschluss zu bekommen.« [4])

Schon aus dem Gesagten ergiebt sich zur Genüge die Unhaltbarkeit der Erzählung Van der Hammen's, dass bei der

---

[1]) »No ha de abrir esta mi cedula otro que el principe mi hijo, y en defeto del, mi nieto D. Carlos; y en su defeto, el ó la que fuere mi heredero ó heredera, conforme a este mi testamento, al tiempo que se abriera.«

[2]) »Sin hazerle para ello premia ni extorcion alguna.«

[3]) Weiss, Papiers d'état etc., Th. 4, S. 496 ff.

[4]) Ebendas. S. 498.

Abfassung des Testaments der Beichtiger Frai Juan de Regla die Bemerkung hingeworfen habe, es könne auf den Fall des kinderlosen Todes des rechtmässigen Leibeserben Geronimo zum Nachfolger auf den Thron ernannt werden, worauf der Kaiser voll Unwillen die Antwort ertheilt: »Und Du, dem ich mein Gewissen erschlossen, wagst mir also zu rathen!«

Die Beantwortung der mehrfach angeregten Frage, durch welche Gründe der Kaiser bewogen sei, das Dasein jenes Knaben, welchen ihm Barbara geboren hatte, mit einem so ungewöhnlichen Aufwande berechnender Vorsicht vor der Welt zu verbergen, da er doch in Margaretha von Parma ein früheres Kind der Liebe öffentlich anerkannt habe, scheint nicht allzu fern zu liegen. Wir suchen die Lösung nicht, wie man gewollt hat, darin, dass Rücksicht auf die Ehre der jungen Mutter, oder eine niedrige bürgerliche Herkunft in Betracht der kaiserlichen Würde massgebend gewesen sei [1]). Dem Kaiser gegenüber möchte in der That die Herkunft Margaretha's van der Gheest nicht eben höher zu veranschlagen sein. Wohl aber konnte der Umstand, dass es ein Knabe war, welchen der Kaiser sein nannte, während ihm nur Ein Infant beschieden war und dieser wiederum sich nur Eines schwächlichen Sohnes erfreute, dass sonach die Möglichkeit nicht allzu fern lag, dass die Krone von Spanien und dessen Nebenreichen auf eine der Töchter sich vererbe und dieser in dem Sohne Barbara's ein Prätendent gegenübertrete, zu dem angegebenen Verfahren Veranlassung bieten.

Dass übrigens, trotz der Sorgfalt des Kaisers und der Verschwiegenheit Quijada's, der Hof das Geheimniss verrathen habe, kann nicht bezweifelt werden. Scheint es doch in weiten Kreisen den Gegenstand des Gesprächs abgegeben zu haben. Schon 1557 heisst es in einem Berichte des Venetianers Federigo Badoaro [2]): »Man spricht wohl über den natürlichen Sohn des Kaisers, aber nicht eben viel, theils weil er noch so jung ist und vermöge seines Ranges wenig Bedeutung hat, theils weil der Kaiser ihn nicht sieht.« Hiernach dürfte für

---

[1]) Es sind die Ansichten Lafuente's.

[2]) Gachard, Relations des ambassadeurs vénitiens sur Charles V. et Philippe II., S. 15.

die Angabe[1]), dass Karl V. erst kurz vor seinem Tode sich gegen Philipp über das Dasein des Knaben geäussert habe, keine Wahrscheinlichkeit sprechen. Man wird als Einwurf dagegen das Schweigen Philipp's nicht zur Geltung bringen, denn im Schweigen war dieser Philipp von jeher unerreichbar, und in Beziehung auf den Halbbruder verharrte er auch dann dabei, als die letztwillige Verfügung des Vaters vor ihm lag. Geht doch schon aus den Andeutungen des früher angeführten Schreibens von Quijada unverkennbar hervor, dass Philipp noch vor der Eröffnung des väterlichen Testaments im Besitze des Geheimnisses war.

Wir kennen die Gründe, welche Philipp II. bestimmten, erst mit der Ueberkunft nach Spanien von seinem beharrlichen Schweigen abzugehen, und denen zufolge auch Quijada, wenn er in verschiedenen Briefen an den König auf seinen Pflegesohn anspielt, denselben nie namhaft zu machen wagt. In einem dieser Schreiben[2]) sagt der ehemalige Mayordome: er habe, nachdem er die Befehle des seligen Kaisers in San Juste vollzogen, von der Prinzessin[3]) Urlaub erhalten, um sich nach Villagarcia zu begeben, sei aber unlange darauf nach Valladolid zurückgerufen, damit er sich an den Berathungen in Betreff des kaiserlichen Testaments betheilige. »Dort«, fährt der Schreiber fort, »fand ich hinsichtlich jener Persönlichkeit, die, wie Ew. Majestät weiss, mir anvertraut ist, so Manches ruchbar, und zwar bis in die Einzelnheiten hinein, dass ich nicht wenig erschrack. Besonders fürchtete ich, dass die Prinzessin in Bezug hierauf Fragen an mich stellen könnte, die ich doch nicht hätte beantworten dürfen. Das geschah indessen nicht.« Gegen Andere werde er sich kurz dahin äussern, dass er nichts von dem wisse, was man sich erzähle; aber dass die Prinzessin vollständig unterrichtet sei, könne nicht in Frage gestellt werden. »Es war«, heisst es ferner, »der Wille des Kaisers, dass das Geheimniss unversehrt bleibe,

---

[1]) Strada, lib. X.

[2]) d. d. Valladolid, 13. December 1558, bei Gachard, Retraite et mort de Charles V., Th. 1, S. 449.

[3]) Juana von Portugal, Schwester Philipp's II. und von diesem zur Governadora in Spanien bestellt.

bis Ew. Majestät käme und dann darüber verfüge. Ich unterziehe den mir Anvertrauten derselben Behandlung wie zu Lebzeiten des Kaisers; aber ich bin zugleich eifrig bemüht, dass er das Nothwendige lerne, wie es sich für sein Alter und seine Geburt geziemt, da er wegen der früheren engen Verhältnisse [1]), unter denen er zu Leganes aufwuchs, sehr verabsäumt ist.« Noch im Jahre 1559 wurde Quijada von Flandern aus durch Philipp II. angewiesen, den Knaben mit Sorgfalt zu hüten und Sorge zu tragen, dass dessen Herkunft nicht verlautbare [2]). Dieser Mahnung hätte es nicht bedurft. »Der mir Anvertraute«, berichtet Quijada [3]) dem Könige, »befindet sich wohl, wächst und ist für sein Alter kräftig; obwohl er nicht ohne Unlust sich dem Unterrichte hingiebt, lernt er doch französisch und spricht die Worte ganz artig aus; doch wird viel Zeit darauf hingehen, bis er dieser Sprache so mächtig ist, wie Ew. Majestät es wünscht. Dagegen hat er seine volle Lust an Pferden, gleichviel ob die Bügel lang oder hoch geschnallt sind [4]), und trotz seines zarten Alters handhabt er die Lanze gewandt und mit Sicherheit.«

Eine anmuthige kleine Erzählung, welche sich bei Van der Hammen findet, möge im gedrängten Auszuge hier eingeschaltet werden. Sie enthält so manche innere Unwahrscheinlichkeit, sie steht mit beglaubigt vorliegenden Thatsachen und dem Character der handelnden Personen theilweise in so scharfem Widerspruche und zeigt nebenbei so herbe Verstösse gegen Chronologie, dass man ihr als ein Ganzes den geschichtlichen Werth absprechen muss. Andererseits giebt sie manche unmittelbar aus dem Leben gegriffene Züge, die unverkennbar den Stempel der Wahrheit an sich tragen, so dass, wenn es erlaubt wäre, den wesentlichen Inhalt dieser Tradition beliebig mit feststehenden Thatsachen zu verschmelzen, oder zur Bekleidung derselben zu verwenden, leicht ein interessantes Bild gewonnen werden könnte. Die Erzählung lautet also:

»Bald nach dem Tode des Vaters, als sich das Gerücht

---

1) »Estrecha.«

2) Van der Hammen.

3) d. d. Valladolid, 6. Julius 1559, bei Gachard, Retraite et mort de Charles V., Th. 2, S. 514.

4) »á la xyneta y á la brida.«

vom Dasein eines natürlichen Sohnes desselben rasch verbreitete und überall neugierige Nachfrage das Geheimniss zu ergründen suchte, wünschte die Infantin Juana den Bruder kennen zu lernen. Demgemäss beauftragte sie Madalena, sich zu dem Auto da Fé in Valladolid in Gesellschaft Geronimo's einzufinden. Am 21. Junius traf die Genannte mit ihrer Nichte Mariana de Ulloa und dem Pflegesohn in Valladolid ein, und als sie auf einer Bank der Bühne, welche behufs des Auto errichtet war, Platz nahm, hüllte sie den ihr zur Seite sitzenden Knaben in ihren Mantel. Da begab sich, dass der Hofstaat, um sich auf der für ihn bestimmten Tribüne niederzulassen, hart an Madalena vorüberging und die an der Seite von D. Carlos voranschreitende Infantin die Frau nach dem geheimnissvoll Verborgenen fragte. Leise den Mantel lüftend, zeigte Madalena den Versteckten, worauf Juana, ohne sich an die Umgebung zu stossen, den Knaben umarmte und küsste, ihn Bruder nannte und als Hoheit behandelte. Das verdross Carlos, der, besonders als die Infantin den Knaben mit sich nach der königlichen Tribüne nehmen wollte, scharfe Worte mit der Base wechselte. Auch Geronimo wollte nicht mit der unbekannten Schwester gehen und klammerte sich weinend an die Mutter, welche der Infantin den gemessenen Befehl des Königs entgegenhielt. Nun erst setzte Juana den Weg nach der Tribüne fort; die ihr folgenden Frauen küssten im Vorübergehen die Hand des Knaben, und leise flüsterte Madalena demselben zu: ‚Señor mio es Vuestra Alteza, y no mi sobrino.‘ Der grössere Theil des Adels von Altcastilien hatte dem Auto beigewohnt, und als sich nun das Gerücht von dem entdeckten Kaisersohn verbreitete, entstand ein Gedränge, dass die Arkebusiere die Ordnung nicht mehr aufrecht erhalten konnten. Drum trug der Graf von Osorno Geronimo in den Wagen der Infantin, dem das Volk in dichten Haufen bis zum Königsschlosse nachfolgte. Von da brachte Madalena den Pflegesohn nach Villagarcia und meldete dem in San Juste sich aufhaltenden Quijada das Geschehene, der nun der Gemahlin aufgab, dem Knaben mehr Ehrerbietung und äussere Berücksichtigung denn zuvor zu Theil werden zu lassen. Seitdem wurde Geronimo höfisch und mit gesuchter Aufmerksamkeit behandelt; hatte er früher den Armen einen halben Real verabreicht, so spendete er ihnen jetzt einen Thaler. Nur in Betreff der Kleidung fand keine Veränderung statt, denn also wollte es der König.« — So weit Van der Hammen.

Am 20. August 1559 schiffte sich König Philipp II. in den Niederlanden ein, 9 Tage später stieg er bei Laredo in Altcastilien an's Land, am 14. September hielt er seinen festlichen Einzug in Valladolid und wohnte unlange darnach jenem berüchtigten Auto da Fé bei, welches den Häuptern protestantischer Ketzerei galt [1]). Dorthin den ihr anvertrauten Knaben zu bringen, war an Madalena de Ulloa die Weisung ergangen. Wenige Tage später begab sich der König mit dem Hofe nach dem 5 Leguas von Valladolid entfernten Bernhardinerkloster von San Pedro de la Espina, um im Walde von Toros der Jagd nachzugehen. Ebendaselbst sollte, dem ihm gewordenen Befehle gemäss, Quijada sich mit Geronimo einfinden, jedoch ohne dass die bisherige Kleidung des Letzteren irgend welche Aenderung erleide. Im Walde angelangt, trennte sich Quijada von dem kaiserlichen Gefolge, ritt zu den Jägern, bei welchen sich Geronimo befand, beugte vor ihm ein Knie, bat um dessen Hand zum Kuss und hiess ihn ein reich aufgeschirrtes Pferd besteigen. Betroffen, keines Wortes mächtig, fügte sich der Knabe; er hatte, gleich der ihn umstehenden Dienerschaft, keine Deutung für das Geschehene. Alsbald nahte der König mit dem Gefolge von Granden, und als Geronimo auf einen Wink des Pflegevaters absteigt und niederknieet, D. Philipp den Schüchternen zu sich heranzieht und freundlich fragt, ob er schon von seinem Vater wisse, stockt dem Verwirrten die Antwort und verstohlen blickt er auf Quijada. Da steigt der König vom Pferde, umgürtet Geronimo mit dem Schwert und mit den Worten: »Getrost, mein Kind, du bist der Sohn eines gar edlen Herrn; Kaiser Karl, der jetzt im Himmel, ist mein Vater und auch der deine«, schliesst er ihn in seine Arme [2]). Dann gebot er seinem Gefolge, dem Knaben, als Kaiserspross und östreichischem Blute angehörig, fortan in Ehren zu dienen. Bei der Rückkehr nach Valla-

[1]) Luis Cabrera de Cordobá, Felipe II. Rey de España. Madrid 1619. fol.

[2]) Lafuente, Th. 13. — Strada, lib. X.

dolid drängte sich das Volk jubelnd um den im Walde von Toros gefundenen Kaisersohn. Eine reichere Beute, pflegte der König noch später zu sagen, habe er von keiner Jagd heimgetragen.

Seit diesem Ereignisse hiess der Sohn Barbara's D. Juan d'Austria und galt als Mitglied des königlichen Hauses. Für ihn hatte der König die Wohnung des Grafen Ribadavia in Valladolid zur Residenz einrichten lassen und Gefolge und Hausdienerschaft bezeichnet. Luis de Quijada wurde ihm als Ayo, eine Zahl adlicher Männer zur Aufwartung beigegeben, eine eigene Leibwache, halb aus Spaniern, halb aus Deutschen bestehend, zu seiner Verfügung gestellt. Bis auf den Titel und die Residenz im Königsschlosse stand er dem Infanten gleich, nächst diesem der erste Unterthan des Königs. Madalena de Ulloa aber folgte dem geliebten Pflegekinde in dessen fürstliche Behausung, die sie bis zum Ende ihrer Tage nicht verliess.

Seit dieser Zeit finden wir das Leben D. Juan's in die vom Könige vorgezeichneten Kreise gebannt, den thatendürstenden, vollherzigen Jüngling an den Willen eines Mannes geschmiedet, der jede geistige Kraft, die in seinen Reichen durchbrach, als ein ausschliesslich zu seinem beliebigen Verbrauche verstelltes Capital betrachtete.

Dass über die Persönlichkeit Philipp's II. von jeher die abweichendsten Urtheile gefällt sind, findet in der Politik desselben und in seiner Stellung zur Kirche eine ausreichende Erklärung. Zu einer Zeit, als es sich ernstlich um die Frage handelte, ob in den christlichen Staaten Europa's der Protestantismus zur vollen Geltung gelangen, oder ob der Katholicismus das verlorene Glaubensgebiet wieder erobern werde, gab Spanien für letzteren den Mittelpunct eines compacten und geordneten Widerstandes ab und war es Philipp, dessen weitgreifende Entwürfe für Neubegründung römischer Kirchengewalt bald geharnischt und in gebieterischer Schlagfertigkeit sich geltend machten, bald aus geheimen und mit Schlauheit und Lüge durchgeführten Verhandlungen an's Licht traten. Ging überdies mit dieser Frage eine ehrgeizige, um die Wahl der Mittel wenig bekümmerte Politik und ein Absolutismus, der keinem Glauben, keinem Willen und keinem Wunsche, ausser dem königlichen, Berechtigung zuerkannte, Hand in Hand, also dass die geistige und politische Freiheit gleichzeitig in diesem Könige den unbeugsamen, schonungslosen Widersacher fand, so konnte nicht ausbleiben, dass die Schilderungen desselben vielfach die Färbungen der Parteileidenschaft an sich trugen. Es sind der begründeten Anklagen gegen diese kalte und versteckte Natur, dieses Gemisch von Hochmuth und Demuth, von berechneter Verstellung und Verlangen nach Wahrhaftigkeit, von Grausamkeit und Nachsicht, so viele und gewichtige, dass es der Zugabe von leichtfertigen Anschuldigungen, wie des über den Sohn verhängten Todes und der Vergiftung Elisabeth's, oder der vom bittersten Hasse eingegebenen Apologie Wilhelm's von Oranien nicht bedarf, um sich mit heimlichem Grauen von dieser Persönlichkeit abzuwenden.

Des Königs ganzes Leben ging in Thätigkeit für die Erkräftigung und Grösse seiner Staaten auf. Durch eigenes Studium und durch die Unterweisungen des Vaters hatte er frühzeitig, neben der Selbständigkeit des Urtheils, einen Umfang des Wissens und eine Kenntniss der Einzelnheiten in Bezug auf Zustände und Persönlichkeiten gewonnen, wie sie keinem Mitgliede des Staatsraths zu Gebote stand. Bei Vertheilung der Geschäfte unter die Secretaire wusste er jeden nach Massgabe seiner geistigen Kräfte zu berücksichtigen. Was er verlangte, war vor allen Dingen Klarheit und Bestimmtheit des Ausdrucks; wer hierin genügte und in Auffassung und Verarbeitung des Stoffes Scharfsinn und raschen Ueberblick an den Tag legte, war der Bevorzugung eben so gewiss, als die Granden oft genug fühlen mussten, dass Adel und Reichthum ohne Wissen in den Augen des Gebieters bedeutungslos seien. Dem Staatsrath wohnte er nur selten bei, um durch seine Gegenwart der freien Erörterung keinen Zwang anzuthun; aber alle Depeschen gingen durch seine Hände, alle an ihn gerichteten Zuschriften, die Gutachten seiner Räthe, sowie die Entwürfe der Secretaire unterzog er der sorgfältigsten Durchsicht. Selbst auf Spazierfahrten sah man ihn mit dem Durchblättern von Acten beschäftigt, so dass zu dem Ausspruche, den er einst gegen einen seiner Räthe that: »Ich versichere Euch, dem Könige ist das mühereichste Amt im

Leben beschieden!« [1]) die Berechtigung ihm nicht abgesprochen werden darf. Von Allem wollte er im Voraus unterrichtet sein, um nicht unvorbereitet einen Bescheid ertheilen zu müssen. Schon während seines Aufenthaltes in den Niederlanden rühmte der französische Gesandte, Sebastien de l'Aubespine, ihm nach: »Il est tout le long du jour sur des papiers.« [2]) War Philipp im Escurial, so weckte ihn um 4 Uhr Morgens der Gesang der Mönche im Chor der Kirche. Man glaubte diesen abstellen zu müssen, aber der König wies den Antrag mit den Worten zurück, es töne ihm wie Engelsang, der ihn aus dem Schlaf zur Erfüllung seiner Pflichten rufe [3]). Erholung suchte und fand er nur in Aranjuez. In den schattigen Laubgängen, neben kühlenden Springbrunnen gewann er Stärkung zu neuer Arbeit. Dort liess er sich auch wohl neue Gemälde zeigen, kunstreich gewebte Stoffe, oder prächtige Waffenstücke. Es kam selbst vor, dass er sich kleine Festlichkeiten gönnte.

In seiner umfassenden Correspondenz mit Vicekönigen, Feldherren, Gesandten unterzog der König zu einer Zeit, als seine Politik ganz Europa umspannte, alle Minutien der Erwägung. Er ermüdete nicht, jede Möglichkeit zu ermessen; man fühlt ihm die Aengstlichkeit an, dass er etwas übersehen könne, und indem seine Klugheit und Vorsicht alle Wechselfälle berücksichtigen wollte, konnte er denselben Gegenstand bis zur Ermüdung wiederholen. Er wusste, dass er der Einsicht und Thatkraft Dritter nicht entbehren könne, aber er verlangte von ihnen unbedingte Hingebung und die vollste Verleugnung ihrer Persönlichkeit. Auch wenn er fremden Rath borgte, musste dieser immer als der seinige gelten. Dadurch hemmte er die freie Bewegung der Untergebenen, die nur zur Ausführung des königlichen Willens abgerichtet wurden. Talentvolle Männer fühlten sich durch dieses Verfahren eingeschnürt, jedes selbständigen Waltens ihrer Lebengeister beraubt, es sei denn, dass sie, wie Antonio Perez, in schmiegsamer Hingebung auf den Befehl des Herrn zu lauschen

---

[1]) »Os digo al fin que este nuestro oficio de rey es muy trabajoso.«

[2]) Négociations relatives au règne de François II., S. 49 (Collection de doc. inédits).

[3]) Cabrera, S. 473.

schienen, während sie diesem ihren eigenen Willen unterschoben. Maria von Ungarn wusste, bis zu welchem Grade der König die unbedingte Hingebnng in seinen Willen erheischte, und schlug deshalb die wiederholte Bitte desselben, der Verwaltung der Niederlande auch ferner vorstehen zu wollen, mit der Erwiederung ab, dass es in ihren alten Tagen schwer falle, noch einmal mit der Erlernung des A-B-C anzufangen; es scheine für eine Frau von 50 Jahren angemessen, sich für den Rest ihres Lebens mit einem Gott und einem Herrn zu begnügen [1]). Dieser bis in alle Einzelnheiten sich erstreckenden Selbstregierung gegenüber geschah es, dass Philipp II. mitunter eine Frage von Wichtigkeit unentschieden liess, sei es, dass er dieselbe noch nicht hinlänglich sicher überblickt hatte, sei es, dass er die Verantwortlichkeit für den Fall des Misslingens auf Andere zu schieben wünschte. Denn im Gegensatze zu seinem kaiserlichen Vater, der sein Leben für geschlossen hielt, seit körperliche Gebrechen sein Handeln lähmten, war er kein Mann der That und liess die ängstlich erwogenen Entwürfe durch Andere ausführen. Seine geheimen Absichten waren dem Staatsrath oft eben so unerforschlich, als die Mittel zur Erreichung derselben mit einander in Widerspruch zu stehen schienen. Und doch galten sie immer nur einem Ziele.

Es war das Verfahren des Autocraten, der von der Ueberzeugung getragen wird, dass Gott ihn zum Statthalter irdischer Reiche bestellt, mit voller Machtvollkommenheit ausgerüstet und mit dem Ausfluss seiner Weisheit begnadet habe. In der Stille seines Cabinets spann er ungesehen die Fäden, welche alle christlichen Staaten umgarnten. »Es hat Philipp«, sagt Brantôme, »nicht so oft den Fuss in den Steigbügel oder auf die Galeere gesetzt, wie sein kaiserlicher Vater; aber aus weiter Ferne und wie mit geschlossenen Augen hat er Feldzüge geleitet und Schlachten geschlagen.« Eine solche Klugheit, die sich selbst anbetete und über jede auftauchende Bewegung im Gebiete des geistigen Lebens der Völker nach Willkür verfügen zu können glaubte, musste nothwendig den eigenen Meister schlagen.

---

[1]) »Se contenter, pour le reste de sa vie, d'un Dieu et d'un maistre.« Weiss, Papiers d'état etc., Th. 4, S. 469.

Von seinem Todtenbette aus schrieb einst der Almirante D. Fadrique Enriquez an Kaiser Karl V.[1]: »Gott hat mich mit Krankheit heimgesucht, so dass ich Ew. Majestät nicht nahen kann, um die Wahrheit zu sprechen, und da ich im Begriff stehe, vor Gott Rechenschaft abzulegen über meine verlorene Zeit, so haben Ew. Majestät nicht zu befürchten, dass irdische Leidenschaft sich hinter meinen Worten berge. Ew. Majestät kennen die Unfälle, welche dieses Reich erlitten hat. Der Hauptgrund derselben lag in der schlechten Regierung, und wenn auch den Regenten wegen seiner Jugend der Vorwurf nicht traf, so konnte er sich doch der Busse nicht entziehen. Seit aber Gott Euch Einsicht verliehen hat, wird es gut sein, der Vergangenheit zu gedenken, um in ihr nach Heilmitteln für die Gegenwart zu suchen. Ew. Majestät sind Kaiser und müssen dem entsprechend durch die Welt schreiten; aber Ew. Majestät sind nicht Gott, um über die Dinge zu gebieten. Auch sind Ew. Majestät nicht für sich nur Herr dieser Reiche, sondern auch für die Erben und Nachkommen, und darf deshalb nicht darauf gedacht werden, nur für den Augenblick der Früchte zu geniessen, selbst wenn dem Baum dadurch die Tragkraft genommen werden sollte. Was am meisten Noth thut, ist Gerechtigkeit und treue Diener derselben, die das Land lieben; eine schleunige Justiz, bei welcher den Richter nur gewissenhafte Ueberzeugung leitet; sodann Entlastung des Volkes von Abgaben, deren Druck dasselbe der Entfaltung seiner Kräfte beraubt; endlich rechtzeitige Anerkennung für treu geleistete Dienste; denn es ist ein hartes und im Worte Gottes nicht begründetes Gesetz, dass Unterthanen dienen sollen, ohne dadurch den Herrn zum Danke zu verpflichten.«

Dass Philipp II. eine solche Sprache bisher nie gehört hatte, war seine Schuld; wäre sie zu ihm gedrungen, er würde sie als ein Antasten seiner göttlichen Stellung gerügt haben.

Schon aus dem Obigen ergiebt sich, dass ein rascher Entschluss der Natur von Philipp II. widerstrebte; oft setzte er zur Begutachtung Einer Frage gleichzeitig mehrere Commissionen ein und liess in Folge dessen das glückliche Mo-

[1]) Valladares, Semanario erudito, Th. 18, S. 263 ff.

ment zum Handeln unbenutzt verstreichen. Das entlockte dem Marques de Almazan den unwilligen Ausruf: »Menos juntas y mas resolucion!« [1]) Auch wo es sich um geringfügige Gegenstände handelte, verliess er sich nie auf die Treue und Geschicklichkeit der Räthe. Man hat als Grund dafür mehrfach eine peinliche Gewissenhaftigkeit angegeben, während es näher liegt, in seiner engherzigen Abneigung, einem Untergebenen auch nur den Schein von Unabhängigkeit oder Einfluss zu gönnen, vor allen Dingen in seinem nie ruhenden Misstrauen, demzufolge er es gern sah, wenn seine Räthe eifersüchtig einander überwachten, die Erklärung zu suchen. Diesem Misstrauen zur Seite fand Liebe keine Stätte; er gab sie so wenig, als er sie fand. »Dem Herr-Gott«, lautet ein aragonesisches Sprichwort aus jener Zeit, »kann man nichts Böses nachsagen, aber wohl einem Don Philipp.«

Der Eindruck, welchen Philipp auf seiner ersten Reise durch Italien und Deutschland nach Flandern zurückliess, war kein erfreulicher. Vom Kaiser auf sein vornehmes, abstossend-kaltes Wesen aufmerksam gemacht, zeigte er sich später zugänglicher, gesprächiger, weniger steif und gemessen. Aber seine Herablassung beengte, sie konnte, weil sie eine angelernte war, kein Vertrauen erwecken; man sah auch furchtlosen Männern die Beklommenheit an, wenn im Hofkreise der König sein Auge länger auf sie richtete. »Der Gebieter Spaniens«, sagt der venetianische Berichterstatter Giovanni Micheli [2]), »zeigt in Farbe, Zügen und Ausdruck das treue Abbild seines kaiserlichen Vaters; er hat denselben Mund und die hängende Lippe, ist aber kleiner und zierlicher gebaut; er bemüht sich, auch in seinem Auftreten dem Vater zu gleichen, hört mit Geduld jedes Anbringen und antwortet bedachtsam, Wort für Wort abwägend.« — Philipp II. war ein Meister in der Selbstbeherrschung; aus den stets sich gleichbleibenden Zügen errieth man nie, wenn die heftigsten Leidenschaften in ihm sich regten. Die Botschaft von dem Siege bei Lepanto entlockte ihm keine Aeusserung der Zufriedenheit, die Gewissheit von dem Untergange der grossen Armada liess

---

[1]) Pidal, Historia de las alteraciones etc., Th. I.

[2]) Gachard, Relations des ambassadeurs vénitiens.

kein Zeichen des Unmuths durchbrechen. In Leid und Freude hüllte er sich in dieselbe Schweigsamkeit, die er von Jedem in seiner Umgebung verlangte. Für ein Wort des Scherzes fehlte ihm Verständniss.

In den Instructionen, welche Karl V. im Anfange des Jahres 1548 zu Augsburg für seinen Infanten abfasste, heisst es: »Die festeste Grundlage einer guten Regierung muss immer das unbedingte Vertrauen auf die unversiegliche Gnade des Allmächtigen bleiben; damit dir diese zu Theil werde, lass dir demnächst in allen Theilen deiner Herrschaft die Beachtung und den Schutz jeder Vorschrift unseres heiligen Glaubens dringend empfohlen sein.«[1] Diesen Weisungen, so weit sie die sichtbare Kirche betrafen, entsprach der König mit einer Gewissenhaftigkeit, die durch nichts beirrt werden konnte. »Der Messe und der Vesper«, sagt Giovanni Micheli, »wohnt Philipp so stete bei wie ein Priester, mehr als sich für seine Stellung ziemt.« Seine Andacht, wenn er in Processionen einherschritt, vor Reliquien anbetend sich beugte oder dem mit dem ganzen Aufwande kirchlicher Feier abgehaltenen Auto da Fé beiwohnte, erbaute die Castilianer. Er fühlte sich berufen, als Voigt für Rom aufzutreten und durch Mahnungen, durch Gebot, durch Drohungen zum unverbrüchlichen Festhalten an den Satzungen von Trient aufzufordern. In jedem Angriff auf die geistliche Ordnung sah er einen Angriff auf seine Person, in jedem Abfall von der Lehre der alten Kirche eine Empörung gegen die legale weltliche Gewalt. Die Majestät des Thrones und der Kirche gestaltete sich in ihm zu einem untheilbaren Begriff. Galt es aber, zwischen den widerstreitenden Forderungen Beider die Ausgleichung zu treffen, so musste die Kirche dem von Gott zu Lehen gehenden Königthum sich fügen, das religiöse Element den politischen Principien sich unterordnen.

Das zeigt sich in der Festigkeit, mit welcher er als König jeder Anmassung der spanischen Prälatur entgegentritt. Jedes

---

[1] »Deveis tener siempre muy encomendado la osservancia, sostentamiento y defension de nuestra sancta fee generalamente y en especial en todos los dichos reynos, estados y señorias que vos heredaréis.« Weiss, Papiers d'état etc., Th. 3, S. 267 ff.

Dogma der römischen Kirche erkennt er in seiner unantastbaren Heiligkeit an; aber er duldet nicht, dass man auf dem Grunde desselben seine oberherrlichen Befugnisse schmälere; er trägt kein Bedenken, auch in kirchlichen Angelegenheiten gebieterische Forderungen an den Papst zu stellen, sogar durch Alba den Feldzug gegen ihn eröffnen zu lassen. Man wähne nicht, dass diesem Act ein schwerer innerer Kampf vorangegangen sei. Seine Klugheit liess ihn die Abfindung mit dem Statthalter Gottes so sicher treffen, wie die Beseitigung menschlicher Einreden. Er fühlte sich in seinem Gewissen beruhigt, seit die Doctoren der Theologie zu Löwen das gewünschte Responsum abgegeben hatten, dass, wenn es der Vertheidigung gelte, der Sohn sich auch gegen den Vater der Waffen bedienen dürfe. In dieser Beziehung ging er freilich nicht weit über die Instructionen von Kaiser Karl hinaus, in denen es heisst: »Der Kirche zeige dich als ergebener Sohn; greift sie aber in deine oder deiner Unterthanen Rechte ein, so widerstehe mit Klugheit, ohne durch Verletzung der äusseren Achtung ein Aergerniss zu geben.«

In Bezug auf die Stellung Philipp's zur Kirche bietet der Briefwechsel desselben mit Kaiser Maximilian II. viel des Interessanten. Unlange nach dem Tode von D. Carlos schreibt der König [1]): »Die Nachricht, dass Ihr dem östreichischen Adel die Ausübung der augsburgischen Confession zu gestatten gewilligt seid, trifft mich in meinem Kummer um so härter, als der Schmerz um die wahre Lehre Gottes schwerer wiegt, als menschlicher Verlust. Und so verlange ich und beschwöre Euch, zu erwägen, was der von Gott Euch verliehene Stand und das kaiserliche Amt, dessen erste Aufgabe ist, die Kirche zu schirmen und deren Widersacher zu züchtigen, von Euch zu begehren berechtigt ist. Zugleich bedenkt, was Ihr den Ahnen schuldig seid, die wach und eifrig ihr Blut für den Glauben dran setzten; bedenkt, welchen Halt Ihr durch jenen Schritt der Ketzerei geben würdet, wie Eure Ehre bei allen treuen Söhnen der Kirche verkürzt zu werden Gefahr läuft. Staatsrücksichten aber müssen unter allen Umständen den Pflichten gegen Gott und sein heiliges Wort nachstehen.«

---

[1]) Bulletin de l'academie royale de Bruxelles, Th. 12, Partie 1.

Zu der nämlichen Zeit ertheilte der Kaiser dem Erzherzog Karl behufs dessen Mission nach Madrid eine Instruction [1]) des Inhalts: Spaniens Verfahren in den Niederlanden erwecke überall Abscheu und gründlichen Hass [2]); man beschwöre den König, mit dem Blutvergiessen inne zu halten und Gnade vorwalten zu lassen; wo nicht, so könne geschehen, dass alle christlichen Staaten von einer Bewegung erfasst würden, deren Ausgang nicht abzusehen sei. Den Glauben anbelangend, so dürfe man nicht mit Gewalt bekehren wollen, sondern habe zunächst durch eine Geistlichkeit unsträflichen Wandels auf das Volk einzuwirken. Ueberdies habe sich stets als nothwendig gezeigt, dass man den Forderungen der Zeit bis zu einem gewissen Grade Rechnung trage [3]). — Die durch Luis Venegas de Figueroa hierauf ertheilte Antwort Philipp's II. lautet: Keine menschliche Rücksicht, keine Erwägung des augenblicklichen Staatswohls werde ihn je bestimmen, auch nur um e i n e n Schritt von dem Wege abzuweichen, den er zur Behauptung des Glaubens eingeschlagen habe; einen Rath aber, der diesem Grundsatz widerspreche, müsse er als Beleidigung ansehen. Er habe, erklärte er mündlich dem Erzherzoge Karl, nur den Gesetzen der Kirche zu folgen; was diese vorschreibe, sei gerecht und heilig; der Glaube müsse nicht blos im Herzen wohnen oder auf der Lippe, sondern auch in thatkräftiger, zum Schutz desselben bereiter Hand [4]).

Es wird nicht leicht zu entscheiden sein, wie weit Philipp II. mit Bewusstsein, wie weit in Selbsttäuschung befangen, sich mit der Kirche identificirte; wie weit er sich als deren Säule betrachtete und wiederum in ihr nur die Handhabe für die Durchführung seiner ehrgeizigen Pläne erkannte. Es hat der Mensch von jeher einen Ueberfluss von Witz daran gesetzt, um für sich und Andere den Beweis zu führen, dass er Gott diene, indem er den eigenen Neigungen nachgehe.

Philipp II., der sich des schönsten Vorrechts der Krone,

---

[1]) C a b r e r a, lib. 8, cap. 10.

[2]) »Gravissimo odio y aborrecimiento.«

[3]) »Dar algun lugar a la necessidad de los tiempos.«

[4]) »No solo en el coraçon para la (fè) creer, i en la boca para la confesar, pero asi mismo en las manos i en las obras para la executar i hazer guardar.«

der Begnadigung eines Verurtheilten, nur selten bediente und sein Richteramt so eisern übte wie die Gewalt, mit welcher er Spanien beherrschte, hatte es gern, wenn seine Gesandten und Granden sich mit einer Pracht umgaben, die er für sich selbst verschmähte. Er entfaltete seinen Reichthum nur in Geschenken an Kirchen und Klöster. In dieser Hinsicht war ihm nichts zu hoch, und selbst zu einer Zeit, als der königliche Schatz bis zum Aeussersten erschöpft war, duldete er nicht, dass eine auf die Zollstätte in Messina angewiesene Gabe von jährlich 1000 Ducaten an das heilige Grab in Jerusalem und von 500 Ducaten an das Sinaikloster gestrichen werde [1]). Andererseits benutzte er die Inquisition, deren Confiscationen ihm zufielen, wesentlich als Mittel für politische Zwecke, also dass Rom mehrfach gegen dieselbe schützend einschritt. Er war der weltliche Papst Spaniens, halb der betende Mönch im Escurial, halb der ehrgeizige Gebieter, der keine Unabhängigkeit neben sich duldete, in jeder Grösse ein ausschliesslich für seinen Dienst geschaffenes Werkzeug erkannte, das er nach geschehener Verwendung gleichgültig bei Seite warf und, während er stets beflissen war, den Schein zu retten, mit göttlichen und menschlichen Rechten ein nichtswürdiges Spiel trieb. Man weiss nicht, soll man in seinem Verfahren gegen Montigni mehr vor der feigen Lüge oder vor der Schlauheit und kalten Berechnung des Königs zurückschrecken. Furcht vor den Niederländern und selbst vor der Stimme seiner Castilier lässt ihn die öffentliche Hinrichtung seines vermeinten Feindes nicht wagen. Es muss diese zur nächtlichen Zeit, in tiefster Heimlichkeit und unter Beobachtung aller gerichtlichen Formen, im Innern der Feste Simanca's vollzogen werden, um durch die Bekanntmachung, der Gefangene sei das Opfer einer raschen Krankheit geworden, zu täuschen. Ganz Spanien, schreibt der König in seiner Freude an Alba, glaube an den natürlichen Tod Montigni's.

In einem solchen Character konnten Neid und Misstrauen nicht versiegen.

Auf den Cortes, welche der König nach Toledo ausgeschrieben hatte, erfolgte (22. Februar 1560) die feierliche

---

[1]) Coleccion de doc. ineditos, Th. 28, S. 352.

Anerkennung von Carlos als Thronfolger. Zwischen dem mit den Insignien des Königthums geschmückten Philipp II., vor welchem der Graf von Oropesa, das blanke Schwert auf der Schulter, stand, und zwischen Juana sass der Infant; um Weniges zurück D. Juan neben den Gesandten fremder Mächte; hinter diesen die Granden. Bei dieser Gelegenheit ereignete sich, dass, als D. Juan, unmittelbar nach der Infantin, durch Oropesa zur Leistung der Huldigung aufgefordert wurde, der Staatsrath Francisco de Eraso gegen den König das Bedenken äusserte, dass derselbe das zur Ablegung eines Eides erforderliche Alter von 14 Jahren noch nicht erreicht habe, worauf der König mit leiser Stimme erwiederte, er wünsche gleichwohl, dass sein Bruder den Act vollziehe. Sonach schwur Letzterer den Eid auf den Evangelien und küsste hierauf, dem Brauche gemäss, knieend dem Thronfolger die Hand. Nach ihm traten die Prälaten, Granden und Abgeordneten der Städte zum Schwure vor, ohne dass ihnen die Gnade des Handkusses zu Theil geworden wäre [1]). In dem nämlichen Jahre vollzog Philipp II. die bereits von seinem kaiserlichen Vater beabsichtigte Verlegung des Hofes nach Madrid. Wie einst in Valladolid, so wies er auch hier dem Halbbruder eine seinem Stande angemesssene Residenz an. Es war in einer Novembernacht des gedachten Jahres, als Luis de Quijada, durch ungewöhnliches Geräusch aus dem Schlafe aufgeschreckt, durch das Gemach, in welchem er geruht hatte, die Flamme züngeln sah. Rasch aufspringend, gewahrte er, dass aus allen Theilen der Wohnung die Glut hervorbrach, und nach kurzem Erwägen, ob er zunächst auf Rettung Madalena's, ob des geliebten Pflegesohnes zu denken habe, eilte er zu dem Gemache des Letzteren, trug den Unbekleideten auf die Strasse, stürzte dann nochmals in das brennende Gebäude, und auch die Rettung Madalena's gelang ihm. Die Residenz stürzte in sich zusammen; wie das Feuer entstanden, verlautete nie. Von der nächstgelegenen Kirche, in welcher sie ein Unterkommen gesucht hatten, führte Ruy Gomez de Silva die Geretteten nach seinem Hause.

Zugleich mit dem Infanten Carlos und Alexander von

---

[1]) Cabrera, S. 247 ff.

Parma bezog D. Juan im Herbst 1561 die damals durch Gelehrsamkeit und feinen Ton sich auszeichnende Hochschule zu Alcala. Der dortige erzbischöfliche Palast war für die drei fürstlichen Jünglinge eingerichtet. An Alter fast gleich, an Gaben des Geistes und des Körpers wesentlich von einander verschieden, erfreuten sie sich vornehmlich des Unterrichts des frommen und gelehrten Honorato Juan. Neben der Wissenschaft fanden Leibesübungen und ritterliche Künste genügende Beachtung. Näher als mit dem Infanten, der in seiner verletzenden Laune auch des Vaters nicht schonte, lag für D. Juan die Verständigung mit dem Farnesen. Ruhte doch auf Alexander's Mutter derselbe Makel der Geburt, den Carlos gegen Juan so gern mit bitterm Spott hervorhob. Aber gleichwohl fehlte viel, dass beide Jünglinge schon damals sich als verwandte Geister begegnet wären, wie später, als sie unterm Stahlhelm neben einander fochten. Denn während D. Juan, in welchem das Leben auf dem Schlosse zu Villagarcia den Grund zu kunstloser Offenheit, Wahrhaftigkeit und unverbrüchlichem Gehorsam gegen ein gebietendes Wort gelegt hatte, für kleine Intriguen weder Talent noch Verständniss besass, hatte der an den Höfen Italiens und dann in den Niederlanden aufgewachsene Alexander frühzeitig gelernt, sein Wort und Thun nach den Vorschriften der Klugheit abzumessen und geschmeidig, anscheinend fügsam, ohne Aufsehen oder Anstoss zu erregen, seinen Willen durchzusetzen. Beiden schwoll das Herz, wenn sie von den siegreichen Kriegsfahrten des Kaisers hörten und an diese im glücklichen Jugendträumen die Grossthaten anreihten, welche ihnen die Zukunft vorbehalten habe. Margaretha's Sohn lebhaft, wohlgebaut, von feiner, einnehmender Gesichtsbildung; Juan schlank von Wuchs, in allen Gliedern Ebenmass, über der hohen Stirn blondes kräuselndes Haar, ein kluges, leuchtendes Auge. Als Knabe war er wegen seiner Freundlichkeit und Bescheidenheit, seines zarten, rücksichtsvollen Benehmens, welches von Madalena de Ulloa auf ihn übergegangen war, gepriesen, als Jüngling fiel er im Kreise der Altersgenossen durch Schönheit auf.

Um das Verhältniss D. Juan's zu Carlos und damit zum Könige richtig aufzufassen, dürfte ein genaueres Eingehen auf die Persönlichkeit des Infanten, dessen Lebensbedingungen und Stellung zum Vater unabweisbar sein.

Die 18jährige Maria von Portugal war wenige Tage nach der am 8. Julius 1545 erfolgten Geburt von Carlos gestorben. So der Mutter beraubt, während der Vater in der Fremde weilte, verlebte das nach dem Grossvater benannte Kind die früheste Jugend unter den Augen der beiden Schwestern Philipp's II., Maria und Juana, Erstere nachmals mit dem Erzherzoge Maximilian, Letztere mit Joao, Thronerben von Portugal, vermählt. Bei der zarten Gesundheit des Kindes wandte sich die Sorge der Frauen mehr auf das körperliche Gedeihen, als auf die Erziehung des Prinzen von Asturien. Dem ungestümen, jähzornigen Knaben gegenüber fehlte es Juana an der erforderlichen Festigkeit und Characterstärke; die kluge, aber nachsichtige Frau verstand es nicht, den zähen Eigensinn und eine bis zur Wuth sich steigernde Heftigkeit zu zügeln, so dass der Vater, der auch aus der Ferne mit grosser Aufmerksamkeit die Erziehung und Unterweisung des Infanten verfolgte, für nöthig erachtete, die Beaufsichtigung desselben 1554 dem frommen Honorato Juan, als Lehrer und Erzieher, und dem Garcia de Toledo, einem Bruder des Herzogs von Alba, als Ayo anzuvertrauen, während zugleich in Frai Juan de Muñatones ein Lehrer für die lateinische Sprache bestellt und auf Luis de Morisocte der Unterricht im Deutschen übertragen wurde [1]). Für seine Gelehrsamkeit, deren Ruf sich weit über Spanien hinaus verbreitete, hatte Honorato Juan den Grund auf der Hochschule zu Löwen gelegt, und schon durch Kaiser Karl V. war der schöne, bescheidene, durch Anstand und feine Sitte ausgezeichnete Mann an den Hof gezogen [2]). Aber der Infant hätte eines Erziehers aus härteren Stoffen bedurft. Der weiche, milde Valencianer glaubte durch liebevolle Worte die störrische Natur des Knaben zwingen zu können; das gelang ihm nicht, obgleich ausser ihm kaum eine zweite Persönlichkeit zu nennen ist, der Carlos mit bleibender Zuneigung anhing. Beide Erzieher

---

[1]) Coleccion de doc. ineditos, Th. 26, S. 395 und Th. 27, S. 91.

[2]) Athanasius Kircherus, Principis christiani archetypon politicum, S. 126. Amsterd. 1672. 4°. S. 126.

sprachen ihre Klage über den ungelehrigen und eigenwilligen Zögling offen und wiederholt gegen den König aus. Schon der 10jährige Knabe gab für den Vater und Grossvater fortwährend den Gegenstand der Besorgniss ab. Er habe gehört, schrieb Letzterer [1]), dass Carlos von massloser Leidenschaftlichkeit beherrscht werde; man möge Alles daransetzen, um denselben an Besonnenheit und Achtung vor Sitte zu gewöhnen. Es blieb ihm, als er auf dem Wege nach San Juste in Valladolid den Enkel sah, ein tiefschmerzlicher Eindruck zurück. In einem Schreiben an den König beschwert sich die Regentin Juana über den nicht zu zähmenden Eigensinn des Knaben und hält eine Entfernung desselben aus den Hofkreisen Valladolid's für wünschenswerth; sie fügt hinzu, dass ein Aufenthalt in San Juste vielleicht geeignet sei, ihn unter eine Autorität zu beugen. Dieser Vorschlag, mit welchem Philipp II. sich einverstanden zeigte, kam nicht zur Ausführung, vielleicht weil der Kaiser die Klosterstille durch einen derartigen Besuch nicht gestört zu sehen wünschte. »In Studien und Leibesübungen«, meldet Garcia de Toledo [2]), »sind beim Infanten, trotz der besten Lehrmeister, so wenig die erwarteten Fortschritte wahrzunehmen, als meine Ermahnungen auf sein Betragen Einfluss haben.« »Es liegt schwer auf mir«, schreibt Honorato Juan [3]) an Philipp II., »dass ich durch das Aufgebot aller meiner Kräfte die Kenntnisse des Infanten wenig fördere; doch mag ich durch fernere Mittheilungen meinem Könige keinen Kummer bereiten und erwarte von dessen Zurückkunft die besten Folgen.« »Carlos«, berichtet der Gesandte Badoaro nach Venedig, »ist von schwacher Leibesbeschaffenheit; er verräth Neigung zur Grausamkeit, hat seine Freude an verwegenen Streichen, und scheint, trotz seiner grossen Jugend, den Frauen zu huldigen.« [4])

Philipp II. konnte sich bei seiner Rückkehr aus Flandern der Ueberzeugung nicht verschliessen, dass die ihm zuge-

---

[1]) Colecc. de doc. ineditos, Th. 26, S. 478.

[2]) d. d. Valladolid, 13. April 1558. Colecc. de doc. ineditos, Th. 26, S. 407.

[3]) d. d. Valladolid, 30. October 1558. Ebendas. S. 399.

[4]) Gachard, Relations des ambassadeurs vénitiens, S. 63.

gangenen Berichte über den Sohn auf Wahrheit beruhten. Gleichwohl ging er von der nachsichtigen Behandlung nicht ab, sei es, dass die fortdauernde Kränklichkeit des Knaben ihn dazu bestimmte, sei es, dass er nur von grösserer Reife des Alters eine Umwandlung erwarten zu dürfen glaubte [1]). Noch auf den Cortes zu Toledo, wo Carlos die Huldigung als Thronerbe entgegennahm und die Heilighaltung der Gesetze und Fueros von Castilien beschwor, zeigte er sich blass und abgemagert, seit langer Zeit vom Fieber geschüttelt, weshalb der Vater später für erforderlich hielt, die Vermählung des Infanten mit der Erzherzogin Anna, Tochter des nachmaligen Kaisers Maximilian II., vorläufig hinauszuschieben [2]). Die Aerzte hielten eine Ortsveränderung für geboten, und der König, welcher in Bezug hierauf anfangs an Malaga gedacht hatte, sandte den Infanten nach dem durch gesunde Lage ausgezeichneten Alcala de Henares, wo ihm, ohne durch den Zwang des Hoflebens eingeengt zu sein, alle Mittel zur geistigen Ausbildung geboten wurden. Da ereignete sich, dass der Infant, als er (19. April 1562) eine steile und dunkle Hintertreppe hinabstürmte, um mit der schönen Tochter eines Schlossbeamten heimlich sich zu begegnen, im jähen Sturze auf die Steinstufen schlug und eine Verletzung des Hinterkopfes davontrug, welche die herbeigerufenen Aerzte alsbald für eine sehr bedenkliche erklärten [3]). Sogleich bei der Nachricht von diesem Unfall eilte der König von Madrid nach Alcala. Man breitete Reliquien über den Besinnungslosen, und ein Ausschreiben des Staatssecretairs Gonçalo Perez forderte die Aebte der angesehensten Klöster auf, durch Processionen und Gebete die Genesung des Kranken zu erflehen [4]). Gleichwohl schien die letzte Hoffnung auf Rettung zu schwinden, und schon hatte der König, um dem Tode des Sohnes nicht beizuwohnen, unter Zurücklassung von Befehlen hinsichtlich der Leichenbestattung

---

[1]) Cabrera, S. 296.

[2]) Die feste Verabredung der Ehe zwischen Carlos und Anna scheint im October 1561 getroffen zu sein. Schreiben des Grafen Luna an Philipp II., d. d. Wien, 13. October 1561. Colecc. de doc. ineditos, Th. 26, S. 416.

[3]) Gachard, Don Carlos et Philippe II. (Bruxelles 1863), Th. I.

[4]) Coleccion etc., Th. 26, S. 443.

den Rückweg nach Madrid angetreten, als es einem Brüsseler Arzte gelang, auf dem Wege des Trepanirens die leibliche Heilung des Kranken herbeizuführen. Doch brach seitdem zeitweise eine geistige Zerrüttung durch, die sich in gesteigerter Gereiztheit, mitunter in Ausbrüchen der Wuth äusserte. Eine stete Herausforderung an den siechen Körper, seine Kräfte mit dem Leben zu messen. Dann wiederum versank er in Resignation und gab sich Todesgedanken hin. In einem 1564 abgefassten Testamente bestimmte er 10,000 Ducaten zum Loskaufe gefangener Christen, stiftete Messen und Wachskerzen, verordnete, im Kloster San Juan de las Reyes im Franciscanerhabit beigesetzt zu werden, verbat sich jedes Epitaph und vermachte an Honorato Juan eine Seidentapete, in welche die Gefangennahme von König Franz I. von Frankreich hineingestickt war [1]).

Alle Versuche Philipp's II., die Leidenschaftlichkeit von Carlos zu bändigen, scheiterten [2]); jede von der Sitte gebotene Schranke war ihm lästig; er ertrug keinen Befehl, auch nicht vom Vater. Diese Zügellosigkeit mehrte sich in gleichem Grade mit dem Wachsen körperlicher Kräfte. Halbbekleidet schweifte er Nachts auf den Gassen von Madrid und haschte nach schmutzigen Abenteuern; es war keine ehrbare Frau vor seinen Kränkungen sicher. Garcia de Toledo bat, um sich Misshandlungen zu entziehen, um Enthebung von seinem Amte und erhielt in Ruy Gomez de Silva, Fürsten von Eboli, einen Nachfolger. Seinen Kammerherrn Alonso de Cordova wollte der Zornmüthige einst aus dem Fenster des Schlosses stürzen. Es wird erzählt, dass der Infant, an den Präsidenten des Raths von Castilien, Diego de Espinosa, weil dieser einen beliebten Schauspieler vom Hofe verwiesen hatte, Hand anlegend, mit den Worten: »Beim Leben meines Vaters, ich stosse Euch nieder!« den Dolch gezückt habe, durch den Kniefall des Bedrohten aber und dessen Bitte um Gnade zufrieden gestellt sei.

---

[1]) Gachard, Don Carlos etc., Th. 24, S. 515 ff.

[2]) »No podia el rey templar la inclinacion de D. Carlos, venciendo siempre a la disciplina la naturaleza entregada a libertad i desordenes.« Cabrera, lib. 7, cap. 22.

Es gab nur einen Menschen, dessen mildes, eindringliches Wort beim Infanten, wenn auch nicht Beachtung, doch Gehör fand. Das war Honorato Juan. Für ihn erbat sich Carlos beim Papste das Bisthum Osma [1]), und Philipp II. erreichte bei der römischen Curie, dass dem Bischofe verstattet wurde, 6 Monate im Jahre seine Diöcese zu verlassen, um diese Zeit beim Infanten zuzubringen. Auf eben diesen Gegenstand richtet Letzterer seine Bitte bei dem ehemaligen Lehrer; er nennt ihn seinen besten Freund, den er im Leben habe [2]). Wie dieser fromme Bischof zu Carlos zu sprechen pflegte, zeigt uns ein undatirtes Schreiben desselben [3]), in welchem es heisst: »Ich beschwöre Ew. Hoheit, auch in meiner Abwesenheit stets dessen eingedenk zu bleiben, was ich so oft mit Nachdruck hervorgehoben habe: die Furcht Gottes nie aus dem Herzen weichen zu lassen, vielmehr durch Andacht an heiliger Stätte und durch Genuss des heiligen Sacramentes in ihr zu erstarken, im Gehorsam gegen den König und Vater nie zu straucheln, weil jeder andere Weg in's Verderben führt; endlich in Wort und That den Untergebenen und königlichen Dienern mit Liebe zu begegnen, wie es eines Fürsten würdig ist. Besonders aber wollen Ew. Hoheit sich vor übler Nachrede hüten, weil in ihr die Liebe verloren geht.« Hätte ein Mensch das Herz von Carlos für Pflicht und Gehorsam noch gewinnen können, es wäre dieser Priester gewesen. Er starb zu früh (30. Julius 1566) für den, der mehr und mehr einer Lösung aller Bande des Lebens entgegenstürmte.

Schon der Venetianer Badoaro hebt in seinem amtlichen Berichte über den 12jährigen Infanten einmal dessen masslose Freigebigkeit, also dass er, wenn es ihm an Gelde fehle, ohne Bedenken Goldketten, Pretiosen, sogar seine Kleider wegschenke, sodann dessen Stolz hervor, der in ihm Unmuth aufsteigen lasse, wenn er vor dem Vater oder Grossvater barhaupt stehen müsse. Der 10 Jahre später berichtende Antonio Tiepole bemerkt [4]): »Der Infant ist in sein 22. Jahr getreten, aber

---

[1]) Coleccion etc., Th. 26, S. 402.

[2]) »Mi mayor amigo, que tengo en esta vida.« Athanas. Kircherus a. a. O., S. 182.

[3]) Ebendas. S. 186.

[4]) Gachard, Relations des ambassadeurs vénitiens, S. 151 ff.

für sein Alter wenig entwickelt; blonden Haares, gebückter Haltung, von sehr heller Gesichtsfarbe, nicht schön zu nennen [1]). Er liebt Wahrheit, ist ein Feind aller Aufschneidereien, kommt den kirchlichen Pflichten gewissenhaft nach, ohne deshalb in seinem unkeuschen Wandel inne zu halten, und zeigt sich bis zum Uebermass mildthätig. Man hat von ihm die Aeusserung gehört: ‚Wer soll denn Almosen geben, wenn die Fürsten es nicht thun?'«

Diese Freigebigkeit findet in vielen einzelnen Zügen seines Lebens Bestätigung. So schenkte er einem Hirten, der ihn in der Nähe des Escurial zu dem verfehlten Wege geleitete, 10 Goldthaler; dem Boten, welcher ihm die Nachricht von dem glücklichen Entsatze Malta's durch Garcia de Toledo brachte, entliess er mit 150 Ducaten, und dem gelehrten Florentiner Guicciardini, welcher ihm sein Werk über Flandern zugesandt hatte, liess er eine Verehrung von 200 Ducaten zukommen [2]). Es schien ihm nicht zu viel, wenn er von einem Portugiesen einen Diamant für 25000 Ducaten, eine Uhr für 400 Ducaten erstand, so dass, auch abgesehen von seiner Liebhaberei für hohe Wetten, die vom Vater für ihn ausgeworfene Geldsumme nimmer reichte. In den ersten 9 Monaten des Jahres 1567 verbrauchte er, die Kosten des Hofstaats und der Dienerschaft ungerechnet, lediglich für seine Person 86,000 Ducaten.

Hatte Philipp früher durch übergrosse Nachsicht gefehlt, so reizte er später, indem er den entgegengesetzten Weg einschlug, durch Kälte und Härte den Jüngling zum schroffsten Widerstande. Carlos fühlte das Bedürfniss einer geordneten Thätigkeit, er trug Verlangen nach Theilnahme an der Regierung; aber der Vater gestattete ihm den Zutritt zu den Rathssitzungen nicht, er wollte keinerlei Betheiligung desselben an Staatsgeschäften. Zwischen ihm, der auf Beachtnng der Formen und Hofsitte ein übertriebenes Gewicht legte, und dem Sohn, der absichtlich Anstand und Etiquette hintansetzte, wohl

---

[1]) Strada, lib. X, sagt: »Carlos war, bis auf Farbe und Haar, wenig schön; die eine Schulter etwas höher, das eine Bein etwas kürzer.« Aehnlich lautet der Bericht Dietrichstein's.

[2]) Coleccion etc., Th. 27, S. 81.

gar in satyrischen Bemerkungen über das Oberhaupt des Staats sich gefiel, gab es kein Verständniss; auf beiden Seiten steigerte sich die Abneigung bis zum Widerwillen. Der Sohn sah in jedem Feinde des Königs seinen Freund, der König in jedem Anhänger des Infanten seinen heimlichen Widersacher. Dass die von ihm ersehnte Vermählung mit der Erzherzogin fortwährend unter beliebigen Vorwänden hinausgeschoben wurde, konnte Carlos nicht verschmerzen. Wusste er vollends, dass der Vater mit der Verheirathung seines einzigen Sohnes ein gewissenloses Spiel der Politik trieb, auf jede Verheissung die Täuschung folgen liess und, zum Frommen von Kirche und Staat, die heiligsten Interessen des Menschen in einem Wuchergeschäfte anlegte, so findet der wachsende Groll bis zu einem gewissen Grade seine Erklärung.

Es ist oben bemerkt, dass die Verbindung von Carlos mit der Erzherzogin Anna zuerst im October 1561 am kaiserlichen Hofe zur Sprache gebracht und dass man von Seiten des jüngeren Hauses Habsburg auf diesen Antrag unverzüglich eingegangen sei. Zur nämlichen Zeit wandte sich Katharina von Medicis an ihre Tochter, Elisabeth von Spanien, mit der Bitte, durch ihren Einfluss auf den König dahin zu wirken, dass der Infant mit Margaretha von Valois verlobt werde, und suchte durch Uebersendung eines Diamanten von grossem Werthe auch die Prinzessin Eboli für diesen Plan zu gewinnen [1]). Weil man in Wien einen festen Abschluss des Ehevertrages und Uebereinkunft über die Zeit der Vermählung wünschte, erhielt Martin de Guzman vom Kaiser Ferdinand I. den Auftrag, sich nach Madrid zu begeben und von Philipp II. einen unzweideutigen Bescheid einzuholen [2]). Dieser Forderung wusste der König unter dem Vorwande auszuweichen, dass die Gesundheit des Infanten eine auch ihm wünschenswerthe Erklärung leider nicht gestatte [3]). Eben damals trat Philipp durch Vermittelung der spanischen Gesandschaft in London

---

[1]) Négociations etc. relatives au règne de François II., tirées du portefeuille de Sebastien de l'Aubespine, évêque de Limoges. Paris 1841. S. 814 ff. (Collect. de doc. inéd.)

[2]) Ferdinand I. an Philipp II., d. d. Prag, 14. Januar 1562. Coleccion etc., Th. 26, S. 419.

[3]) Gonçalo Perez an Graf Luna. Madrid, 10. März 1562. Ebendas.

mit Ledington, dem Vertrauten von Maria Stuart, über eine Vermählung der Letzteren mit dem Infanten in Unterhandlung. Der Gedanke, dass auf diese Weise ein Heilmittel für die katholische Kirche in Schottland gefunden werden könne, liess ihn nicht ruhen. Aber indem er dabei mit einem Aufwande überkluger Erwägungen verfuhr und jeden Zwischenfall, jede denkbare Wendung dieser Angelegenheit der Berechnung unterzog, ereignete sich, dass alle an die Durchführung des Planes sich knüpfenden Hoffnungen langsam vor seinen Augen abstarben. Er wollte nicht, dass der Gesandte sich durch irgend eine Zusage binde; höchstens dürfe er die Ansichten des Cabinets von Madrid leise durchblicken lassen [1]). Bald häuften sich hier Schwierigkeiten mancher Art. Von Inspruck aus meldete Graf Luna, dass der Cardinal von Lothringen über die beabsichtigte Vermählung seiner königlichen Nichte mit Carlos um so mehr betroffen sei, als er die Verbindung derselben mit Erzherzog Karl betreibe [2]); andererseits gab Elisabeth von England die Erklärung ab, dass sie Maria für ihre Feindin halten werde, sobald diese einem Mitgliede des Hauses Oestreich ihre Hand reiche. Nun hüllte sich Philipp II. in sein beliebtes Schweigen, bis er den Augenblick für geeignet erachtete, auf möglichst unverdächtigen Wegen die Verhandlungen wieder anzuknüpfen, und durch Gonçalo Perez bei Maria anhielt, an die spanische Gesandtschaft in London einen Vertrauten zu schicken, mit welchem man sich über die Vorbedingungen verständigen könne [3]). Gleichzeitig musste sich Luis de Paz unter dem Vorwande, wegen eines von Seeräubern aufgebrachten spanischen Schiffes Nachforschungen anzustellen, nach Edinburg begeben, wo er, ohne Verdacht zu erregen, durch Ledington zu Maria geführt wurde und Letzterer eröffnete, dass Philipp II. geneigt sei, auf deren Vermählung mit dem Infanten

---

[1]) Schreiben Philipp's II. an den Gesandten, d. d. Madrid, 15. Junius 1563. Ebendas. S. 447. — Dieses Schreibens wird auch in einer Abhandlung über Maria Stuart in den Memorias de la real academia de la historia, Th. 7, gedacht, aber mit dem unrichtigen Zusatze, dass der König bereits im Junius jeden Gedanken an eine Vermählung mit Maria Stuart aufgegeben habe.

[2]) Coleccion etc., Th. 27, S. 450.

[3]) Ebendas. S. 460.

einzugehen, die Erörterung dieses Gegenstandes jedoch der Schrift nicht anzuvertrauen wage und deshalb um die Absendung eines zuverlässigen Dieners bitte, der zugleich über die Hülfsmittel, welche Schottland der Königin biete, und über deren Anhang in England berichten könne. Der Geheimschreiber Roulet, welchen Maria für diese Mission ausersehen hatte, fand bei seiner Ankunft in London den spanischen Gesandten nicht mehr am Leben, schiffte sich deshalb nach den Niederlanden und entledigte sich seines Auftrages gegen Granvella.

Dass gleichzeitig Kaiser Ferdinand I. auf eine bestimmte Erklärung wegen der Verlobung des Infanten mit Anna um so mehr drang, als auch Karl IX. von Frankreich um die Hand der Erzherzogin warb und zugleich die Verbindung von Erzherzog Karl mit Maria von Schottland möglichst zu unterstützen bat, durchkreuzte die feinen Intriguen Philipp's II. In dieser Verlegenheit wandte er sich an Alba. Der Herzog, welcher weniger nach spitzfindigen Combinationen, als nach practischem Ermessen gegebener Verhältnisse sein Urtheil zu bedingen pflegte, erwiederte umgehends[1]): Die Vermählung des Infanten mit Anna könne in allen Beziehungen nur erspriesslich sein; Frankreichs Anträge in Wien dürfe man nicht ernstlich nehmen, da das Absehen Katharina's von Medicis auf Maria Stuart gerichtet sei; der Kaiser selbst wisse sehr wohl, dass Frankreich ihn täusche, und fusse auf den Bemerkungen desselben nur so weit, als er dadurch die Verbindung Anna's mit Carlos beschleunigen zu können glaube. Seines Dafürhaltens müsse man dem Kaiser offen darlegen, dass die Mutter Karl's IX. durch die Hand der Maria nur Schottland und England zu gewinnen trachte, um mit voller Macht auf beide Häuser Oestreich zu drücken. Um so wünschenswerther sei es, dass Letztere fest an einander hielten. Wolle man endlich die Bewerbung des Erzherzogs um Maria unterstützen, so müsse es wenigstens mit der höchsten Vorsicht geschehen, damit die Erbitterung Elisabeth's nicht rege gemacht werde.

Schon diese Auseinandersetzung Alba's machte den König

---

[1]) d. d. Huesca, 21. October 1563. Coleccion etc., Th. 27, S. 488.

schwankend, mehr noch die wenig befriedigenden Nachrichten, welche durch Granvella nach Madrid gelangten. Die Mittel, über welche Maria in Schottland und vermöge ihrer Anhänger in England zu verfügen hatte, konnten den Bruch mit Elisabeth und wahrscheinlich auch mit Frankreich nicht aufwiegen, und so entschloss sich Philipp II. kurzweg, diesen Plan für immer aufzugeben. »Wenn ich«, schrieb er im August 1564 an Granvella [1]), »die Persönlichkeit des Infanten und so manche hieran sich knüpfende Frage in Betracht ziehe, so drängt sich mir die Ueberzeugung auf, dass die Zurückführung Schottlands und Englands unter den Gehorsam des römischen Stuhls auf diesem Wege nicht zu erreichen steht.« Fast gleichzeitig liess der König an seinen Gesandten in London, Diego Guzman de Silva, die Erklärung abgehen, dass er aus Liebe zum Kaiser, welcher die Hand Maria's für Erzherzog Karl zu erhalten trachte und sich in dieser Beziehung der Unterstützung des Cardinals von Lothringen zu erfreuen habe, mit seinem Plane hinsichtlich des Infanten für immer zurücktrete [2]).

Man sollte hiernach erwarten, dass Philipp II. um so entschiedener die Vermählungsfrage am Hofe zu Wien wieder aufgenommen hätte. Das war so wenig der Fall, dass Berichte von dort über die missmüthige Ungeduld von Kaiser Maximilian II. sich häufen. In einem Schreiben vom 30. Junius 1565 [3]) meldete der spanische Gesandte, Graf Thomas Chantone, Bruder des Cardinals Granvella: »Der Kaiser ist über den hinhaltenden und ausweichenden Bescheid um so unzufriedener, als die aus Spanien ihm zugehenden Berichte den Infanten als erkräftigt und ungleich selbständiger schildern denn zuvor, mit dem sehr bezeichnenden Zusatze, derselbe habe erklärt, er werde in allen Dingen sich dem Willen des Vaters fügen, aber in Bezug auf eine Vermählung sich keinem Zwange unterwerfen. Wie entschlossen derselbe an der ihm zugesagten Erzherzogin festhält, ergiebt sich daraus, dass er ihr unlängst ein prachtvolles, mit Perlen durchsticktes Seidengewand hat zukommen lassen.«

---

1) Mignet, Histoire de Marie Stuart, Th. 1, S. 159.

2) Coleccion etc., Th. 26, S. 520.

3) Ebendas. S. 544.

Bei alle dem war Philipp II. zu einer bestimmten Erklärung nicht zu bewegen, und noch am letzten Tage des September 1567 sprach sich der spanische Gesandte in Wien über die wachsende Unzufriedenheit des dortigen Hofes aus. Oder sollte man gezwungen sein, der Ansicht beizustimmen [1]), dass Philipp II. eine Vermählung von Carlos zu keiner Zeit ernstlich beabsichtigt habe, weil ihm bedenklich geschienen, denselben auf diese Weise einen Stützpunct im Auslande gewinnen zu lassen? So unglaublich es klingt, der König war einer Verbindung seiner Schwester mit dem Sohn nicht abgeneigt. Jene Juana, einst die mütterliche Pflegerin von Carlos, eine schöne, kluge und ehrgeizige Frau, dachte jetzt, da ihr der Tod des Gemahls die Hoffnung auf die Krone von Portugal genommen hatte, durch Vermählung mit dem um 10 Jahre jüngeren Neffen die Aussicht auf den spanischen Thron zu gewinnen [2]). Auch die entschiedenste Abneigung des Jünglings konnte in ihr diesen Wunsch nicht zurückdrängen.

Es wird erzählt, dass der Infant, welchem es mit jedem Tage unerträglicher wurde, müssig und ausgeschlossen von aller Theilnahme an Staatsgeschäften in Spanien auszuharren, schon im Jahre 1565 beabsichtigt habe, unter dem Vorwande, sich an dem Entsatze von Malta zu betheiligen, durch Flucht nach Flandern sich dem Vater zu entziehen; durch Ruy Gomez, welchem er seinen Vorsatz mitgetheilt, sei dieser dem Könige verrathen, der seitdem mit grösserer Sorgfalt als zuvor den Sohn habe überwachen lassen [3]). Dass Carlos mit vornehmen Niederländern, welche sich zeitweilig am Hofe zu Madrid aufhielten, vielfach im geheimen Verkehr stand, ist eben so gewiss, als die Angaben, dass er der Aufforderung derselben,

---

[1]) Laboureur, Additions aux mémoires de Michel de Castelnau, (Paris 1660 fol.), Th. 2, S. 467. 488 ff.

[2]) Ein aus Trient 23 März 1562 datirtes Schreiben von Jean de Morvilliers, Bischof von Orleans, an den Bischof von Rennes, des Inhalts, dass der spanische Gesandte in Rom um Dispensation behufs der Vermählung von Carlos mit der Schwester seines Vaters, von deren geistiger Ueberlegenheit man einen heilsamen Einfluss auf den Infanten erwarte, angehalten habe, stellt die Absicht des Königs als unzweifelhaft heraus.

[3]) Lafuente a. a. O., Th. 13.

durch sein persönliches Auftreten in Flandern den Zwist zwischen dem Könige und dem Volke beizulegen, bereitwillig zugestimmt habe, der innern Wahrscheinlichkeit nicht entbehrt. Eben darin findet die Klage der Statthalterin Margaretha, dass der Inhalt ihrer an den König gerichteten Zuschriften auf unbegreifliche Weise in der kürzesten Zeit in Brüssel verlautbare [1]), eine ausreichende Erklärung. Fand man doch beim Grafen Egmont Briefe von Carlos, in denen dieser seine Liebe für die vom Vater gedrückten Niederländer ausspricht und vor Alba warnt [2]). Nun traf Florens de Montmorenci, Herr von Montigni, als Abgeordneter der Staaten — es war seine letzte Mission — in Madrid ein. Damals erneuerte der Infant die Bekanntschaft dieses Mannes, der es wagte, über die Gerechtsame seines Vaterlandes mit dem Staatsrath in Verhandlung zu treten, und zugleich dem Prinzen die zur Reise nach Flandern erforderlichen Geldmittel anbot. Auch hiervon wurde der König durch seine Späher in Kenntniss gesetzt, und es spricht Vieles dafür, dass die Abführung Montigni's (Ende Septembers 1567) nach der Feste Segovia [3]) und die nachmals in grösster Heimlichkeit vollzogene und trotz des Aufwandes von List und Lüge nicht versteckte Hinrichtung desselben wesentlich auf dem Grunde seiner Beziehungen zu Carlos erfolgte. Wenigstens fasste Letzterer die Verhaftung seines Vertrauten von diesem Gesichtspuncte auf [4]). In früheren Jahren scheint man an die Sendung des Infanten nach Flandern ernstlich gedacht zu haben [5]); jetzt konnte davon freilich nicht mehr die Rede sein. Wenn aber Philipp II. jemals wirklich im Sinne hatte, durch Ueberfahrt nach den Niederlanden die Ausgleichung mit den Staaten persönlich zum Abschluss zu bringen, so mochte ihm jetzt gewagt erscheinen, einem Thronfolger gegenüber, der bereits die Huldigung der Cortes entgegengenommen und aus seiner Missachtung des

---

[1]) Strada, lib. VII.

[2]) Lafuente, Th. 13, S. 328.

[3]) Coleccion etc., Th. 4.

[4]) »Porque le hablo diversas vezes en secreto«, wie Cabrera, S. 470, hinzusetzt.

[5]) Granvella an Polweiler, 10. September 1564. Weiss, Papiers d'état etc., Th. 7, S. 317.

Staatsoberhauptes und dessen Räthe kein Hehl machte, Spanien zu verlassen. So geschah, dass plötzlich und zum Staunen des Hofes der Herzog von Alba an die Spitze des nach Flandern bestimmten Heeres gestellt wurde.

Dadurch sah Carlos seine letzten und geheimsten Hoffnungen vernichtet, und in gewohnter Leidenschaftlichkeit aufbrausend, zuckte er gegen den Herzog den Dolch und drohte ihm Tod, falls er die Fahrt nach Niederland antrete. Es ist schwer zu sagen, ob Alba weniger durch Drohungen eingeschüchtert, oder durch Bitten erweicht werden konnte. Er war und blieb der einzige Mann am Hofe, der auch einem Philipp gegenüber in derber soldatischer Offenheit das Wort nahm. Mit jener kalten, aller Gefahren spottenden Besonnenheit, die auch bei Unfällen im Kampfe gegen die Geusen ihn nie verliess, trat er jetzt dem Infanten näher und umschnürte ihn so mächtig mit seinen Armen, dass der Jüngling sich nicht zu regen vermochte und sich dann von dem herbeieilenden Gefolge widerstandslos wegführen liess.

Carlos wusste, dass sein Verfahren gegen Alba vom Vater als eine dem Königthum zugefügte Beleidigung angesehen werde und somit die letzte Aussicht auf Verständigung genommen sei. Castilien konnte ihm keine Verheissung mehr bieten, wohl aber Deutschland und mehr noch Flandern; Ersteres, weil ihm bekannt war, dass Kaiser Maximilian die von Philipp II. fortwährend umgangene Vermählung mit der Erzherzogin dringend wünsche; Letzteres, weil er in einem gegen den Vater sich schaarenden Volke seinen unmittelbaren Verbündeten erblickte. So setzte er, ein bis zur Verzweiflung gehetzter Spieler, Krone und Leben auf e i n e n Wurf. Zur Bewerkstelligung der Flucht bedurfte er beträchtlicher Geldmittel, und um diese zu erlangen, sandte er zwei Kammerdiener mit Schreiben, welche an die geleistete Huldigung mahnten und die Bitte um ein Darlehn enthielten, an die Granden und Städte von Castilien und Andalusien. Es war nicht denkbar, dass dieses Beginnen dem Könige verborgen bleiben konnte, und so spiegelt sich auch hierin der gänzliche Mangel besonnener Ueberlegung und der Berücksichtigung geltender Verhältnisse ab. Zugleich suchte Carlos D. Juan durch ungemessene Verheissungen zu bewegen, ihn auf der Flucht zu begleiten oder dieselbe doch nach Kräften zu unterstützen. Umsonst warnte dieser und rieth von einem Unternehmen ab, dessen Folgen unabsehbar seien. Als seine Vorstellungen kein Gehör fanden, fühlte er sich durch Dankbarkeit, durch den Gehorsam des Unterthan und andererseits, um nicht als Mitwisser gleiche Schuld auf sich zu laden, gedrungen, dem Könige das Gehörte zu offenbaren; dann, um ferneren Eröffnungen und Zudringlichkeiten zu entgehen, verliess er Madrid und folgte dem Könige nach dem Escurial [1]). Diese Mittheilung wurde hart darauf durch den Admiral von Castilien, welcher die an ihn gerichtete Zuschrift vorlegte, vollständig bestätigt, und Philipp II., welcher jetzt erst in Erfahrung brachte, dass der Infant seit längerer Zeit mit verschiedenen Höfen einen brieflichen Verkehr unterhalte, und namentlich wegen der ihm widerfahrenen Zurücksetzung den Vater mit Bitterkeit anklage, veranstaltete, dass Schritt und Wort des Infanten mit noch grösserer Aufmerksamkeit als bisher überwacht werde. Er glaubte sich der Ueberzeugung, dass das Wohl des Staats ein Einschreiten gegen den Sohn erheische, nicht mehr verschliessen zu dürfen [2]).

Während dessen fühlte sich Carlos durch die Rückkehr der Kammerdiener, die eine beträchtliche, wenn auch nicht ausreichende Geldsumme überbrachten, gehoben. Einige Granden beantworteten das ihnen zugegangene Schreiben einfach dahin, dass sie ihre Dienste dem Thronfolger zur Verfügung stellten. Andere nicht ohne den Zusatz »mit Vorbehalt ihrer Pflichten gegen den König«. Hierauf wurden die Diener nochmals — es war in den letzten Tagen des Jahres 1567 — zu den Handelshäusern in Burgos und Valladolid abgefertigt. Der Erfolg auch dieser zweiten Sendung war kein ungünstiger, so dass der Infant, mit den zunächst erforderlichen Geldmitteln versehen [3]), die Durchführung seines Vorhabens für gesichert erachtete und am 17. Januar 1568 beim General-Postmeister

[1]) Bericht des französischen Gesandten Fourquevaux.

[2]) »Deste esta dia D. Felipe trato de remediar las cosas del principe para la publica salud.« Cabrera.

[3]) Carlos hatte 150,000 Ducaten bar empfangen; 600,000 sollten, gegebener Zusage gemäss, in Wechselbriefen ihm baldigst nachgeschickt werden.

(correo mayor), D. Raimundo de Tassis, Pferde bestellte. Dieser wich der an ihn gestellten Forderung unter dem Vorwande aus, dass augenblicklich alle Pferde im Dienst seien, benachrichtigte aber den König von dem Geschehenen, der in Folge dessen eiligst vom Pardo nach Madrid zurückkehrte. Der Entschluss von Carlos, mit dem folgenden Tage aus Madrid zu entweichen, mochte dadurch bestärkt werden, dass aus der Verweigerung der Pferde und mehr noch aus der plötzlichen Ankunft des Vaters in ihm die Befürchtung aufstieg, dass sein Plan verrathen sei. Sein Verdacht wandte sich zunächst auf D. Juan, so dass er, als dieser in der Frühe des folgenden Tages bei ihm eintrat, die Thür verschloss, gebieterisch nach dem Gegenstande seines letzten Gespräches mit dem Vater fragte, als ihm die Antwort, es habe der Ausrüstung von Galeeren gegolten, nicht genügte, auf weitere Erklärungen drang und, da diese verweigert wurden, zum Degen griff. Da zückte auch D. Juan das Schwert und, einen Schritt zurücktretend, rief er mit kalter Entschlossenheit: »Achtung, Hoheit!« Den Ruf hörten die dienstthuenden Edelleute, erbrachen die Thür und verhinderten Blutvergiessen im Schlosse [1]).

Der Schluss dieses Tages sollte über das Sckicksal des Infanten entscheiden. Philipp II. betrachtete sich als die von Gott geheiligte Majestät, als den göttlichen Vertreter von Kirche und Thron; wie dem Staat, so seinem Hause gegenüber, war er der absolute Herr, und ein Widerspruch gegen seinen Befehl galt ihm als Rebellion. In dem Sohn, der gegen den Königswillen sich auflehnte, sah er nur den aufrührerischen Unterthan. Dem zur Seite traten, wie wir sehen werden, noch gewichtigere Motive hervor, welche das Verfahren gegen Carlos bedingten. Mit Einbruch der Nacht ertheilte er dem Herzoge von Feria Befehl, unbemerkt mit der Wache zu ihm zu kommen. Dann liess er Ruy Gomez rufen, D. Antonio de Toledo, Prior von St. Yago, Luis de Quijada und die Mitglieder des Staatsraths. Mit ihnen begab sich der König, geharnischt, ein Licht in der Hand, den Degen unterm Arm, gefolgt von einem Officier mit zwölf Leibwächtern, um Mitternacht nach dem Schlafgemache des Infanten. Ruy Gomez öffnete die Thür,

---

[1]) Lafuente, Th. 13.

trat mit dem Prior und dem Herzoge von Feria leise ein, und während Letzterer sich des neben dem Schlafenden befindlichen Schwertes bemächtigte, nahte auch der König mit den übrigen Männern. Aus dem Schlafe auffahrend, starrte Carlos die Nächststehenden an. »Was will der Staatsrath hier bei mir in dieser Stunde?« Da tritt Feria näher und schiebt den Vorhang des Bettes vollends zurück, also dass der Infant, indem er sich aufrichtet, den Vater erkennt und in die Worte ausbricht: »Will Ew. Majestät mich tödten?« »Nicht doch«, erwiedert der Gefragte mit dem ihm eigenen Pflegma, »beruhige Dich, es handelt sich nur um eine Regulirung Deines Lebens.« [1]) Gleichzeitig gebot er dem Prior, ihm ein eisernes, mit Gold ausgelegtes Kästchen zu reichen, welches neben dem Bette stand, fertigte die Frage des Infanten, weshalb hierauf seine Absicht gerichtet sei, mit der Erwiederung ab, es beliebe ihm also, forderte den Schlüssel und nahm aus dem durch den Prior geöffneten Kästchen die in demselben enthaltenen Briefschaften zu sich. Es waren Schreiben an die grösseren Höfe der Christenheit, in denen er als Grund seiner Flucht die vom Vater erlittene unwürdige Behandlung angab, sodann ein Verzeichniss seiner Feinde, die er bis zum Tode zu verfolgen gedenke, und an deren Spitze der Name Philipp's II. stand. Mit diesen Actenstücken entfernte sich der König. Hiernach wurden die Fenster und die nach dem Corridor führende Thür verschlossen, vor welcher vier Hellbardiere und vier Musketiere der deutschen Leibwache aufgestellt blieben. Von sechs dazu befehligten Granden mussten je zwei für die Dauer von 6 Stunden bei dem Gefangenen wachen; sie sollten für die Unterhaltung desselben sorgen, zugleich aber verhüten, dass keine seiner Aeusserungen weiter verlaute.

Am folgenden Tage (19. Januar) berief der König den Staatsrath, erörterte vor demselben, dass er aus Pflichten gegen Gott und den Staat [2]) zu einem derartigen Verfahren gezwungen gewesen sei, und ernannte behufs der Rechtfer-

---

[1]) »Poner orden en vuestra vida.« Van der Hammen y Leon, D. Felipe el prudente. Madrid 1632. 4°.

[2]) »Por convenir asi al servicio de Dios y del reino.« Lafuente, Th. 13, S. 318.

tigung der verfügten Haft des Infanten und der Einleitung des Processes gegen denselben eine aus dem Generalinquisitor Cardinal Espinosa, Ruy Gomez und dem Licentiaten Birviesca bestehende Commission, deren Vorsitz er sich selbst vorbehielt. Sodann liess er, um einen sichern Massstab für sein Verfahren zu gewinnen, aus dem Archive in Barcelona die Acten, welche den von Juan II. von Aragon über seinen Sohn Carlos, Prinzen von Viane, verhängten Process enthielten, einfordern und aus dem Catalanischen in's Castilische übersetzen. Ein von Rechtsgelehrten auf Befehl des Königs eingeholtes Gutachten besagte: Carlos würde durch seine Flucht Zwietracht und Aergerniss hervorgerufen und gegen Gott und den König um so schwerer gesündigt haben, als er sich in die Mitte von Aufständischen und Ketzern zu begeben beabsichtigt. Philipp II. glaubte um so weniger von dem Wege Rechtens abweichen zu dürfen, als es sich nicht nur um den Sohn, sondern auch um den bereits anerkannten Kronerben handelte. Der Entschluss, Carlos von der Thronfolge auszuschliessen und bis zum Tode in Haft zu halten, stand in ihm fest.

Während der Haft von Carlos verliess der König das Schloss in Madrid nicht; selbst die sonst üblichen Erholungsfahrten nach Aranjuez, dem Escurial und Pardo wurden eingestellt. Jedes ungewöhnliche Geräusch im Schlosse schreckte ihn auf; von Furcht gequält, dass die Bürger Madrid's sich zusammenrottiren möchten, um den Gefangenen zu befreien, liess er sie in öffentlichen Häusern und auf Spaziergängen in ihren Gesprächen belauschen [1]). In Carlos aber steigerte sich die Halsstarrigkeit mit der Strenge der Ueberwachung. Die anfangs in wilden Aeusserungen durchbrechende Verzweiflung ging in versteckte Wuth über; sein Blut kochte, und es bedurfte der höchsten Aufmerksamkeit, um ihn vor Selbstmord zu hüten. Tagelang war er nicht zum Anlegen der Kleidung zu bewegen, dann wieder verschmähte er die Annahme von Speisen und schlang diese hinterdrein um so unmässiger hinunter [2]), oder er beschränkte sich auf den Genuss von Schneewasser und Früchten. In Folge dessen stellten sich Fieber

[1]) Cabrera.
[2]) San Miguel, Felippe II., Th. 1.

und Dyssenterie ein, die um so rascher die letzten Kräfte aufrieben, als der Kranke jeden Gebrauch von Arznei verweigerte. Er schlief wenig, magerte ab trotz der Kraftsuppen, welche man ihm täglich aufdrang, und die glanzlosen Augen lagen tief in ihren Höhlen [1]). Erst 4 Tage vor seinem Tode — bis dahin hatte der Unglückliche Alles, was der Genesung von Seele und Leib hätte förderlich sein können, mit Heftigkeit zurückgewiesen —, als der Oberarzt Diego Olivarez ihm gestand, dass menschliche Mittel für seine Rettung nicht mehr ausreichten, legte sich der Ungestüm; er bat um einen Priester, sprach selbst Verlangen nach dem Vater aus und empfing die Sterbesacramente. Man hörte wohl am Hofe die Aeusserung, Gott habe sich dem Infanten wieder zugewandt. Von den wachehaltenden Granden gebeten, dem Sohn seinen Anblick und Segen nicht zu entziehen, überliess Philipp II. die Entscheidung dieser Frage seinem Beichtiger Diego Chaves. Die Antwort desselben lautete: der Infant gehe als katholischer Christ dem Tode entgegen, die Gegenwart des Vaters werde ihn aufregen und stelle für beide Theile keinen erfreulichen Erfolg in Aussicht. Erst in den letzten Lebensstunden von Carlos entschloss sich Philipp II., dem Sterbenden seinen väterlichen Segen zu ertheilen. Er erschien, so wird berichtet, im Krankenzimmer, begleitet von Antonio de Toledo und Ruy Gomez, und hinter Letzterem sich bergend, um von dem Sohn nicht gesehen zu werden, streckte er die Hand segnend über diesen aus und verliess das Gemach.

Am 25. Julius 1568, 1 Uhr Morgens, starb Carlos. In seinem 2 Tage zuvor angefertigten Testamente hatte er den Vater um Verzeihung angefleht und seinen Nachlass an Kirchen und Hospitäler vertheilt [2]). Noch am Tage des Todes wurde die Leiche von denselben Granden, denen die Bewachung des Lebenden anvertraut gewesen war, zu dem Kloster der Dominicaner in Madrid getragen, von dort später nach dem Escurial gebracht.

---

[1]) Bericht des französischen Gesandten Fourquevaux.

[2]) Für seine natürlichen Kinder, Carlos und Ana Carlos, hatte der Infant schon früher auf anständige Weise gesorgt. Coleccion etc., Th. 27, S. 85.

Das Aufsehen, welches die Verhaftung von Carlos hervorrief, war, so weit die politischen Verbindungen von Spanien reichten, ein ungewöhnliches. An dem schweigsamen Hofe in Madrid legte man, wenn das Gespräch diesen Gegenstand berührte, den Finger auf den Mund. Ausserhalb des Hofkreises erging man sich in den mannichfachsten Vermuthungen und Urtheilen. Einige nannten das Verfahren des Königs der Klugheit angemessen, Andere bezeichneten es als lieblos und hart. Der Infant, hörte man wohl äussern, habe eine üble Gesinnung verrathen und sich in rücksichtslosen Aeusserungen gefallen, aber bis zu strafbaren Handlungen habe er sich nicht vergessen. Oder: Könige seien leicht von Eifersucht und Misstrauen gegen ihren Nachfolger beherrscht, namentlich wenn dieser Entschlossenheit und Selbständigkeit verrathe [1]).

Die Mittheilungen, denen man in vertraulichen und amtlichen Schreiben des Königs über diesen Gegenstand begegnet, begnügen sich mehr mit Andeutungen, als dass sie die Gründe der Verhaftung klar und durchsichtig darlegen. Gegen Katharina von Portugal, die Schwester Karl's V., spricht sich Philipp II. also aus [2]): Es sei mit dem Infanten so weit gekommen, dass Pflichten gegen Gott und den Staat die Gefangenschaft desselben nothwendig gemacht. Er habe unsäglich darunter gelitten, aber als christlicher Fürst dieses Opfer an seinem eigenen Fleisch und Blut bringen müssen. Er könne die Gründe nicht angeben, ohne ihren und seinen Schmerz zu steigern, und wolle nur so viel bemerken, dass dieselben nicht auf einer bestimmten Thatsache, nicht auf Mangel an schuldiger Ehrerbietung beruhten, dass seine Absicht weder auf eine der Zeit nach begrenzte Züchtigung, für welche freilich die Veranlassung reichlich vorliege, noch auf Besserung des Wandels gerichtet sei; sein Verfahren beruhe auf tieferen Gründen und sei aus dem Bewusstsein seiner Pflichten gegen Gott hervorgegangen [3]).

---

[1]) Cabrera.

[2]) d. d. Madrid, 20. Januar 1568. Cabrera. — Dass dieser Brief an Katharina und nicht an die Kaiserin Maria gerichtet sei, ist durch die Abhandlung Ranke's in den Jahrbüchern der Literatur, Th. 46, auf's Vollständigste nachgewiesen.

[3]) »El fundamento desta mi determinacion no depende de culpa ni

An dem nämlichen Tage schrieb Philipp II. dem Papst: Er habe auf Erziehung und Unterweisung des Sohnes die höchste Sorgfalt verwendet, sein Auge stets auf dessen Thun und Leben gerichtet gehabt, aber erfahren müssen, dass alle Mittel, die Zügellosigkeit desselben abzustellen, nicht gefruchtet, so dass ihm schliesslich nichts übrig geblieben sei, als durch strenges Einschreiten grösseren Uebeln vorzubeugen [1]). Zwei Tage später benachrichtigte Philipp II. den Staatsrath von Madrid, dass er aus Rücksicht auf das Wohl von Kirche und Staat, welche bei ihm mehr Gewicht gehabt als Liebe und Schmerz des Vaters, den Infanten in einem Zimmer des Palastes gefangen setzen lassen und zu seiner Zeit die Gründe des Weiteren erörtern werde [2]).

Sehr bezeichnend ist die Zuschrift, welche der König an Alba richtete [3]). Der Herzog, heisst es hier, sei mit der Natur und Richtung des Infanten hinlänglich bekannt, so dass es keiner Rechtfertigung wegen des gegen denselben eingeleiteten Verfahrens bedürfe; es habe der Sohn in der jüngsten Zeit so hochbeschwerliche und unerhörte Handlungen begangen, dass die Anwendung von ungewöhnlichen Mitteln erforderlich gewesen sei. Die Wichtigkeit des Gegenstandes erheische, dass derselbe den höchsten Behörden und Städten in Flandern mitgetheilt werde, und schliesse er zu dem Behufe eine französisch abgefasste Benachrichtigung bei. Aber der Herzog möge gegen Niemand den eigentlichen Grund des Geschehenen offenbaren und auf keine besondere Erläuterung eingehen [4]). Auch die an die Höfe in Paris, Wien und London abgegangenen amtlichen Berichte vom 23. Januar 1568 wiederholen, dass

---

desacato, ni es endereçado a castigo, que (aunque para esto avia materia suficiente) pudiera tenir su tiempo y termino. Ni tanpoco lo è tomado por medio, con que por este camino se reformaran las desordenes; tiene este negocio otro principio y raiz, cuyo remedio no consiste en tiempo ni medios, que es de mayor importancia y consideracion para satisfazer yo las dichas obligaciones que tengo a Dios.« Cabrera, S. 475.

[1]) Lafuente, Th. 13, S. 321.

[2]) Coleccion etc., Th. 13, S. 393.

[3]) 23. Januar 1568. Ebendas. Th. 4.

[4]) »Declarar á nadie el fin y fundamento que se tiene y lleva en este á otra particularidad mas de lo contenido en la dicha

der Infant nicht etwa den Vater schwer beleidigt oder einen besonderen Fehltritt begangen habe, sondern dass dessen gesammte Persönlichkeit zu einem solchen Vorgehen aus Rücksicht auf den Staat und in Betracht anderweitiger gewichtiger Erwägungen [1]) gedrängt habe.

Am kaiserlichen Hofe rief die durch den spanischen Gesandten, Grafen Chantone, erfolgte Mittheilung von der Verhaftung des Infanten die höchste Bestürzung hervor. Die Kaiserin Maria zeigte sich auf's Schmerzlichste bewegt. Der König, sagte sie, sei Vater und werde am besten wissen, was dem Wohle des Sohnes dienlich sei; Gott wolle seine Hand über ihm halten und ihn den rechten Weg führen [2]).

Bevor noch das obengenannte Schreiben an den Papst in Rom eingetroffen und der dortige Gesandte, Juan de Zuñiga, von Madrid aus Kenntniss von dem Geschehenen gewonnen hatte, war von Paris aus die Kunde nach der Tiber gelangt, dass Carlos, weil er dem Vater nach dem Leben getrachtet und im Besitze von ketzerischen Schriften gewesen, seiner Freiheit beraubt sei. Zuñiga fühlte sich gedrungen, die Wahrheit dieses Gerüchtes, das er für eine Erfindung der Hugenotten hielt, in Abrede zu stellen. Erst einige Tage später erfuhr er durch einen Eilboten die Verhaftung von Carlos [3]).

Jede Einmischung in diese Angelegenheit, und ob sie auch von befreundeter Seite ausging, wies Philipp II. entschieden zurück. Seinem Gesandten in Wien befahl er, die angebotene Vermittelung des Kaisers kurz abzulehnen; es bedürfe deren um so weniger, als sein Entschluss nicht etwa aus Unmuth und Zorn, sondern aus reiflicher Ueberlegung hervorgegangen sei [4]). Die Ermahnung des Papstes, sich nicht einer allzu grossen Strenge gegen den Sohn hinzugeben, fand so wenig Beachtung, wie die Fürbitten des Königs von Portugal und vieler spanischer Prälaten. Hatten doch die Königin Elisabeth und die Infantin nicht erwirken können, den Ge-

---

1) »Y por otras justas consideraciones.« Memorias de la real academia de la historia, Th. 7.

2) Chantone an den König, 29. Febr. 1568. Coleccion etc., Th. 27, S. 9.

3) Zuñiga an den König, d. d. Rom, 5. März 1568. Ebendas. S. 14.

4) »La resolucion no es motivida ni de ira ni de indignacion.« Memorias etc. a. a. O.

fangenen nur einmal sehen zu dürfen. Als Letzterer bereits dem Leben nicht mehr angehörte, schrieb Maximilian II. an Philipp, er würde, wenn die Verhältnisse es gestatteten, längst die Reise nach Spanien angetreten haben, um in dieser schweren Angelegenheit dem Könige zur Seite zu stehen; zu dem Zwecke sende er jetzt, trotz des Abrathens von Chantone und Luis de Venegas, seinen Bruder Karl nach Madrid [1]).

Die geheimnissvolle Verhaftung von Carlos und das auf seinem Tode ruhende Dunkel gab frühzeitig den Gegenstand der verschiedenartigsten Vermuthungen und Gerüchte ab. Dass der König in allen auf diesen Gegenstand bezüglichen Briefen den eigentlichen Grund seines Verfahrens umschleiert und nur seinen Schmerz, gegen den einzigen Sohn zu dieser Handlungsweise gezwungen zu sein, betont, lockte zu den widersprechendsten Deutungen. Nur darin trafen mehr oder weniger alle Stimmen zusammen, dass der ehrgeizige und leidenschaftliche Infant gegründete Befürchtungen geweckt habe. Es stellt sich auch hier heraus, dass die Berichterstatter, je ferner ihnen das Ereigniss liegt, um so genauer mit allen Einzelnheiten desselben vertraut sind. Dahin gehört die Erzählung, dass Philipp II. gegen den längst des Unglaubens verdächtigen Infanten sogleich den Process durch die Inquisition habe einleiten lassen, dass er eine Zeitlang zwischen den Gefühlen des Vaters und den Pflichten des katholischen Königs geschwankt, dann aber der Mahnung der Geistlichkeit nachgegeben und dem Sohne die Wahl des Todes freigestellt habe; da sei der Infant in Verwünschungen gegen den Vater ausgebrochen, habe einige Tage gerast, endlich der Reue Raum gegeben und das dargebotene Gift genossen [2]). De Thou sucht, gleich so manchem Memoirenschreiber der späteren Zeit, den Grund des Grolls von Carlos gegen den Vater in dem Umstande, dass Letzterer ihm in Elisabeth von Valois die Braut genommen habe; während der Haft habe der Infant mehrfach versucht, durch Hunger oder Erdrosselung, oder indem er sich in's Caminfeuer geworfen, seinem

---

[1]) Maximilian II. an Philipp II., Wien, 27. Julius 1568. Coleccion etc., Th. 27, S. 37.

[2]) San Miguel, Historia de Felippe II., Th. 1.

Leben ein Ziel zu setzen, und sei schliesslich an Gift gestorben, welches der König, nach vorangegangener Berathung mit dem Grossinquisitor, ihm habe reichen lassen. Er fügt sogar ergänzend hinzu, dass die Königin Elisabeth, wegen ihres vertraulichen Verkehrs mit Carlos, auf ähnliche Weise beseitigt sei. Der Venetianer Morosini weiss, dass der Infant einen aus seinem Ringe herausgebrochenen Diamant verschluckt, als dieser den erwarteten Tod nicht nach sich gezogen, zu verhungern versucht habe, endlich in Folge des übermässigen Genusses von Eiswasser von seinem Leiden erlöst sei. Alle diese Angaben verwirft St. Evremond; er berichtet die Erdrosselung von Carlos und dass der mit der Vollziehung des Urtheils beauftragte Henker zu dem Aechzenden gesprochen habe: »Stille nur, stille, Hoheit, es geschieht Alles zu Euerm Besten!« [1])

Ein allerdings älterer, aber keinesweges unverdächtiger Berichterstatter giebt als Grund der Verhaftung die nachfolgende, trotz ihrer innern Unwahrscheinlichkeit vielfach mit Beifall aufgenommene Mittheilung. Am 27. December 1568 begab sich Carlos nach dem hart beim Buen Retiro gelegenen Hieronymiterkloster, um am Segen des Jubiläums Theil zu nehmen. Auf sein hier in der Beichte abgelegtes Geständniss, dass er gegen einen Menschen Todhass hege, weigerte der Hieronymiter die Ertheilung der Absolution und entfernte sich, als der Infant gleichwohl der Gnadenverheissung der Kirche theilhaftig zu werden begehrte, mit der Bitte, die Frage, ob unter diesen Umständen die Gewährung der Absolution möglich sei, auf die Entscheidung gelehrter Theologen zu verstellen. In Folge dessen berief Carlos einige Mönche vom Kloster Atocha, liess sich mit ihnen in eine Disputation ein, behauptete, dass ihm die Zulassung zum Tisch des Herrn nicht verwehrt werden könne, auch wenn er Hass im Herzen trage, und schloss damit, dass er sich selbst mit einer nicht geweihten Hostie begnügen werde. Bei dieser gotteslästerlichen Erklärung ging ein Schrei des Entsetzens von den Mönchen aus, der Prior von Atocha aber zog den Prinzen bei Seite, erreichte von diesem durch gewandte Fragstellung das Ge-

---

[1]) »Calla, calla, Señor, todo que se haze es por su bien.«

ständniss, dass der Gegenstand seines Hasses einem Mann von grossem Gewichte gelte, ging unter dem Vorgeben, dass sich bei Nennung des Namens vielleicht ein Ausweg zur Ertheilung der Absolution finden lasse, mit dringendem Zureden weiter und liess nicht nach, bis Carlos das Bekenntniss ablegte, es gälte der Todhass dem Vater. Nach zweistündigem Gespräche mit den Mönchen schied er, ohne seinen Wunsch erreicht zu haben. Der König aber gewann unverzüglich durch den Prior die Kunde von diesen Vorgängen.

Dass die vom Könige niedergesetzte Commission kein Urtheil gefällt, sondern nur die Aufgabe gehabt habe, die Gefangennehmung des Infanten zu rechtfertigen, darf als erwiesen angenommen werden [1]). Eben so gewiss ist die Grundlosigkeit der sehr verbreiteten Annahme, dass der Process von der Inquisition geführt worden sei, — eine Annahme, die darauf zu beruhen scheint, dass Espinosa, Präsident des Raths von Castilien, zugleich Grossinquisitor war. Dieses Hereinziehen der Inquisition geht Hand in Hand mit der Ansicht, dass auf Carlos die Anklage der Ketzerei gelastet habe. In Deutschland scheint man, nach dem Briefwechsel des Grafen Chantone, nur hierin den Grund der Verhaftung gesucht zu haben, und die Persönlichkeit Philipp's II. und dessen Stellung zur Kirche mochte diese Voraussetzung rechtfertigen. Hatte doch die Aeusserung desselben, dass er sein eigenes Kind, wenn es sich des Abfalls von Rom schuldig mache, den Flammen übergeben werde [2]), frühzeitig allgemeine Verbreitung gefunden. Gleichwohl redet kein Umstand, keine Angabe von Gewicht dieser Voraussetzung das Wort, und wenn man erwägt, dass ein Pius V., ausser Alba vielleicht der einzige Mensch, dem der König die ihn bestimmenden Motive unverhüllt vorlegte, sich für die nachsichtige Behandlung des Infanten verwendete, so scheint die Voraussetzung der Ketzerei vollends unhaltbar.

---

[1]) Ranke, in den Jahrbüchern der Literatur, Th. 46.

[2]) Als bei dem 1559 in Valladolid abgehaltenen Auto da Fé der edle Carlos de Sese — grande i pertinaz herege — zum Scheiterhaufen geführt wurde und vorwurfsvoll an den König die Frage richtete, wie er ihn, als zum Adel gehörig, dieser Todesart unterziehen könne, erwiederte Philipp II.: »Yo traerè leña para quemar a mi hijo, si fuere tan malo como vos.« Cabrera, S. 236.

Dass Carlos dem Vater nach dem Leben getrachtet, leugnet Letzterer in mehr als einem Schreiben auf's Bestimmteste, obwohl er sich eben hiermit des nächsten Mittels zur Rechtfertigung seines Verfahrens beraubt. Für die von De Thou aufgestellte und nach ihm vielfach angenommene Behauptung, dass der Sohn sich des Thrones habe bemächtigen wollen, ist man bis zur Stunde jede Nachweisung schuldig geblieben.

Wenn aber die Verhaftung des Infanten auf keinem namhaften Thatbestande beruhte und derselben, wie Philipp versichert, keine Strafe als Zweck vorlag, was bewog den König zu diesem auffälligen Verfahren? Die also von Cabrera gestellte Frage dürfte zunächst in den wiederholt vom Könige bezeichneten Rücksichten auf das Staatswohl ihre Beantwortung finden. Philipp II. erachtete den Sohn für unverbesserlich, und es scheint, dass er sich hierin nicht getäuscht habe. Einem Thronfolger gegenüber, dem keine Schranke des Gesetzes und der Sitte für heilig galt, dessen Laune und Zügellosigkeit jede bestehende Ordnung willkürlich durchbrach und der in leidenschaftlicher Bitterkeit die Majestät des Königthums und der Kirche antastete, sah Philipp II. seinen mühereichen Aufbau des Staats gefährdet. Ein Infant, der mit den Häuptern der niederländischen Bewegung in freundschaftliche Beziehung und somit in unmittelbare Opposition zur spanischen Monarchie treten konnte, der den Gedanken zu fassen wagte, sich der königlichen Autorität durch Flucht zu entziehen, ein Ueberläufer zu den Widersachern des grossen, einheitlichen Staates, erschien ihm wie ein der Zurechnung Entzogener, wie ein Wahnsinniger [1]), in dessen Hände er die von Gott ihm anvertraute Krone nicht übergehen lassen dürfe. Daher die Aeusserung, dass die Haft des Sohnes sich weder auf einen bestimmten Zeitraum erstrecke, noch als Strafe zu betrachten sei. Damit stimmen auch die Mittheilungen des Venetianers Cavalli überein, dass der König schon seit Jahren daran gedacht habe, den Infanten, an welchem alle Versuche zur Besserung fehl geschlagen und von dessen Unfähigkeit zur Regierung er überzeugt sei, unschädlich zu machen, dass die Räthe des Königs, welche die Gesinnung von Carlos hin-

---

[1]) Er hielt ihn, wie Cabrera S. 476 sagt, für »defectuoso en el juizio«.

sichtlich ihrer kannten und wussten, wessen sie sich dereinst von ihm zu versehen hätten, am wenigsten beflissen gewesen seien, den Vater zu grösserer Milde zu stimmen, darf mit Sicherheit angenommen werden. War doch Philipp's II. Strenge in Spanien sprichwörtlich. »Su risa y cuchillo eran confines«, sagte man noch später von ihm.

Diese Auffassung erhält ihre volle Bestätigung durch den auf den Erklärungen von Ruy Gomez beruhenden Bericht des französischen Gesandten Fourquevaux [1]). Der König, heisst es hier, habe seit 3 Jahren die Ansicht gewonnen, dass die Geisteskräfte von Carlos zerrüttet seien; doch habe er sich von der Hoffnung nicht lossagen wollen, dass auch in dieser Beziehung mit der körperlichen Erkräftigung eine Genesung eintreten werde. Später aber habe er sich der Ueberzeugung von der Unheilbarkeit des Sohnes so wenig verschliessen können, als von der Nothwendigkeit, das Geschick der Unterthanen nicht in die Hand eines solchen Nachfolgers legen zu dürfen. Aus diesem Grunde und um den ärgerlichen und gefährlichen Tollheiten des Prinzen ein Ziel zu setzen, sei dessen Verhaftung erfolgt, und sehe man jetzt einer richterlichen Entscheidung entgegen, kraft welcher derselbe für regierungsunfähig erklärt und eine bis zum Tode dauernde Haft über ihn verhängt werde. Ein späterer Bericht desselben besagt [2]), der Kaiser habe sehr bewegt über die Gefangenschaft des Infanten geschrieben und die Hoffnung ausgesprochen, dass eine kürzere Strafzeit ausreichen werde, um das Gefühl der Reue in ihm zu wecken, — ein Beleg, dass man in Wien hinsichtlich der eigentlichen Ursache des angeordneten Verfahrens in Unkenntniss lebe [3]).

---

[1]) Madrid, 5. Februar 1568, bei Charrière, Négociations de la France dans le Levant, Th. 3, S. 20 ff. — Wenn es auffallend erscheinen kann, dass der schweigsame Ruy Gomez mit Enthüllungen, welche man selbst dem kaiserlichen Hofe vorenthielt, gegen den Gesandten vorgegangen sei, so muss in Erwägung gezogen werden, dass zu eben jener Zeit die Königin Elisabeth sich in gesegneten Umständen befand, dass, wenn sie Mutter eines Sohnes wurde, dieser in die Thronfolge des Gefangenen eintreten musste, und sonach das Interesse des Hauses Valois vorzugsweise bei der den Infanten betreffenden Catastrophe in's Spiel kam.

[2]) 8. Mai 1568. Ebendas. S. 31.

[3]) »Par lesquelles parolles ledit empereur donne à cognoistre qu'il ne

Dass es zwischen D. Juan und dem Thronfolger während der Zeit ihres Zusammenlebens an kleinen Zerwürfnissen nicht fehlen konnte, ergiebt sich hinlänglich aus der Verschiedenheit ihrer Naturen. Es wird berichtet, dass bei Gelegenheit eines während des Ballspiels unter ihnen ausbrechenden Haders dem Infanten die Aeusserung entschlüpft sei, er halte für unziemlich, sich mit einem nicht Ebenbürtigen in Streit einzulassen, worauf D. Juan erwiedert, er sei der Sohn einer ehrenhaften Mutter und eines Vaters, der den des Infanten an Grösse überrage; diesen Ausspruch habe Letzterer dem Könige hinterbracht, der hierauf entgegnet, sein Bruder habe wahr gesprochen, denn dessen Mutter sei eine edle Frau und der Vater habe die Kaiserkrone getragen [1]). Im Allgemeinen aber stand der Infant, bis auf die letzten Tage, welche seiner Verhaftung vorausgingen, zu diesem Genossen seiner Jugend in freundschaftlichen Beziehungen. Während des Sommeraufenthalts in Madrid (1566) sah man beide täglich im Wetteifer den Manzanares auf- und niederschwimmen, und als im nämlichen Jahre (25. August) die Taufe der Infantin Clara Isabella Eugenia in der Schlosscapelle erfolgte und die Kräfte des zum Pathen bestellten Carlos nicht ausreichten, trug D. Juan statt seiner die erstgeborene Tochter des Königs, welcher dereinst die Erbschaft der Niederlande zufallen sollte. Man weiss, dass der Infant mit Postpferden von Madrid nach dem Escurial eilte, um dem Könige für die Ernennung D. Juan's zum Befehlshaber der Flotte zu danken; er versagte sich nicht, Madalena de Ulloa, als die Pflegemutter seines Freundes, zuweilen mit kleinen Geschenken zu überraschen, und selbst noch in seinem Testamente vermachte er D. Juan mehrere werthvolle Pokale, Gefässe von Crystall, ciselirte und vergoldete Flaschen etc. [2]).

Nachdem Carlos in Folge jenes unglücklichen Sturzes von der Treppe von Alcala nach Madrid übersiedelt war, blieben D. Juan und Alexander Farnese auf der Hochschule

---

oçait ou ne veult sçavoir la vraye cause dudit enserrement, qui est pour la notoire incapacité et faulte de sens dudit pouvre jeune prince.«

[1]) Bericht Lippomano's, bei Gachard, Relatt. des ambass. vénit.

[2]) Coleccion etc., Th. 27, S. 85. 116.

zurück, woselbst Ersterer bis zum Ende des Jahres 1564 seine Studien und Uebungen fortsetzte. In dem nämlichen Jahre erbat sich der König von Moçon aus, wohin er die Stände von Aragon beschieden hatte, in Rom den Cardinalshut für seinen Bruder; ihn leitete dabei der schriftlich ausgesprochene Wunsch des Vaters, dass D. Juan sich dem geistlichen Stande ergeben möge. Diese Bewerbung hatte jedoch keinen Erfolg, weil Pius IV. damals mit dem spanischen Hofe in Spannung lebte und bei der römischen Curie der Einfluss Frankreichs ein überwiegender war. Dass zu eben jener Zeit die jungen Erzherzöge Rudolph und Ernst, Söhne von Maximilian II., in Barcelona an's Land stiegen, bot die Veranlassung, dass D. Juan Alcala verliess und sich zur Bewillkommnung der Gäste nach Madrid begab.

Im Mai des Jahres 1565 geschah es, dass, bei der äussersten Bedrängung Malta's durch die türkische Flotte, der Grossmeister Jean de la Valette eine Botschaft nach Madrid sandte, um für seinen Orden die Hülfe des katholischen Königs zu beanspruchen. Da drängte es D. Juan, der gegenwärtig war, als Philipp II. den Befehl ertheilte, dass Garcia de Toledo, Vicekönig von Sicilien und Admiral der Flotte des Mittelmeeres, sich schleunigst zum Entsatze von Malta rüsten solle, um die Erlaubniss zu flehen, an dem Kampfe gegen die Ungläubigen Theil nehmen zu dürfen. Die Antwort war keine erfreuliche. Der König, dessen entschiedener Wunsch es war, dass der Jüngling dem geistlichen Stande angehören möge, beschied ihn mit der kurzen Erklärung, dass sein Alter eine Erfüllung des Begehrten nicht gestatte. Das war zu viel für D. Juan. Ihn trieb Kampflust und das Blut des Vaters, das Schwert lockte ihn mehr als der Rosenkranz, es schien ihm unerträglich, thatenlos am Hofe auszuharren, während der Adel Castiliens sich zum Kreuzzuge rüste. Auf der Reise nach Segovia, woselbst sich der König mit den beiden Erzherzögen befand, um die von Bayonne zurückkehrende Königin zu empfangen, stahl er sich von der Seite des Infanten weg, nahm in Galapagar Postpferde und schlug in Begleitung zweier Edelleute den Weg nach der Küste ein, um sich in Barcelona oder Vinaroz einzuschiffen. Auf der Strasse nach Segovia vernahm der Herzog von Medinaceli durch einen Postbeamten den heftigen und unerklärlichen Ritt D. Juan's und meldete das Gehörte dem Könige. Betroffen liess dieser Quijada rufen, und als ihm auch hier der erwartete Aufschluss nicht wurde, errieth er die Absicht des Flüchtlings, sandte Boten an die Behörden der Hafenstädte mit dem Befehl, eine Einschiffung D. Juan's nicht zu gestatten, und legte die an Letzteren gerichtete Aufforderung zur ungesäumten Rückkehr bei.

Während dessen setzte D. Juan stürmisch seine Reise fort. Er gönnte sich auch dann keine Rast, als er in Torija vom Fieber geschüttelt wurde. Aber in Frasno, 5 Leguas von Saragossa, warf Erschöpfung ihn nieder. Das hörte der Erzbischof von Saragossa, Fernando de Aragon, eilte zum Erkrankten, nahm ihn mit sich und verpflegte ihn in seiner Behausung. Während dessen war das Beginnen Juan's überall verlautet und hatte zahlreiche Edelleute Castiliens verlockt, nach Barcelona aufzubrechen, um sich dem geliebten Kaiserssohn anzuschliessen. Umsonst hielt man diesem, als Genesung sich eingestellt hatte, vor, dass er durch Verfolg seiner Absicht den Unwillen des Königs auf sich ziehen werde, dass überdies die Galeeren von Barcelona bereits in See gestochen seien. Sein Unternehmen, erwiederte D. Juan, geschehe für Gottes und des Königs Dienst, und seine Ehre erlaube ihm nicht, von demselben abzulassen. Als der Erzbischof sah, dass seine Vorstellungen ohne Eindruck auf den Gast blieben, der seinen getreuen Jose de Acuña nach Barcelona voraussandte, um über die Abfahrt der Galeeren Erkundigung einzuziehen, bat er, wenigstens eine Leibwache von 500 Schützen mitzunehmen, deren Kosten für die Dauer der Unternehmung das Reich Aragon bestreiten werde. Er werde, entgegnete D. Juan, sobald er an Bord getreten, das Anerbieten mit Dank annehmen. Eine eben damals ihm angetragene Summe Geldes schlug er aus, und unwillig über die Zögerung verliess er Saragossa. In Tarragona, von wo er, falls Barcelona keine Gelegenheit zur Einschiffung biete, die Reise nach einem französischem Hafen fortzusetzen beabsichtigte, hielt ihn der Vicekönig mit Festlichkeiten hin, bis in Folge seiner Meldung ein königliches Handschreiben eintraf, welches unter Androhung der Ungnade schleunige Rückkehr nach Madrid gebot. Quijada's mahnende Zuschrift und dessen wehmüthige Klage, dass der Pflegesohn heimlich ihn verlassen, hatte D. Juan in der Durchführung seiner Absicht nicht beirren können; dem Willen des Königs, der ihm für heilig galt, konnte er nicht widerstehen. Dieser Gehorsam gegen seinen Befehl war es, der Philipp II. mit dem Flüchtling versöhnte [1]).

Im Januar 1568 ernannte Philipp II., anstatt des kränkelnden, vom Alter gebeugten Garcia de Toledo, D. Juan zum capitan general de la mar [2]), und setzte ihm in dem von Rom abberufenen Grosscomthur von St. Yago, D. Luis de Zuñiga y Requesens, dessen Bruder Juan fortan die Gesandtschaft beim heiligen Vater übernahm, einen kriegserfahrenen Lugarteniente zur Seite. In seiner Instruction für D. Juan sagt der König: Er möge als guter Christ Anfang und Ende seines Thuns und Denkens immer in Gott suchen; täglich, auch auf dem Schiffe, der Messe beiwohnen, in allen Dingen der Wahrhaftigkeit sich befleissigen; er wolle unparteiische Gerechtigkeit üben, wenn es sein müsse, mit unnachsichtlicher Strenge, sei es zulässig, mit Vorwalten der Gnade; er möge in Anstand und sittlicher Haltung Allen als Beispiel vorangehen, Ernst mit Herablassung, Bescheidenheit mit Würde vereinen [3]). Es war die Aufgabe des jungen Admirals, die erwartete Silberflotte vor einem Ueberfall der Corsaren zu schützen und das spanische Küstenmeer von den Geschwadern der Mauren zu säubern. Am 3. Junius verliess D. Juan mit 33 Galeeren den Hafen von Cartagena, segelte den spanischen Strand entlang bis nach Cadix, bestand in mehr als einem glücklichen Kampfe die Freibeuter und verfolgte die Flüchtigen bis in die Schluchten und Klippen ihrer Heimath. Dafür wurde ihm, als er im September in Madrid wieder eintraf, ein ehrenvoller Empfang zu Theil. An der ritterlichen Kühnheit des Jünglings hatte Keiner gezweifelt; auf dieser ersten Kriegsfahrt aber hatte er sich zugleich als den umsichtigen, von Besonnenheit geleiteten Führer bewährt.

---

[1]) Van der Hammen.

[2]) Die am 15. Januar ausgefertigte Ernennung zum capitan general del mar mediterraneo y adriatico findet sich in den Colection etc., Th. 3, S. 304.

[3]) Cabrera, S. 479.

Wir begegnen hiernach D. Juan nur für kurze Zeit unter den Granden und in der nächsten Umgebung des Königs. Der ernste, schweigsame Hof, dieses ängstliche Abmessen von Wort und Schritt widerstrebte seinem jugendlichen Leben. Er zog es vor, sich in die harmlose Stille des bei Valladolid gelegenen Franciscanerklosters Scala Dei zurückzuziehen. Dort drang die Kunde von einem Aufstande in Granada zu ihm und weckte das Verlangen nach kriegerischer Thätigkeit. Auf den Rath seines Geheimschreibers Juan de Quiroga hielt er beim Könige schriftlich um den Oberbefehl gegen die Abgefallenen an. Er fühle sich gedrungen, lauteten seine Worte, den gegen die königliche Autorität geübten Frevel zu züchtigen; der Vicekönig Mondejar reiche dazu nicht aus, man möge ihn senden, damit er zugleich Gelegenheit gewinne, sich der erwiesenen Gnade dankbar zu bezeigen. Die Bitte fand keine Erhörung. Philipp II. hielt die Schilderhebung der Morisken für zu unerheblich, um ihr den Namen seines Bruders entgegenzusetzen. Wie bitter sollte sich diese Täuschung an ihm rächen.

D. Juan und der Aufstand der Morisken[1]).

Dem Osten zu in voller Breite an Murcia sich lehnend, erstreckt sich die Bergterrasse von Granada, in ihrer nördlichen Ausdehnung von Andalusien, im Süden vom Meere begrenzt, spitz zulaufend bis in die unmittelbare Nähe von Gibraltar und dehnt sich in ihrer Länge von Huescar bis Ronda 60 Leguas, während die Breite durchschnittlich nicht über 25 Leguas erreicht. Auf diesem Hochlande sondern sich die Gebirge theils gruppenartig ab, durch enge, von Giessbächen ausgefurchte Thäler getrennt, theils zeigen sie sich durch auslaufende Aeste mit einander verbunden. Zwischen den Hochebenen von Granada und Guadix steigt die Sierra Nevada in einer Länge von 10 Leguas schroff und in zackigen Felsmauern auf, erhebt sich in dem kegelförmigen Mulahacen bis in die Schneeregion und streckt ihre Ausläufer weit in's Land hinein. In gleicher Richtung mit der Küste dehnen sich die rauhen, steilen Alpujarras, 17 Leguas in der Länge, 11 in der Breite aus und fallen in ihren letzten Verzweigungen

---

[1]) Diego Hurtado de Mendoza, Guerra de Granada. Valencia 1830.

Luys de Marmol Carvajal, Historia de la rebellion y castigo de los Moriscos del reyno de Granada. Malaga 1600. fol.

Miguel Lafuente Alcantara, Historia de Granada. Madrid 1846. Th. 4.

Circourt, Histoire des Mores Mudejares et des Morisques. Paris 1846. Th. 2.

scharf in's Meer ab. In dem südwestlichen Theil des Königreichs ragt die Sierra de Ronda in wild zusammengedrängten, in einander verschobenen Felsbergen über die Hochfläche. Dem Strande zu lagern sich Gebirge in den mannichfachsten Umrissen und senken sich meist mit steilen Rändern in's Meer.

Zwischen den Sierras begegnet das Auge grösseren und kleineren Vegas mit saftigem Grün, von umschatteten Bächen getränkt, reich an Myrten, Granaten und Maulbeerbäumen. Rasch anschwellende Ströme, die ihre tiefen Furchen durch's Gestein gezogen, suchen in hundertfältigen Krümmungen ihren Ausweg aus dem Gebirge: so der am Südabhange der Nevada entspringende Rio de Adra und der von den Bächen der Sierra de Baza gespeiste Almanzora, welcher, nachdem er eine nach ihm benannte, reich bevölkerte Landschaft befruchtet hat, zwischen Cartagena und Almeria das Meer erreicht. Bis zu den Gipfeln der Alpujarras, so weit nicht nacktes Gestein den Anbau hindert, hatte der abgehärtete Moriske das Gebirge sich dienstbar gemacht und zeigten sich Fruchtgärten neben Getreidefeldern, Heerden neben sorgsam gepflegten Baumpflanzungen. Oestlich von Malaga tritt man in eine nach zwei Seiten durch Schneeberge begrenzte Ebene, die mit Oliven, Mandeln und Orangen, mit Citronen, Reben und Feigen prangt: eine Ueppigkeit der Vegetation, die an tropische Zone erinnert, im auffallenden Gegensatz zu dem dürren, sonnenverbrannten, nur hin und wieder mit Dattelpalmen besetzten Küstensaume. Von hier führt die Strasse einerseits über Steilhöhen, durch Thäler, zwischen Felswänden, an denen sich Schlinggewächse aufranken, nach dem auf jähen Abhange gebauten Antequera, andererseits zu dem auf einem Höhenzuge, dessen Aeste sich bis nach Gibraltar erstrecken, weithin sichtbaren Ronda. Hart bei der letzten Häuserreihe dieser Stadt fällt nach Norden der Fels steil ab und senkt sich in die Fluthen des Guadayra, an dessen Ufern Lustgärten mit Wiesengrün wechseln.

Nördlich von der Nevada erhebt sich die alte maurische Königsstadt Granada, auf zwei durch eine Schlucht getrennten Hügeln erbaut, vom Darro durchströmt, während der aus Giessbächen des Mulahacen gebildete Xenil den Fuss der Stadtmauer bespült. Auf der Spitze des einen dieser Hügel steigt der Wunderbau des Alhambra auf, der andere trägt das unter dem Namen des Albaicin bekannte, ausschliesslich von Morisken bewohnte Quartier. Beiden zu Füssen breitet sich die von sanft aufsteigenden Höhenzügen eingeschlossene, in zahllosen Liedern gefeierte Vega de Granada aus, durch den Xenil und hochgelegene Teiche künstlich bewässert, ein Wechsel von Weiden und schattigen Baumgruppen, von Getreidefeldern und Orangenwaldungen. Die 12 Districte (tahas), in welche die Alpujarras zerfielen, waren mit geringer Ausnahme nur von Morisken bevölkert; in den Thälern, auf den Vegas und Hochebenen überwogen sie an Zahl, und in dem grössten Quartier Granada's sah man nur Nachkommen der ehemaligen Eroberer. Weniger dicht sassen sie in den grösseren Küstenstädten, weil die Politik Castiliens der Berührung derselben mit den maurischen Stämmen Africa's entgegenwirken zu müssen geglaubt hatte. Die Verbindungsstrassen der verschiedenen Landschaften und Señorias des Königreichs führen durch Engpässe und Schluchten, über Giessbäche, von schmalen Brücken überspannt; der hart neben schwindelerregenden Abgründen auf- und niedersteigende Weg gestattet häufig kaum, dem beladenen Saumthiere auszuweichen. Städte und Dörfer deuten durch natürliche Befestigung auf die Zeit altmaurischer Herrschaft. Ein Land, in allen Beziehungen zum Guerillakriege geschaffen.

In Gemässheit der Capitulation von Granada sollte den Morisken dieses Königreichs der freie Gebrauch ihrer Gesetze und Moscheen nicht geschmälert werden. Die milde Lehre eines Hernando de Talavera, der zuerst den von den katholischen Königen errichteten erzbischöflichen Sitz in Granada einnahm, gewann allerdings viele bisherige Anhänger des Koran; aber der grössere Theil der Unterworfenen hielt an den Satzungen der Väter, bis der harte Ximenez die Bekehrung auf Mittel der Gewalt stützte. Aber die erzwungene Taufe konnte die Morisken nicht zu Christen machen, der aufgedrungene Glaube sich nicht zur lebendigen Wahrheit gestalten. Sie fügten sich scheinbar willig den kirchlichen Bräuchen, während das Evangelium ihnen fremd blieb, und setzten der Wachsamkeit der Inquisition eine Verstellung entgegen, die, ohne immer zu täuschen, doch vor Züchtigung schützte.

Als Kaiser Karl V. den Bitten Granada's nachgab und im Junius 1526 sein Hoflager auf dem Alhambra nahm, wo die Bewohner des Albaicin unter dem Absingen nationaler Weisen ihre anmuthigen Tänze (zambras) vor ihm aufführten, traten die Regidoren der Stadt zu ihm und überreichten eine Denkschrift voll Klagen und Beschwerden der verschiedensten Art: Morisken, welche, um dem unerträglichen Druck der Abgaben zu entgehen, ihre Weiler verlassen hätten, durchstreiften bandenweise die Gebirgslandschaften von Guadix, Baza und Almeria und die Miliz reiche nicht aus, um den Räubereien dieser »Monfis« — es waren die bandoleros, die Banditen Italiens — Einhalt zu thun; das Gebot, dass die Unterworfenen keine Feuerwaffe führen und selbst im Besitze von Schwert, Lanze und Dolch beschränkt sein sollten, finde keine Beachtung; durch sie hauptsächlich, die heimlich noch immer der Lehre Muhamed's anhingen, würden die wiederholten Landungen der Corsaren begünstigt; andererseits dürfe nicht unerwähnt bleiben, dass die Morisken von Clerikern und Richtern mit unbilliger Härte behandelt würden und der Willkür der Alguazils, Milizen und Steuererheber vielfach preisgegeben seien.

Der Kaiser, dem es um Recht zu thun war, erschrack über diese Mittheilungen und verordnete, nachdem er die Ansicht seiner Räthe eingeholt hatte, dass Visitatoren das Land bereisen, der Begründung der vorgebrachten Beschwerden ernstlich nachforschen und zugleich Leben, Sitte und Glauben der Morisken zum Gegenstande einer sorgfältigen Untersuchung machen sollten. Die solchergestalt ausgesandte Commission bestand aus Geistlichen, also aus Männern, von denen die Hauptbeschuldigung gegen die nichtcastilische Bevölkerung ausgegangen war. Gleichwohl räumte sie in ihrem Berichte die Sittenstrenge, Arbeitsliebe und reichliche Spende an Arme von Seiten der Morisken ein. Nicht der Sonntag, so heisst es in der von ihnen abgegebenen Erörterung, sondern die muhamedanischen Feste würden von den Landleuten gefeiert; man verharre bei der Sitte, Freitags das Haus zu verschliessen, enthalte sich des Genusses von Wein und Schweinefleisch, unterziehe die Kinder der morgenländischen Beschneidung und begehe die Hochzeiten, nachdem die christliche Einsegnung erfolgt sei, auf altmaurische Weise. Dieses Unwesen müsse man zum Theil der Dorfgeistlichkeit zur Last legen, die sich wenig um die Unterweisung der Kinder kümmere, gegen die Ungläubigen eine unzeitige Nachsicht übe und nur zu oft durch Bestechung bewogen werde, die ihr bewussten Uebelstände gegen die obere Behörde zu verschweigen.

In Folge dieses Berichts berief der Kaiser eine meist mit Prälaten besetzte Junta, welche unter dem Vorsitze des Grossinquisitors Alonso Manrique einen Entwurf zur Reform der Morisken ausarbeiten sollte. Die Berathungen über diesen Gegenstand fussten auf der Ansicht, dass man nicht eher in den Morisken treue Unterthanen der Krone von Castilien gewinnen werde, als bis ihnen Alles, was an Nationalität und Glauben der Väter erinnere, genommen sei. Demgemäss kam man überein, dass das Inquisitionstribunal von Jaen nach Granada verlegt werden müsse; man wollte den Gebrauch des arabischen Jargon (aljamia) für den täglichen Verkehr vorläufig noch gestatten, wogegen alle schriftlichen Verhandlungen, alle Contracte castilisch abgefasst und nach Verlauf von 8 Jahren die arabische Sprache nirgends mehr gehört werden sollte. Bei der Entbindung einer Moriska sei die Gegenwart einer christlichen Frau erforderlich, um muhamedanische Bräuche fern zu halten; endlich sollten in Granada, Guadix und Almería, behufs der Unterweisung der Jugend, Collegienhäuser (casas de doctrina) errichtet werden. Diesem Entwurfe ertheilte Karl V. im December 1527 seine Genehmigung. Schon war der Tag, an welchem diese s. g. Pragmatica veröffentlicht werden sollte, festgesetzt, als es den Morisken gelang, durch eine Gabe von 80,000 Ducaten an den Kaiser und ein gleiches Geschenk an dessen Umgebung die Suspension des Edicts bis auf eine unbestimmte Zeit zu erwirken [1]).

Seitdem stiegen Zügellosigkeit und Willkür auf beiden Seiten. Die Inquisition griff schonungslos ein und unterlag der Anschuldigung, dass ihr Absehen vornehmlich auf die

[1]) Der Kaiser verwandte die ihm dargebrachte Summe Geldes auf den Bau eines Palastes in Granada. Viardot, Histoire des Arabes et des Mores d'Espagne. Paris 1851. Th. 1.

Besitzthümer der Verdächtigen gerichtet sei. Nur auf den exemten Besitzungen des hohen Adels (lugares de señorias) konnten die Morisken auf Schutz gegen das geistliche Gericht rechnen, weil der Reichthum der Herrschaft in den Zahlungen und Leistungen der Untergebenen bestand [1]. Gegen Unbilden weltlicher Behörden gab es kein anderes Mittel als Bestechung. Die Regierung in Granada verlangte von den moriskischen Regidoren den vollen Ersatz für den in ihrem Amtsgebiete von Monfis oder Corsaren angerichteten Schaden, ohne zu berücksichtigen, dass sie der Bevölkerung die zur Abwehr der Räuber erforderlichen Waffen genommen hatte. Wenn die africanischen Mauren bei ihren Landungen Morisken aufgriffen, um sich ihrer als Führer zu bedienen, so boten sich Letztere eben so häufig den Feinden freiwillig an. Zur nämlichen Zeit wuchsen die Banden der Monfis in der Sierra Nevada; Strandthürme und berittene Küstenwächter reichten zum Schutze der Corsaren, welche sich mit Hirten auf dem Kamm der Berge durch Fernzeichen verständigten, bei weitem nicht aus. Es hegte deshalb die Regierung eine Zeitlang den Plan, die Morisken einige Leguas von der Küste zu entfernen und tiefer in's Land zu verpflanzen; aber man musste ihn aufgeben, weil es sich, mit Ausnahme einiger grösserer Städte, um die gesammte Bevölkerung jenes Landstrichs handelte. So wuchs das Uebel mit jedem Tage. Die Geistlichkeit fand nicht immer bei der weltlichen Obrigkeit die angesprochene Unterstützung, um zu verhindern, dass »junge Christen« im Besitz und Erbe beeinträchtigt wurden.

Schon auf den ersten Cortes, welche er nach seiner Rückkehr aus Flandern in Castilien hielt, ging Philipp II. auf den Wunsch der Procuradoren ein und verbot den Morisken, Neger als Sclaven zu halten, »damit diesen nicht das schwache Christenthum vollends genommen werde«. Der 1560 auf den Cortes zu Toledo gestellte Antrag, die Morisken gänzlich zu entwaffnen, wurde 3 Jahre später vollzogen, dergestalt, dass 6jährige Galeerenstrafe Jeden treffen sollte, der nicht innerhalb 50 Tagen seine Waffen abliefere. Letztere wurden nur

---

[1]) Es galt sprichwörtlich: »Qui tiene Moro, tiene oro« und »Mientras mas Moros, mas ganancia.«

Einzelnen gegen eine erkaufte Licenz gelassen [1]). Man sollte zu spät gewahren, dass Land- und Stadtbewohner Schwerter und Dolche rechtzeitig in sichern Versteck gebracht hatten.

Bis dahin hatte die Bevölkerung des Albaicin gegen die Verfolgung geistlicher und weltlicher Gerichte eine Freistätte in Kirchen und Klöstern gefunden. Jetzt wurde durch ein königliches Edict das Asylrecht der Gotteshäuser bis auf 3 Tage beschränkt, die Aufnahme und Beschirmung von Flüchtigen in herrschaftlichen Gebieten auf's Strengste untersagt. Demnach blieben den Verfolgten nur noch die Sierras übrig, wo Noth und Rachsucht sie in die Reihen der Monfis führten. Schon wagten es Letztere, sich im offenen Kampfe mit den Milizen zu messen, sogar in nächtlicher Zeit sich in Granada einzuschleichen, um ihren Widersachern zu vergelten. Es kam dahin, dass castilische Christen nur noch in grosser Zahl oder in Begleitung von Bewaffneten unbelästigt die Vega beschreiten durften. Unter einer geordneten und einheitlichen Verwaltung hätten allerdings solche Zustände nicht zur Geltung gelangen können. In Granada aber riss der Hader zwischen den beiden höchsten Beamten, dem Generalcapitain (Vicekönig), welchem der Oberbefehl über die bewaffnete Macht zustand, und dem Präsidenten der königlichen Kanzlei (audiencia real) nicht ab, verhinderte ein gleichmässiges und kräftiges Einschreiten gegen die Uebertreter des Gesetzes und überliess es den schwachen, der Bestechung zugänglichen unteren Behörden, nach eigenem Ermessen zu verfahren.

Nun begab sich, dass der fromme, aber im Eifer für seine Kirche oft masslose Pedro de Guerrero, Erzbischof zu Granada, vom Tridentinum, wo er durch Gelehrsamkeit und Dialectik geglänzt hatte, den Rückweg nach seiner Diöcese über Rom antrat und von Pius IV. die Zusage erwarb, durch seinen Nuntius in Madrid dahin wirken zu wollen, dass die Seelen der Morisken nicht in Ketzerei verloren gingen. Es drücke sein Gewissen, klagte er, dass sein Sprengel eine Ueberzahl von Menschen enthalte, die freilich durch die heilige Taufe in die Gemeinschaft der Christenheit aufgenommen seien, auch der Kirche spendeten und das Kreuz zu schlagen

---

[1]) Lafuente, Th. 13, S. 263 ff.

verstünden, in ihren Herzen aber den Unglauben wuchern liessen [1]).

Dass Philipp II. zu eben jener Zeit durch die Angelegenheiten Flanderns zu sehr in Anspruch genommen war, um dem Vortrage des Nuntius besondere Beachtung zu schenken, schreckte Guerrero nicht zurück. Es hatte sich ihm bei der Rückkehr nach Granada die Ueberzeugung aufgedrängt, dass während seiner Abwesenheit die Verhältnisse erheblich verschlimmert seien, dass habsüchtige Beamte häufig ohne Rechtsgrund Morisken verhafteten und die Eingezogenen eben so häufig gewaltsam wieder befreit wurden, besonders dass mit der Auflehnung gegen die Behörden der Unglaube immer offener in der Sierra hervortrete. Die Abhülfe dieser Uebelstände zu berathen, berief Guerrero seine Suffraganbischöfe von Malaga, Guadix und Almeria sammt den angesehensten Prälaten des Landes zu einem Provincialconcil nach Granada und erreichte hier die Abfassung einer Bittschrift, in welcher der König um Anwendung der kaiserlichen Pragmatica von 1527 angegangen wurde. Dass die Bürgerschaft von Granada hiergegen protestirte und ihren Tadel aussprach, dass eine Synode sich mit Fragen der Politik befasse, irrte den Erzbischof nicht. Er wusste, dass er in dem hochbetagten Diego de Espinosa, Grossinquisitor, Bischof von Siguenza und Präsident des Raths von Castilien, einen Mann, welcher sich der besondern Gunst des Königs erfreute, den beredten Fürsprecher haben werde.

Den Vorstellungen der hohen Geistlichkeit von Granada hatte Philipp II. keinen Widerstand entgegenzusetzen, und auf seine Verfügung trat in Madrid eine aus Prälaten, Officieren und Rechtsgelehrten bestehende Junta unter dem Vorsitze Espinosa's zusammen. In ihr, wo, nächst dem Herzoge von Alba, vornehmlich Pedro de Deza, Mitglied des Inquisitionsgerichts, seine Stimme erhob, war kein den Morisken freundlich gesinnter Prälat zugelassen. Der hier gepflogenen Berathung über die Mittel, von deren Anwendung eine Besserung der Morisken zu erwarten stehe, lag die Pragmatica Karl's V. zum Grunde. Allen Hauptbestimmungen derselben

[1]) Cabrera, S. 394.

zollte man Beifall, so dass es nur noch darauf ankam, dieselben schärfer zu formuliren und den augenblicklichen Zuständen in der Sierra gemässer abzufassen. Was die Kirche unter dem Kaiser nicht hatte erreichen können, gelang ihr bei Philipp II., der am 17. November 1566 die von der Junta eingereichten Vorschläge bestätigte. Demgemäss sollten die Morisken sich fortan der Kleidung ihrer Vorfahren nicht mehr bedienen, den Frauen wurde das Anlegen der üblichen Schleier untersagt, maurische Tänze und Lieder verboten; die arabischen Namen sollten mit christlichen vertauscht, Freitags und an den muhamedanischen Festtagen das Haus nicht verschlossen gehalten werden, der Gebrauch der Bäder unterbleiben und nach Verlauf von 3 Jahren die arabische Sprache im Verkehr erstorben sein. Es wurde damit den Unglücklichen die letzte Erinnerung an Freiheit, nationale Selbständigkeit und ein im Glanze der Vergangenheit sich spiegelndes Vaterland genommen. Mit dem Auftrage, das Edict zur Veröffentlichung zu bringen, kehrte der zum Präsidenten der königlichen Kanzlei ernannte Deza nach Granada zurück.

Es war umsonst, dass Iñigo Lopez de Mendoza, Marques von Mondejar [1]), welcher damals in Madrid weilte, die nachtheiligen Folgen dieser Verfügung entwickelte, die aus ihr erwachsenden Gefahren schilderte, um Aufschub der Veröffentlichung bat und daran die Klage reihte, dass man ihm, dem Generalcapitain des Königreichs Granada, nicht gestattet habe, seine Ansichten und Erfahrungen der Junta mitzutheilen. Espinosa blieb unbeugsam und erwiederte dem Marques mit der ihm eigenen Schärfe, er möge sich unverzüglich nach Granada auf seinen Posten begeben und sich seines Amtes annehmen [2]). Es konnte nicht ausbleiben, dass hiernach zwischen Mondejar und seinem alten Widersacher Deza, der sich auf die Gunst Espinosa's stützte, die Spannung eine gesteigerte wurde. Es war, von persönlichen Verstimmungen abgesehen, der Kampf der Eifersucht zwischen der Militair- und Civilgewalt, während dessen der König bald nach dieser, bald nach

---

[1]) Sein Sohn, Graf Luis de Tendilla, war Alcalde des Alhambra.

[2]) »Bolviese a Granada luego y asistiese a le qua la tocaba.« Cabrera, S. 465.

jener Seite seine Missbilligung zu erkennen gab, ohne mit einem Machtworte den Hader zu schlichten. Er sah es nicht ungern, wenn die höchsten Behörden mit einander im Widerstreit lebten; lag doch dann seine Hand um so sicherer auf ihnen.

Bis dahin hatten sich verständige Männer der Hoffnung hingegeben, dass die Pragmatica nach und nach in's Leben treten und dadurch die Schärfe ihres Eindrucks sich abstumpfen werde, als am 1. Januar 1567, dem Jahrestage der Einnahme der letzten maurischen Königsstadt in Spanien, der Corregidor von Granada mit seinen Beamten in Procession durch die Stadt zog, Musik voran, von einem Tross müssiger Gaffer umgeben, und durch einen Ausrufer an allen öffentlichen Plätzen die Pragmatica verkündigen liess. Diese Bekanntmachung des in höchster Heimlichkeit berathenen Edicts traf die Morisken wie ein Blitzschlag am sonnenhellen Tage. Knirschend über den gewaltsamen Eingriff in ihr geheimstes Leben, dass ihren Frauen der Schleier vom Haupte gerissen, die Thüren zu allen Tageszeiten für Jedermann offen stehen, innerhalb dreier Jahre die Sprache ihrer Väter verschwunden sein solle, hörten die Morisken des Albaicin die Verkündigung. Dann folgten dem Erstarren Ausbrüche der Wuth; man schleuderte dem Ausrufer Drohungen entgegen, und nur unter dem Schutze seiner Wache gelang dem Corregidor der Abzug aus dem maurischen Quartier.

Die reichen, gebildeten Morisken des Albaicin waren mit den politischen Zuständen Spaniens vollkommen vertraut, und indem sie die drohenden Rüstungen in Constantinopel und Algier, den Aufstand der Niederlande, die Stimmung der protestantischen Stände Deutschlands, die Entwicklung der Macht der Hugenotten und die Abführung der besten spanischen Tercios nach Flandern und Italien in Rechnung zogen, gaben sie sich der Hoffnung hin, dass ihre dringenden Vorstellungen beim Könige Gehör finden würden. Doch beschlossen sie, sich zunächst an Deza zu wenden. Vor diesem führte der hochbetagte, aus alt-moriskischem Adel entsprossene Francisco Nuñez Muley im Namen Aller das Wort. »Die Kleidung unserer Frauen«, sprach er, »steht in keinem Zusammenhange mit dem Muhamedanismus, der, wie die Verschiedenheit der

Gewänder in Fez, Tunis und Constantinopel zeigt, keine Nationaltracht kennt. Kleiden sich doch auch manche meiner Stammgenossen castilisch, ohne deshalb mit grösserer Milde behandelt zu werden. Findet man bei uns ein Dolchmesser, so verfällt unser Leben der Galeere und das Vermögen dem Staat. Von weltlichen und geistlichen Gerichten werden wir gehetzt, und gleichwohl sind wir immer treue Unterthanen des Königs geblieben. Unsere Bräuche, Feste und Tänze haben so wenig vom Koran, dass, so lange dieser in Granada noch Geltung hatte, Strenggläubige am Tanz und Sang sich nicht betheiligten. Wer den Vorschriften der Suren dienen will, wird es wahrlich nur in grösster Heimlichkeit thun. Die Bäder, welche wir besuchen, sind meist Eigenthum der Christen, und wenn auf dem Gebrauche derselben in Castilien eine Zeitlang das Verbot lag, so war es, weil sie verweichlichen; da aber der Moriske zum Kriegsdienste nicht zugelassen wird, fällt, ihm gegenüber, auch dieser Grund weg. Zeugt der Schleier der Frau von weiblicher Sittsamkeit, so dienen die herkömmlichen Namen zur Bezeichnung der Abstammung und Familie. Dass man die Sprache uns nehmen will, in der wir geboren und erzogen sind, ist mehr als Härte; bedienen sich doch auch die Christen Egyptens und Syriens, gleich den Bewohnern von Malta, der arabischen Sprache. Und von wem soll der Moriske castilisch lernen, wenn in seinem Dorfe, ausser dem Pfarrer, Keiner dessen mächtig ist? Wenn man, schloss er, ein einziges unter den Geboten der Pragmatica den Christen von Castilien oder Andalusien auferlegen wollte, sie würden vor Schmerz sterben. Warum will man denn uns der Verzweiflung entgegentreiben und uns zur Flucht aus dem Lande der Väter zwingen?«

Die Worte des Nuñez Muley machten auf den Präsidenten keinen Eindruck; er fusste auf dem einmal gefassten Beschluss und dem unwiderruflichen Befehl des Königs und beharrte dabei, dass mit 3 Jahren eine hinlängliche Frist zum Erlernen der castilischen Sprache gewährt sei.

Trotz des Abrathens von Deza begab sich die Deputation aus dem Albaicin jetzt nach Madrid. Dort nahm sich der edle Juan Enriquez, Grundherr der Señoria Baza, ein hochstehender Grande, durchdrungen von der Ueberzeugung, dass die Pragmatica nur schrittweise zur Ausführung gebracht werden dürfe, der Männer mit Liebe an. Selbst Alba, dessen Scharfblick die Gefahren ermass, sprach zu ihren Gunsten. Philipp II. entliess die Klagenden mit dem Bescheide: »Mir haben Männer von Einsicht und christlichem Gewissen ein Verfahren angerathen, an welchem festzuhalten ich für Pflicht erachte.« Espinosa begnügte sich mit der Erklärung, was der König einmal geboten habe, das pflege auch vollzogen zu werden.

Seit der Rückkehr der Abgeordneten nach Granada zeigte sich im Albaicin eine bedenkliche Bewegung, in der Sierra gaben sich Vorzeichen eines Aufstandes kund, und an der Küste erfolgten Landungen der Mauren häufiger und mit grösserer Kühnheit als zuvor. Das trieb Deza zu verdoppelter Wachsamkeit, während die Inquisition durch rücksichtsloses Vorgehen einzuschüchtern suchte, das kirchliche Asyl aufgehoben wurde und die adlichen Gerichte keine Flüchtlinge mehr bergen durften. Die Antwort des Königs auf einen die missliche Stimmung schildernden Bericht lautete: die Verordnung müsse unbedingt aufrecht erhalten werden; doch möge man armen moriskischen Frauen auf seine Kosten christliche Kleidung verabfolgen lassen; für die Sicherheit der Küste werde die Flotte schon Sorge tragen. Unter diesen Umständen hielt der Marques von Mondejar für Pflicht, sich noch einmal an das Hoflager zu begeben, um die Ungerechtigkeit des Edicts darzulegen und um Aufschub mit der Durchführung desselben zu bitten, bis man im Besitze hinlänglicher Mittel sei, um allen Gefahren mit Nachdruck zu begegnen. Er wurde mit dem Befehle entlassen, kraft seiner amtlichen Stellung die Vollziehung des königlichen Willens zu unterstützen. Der Hof verachtete den wehrlosen, mit dem Gebrauche der Waffen nicht vertrauten, auf keine Festen sich stützenden Morisken.

So nahte der 1. Januar 1568, mit welchem Tage, wie auf Befehl des Erzbischofs in allen Kirchen die Geistlichkeit verkündigt hatte, das Edict in Kraft treten sollte. Weltliche und geistliche Behörden reichten einander die Hand zur Vollziehung des königlichen Gebots. Alguazils brachen in die Häuser der Morisken, vernichteten die Bäder und bemächtigten sich der maurischen Gewänder; moriskischen Frauen entriss man den Schleier und spottete ihrer Thränen. Der Albaicin gerieth in Bewegung, der Verkehr mit den Stammgenossen im Gebirge wurde lebhafter und unheimlicher als sonst, ein stetes Kommen und Gehen, Lauschen und Verstecken. Das wusste Deza; aber von dem verhassten Generalcapitain soldatische Hülfe zu erbitten, erlaubte sein Stolz nicht und die Verachtung gegen die Dienenden liess ihn die Grösse der Gefahr nicht ermessen. Er steigerte nur die Gährung, indem er alle nicht ansässigen Morisken aus dem Albaicin verwies, auf Beherbergung oder Verkehr mit Monfis, selbst auf eine unterlassene Denunciation derselben — »und sollte auch der Sohn gegen den Vater zeugen« — den Tod setzte und alle Moriskenkinder vom 3. bis zum 15. Jahre aufzeichnen liess, freilich nicht um dieselben, wie deren Angehörige wähnten, nach Castilien zu entführen, sondern in Schulen zu schicken. Das drängte die Verfolgten zum Widerstande. Boten und wandernde Händler des Albaicin durchzogen das Land und sagten für's folgende Jahr »Auferstehung des Reichs von Andalusien und Befreiung der verwaisten Kinder des Islam« an; der verstohlene Verkehr mit der africanischen Küste nahm zu, Vorräthe von Lebensmitteln wurden in den Höhlen der Sierras gehäuft, Waffen erhandelt und zur Zeit der Nacht geschmiedet.

An kühnen Männern, welche der Leidenschaften entflammten, fehlte es nicht. So Hernando el Zaguer, Alguazil zu Caduar, und besonders Farax Aben-Farax, ein Sprössling der Abencerragen, Seidenfärber und Kaufmann im Albaicin und durch seine Handelsreisen in allen Landschaften Granada's bekannt. Er, der schon früher die Härte der Inquisition hatte empfinden müssen, nahm in einer der nächtlichen Zusammenkünfte das Wort. Es bedürfe, sprach er, nur eines kräftigen Entschlusses, einer Wiederaufnahme des alten Plans, den Gebieter von Fez zum Herrn auszurufen, um der Freiheit theilhaftig zu werden; dass die Capitulation von Granada so schmählich habe gebrochen werden können, sei lediglich Folge der Uneinigkeit; man führe ein Sclavenleben unter der Habsucht und Gewaltthätigkeit der Castilier, bleibe, um Waffenbrauch nicht zu lernen, vom Kriegsdienste ausgeschlossen, werde der Kinder und des väterlichen Erbguts beraubt und

sche Sitte und Ehrsamkeit der Frau gefährdet. Rettung sei nur von einem männlichen Beginnen zu hoffen; man sei stark an Zahl, abgehärtet, an Entbehrungen gewöhnt, im Besitze von Felsenbergen und Thalschluchten, während der König, verarmt und in Spanien ohne Heer, mit auswärtigen Mächten kriege und der Adel Castiliens im Wohlleben verweichliche. Himmlische Zeichen verhiessen günstigen Erfolg: auf der Nevada habe man Geisterheere in Wolken kämpfen sehen; ein alter heiliger Baum, den die Vorfahren verehrt, sei durch Sturm geknickt, und unter den Christen schleiche ein Gerücht, dass Unglück bevorstehe.

Auf alle Vorschläge von Aben-Farax ging die Versammlung ein. Ein Geheimbund, dessen Zusammenkünfte an stets wechselnden Stätten abgehalten wurden, umstrickte das ganze Land. Der Sherif von Marocco sagte seine Hülfe zu, Aluch-Ali von Algier versprach rechtzeitig mit seinen Galeeren an der Küste zu erscheinen; nur die Morisken des Königreichs Valencia, sei es, weil sie sich einer nachsichtigen Behandlung zu erfreuen hatten, sei es, weil seit der versuchten Schilderhebung unter Karl V. Muth und Kräfte gelähmt waren, wiesen den Antrag auf Betheiligung zurück. So beschlossen die Verschworenen, auch ohne die Stammgenossen des Nachbarlandes zur That zu schreiten. Nur Verzweiflung konnte waffenlose Hirten und Feldbauer ohne kriegserfahrene Führer, ohne Geldmittel zum Kampfe mit einem Philipp II. treiben, dessen übergreifende Macht alle Staaten Europa's in Bewegung hielt. Am Gründonnerstage des Jahres 1568 sollte der allgemeine Aufstand erfolgen. In der christlichen Bevölkerung Granada's lebte das Vorgefühl einer grossen, über ihrem Haupte schwebenden Gefahr; nicht das Vorhaben der Gegner, nur Zeit und Art der Ausführung desselben konnte noch in Zweifel gezogen werden. Selbst Deza barg seine Besorgnisse nicht mehr. Die christlichen Bürger warfen sich in Waffen, Graf Tendilla verstärkte die Besatzung des Alhambra, aus den nächsten Städten Andalusiens wurden Schaaren von Milizen herangezogen. Darüber erschrack der Albaicin, er glaubte sich verrathen, liess die Genossen in der Sierra wissen, dass die Ausführung des Plans vorläufig aufgeschoben werden müsse, protestirte gegen den wider ihn laut gewordenen Verdacht und erbot sich, zum Beweise aufrichtigen Gehorsams, der Regierung 300 Geisseln zu Handen zu stellen.

Wenige Wochen später erkannten die Morisken, dass ihre Befürchtung unbegründet gewesen sei. Seitdem traten sie jedoch schweigsamer noch und umsichtiger als zuvor auf. Christen und Morisken fürchteten gegenseitig einen plötzlichen Ueberfall und beobachteten einander mit steigendem Misstrauen. Gleichwohl nahmen die Verschworenen ihre nächtlichen Besprechungen wieder auf, organisirten den Aufstand und setzten ihre Werbungen um Beistand in Fez, Tunis und Algier fort. Man fühlte das Bedürfniss eines einigen Oberhauptes, doch stand in Bezug auf die Wahl im Albaicin keine Verständigung zu erreichen und man beschloss, in dieser Hinsicht der Entscheidung der Freunde auf der Sierra beizutreten. Da geschah, dass auf einem Tage zu Cadiar, einem Dorfe am Fusse der Alpujarras, die Wahl eines Oberhauptes, welches im Namen des Gebieters von Algier die Regierung übernehme, und ein rascher Angriff auf Granada gleichzeitig in Vorschlag gebracht wurde. Unter den Anwesenden stand Keiner an Ansehen und Gunst bei den Bergbewohnern dem Hernando Muley de Valor gleich, der seinen Stammbaum auf das Kalifenhaus der Ommajaden zurückführte. Seine Vorfahren hatten sich in dem Dorfe Valor, auf der Spitze der Alpujarras, niedergelassen. Er war der Sohn Antonio's, eines reichen Mannes, der früher den Regidoren in Granada beigezählt wurde, dann aber, weil er eine erlittene Beleidigung mit dem Schwerte gerächt hatte, zur Galeere verurtheilt war. Damals hatte der Sohn einige Männer, durch die der Vater angeklagt war, niedergestossen, ohne als Thäter entdeckt zu werden. Dieser Muth und Christenhass gewann ihm die Liebe seiner Stammgenossen, während er in Granada als guter Christ galt und häufig in der Umgebung Mondejar's gesehen wurde. Weil leichtfertiges Jugendleben, Verschwendung und Liebe zu einer schönen Moriskin ihn in Schulden gestürzt hatte, verkaufte er den ererbten beträchtlichen Grundbesitz und entschloss sich, in Italien oder Flandern um Glück zu werben. Aber die Kaufsumme wurde von den Gläubigern mit Beschlag belegt, er selbst in den Schuldthurm geworfen. Aus dieser Haft gelang ihm Flucht, und in Begleitung seiner Geliebten und eines

Negers erreichte er glücklich das Gebirge. Er war es, der am 27. September 1568 in Cadiar zum Könige erkoren wurde, ein schöner, 24jähriger Jüngling. Alte Prophezeihungen, die auf der Sierra von Mund zu Mund gingen, schienen auf ihn ihre Deutung zu finden. Die Weihe erfolgte mit allen jenen Bräuchen, die einst bei granadinischen Königen üblich gewesen waren. Man warf einen Purpurmantel um seine Schultern, drückte einen rothen Turban auf sein Haupt und, das Gesicht nach Mecca gewendet, sprach er, auf vier Fahnen knieend, das Gebet und gelobte, als treuer Jünger Muhamed's für die Freiheit seines Volkes und Glaubens das Leben dran zu setzen. Hierauf erhob er sich, nahm von den Häuptern der Familien (Xequen) die Huldigung entgegen, vertheilte Aemter und Führerschaften und ernannte Aben-Farax, der im Namen aller Morisken der Sierra die Stelle küsste, auf welcher der König gekniet hatte, zu seinem Alguazil mayor. Seitdem nahm Hernando de Valor den Namen Aben Humeya (Ben-Omeya) an.

Auf die Königswahl folgte die Berathung über Zeit und Art der allgemeinen Erhebung. In dieser Beziehung einte man sich zu dem Beschlusse, den Aufstand bis zum Eintritt des neuen Jahres zu verschieben; man erwog, dass die langen Nächte das unbemerkte Zusammentreten begünstigten und im schlimmsten Falle die Flucht erleichterten; es sei die Zeit, in welcher die spanischen Galeeren abgetakelt im Hafen lägen und die Christen die Tage zwischen Kirchenbesuch und Festlichkeiten zu theilen pflegten. Es wussten Tausende um das Geheimniss des Anschlages, durch alle Thäler, auf allen Vegas war es von Haus zu Haus getragen, ohne dass bei den Christen eine Kunde von der bevorstehenden Gefahr verbreitet war, Man baute auf die ertheilte Zusage, dass zu der anberaumten Zeit Galeeren von Algier sich am Cap Gata zeigen, Felucken von Tetuan vor Marbella erscheinen würden, Erstere um die Morisken Valencia's zu wecken, Letztere um die Bewohner der Sierra de Ronda zu ermuthigen. Zunächst wollte man im Albaicin losbrechen, die Christen, denen man begegne, niederschlagen, das Gefängniss der Inquisition stürmen, um die Verhafteten zu befreien, des Erzbischofs und der Obrigkeit sich bemächtigen, Deza niederstossen und in das Christenquartier Feuer schleudern; sodann sollten auf ein vom Albaicin gegebenes Zeichen 8000 auf der Vega versammelte Morisken, alle in türkischer Tracht, damit man sie für Männer des gefürchteten Uluch-Ali halte, gegen die Thore der unteren Stadt anrennen, während 2000 Monfis sich durch das Thal des Xenil heranschlichen und auf breiten Sturmleitern den Alhambra von der Seite des Generalife erklimmten. Man hielt sich der Ueberrumpelung der festen Stadt gewiss, die sodann den Mittelpunct und Waffenplatz für die Erhebung abgeben sollte.

Der wachsende Trotz und Uebermuth der Morisken beunruhigte Mondejar, nicht minder dass gegen die Weihnachtszeit die Bewohner der Alpujarras in grösserer Menge als je zur Stadt kamen, um ihre Seide zu verkaufen. Sein Verdacht fand bald Bestätigung, sei es, dass ein Jesuit die unter dem Siegel des Beichtgeheimnisses ihm mitgetheilte Verschwörung verrathen, sei es, dass einige wegen Räubereien nach Calahorra eingebrachte Morisken, um dem harten Spruche des Gerichts zu entgehen, ein unumwundenes Geständniss abgelegt hatten. Da hielten sich die Bewohner der Sierra nicht länger. In der Christnacht überfielen sie die zum Gebet versammelten Christen, schlugen Männer und Frauen nieder, marterten die Priester, beraubten, schändeten und brachen Kirchen und Kapellen. Vierzig Reiter, die unter ihrem Hauptmann Herrera eine Sendung von Feuerwaffen der Feste Adra zuführen sollten und unterweges Morisken misshandelt und geplündert hatten, wurden in der nämlichen Nacht in Cadiar überfallen und erstochen. Es sollen innerhalb 4 Tagen nicht weniger als 3000 Christen solchergestalt den Tod gefunden haben. Monfis durchsprengten die Küstenlandschaft von Almeria bis Gibraltar, mordeten die Widersacher und riefen Hirten und Feldbauer in Waffen.

Mit diesem zu raschen Ausbruche der Bewegung war man im Albaicin nicht einverstanden. In der folgenden Nacht erschien Aben-Farax mit 6000 Bewaffneten in der Nähe des Alhambra. Ein ungewöhnlich heftiger Schneesturm gestattete nicht, sich der mitgebrachten Leitern zum Ersteigen des Schlosses zu bedienen. Gleichwohl schlich sich der kühne Führer der Monfis mit 180 Genossen durch das Thor von

Guadix, rief im Albaicin die Morisken zur Freiheit und verkündete die Landung einer africanischen Flotte. Man hatte gehofft, dass die Einnahme des Alhambra der Schilderhebung vorangehen werde; statt dessen überzählte man jetzt die kleine Schaar der Eingedrungenen, und als die grosse Glocke von San Salvador angezogen wurde, sank den Männern der Muth, also dass sie ihre Häuser verschlossen. Erst mit Tagesanbruch zog Aben-Farax wieder fort, von einzelnen Bewohnern des Albaicin gefolgt, welche Furcht vor der Rache Castiliens aus der Vaterstadt trieb. Unter ihnen ein alter Moriske mit zwei Töchtern, der, als die Reiter Tendilla's den Abziehenden scharf nachsetzten, das eine der Mädchen erstach, das andere in Schnee vergrub, um sie der Gewalt der Soldaten zu entziehen.

Am Morgen nach diesem Ereignisse begab sich Mondejar vom Alhambra in den Albaicin, berief die Aeltesten, spendete ihnen Lob, dass sie den Verlockungen der Aufgestandenen nicht gefolgt seien, und mahnte zur Ausdauer in Treue und Gehorsam. Zugleich bat er in Madrid um Verstärkung und setzte die Aushebung der Milizen mit grösserem Nachdruck fort als zuvor. Sein nächstes Bestreben musste sich darauf beschränken, Granada gegen einen Handstreich zu sichern. Eine ängstliche, gedrückte Stimmung gab sich in allen Quartieren der Stadt kund; gegenseitiges Misstrauen hemmte den nachbarlichen Verkehr, der Handel stockte, kaum dass die Fruchtverkäufer aus der Vega den Markt noch besuchten. Die Christen glaubten an die verkündete Landung von Türken und Mauren; es wurden öffentliche Gebete angestellt und Weltpriester und Mönche verliessen die Kirche nicht. Im Albaicin und auf dem Alhambra fürchtete man, plötzlich vom Gegner überrascht zu werden. Der fortdauernde Zwist zwischen Mondejar und Deza gestattete das Eingreifen straffer und einheitlicher Massregeln nicht. Der Präsident ging in seinem Hass gegen den Generalcapitain so weit, dass er Luis Fajardo, Marques de los Velez, Statthalter (adelantado) über das angrenzende Königreich Murcia, auffordern liess, mit einem kleinen Heere in die Alpujarras einzudringen. Das war ein scharfer Eingriff in die amtlichen Rechte von Mondejar und um so kränkender, als sein Verhältniss zu dem Gerufenen allezeit ein gespanntes gewesen war. Im Albaicin kannte man diese zerrissenen Zustände und schöpfte aus ihnen neuen Muth.

Während dessen griffen Mord und Verwüstung in allen Landschaften des Königreichs um sich. Morisken brachten dem Beherrscher von Algier geraubte Altargefässe zum Geschenk und erbaten sich dafür eine Zufuhr von Waffen. Das hart bedrängte Almeria wurde freilich durch Diego Gasca entsetzt, der mit 50 Pferden und 1300 Fussgängern Granada verlassen und glücklich durch die Schluchten der Alpujarras gezogen war; aber die zahlreichen offenen Flecken zu schützen, war unmöglich, und manche kleine Feste, auf welcher Granden zu gewissen Zeiten ihre Residenz zu halten pflegten, fiel in die Hände der Morisken. Der Aufstand war ein tausendarmiger, ein ununterbrochener kleiner Krieg. Für die Morisken stritt das Gebirge; sie kannten alle Schlupfwinkel und Höhlen und waren mit Felsen und Thalwindungen seit ihrer Geburt vertraut. Plötzlich zu mächtigen Schaaren gesammelt, stoben sie, wenn es Noth that, eben so rasch und spurlos auseinander. Diesen Guerillas waren die geschlossenen Colonnen bewährter Soldaten, geschweige die Milizen, nicht gewachsen. Gefangene christliche Männer wurden meist gemordet, weil deren Bewachung und Verpflegung lästig fiel; Frauen und Kinder sandte man nach den Märkten Africa's, um Waffen dafür einzutauschen.

Den Zwiespalt zwischen Mondejar und dem Generalcapitain von Murcia suchte der König dadurch auszugleichen, dass er Ersterem die Unterwerfung der nördlichen, Letzterem der südlichen Landschaften aufgab; durch Beide sollte hiernach die Sierra gleichzeitig angegriffen werden. Der Marques de los Velez war ein thätiger und muthiger Mann, aber herrschsüchtig, eigenwillig, rücksichtslos im Verkehr mit Gleichgestellten. Er hatte Kaiser Karl V. auf verschiedenen Kriegsfahrten und namentlich auf dem Zuge gegen Tunis begleitet und erfreute sich seitdem bei den Tercios des Rufes eines bewährten Hauptmanns. Jetzt zog er mit 4000 Mann nach Rio Almeria am Fusse der Alpujarras, vereinigte sich daselbst mit den Milizen von Baza, fiel in das Gebiet des Rio d'Almanzora ein und schlug dort den Aufstand nieder. Zur nämlichen Zeit (Januar 1569) brach Mondejar mit den nach Granada beschiedenen Milizen Andalusiens[1]), einer zuchtlosen, mehr auf Plünderung als ehrlichen Kampf bedachten Mannschaft, nach dem am Eingange des Val de Lencrin gelegenen Padul auf, um dort den Zuzug der rückständigen Mannschaft abzuwarten. Langsam und verdrossen, zum Theil ohne Waffen, trafen die Männer bei ihm ein, die von hier, um ausgerüstet zu werden, nach Granada geschickt wurden. Dort übte der Graf Tendilla die Schaar ein und die über den Abzug der Besatzung erschrockene christliche Bürgerschaft freute sich der gewonnenen Verstärkung. Schon damals tauchte der Vorschlag auf, die Morisken des Albaicin und der Vega nach einer entlegenen Landschaft auszuführen.

Während dessen bestand Mondejar einen harten Kampf mit Aben-Humeya. Es galt der Besetzung der Brücke bei Tablate. Das Kreuz in der Linken, in der Rechten das Schwert, stritt der Franciscaner Christobal Molino den Andalusiern voran. Sein Beispiel entflammte den Muth der Christen; die von den Gegnern aufgeführten Steinwälle wurden erstiegen, die Brücke genommen, und Mondejar konnte sein kleines Heer nach Orgiba führen und die seit 17 Tagen in der dortigen Feste belagerten Christen, welche nicht minder mit Hunger und Durst als mit den anstürmenden Feinden gerungen hatten, entsetzen. Mit diesem, zur Herrschaft des Herzogs von Sesa gehörigen Städtchen gewann der Marques einen haltbaren, im Herzen der aufgestandenen Landschaften gelegenen Waffenplatz, von welchem aus er seine streifenden Colonnen in die auslaufenden Thäler der Sierra werfen konnte. Weil die bei der Einnahme von Jubiles gemachten Gefangenen, 300 Männer und 1100 Frauen, in der Kirche nicht untergebracht werden konnten, liess Mondejar 1000 der Letzteren auf freiem Felde sich lagern und mit Wachen umstellen. Während der Nacht drängt sich ein Andalusier in den Kreis der Frauen, um sich ein schönes

[1]) Für die erste Woche ihres Dienstes mussten die Milizen die erforderliche Zehrung mitbringen; für die 3 nächsten Monate wurden sie von ihren Gemeinen, für die 6 folgenden Monate von den Gemeinen und dem Könige zu gleichen Theilen erhalten; nach Ablauf dieser Zeit kehrten sie in ihre Heimath zurück und wurden durch eine neue Aushebung ersetzt.

Mädchen herauszuholen; mit roher Gewalt zerrt er die heftig Widerstrebende zu sich, als auf ihren Weheruf ein moriskischer Jüngling herbeispringt — er hatte Frauenkleider angelegt, um von der Geliebten nicht getrennt zu werden —, mit dem Soldaten ringt, ihm das Schwert entreisst, den Gegner verwundet und gegen die andringenden Wachen die Wehr fortsetzt. Da erhebt sich unter Letzteren der Ruf, die Frauen alle seien verkleidete Männer; bis zum Anbruch des Morgens feuerte man auf die zu einem dichten Knäuel sich Zusammendrängenden; fast alle Frauen lagen getroffen. Empört über die Gräuelthat, liess Mondejar die Hauptthäter aufknüpfen. Dann legte er sich vor dem auf jäh aufsteigenden Felsen gebauten Peñon de Guajares. Nach mehrtägigen Angriffen überzeugte sich die 1000 Mann starke Besatzung, dass sie die Feste nicht werde halten können, und entwich in der Nacht auf nur ihr bekannten Gebirgspfaden. Als die Christen den Flüchtigen nachsetzten, gerieth der verwundete moriskische Befehlshaber, weil er von seiner vor Müdigkeit umsinkenden Tochter nicht lassen wollte, in Gefangenschaft, wurde nach Granada gebracht und dort auf Befehl des Grafen von Tendilla martervoll hingerichtet.

Jeden entscheidenden Kampf vermeidend, war Aben-Humeya beflissen gewesen, seine Gegner in den Knoten der Alpujarras zu locken, ihre Streifschaaren abzuschneiden, kleinere Abtheilungen zu überfallen, Zufuhr abzuschneiden. Er hatte 2 Monate lang ritterlich gestritten, durch keine Gefahr geschreckt, unermüdet in neuen Anschlagen. Da sollte er gewahren, dass einzelne Häuptlinge mit den christlichen Heerführern in Verhandlung traten. Als Mondejar die Strasse von Jubiles nach Uxijar einschlug, zogen ihm die Alguazils der Dörfer mit weissen Fahnen, zum Zeichen der Unterwerfung, entgegen. Fast alle Gebirgsfesten war gewonnen, von den Alpujarras bis zum Rio Almanzora und in der Umgegend von Orgiba zeigte sich jeder Widerstand beseitigt und wurde die Königsgewalt Philipp's II. anerkannt. Die unterworfenen Morisken dachten bereits an Bestellung von Garten und Feld und an den Loskauf ihrer gefangenen Angehörigen [1]). Andere

---

[1]) Durchschnittlich wurden für eine Frau 60 Ducaten bezahlt; die

kehrten mit Weib und Kind aus dem Versteck im Gebirge zurück und suchten nach der Stätte, wo ihre Gehöfte gestanden hatten; sie waren, von Hunger und bitterer Armuth bedrängt, zu jeder Unterwerfung bereit, die ihnen das Leben und Freiheit von Sclaverei zusichere. Das Einzige, was dem vollständigen Siege noch fehlte, war, dass es den Streifschaaren der Milizen nicht gelang, sich des gefürchteten, durch die Schluchten der Sierra irrenden Aben-Humeya und seines kleinen, treuen Gefolges zu bemächtigen.

Unter diesen Umständen konnte Mondejar an Philipp II. die Anfrage richten, ob man fortan auf Milde oder auf Schrecken die wiederhergestellte Regierung über die Morisken gründen solle. Er knüpfte daran den Hinweis auf die Nothwendigkeit, so viele fleissige Hände dem Staat zu erhalten, und sprach den Wunsch nach einer allgemeinen Amnestie aus, welche jedoch die gerichtliche Verfolgung der Urheber des Aufstandes nicht ausschliesse. Dagegen erörterte der Marques de los Velez, man dürfe sich nicht durch den Schein der Unterwerfung täuschen lassen, da der Moriske nur für den Augenblick Ruhe und Erholung zu gewinnen wünsche, um, wenn die erwartete türkische Unterstützung eintreffe, den Kampf um so nachdrücklicher wieder aufzunehmen; eine Amnestie sei nach den von den Aufgestandenen begangenen Gräueln nicht denkbar. Eben damals hatte die christliche Bevölkerung Granada's beim Könige beantragt, dass die obere Leitung des Krieges in die Hände von Velez gelegt werde, da Mondejar sich nicht nur lässig zeige und der Umsicht und des Nachdrucks ermangele, sondern auch die Soldateska nicht zu zügeln verstehe und sich um den Unterschleif seiner Untergebenen wenig kümmere. Der Staatsrath pflichtete der Ansicht von Velez bei, verwarf jede Verhandlung mit den Bedrängten und bestand auf bedingungsloser Unterwerfung [1]).

Sclavenhändler, welche dem Heere Mondejar's folgten, hatten die Gefangenen für einen Spottpreis von den Soldaten erstanden.

[1]) Mendoza, S. 156, bemerkt bei dieser Gelegenheit: »No son los hombres jueces de los pensamientos y motivos de los reyes; pero mucho puede en el animo de un principe ofendido por caso de rebelion o desacato la relacion aunque interesada o apasionada que le inclina a rigor y venganza.«

Dadurch verlor Mondejar das Vertrauen der Morisken, welche auf die von ihm ertheilte Zusage königlicher Gnade gebaut hatten. Allerdings entbehrten die von Granada aus gegen ihn vorgebrachten Beschuldigungen des Grundes nicht. Dieses aus Milizen zusammengewürfelte Heer hätte einer eisernen Hand bedurft, um an Zucht und ehrbaren Kriegsbrauch gewöhnt zu werden. Statt dessen übte Mondejar oft auf Kosten der Besiegten die unbilligste Nachsicht und war so wenig im Stande, der Plünderungssucht seiner Banden Einhalt zu thun, dass die zur Verzweiflung getriebene Landbevölkerung noch ein Mal zu den Waffen griff. Friedliche Feldbauer wurden aus ihren Weilern fortgeschleppt, um in Granada als Sclaven verkauft zu werden, Dörfer in den Alpujarras, trotz der gelösten Schutzbriefe, überfallen, die Männer gemordet, Frauen geschändet. Gleichzeitig nahm der kriegslustige Velez jede Gelegenheit wahr, um die Unterworfenen zur Widersetzlichkeit zu reizen. Nun geschah, dass in der Nacht auf den 17. März 1569 die Kerkerwache in Granada sich plötzlich mordsüchtig auf die 150 Gefangenen warf, welche theils als Geisseln, theils als Verdächtige in Haft gehalten wurden. Mit Steinen aus der gelockerten Mauer und den aus den Fenstern gerissenen Eisenstangen vertheidigten sich die Ueberfallenen im ungleichen Kampfe; 7 Stunden dauerte das Morden, während die Flamme aus dem Dach des Gefängnisses aufschlug; 110 der angesehensten Morisken lagen erschlagen, und nur dem Umstande, dass sie in einem gesonderten Gewölbe eingeschlossen waren, verdankten Antonio und Francisco de Valor ihre Rettung. Dieses Ereigniss bewog Tausende von Morisken, sich wieder um Aben-Humeya zu schaaren; selbst in Landschaften, die sich bis dahin weniger am Aufstande betheiligt hatten, zeigte sich die Bevölkerung entschlossen, lieber im Kampfe unterzugehen, als wehrlos Leben und Ehre den räuberischen Milizen preiszugeben. In dem Gebiete von den Höhen der Sierra Nevada bis zum Strande von Almeria und in den Thälern an beiden Ufern des Almanzora entrann kein Christ der Rache der Morisken. Bald stand Aben-Humeya gefürchteter da als zuvor. Achthundert der besten castilischen Söldner wurden bei Valor überfallen und bis auf den letzten Mann niedergeschlagen. Die also erbeuteten Waffen vertheilte der König der Sierra unter seine bewährtesten Häuptlinge. Zum ersten Male brachte er die Morisken in soldatische Ordnung, ernannte Alguazils und Regidoren für Dörfer und Districte, umschloss die kleinen, von Mondejar mit einer Besatzung versehenen Festen, trat durch die Einnahme der Hafenstadt Castil de Ferro mit den Gebietern Africa's in Verbindung und konnte sogar den Plan einer Ueberrumpelung Granada's wieder aufnehmen, um seinen Vater und Bruder, Antonio und Francisco de Valor, aus der Gefangenschaft zu befreien.

Im Staatsrath zu Madrid konnte man sich die Gefahren nicht mehr verhehlen, mit welchen der Aufstand der granadinischen Morisken ganz Spanien bedrohte, um so mehr als man die grossen Kriegsrüstungen in Constantinopel als Erfolg der Sendungen von Aben-Humeya deutete. Wie wenn, gemeinschaftlich mit den Flotten von Algier und Tunis, der Capudan-Pascha an der Küste von Granada ankerte, die dadurch ermuthigten Morisken Valencia's den Aufstand bis in's Herz des Reichs trügen, und das zu einer Zeit, wo der Kern des spanischen Heeres unter Alba in den Niederlanden stritt? Im Staatsrath gaben sich die abweichendsten Ansichten kund und nur in dem Einen Puncte zeigte sich Uebereinstimmung, dass, da die Rivalität zwischen Mondejar und Velez hauptsächlich den erwarteten Erfolg vereitelt habe, ein einheitlicher Oberbefehl an die Stelle der gesonderten, in keinem scharfen Zusammenhange mit einander stehenden Operationen treten müsse. Dem Dafürhalten einiger Räthe, dass man einer raschen Beendigung der Wirren nur dann entgegen sehen dürfe, wenn der König selbst sich nach dem Schauplatze des Krieges begebe, stand der Einwurf entgegen, dass die Staatsgeschäfte eine Entfernung des Herrn vom Mittelpuncte der Regierung nicht zuliessen, sodann dass dem Aufstande eine gefährliche Bedeutsamkeit beigelegt werde, wenn ein mächtiger Gebieter grosser Reiche gegen eine Handvoll trotziger Gebirgsbauern persönlich einschreite. Endlich wandte sich die Mehrheit der Stimmen dem Vorschlage des einflussreichen Diego de Espinosa zu, dass man D. Juan mit genügenden und vor allen Dingen geordneten Streitkräften nach Granada senden und demselben in Anbetracht seiner Jugend einen Rath zur Seite setzen wolle, der wiederum in allen Angelegenheiten von Wichtigkeit die höchste Entscheidung einzuholen habe; auf diesem Wege werde der Span zwischen Mondejar und Velez auf ehrenvolle Weise und ohne einen von beiden zu verletzen, beigelegt, und stelle die Abfertigung eines waffengeübten Heeres, statt der bisher fast ausschliesslich verwendeten Milizen, in kurzer Zeit den erwünschten Erfolg in Aussicht.

Auf diesen Vorschlag ging der König ein. Er befahl, dass Luis de Requesens, castilischer Grosscomthur der Ritterschaft von St. Yago und zur Zeit Gesandter in Rom, mit der ihm untergebenen Flotte von 24 Galeeren zum Schutze der spanischen Küste in See steche und die alten spanischen Tercios Neapels in Granada lande. Sodann ertheilte er (17. März 1569) an Mondejar die Weisung, mit Zurücklassung von nur 2000 Fussgängern und 500 Reitern zur Behauptung der kleinen Festen in den Alpujarras, sich nach Granada zu begeben, um D. Juan mit seiner Geschäfts- und Ortskunde zur Seite zu stehen. Neben beiden Männern wurden Gonzalo Fernandez de Cordova, Herzog von Sesa, ein Neffe des gran capitano und früher Statthalter in Mailand, Deza, der Erzbischof von Granada und Luis de Quijada, dem die persönliche Ueberwachung des heissblütigen D. Juan zur Pflicht gemacht wurde, für den Kriegsrath bestellt. Es war der Wunsch des Königs, dass der Empörung auf möglichst gütlichem Wege ein Ziel gesetzt werde.

Im frohen Gefühl, das träge Hofleben verlassen zu dürfen, verabschiedete sich D. Juan am 6. April im Garten zu Aranjuez vom Könige und trat in Begleitung von Quijada die Reise nach Granada an. Er trug die unbeschränkte Vollmacht für seine amtliche Stellung bei sich; alle Behörden des Königreichs, bis auf den höchsten Gerichtshof, waren unter seine Botmässigkeit gestellt, während er sich selbst bis in Einzelnheiten an den ihm beigegebenen Rath gebunden sah. Vor Granada wurde er feierlich eingeholt und, den Erzbischof zu seiner Linken, ritt er am 13. April in das Thor von Elvira. Alsbald kam ihm aus der festlich geschmückten Menge eine Schaar von 400 Christenfrauen entgegen, alle in Trauerkleidern und mit flatterndem Haar, die unter Klagen und Thränen riefen: »Gerechtigkeit, Herr, Gerechtigkeit! Wir sind arme

Wittwen und Waisen, und der Schmerz, als wir unsere Männer und Väter von Morisken erschlagen sahen, war nicht grösser, als der Jammer, dass man jetzt gegen die Ketzer Gnade üben will!« Mit Mühe beschwichtigte D. Juan die Klagenden, mahnte zur Geduld und verhiess, als gerechter Richter sein Amt zu üben. Erfreulicher als dieser Aufzug, den die den Morisken feindliche Partei veranstaltet hatte, waren ihm die mit Blumen und Teppichen geschmückten Altane, die mit festlich gezierten Frauen besetzten Fenster, das fröhliche Gedränge auf Strassen und Märkten.

Kaum in der Audiencia real abgestiegen, erschien vor D. Juan eine Deputation der reichsten und angesehensten Familien des Albaicin. Man theile, sprachen die Männer, die Freude, dass der Bruder des Königs gekommen sei, um den blutigen Streit beizulegen, und wenn sich Furcht in ihnen rege, dass sie verläumderisch als Anstifter des Krieges bezeichnet seien, so vertrauten sie doch auf Gott und die Gnade des Herrn, dass die eigentlichen Urheber der Züchtigung nicht entgehen würden. Dann klagten sie über den von Gerichtsbeamten und Soldaten erlittenen Druck, dass Officiere der Plünderung und Entehrung ihrer Häuser nicht wehrten, und sprachen die Zuversicht aus, dass fortan Zucht und Ordnung in starker Hand ruhen würden. Wohlwollend hörte D. Juan die Klagenden an. »Mich hat«, sprach er, »D. Philipp gesandt, um den Frieden in diesem Königreiche herzustellen. Darum mögen Alle, die im Dienste Gottes und des Königs treu geblieben sind, des Schutzes und der Erhaltung ihrer Rechte so gewiss sein, als gegen Schuldige die verdiente Strafe nicht ausbleiben soll.« Zugleich ernannte er eine Commission zur Verwaltung der eingezogenen moriskischen Güter und befahl dem Auditor general die schriftlich eingereichten Beschwerden entgegen zu nehmen und der Prüfung zu unterziehen.

Die nächstfolgenden Tage verwendete D. Juan, um in Begleitung von Mondejar und Quijada den Albaicin zu durchwandern, Thore, Thürme und Mauern zu besichtigen und theils zur Sicherheit der Stadt, theils zum Schutze der Morisken Wachen anzuordnen. Sein feines, ritterliches Wesen, seine Herablassung und stete Bereitwilligkeit, jeder Klage

Gehör zu leihen, gewann ihm alle Herzen; alte Soldaten glaubten in ihm den Kaiser wieder zu erkennen. Sofort nach dem Eintreffen des Herzogs von Sesa (21. April 1569) trat der Kriegsrath zusammen, in welchem die Ansichten von Mondejar und Deza, weil beide mit den in Frage stehenden Zuständen und Verhältnissen am gründlichsten vertraut waren, von besonderem Gewichte sein mussten. Ersterer begann mit einer Darlegung des bisherigen Verfahrens und redete einer friedlichen Ausgleichung, die bei guter Handhabung der Zucht von Soldaten und Beamten nicht unerreichbar sei, entschieden das Wort. Er bezeichnete drei Wege, auf denen man zum Ziele gelangen könne; entweder müsse man die zur Unterwerfung geneigten Morisken in die Ebene übersiedeln lassen, die Sierras besetzen und die Küste unter guter Obhut halten, oder in alle haltbaren Orte ausreichende Besatzung legen und dieser einen Alguazil beigeben, der gegen jeden Uebertreter der Ordnung nachdrücklich einschreite, oder endlich mit voller Heeresmacht in die Sierra eindringen, Wohnungen und Lebensmittel vernichten und durch Hunger und Bedrängniss die unbedingte Unterwerfung erzwingen. Dagegen hielt Deza zunächst für erforderlich, die Morisken von Stadt und Gebiet Granada nach entlegenen Landschaften auszuführen.

Wie hier, so theilten sich auch die Ansichten der übrigen Räthe. Der Herzog von Sesa billigte die Entfernung der Bewohner des Albaicin, während Quijada und der Erzbischof der Ueberzeugung waren, dass dadurch Aergerniss und eine in ihren Folgen nicht zu ermessende Aufregung hervorgerufen werde. Der in Vorschlag gebrachten Vertreibung aller Morisken aus der Sierra warf Mondejar den Einwand entgegen, dass hieraus ein unheilbarer Nachtheil erwachsen müsse, weil Christen in der Armuth des Gebirges nicht würden ausdauern und am wenigsten die jetzige gewerbfleissige Bevölkerung ersetzen können. Nun trat auch noch der von Madrid gesandte Licentiat Birviesco de Muñatones in den Rath und wurde alsbald von dem gewandten Deza für dessen Ansichten gewonnen. Dagegen beharrte Mondejar bei seiner Meinung, erklärte es für einen Verstoss gegen göttliche und menschliche Rechte, alle Morisken, unter denen sich viele gutgesinnte Unterthanen und treue Anhänger des Evangeliums befänden, derselben

Strafe zu unterziehen, und sandte, als die Mehrzahl der Stimmen ihm nicht beipflichtete, sein Dafürhalten schriftlich an den König. Es verstrich eine geraume Zeit, bis die Erwiederung von Madrid einlief, welche Alles auf die zu erzielende Einigung des Kriegsraths verstellte.

Nachdem man sich endlich dahin verständigt hatte, die Räumung des Albaicin vorläufig aufzuschieben, traf D. Juan alle Vorkehrungen zum straffen Kriege. Aus städtischen Gemeinen und adlichen Herrschaften forderte er die Mannschaft ein, sandte Werber in die benachbarten Provinzen, ernannte Männer, die schon unter Karl V. gefochten hatten, zu Befehlshabern, stärkte die Besatzungen in den Gebirgsfesten und brachte, von dem erfahrenen Quijada unterstützt, eine beim granadinischen Heere bisher nicht gekannte Kriegszucht zur Geltung. Und während D. Juan auf Heer und Verwaltung sein jugendliches Leben übertrug, veraltete Formen seiner mit Frische durchgeführten Schöpfung weichen mussten und aus den entlegensten Provinzen Spaniens Freiwillige von Adel herbeiströmten, um unter ihm zu kämpfen, begab sich Philipp II. nach Cordova, um das Zusammentreten der Milizen von Andalusien persönlich zu betreiben.

Die Zeit der Musse, welche ihm die Umwandlung des Regiments in Granada, die weitschichtigen Besprechungen eines vielköpfigen Kriegsraths und dessen hemmende Verhandlungen mit Madrid gönnten, verstand Aben-Humeya im ganzen Umfange auszubeuten. Nachdem er seine Anhänger bei Uxijar auf dem Südrande der Alpujarras gesammelt, beschloss er, zuvorkommend zum Angriff überzugehen. Mit Algier und dem Hofe zu Marocco stand er im lebhaften Verkehr und bezog von dort für dargebrachte Geschenke Waffen und Freiwillige. Durch die Nachricht, dass Uluch-Ali, dessen Schnellsegler täglich Mannschaft und Kriegsbedarf bei Castil de Ferro an's Land setzten, während berberische Fusten sich durch die spanischen Wachtschiffe schlichen und den Absatz von Waaren aufrecht erhielten, ein starkes Geschwader ausrüste, wurde er zu neuem Muthe entflammt. Für Verwaltung und Kriegswesen in den Districten bestellte er gesonderte Behörden. In der weiten Umgegend von Malaga, der Sierra von Bentomiz und in den Landschaften von Baza und Almeria fanden seine Beamten Anerkennung und Gehorsam. Kleine Abtheilungen christlicher Soldaten, welche das Gebirge zu durchziehen wagten, waren rettungslos verloren. Die Besatzung von Rawa, welche die Verbindung zwischen Guadix und den Alpujarras aufrecht erhalten sollte, wurde gänzlich vernichtet. Es würde der ganze Südrand in die Gewalt der Morisken gefallen sein, wenn der Marques de los Velez nicht rechtzeitig Hülfe gebracht hätte.

Im Mai ging Aben-Humeya nach allen Seiten zum Angriff vor. Während er selbst mit 10,000 Streitern auf das westlich von Almeria gelegene Berja zog, sandte er eine starke Schaar zur Unterstützung der Monfis in das Gebiet von Malaga und in die Landschaft von Alhama, hielt das Val de Lecrin, die Vega von Granada und das Gelände des Xenil bis nach Guadix und Orgiba eingeschlossen und liess Streifschaaren bis zum Fuss des Alhambra vordringen. Kaum dass es dem Marques de los Velez, der durch aufgegriffene Späher von den Absichten des Gegners in Kenntniss gesetzt war, gelang, Berja zu erreichen, als Morisken und Berbern, 400 Freiwillige voran, die, zum Zeichen, dass sie das Martyrthum für ihren Glauben suchten, das Haupt mit Kränzen umwunden hatten, den Sturm eröffneten. Schon hatten sie die Wälle erstiegen und waren bis in das Innere der Stadt vorgedrungen, als die aus Queergassen hervorbrechenden Spanier den Feind wieder zurückwarfen und Aben-Humeya nach einem Verluste von 1500 der Seinigen sich in die Sierra zurückziehen musste. Bald darauf erlitten die Morisken eine zweite, nicht minder empfindliche Niederlage. Auf 24 Galeeren des italienischen Geschwaders hatte der Grosscomthur die Tercios von Neapel bei Torrox, östlich von Velez, an's Land gesetzt, drang mit ihnen unter fortdauernden Gefechten gegen den von 8000 Männern und Frauen besetzten Bergrücken von Frigiliana vor, erstürmte (11. Julius) die Felsenmauer, erschlug die grössere Zahl der Feinde und kehrte mit 3000 Gefangenen zurück.

Durch diese Unfälle wurde indessen Aben-Humeya so wenig entmuthigt, dass er 4000 Morisken unter El Maleh nach dem Rio Almanzora schickte, die Bewohner des Flussthals in die Waffen rief und sich der dortigen, dem Marques de los Velez gehörigen Schlösser bemächtigte.

Bei dieser Lage der Dinge und in Anbetracht der Nähe des Feindes gewann das schon früher verbreitete Gerücht, dass die Bewohner des Albaicin einen allgemeinen Aufstand vorbereiteten, grösseres Gewicht. So wenig diese Beschuldigung auf bestimmte Thatsachen zurückgeführt werden konnte, so gegründet stellte sich die Anklage heraus, dass die Morisken der Stadt mit denen der Sierra in einem unausgesetzten heimlichen Verkehr ständen und diese von den erspähten Plänen und Schwächen des Kriegsraths in Kenntniss erhielten. Das bewog Deza, seinen Antrag auf Austreibung der städtischen Morisken wieder aufzunehmen. Dem widersetzten sich auch dieses Mal Mondejar, der Erzbischof und Luis de Quijada. Aber der Präsident erreichte durch die Gunst, in welcher er bei Espinosa stand, seinen Zweck, indem der König die Ausweisung aller Morisken vom 10. bis zum 60. Jahre aus dem Albaicin gebot und die Ausführung dieses Befehls auf D. Juan übertrug. Am 23. Junius wurden Markt und Gassen des Albaicin von spanischen Fähnlein und Reitern besetzt und den schon früher entwaffneten Bewohnern dieses Quartiers aufgegeben, sich in ihren Pfarrkirchen zu versammeln. Jammernd gehorchten die Wehrlosen; sie glaubten, dass es ihrem Leben gelte. Während der Nacht blieben sie in den von Wachen umstellten Kirchen; am andern Morgen wurden die Männer — es waren ihrer 3500 — mit gebundenen Händen, zwischen den Doppelreihen spanischer Söldner nach dem hart vor dem Thor von Elvira gelegenen, von den katholischen Königen gegründeten grossen Hospiz (casa de los locos) geführt und hier eingeschlossen; Kinder, Greise und Frauen derselben blieben vorläufig in der Stadt zurück und Letzteren wurde zum Verkauf ihrer beweglichen Habe eine kurze Frist verstattet. Hiernach wurden auch sie zum Hospiz gebracht und Alle in verschiedenen Abtheilungen nach dem Innern von Castilien, Estremadura und Andalusien abgeführt. Viele starben unterweges vor Hunger und Erschöpfung, Andern brach Schmerz das Leben, Manche wurden von ihren Wächtern niedergestossen [1]). Der leeren Häuser des Albaicin bemächtigten sich

[1]) Die Schilderung Mondeza's, der dem Auszuge der Unglücklichen beiwohnte, gehörte zu den gelungensten Partien seines trefflichen Werkes.

die Soldaten, nachdem das geringe Volk dieselben noch ein Mal beutelustig durchsucht hatte. Aus diesem Vorgange glaubten die Morisken der Vega auf das ihnen bevorstehende Loos schliessen zu können. Haufenweise verliessen sie die schöne Heimath, flüchteten in's Gebirge und stellten sich zu den Schaaren Aben-Humeya's.

In diese Zeit fällt ein Schreiben Aben-Humeya's an D. Juan, in welchem er über die Qualen klagt, welche sein Vater Antonio und sein Bruder Francisco von der Inquisition habe erdulden müssen, für sich allein die Verantwortlichkeit wegen des Aufstandes übernimmt, für die Freiheit von Vater und Bruder die Auslieferung von 80 gefangenen Christen anbietet und, falls man diesen Antrag verwerfe, mit gleicher Grausamkeit Vergeltung zu nehmen droht. Eine Beantwortung dieser Zuschrift von Seiten D. Juan's erfolgte nicht; wohl aber liess er durch Antonio erwiedern, dass die Gefangenen sich einer milden Behandlung zu erfreuen hätten, und daran den Rath knüpfen, durch zeitige Niederlegung der Waffen dem Verderben seines Volkes vorzubeugen. Diese Mahnung des Vaters fand bei Aben-Humeya kein Gehör. Um dessen Einfällen in die Niederungen vorzubeugen, liess D. Juan beträchtliche Verstärkungen zum Marques de los Velez abgehen und ertheilte ihm den Befehl, in Uxijar eine feste Stellung einzunehmen. Statt dessen drang der Marques, siegesstolz durch den Zuzug von 10,000 Mann, bis zum Kamm der Nevada vor, brannte jede moriskische Hütte nieder und zerstörte Gärten und Pflanzungen, während die Gegner im bedächtigen Rückzuge dem Kampfe auswichen und Frauen und Hausgut mit sich in die Schluchten nahmen. Mit Mühe entging der Marques der Gefahr, auf den Schneefeldern eingeschlossen zu werden. Von aller Zufuhr abgeschnitten, erlag die Hälfte des Heeres dem Hunger und der Kälte, die Milizen verliefen schaarenweise nach ihrer Heimath und mit nur 3000 der Seinigen erreichte der Marques unter unsäglicher Noth das feste Calahorra, der Sage nach einst das Besitzthum des verrätherischen Grafen Julian.

Ueber grössere Macht hatte Aben-Humeya zu keiner Zeit geboten; bis auf wenige Festen war die Sierra frei vom Feinde, in den von ihr auslaufenden Thälern und Vegas galt nur sein

Befehl, 400 Türken, welche Uluch-Ali von Algier gesandt hatte, waren neuerdings an's Land gestiegen, acht Ruderschiffe aus Marocco hatten ihm Verstärkungen zugeführt. Und eben jetzt, als er freudiger denn je auf die Begründung eines unabhängigen moriskischen Königthums hoffte, sollte urplötzlich und nicht ohne eigenes Verschulden sein Fall erfolgen. Sein gewöhnlicher Aufenthalt zu jener Zeit war auf dem Bergschlosse Laujar d'Andarax, nach welchem einst die Könige von Granada während der Sommermonate ihre Residenz zu verlegen pflegten, weil die Nähe der Schneehöhen hier eine Kühlung gewährte, welche der Alhambra, trotz seiner springenden Gewässer, nicht zu bieten vermochte. Dort wartete Aben-Humeya auf die Botschaft, dass die vom Grossherrn in Constantinopel zugesagte Landung eines Heeres erfolgt sei. Strenge von der einen und der an Günstlinge eingeräumte Einfluss von der andern Seite hatte ihm Vieler Herzen entfremdet, so dass bereits einzelne Häuptlinge aus dem Gehorsam gegen ihn getreten waren und mit ihrem Gefolge den Krieg auf eigene Hand führten. Dazu kam, dass sein mit D. Juan gepflogener brieflicher Verkehr behufs der Auswechselung des Vaters bei Manchen den Verdacht erregte, dass er auf Kosten der Freiheit seines Volkes die Sicherstellung seines Hauses und seiner Schätze betreibe. Die unter ihm kämpfenden Türken klagten, dass er durch den ihm zufallenden Antheil an der Kriegsbeute ihren Gewinn schmälere; es war Raublust nach den Reichthümern des Herrn wach geworden. Entscheidend aber wirkte der Umstand, dass Aben-Humeya sich der Liebe zu einer jungen moriskischen Wittwe ergab, die durch Schönheit, Anmuth im Tanz, durch Sang und Zitherspiel zahlreiche Bewerber unter den Männern der Sierra gefunden hatte. Zu diesen gehörte ihr Oheim, der, von Eifersucht auf den König getrieben, einige wegen Vergehen hart gezüchtigte Morisken aufwiegelte, den ehrgeizigen, längst nach dem Oberbefehl strebenden Diego Lopez Aben-Abo gewann und unter der Vorspiegelung, dass der Herr sie zu verkaufen beabsichtige, einige im Dienst des Königs stehende Türken auf seine Seite zog. Durch sie wurde Aben-Humeya in nächtlicher Stunde an der Seite seiner Geliebten in Laujar überfallen, aus dem Bette gerissen und, die Hände mit einem Shawl gebunden, nach dem Vorhofe des Schlosses geschleppt, wo seine Erdrosselung (4. October 1569) erfolgte. Hierauf theilten sich die Mörder in die vorgefundenen Schätze, loosten um die 40 Frauen des Harems und erkoren Aben-Abo zum Könige. Dem Neuerwählten wurde die Anerkennung aller Xequen zu Theil. Obschon betagt, besass er noch das Feuer der Jugend. Dass er einst der Tortur unterzogen, dann auf die Galeeren geschickt war, hatte seine Kraft nicht gebrochen. Klug, tapfer, abgehärtet und unverdrossen, galt auch er für einen Abkömmling der Ommajaden. Hatte Aben-Humeya sein Gebiet in eine Menge von Gerichtsdistricte (alcaidias) getheilt, so wurden diese jetzt in drei grössere Bezirke umgeschmolzen, von denen der eine die Ostgrenze vom Rio Almeria und Baza bis zum Rio Almanzora und der Grenze von Murcia, der andere die Westgrenze von der Sierra Nevada bis nach Velez-Malaga umfasste. Für jeden der beiden erstgenannten Bezirke ernannte er einen Generalcapitain, während er in dem dritten Bezirke, dem der Alpujarras, den Oberbefehl sich selbst vorbehielt. Auf ähnliche Weise unterwarf er die gesammte Civilverwaltung einer durchgreifenden Organisation.

Erstarkten die Morisken durch dieses Verfahren in einheitlicher Kraft, so steigerten sich die Besorgnisse vor deren Machtstellung durch das wachsende Gerücht vom Nahen einer grossen türkischen Armada, deren Bestimmung die Küste von Granada sei. Allerdings nicht ganz ohne Grund. Im October 1569 berichtete der französische Gesandte Grandchamp aus Constantinopel an Katharina von Medicis, es werde der Grossherr bei Frankreich um die Vergünstigung anhalten, seine Flotte in Toulon überwintern lassen zu dürfen, sobald sein Plan, den Morisken Granada's Hülfe zu bringen, zur Reife gediehen sei. In demselben Monate benachrichtigte der französische Gesandte in Madrid seinen Hof, dass den Morisken die feste Zusage eines Heeres aus Algier zugegangen, auch einige Hundert Türken mit 4000 Stück Feuerwaffen bereits gelandet seien [1]). Zur nämlichen Zeit lief in Granada die Kunde ein, dass Francisco de Molina sich in dem stark be-

---

[1]) Charrière, Négociations de la France dans le Levant, Th. 3, S. 94. (Collect. de documens inéd.)

festigten Orgiba der Angriffe der Morisken nicht mehr zu erwehren vermöge und dass Galera (unfern Baza) von Aben-Abo genommen sei. Der zum Entsatze Orgiba's von Granada abgesandte Herzog von Sesa fand die Feste bereits in den Händen der Gegner, deren Banden bis in die Ebene von Lorca, im Königreich Murcia, streiften.

Die Stellung, welche D. Juan in Granada angewiesen erhalten hatte, war für ihn längst eine unerträgliche geworden. Bis dahin hatten seine wiederholten Bitten um Verstärkung an gedienten Soldaten kein Gehör beim Könige gefunden. Auf sein Gesuch um Uebersendung der zur Erhaltung des Heeres erforderlichen Geldmittel war ihm nur der Bescheid zu Theil geworden, dass die Ankunft der Silberflotte abzuwarten stehe. In Folge des rückständigen Soldes brachen Meutereien unter den Regimentern aus, so dass D. Juan von 41 ihm untergebenen Hauptleuten 32 ihres Dienstes entsetzen musste. Es mochte in Folge dieser Strenge äusserlich die Zucht wieder hergestellt werden, aber die Unzufriedenheit blieb und die geringfügigste Gelegenheit konnte eine bedenkliche Gährung unter diesen altgedienten Soldaten hervorrufen, während die Untauglichkeit der Milizen, einem harten, kühnen und unermüdeten Feinde gegenüber, sich mit jedem Tage entschiedener herausstellte. Was aber D. Juan am meisten quälte, war, dass er gleich einem unmündigen Knaben an Gutachten und Entscheidungen eines Kriegsraths gebunden war, dessen Glieder in Neid und Missgunst unter einander haderten. Mondejar sah in jeder Meinung, welche von der seinigen abwich, einen Eingriff in seine Rechte. Der Herzog von Sesa verzieh einem Luis de Quijada die bevorzugte Stellung nicht, welche ihm vom Könige eingeräumt war; beide wiederum traten in jeder Sitzung als die offenen Gegner von Deza und dem Marques de los Velez auf, während Letzterer mit einer Eigenmacht verfuhr, die aller von Granada aus an ihn ergangenen Weisungen spottete.

Schon im Mai 1569 hören wir D. Juan Klage erheben, er sei nach Granada gesandt, um thatenlos seine Jugend zu vertrauern, und müsse, wenn Andere in den Kampf zögen, vom Alhambra aus zusehen, wie die Aufgestandenen die Vega durchschwärmten; man habe ihn opfern wollen, indem man ihm alle Mittel zum Siege versage und gleich einem Gefangenen innerhalb des Weichbildes ihn hüten lasse. »Ich habe Euch«, erwiederte hierauf der König [1]), »nicht nach Granada geschickt, um persönlich das Heer zu führen, sondern um statt meiner Krieg und Verwaltung zu überwachen; deshalb fasst Euch in Geduld.« Er fügt für den raschen, thatendürstenden Jüngling den Rath hinzu, die Ansichten von Velez und Sesa vorsichtig gegen einander abzuwägen und zwischen Beiden die besonnene Stellung des Vermittlers einzunehmen. Er wiederholt einige Tage später [2]), dass seine Sendung lediglich die Sicherheit der Stadt Granada, nicht aber eine unmittelbare, zu seiner Persönlichkeit nicht stimmende Führung des Krieges zum Zweck habe. Dass Mondejar's Gegenwart in Granada nur hemmend einwirkte, war Philipp II. längst nicht entgangen; aber theils Rücksicht auf dessen Fügsamkeit gegen den königlichen Willen, theils ein auf Misstrauen und Argwohn beruhendes Wohlgefallen am Zwiespalt der Räthe hatte den Wunsch nach Abberufung desselben bisher kein Gehör finden lassen. Jetzt wurde Mondejar nach Hofe beschieden, um über die Stimmungen im Kriegsrath Bericht abzustatten. Es war ein Vorwand, um ihn, ohne Kränkung seiner Ehre, von Granada zu entfernen. Er erhielt die Ernennung zum Vicekönige von Valencia, später von Neapel.

Es verstrich viel Zeit, bis der König dem immer dringender geäusserten Verlangen von D. Juan nachgab. Philipp II. gefiel sich in der Wiederholung des Ausspruchs, dass es darauf ankomme, eine lehrreiche Schule durchzumachen, wozu sich weniger Gelegenheit biete, wenn man dem Feinde gegenüber sein Leben auf's Spiel setze, als wenn man von oben herab das Gebot erlasse und die gesammte Leitung des Krieges in starke Hand nehme. Er werde sich, entgegnete D. Juan [3]), für sein ganzes Leben den Wünschen des Königs fügen, aber in seinem Alter zieme es sich, zu zeigen, was er vermöge, und es entspreche dem ihm angewiesenen Posten, dass der Soldat ihn in seinen Reihen sehe, dass er denselben zu seinen Pflichten

---

[1]) d. d. Aranjuez, 10. Mai 1569. Coleccion etc., Th. 28, S. 9.
[2]) d. d. Aranjuez, 20. Mai 1569.
[3]) 4. October 1569. Ebendas. S. 29.

anhalte und mit gutem Beispiele entschlossen voran gehe. Erst als die Lage der Christen im Königreich Granada immer misslicher wurde, vom Rio Almanzora und von Galera aus die Morisken den Aufstand nach Murcia und Valencia zu verzweigen im Begriff waren und die gefürchtete Landung eines türkischen Heeres das Leben der ganzen Monarchie bedrohte, gab Philipp II. der von Requesens unterstützten Bitte D. Juan's nach, ernannte diesen zum Generalissimus, stellte den Marques de los Velez unter dessen Oberbefehl, sandte Geld und Verstärkungen und verordnete die Bildung von zwei grossen Heerlagern, von denen das eine am Rio Almanzora unter der unmittelbaren Leitung von D. Juan, das andere bei Granada unter dem Herzoge von Sesa stehen solle. Aber auch jetzt noch liess er nicht nach, durch Mahnungen und Vorschriften die freie Bewegung des Halbbruders einzuschnüren. Er habe, schreibt er ihm [1]), mit der grössten Vorsicht zu verfahren, dürfe nichts auf's Spiel setzen, am wenigsten sich selbst; er möge stets die Anweisungen Quijada's und des Grosscomthurs als massgebend betrachten und nie nach eigenem Ermessen, sondern nur nach dem Dafürhalten der Genannten handeln.

So peinlich diese halb aus Misstrauen, halb aus ängstlicher Fürsorge Philipp's II. erwachsenen Bestimmungen für D. Juan sein mochten, so fühlte er sich doch von neuer Lebenskraft durchströmt, seit ihm der Auszug gegen den Feind gestattet war. Vierzig Compagnien alter Soldaten, jede aus 150 Köpfen bestehend, hatte der König neuerdings gesandt; von Cartagena trafen die vom Grosscomthur gelandeten Geschütze in Granada ein; im Heere herrschte Begeisterung über den freudigen, jungen Führer; die Werbung wurde plötzlich eine erfolgreiche, Freiwillige fanden sich in grosser Zahl ein und der Adel von Castilien und Andalusien gesellte sich, als gelte es einem Kreuzzuge, mit bewaffneter Dienerschaft zu den Regimentern.

Im December 1569 verliess D. Juan die Stadt, die ihn so lange in quälender Unthätigkeit gebannt gehalten hatte, säuberte zunächst die Vega vom Feinde und wandte sich dann gegen das feste, auf einem steilen Höhenzuge der Sierra Ne-

---

[1]) d. d. Madrid, 26. November 1569. Coleccion etc., Th. 28, S. 38.

vada, unfern der Quellen des Xenil, der hier durch Felsen und Geklüfte sich Bahn nach den Vegas bricht, gelegene Guejar. Die Unternehmung erfolgte gegen den Rath und Wunsch von Quijada, der ungern die erste Waffenthat seines Pflegesohnes auf die nicht wahrscheinliche Einnahme des starken und volkreichen Ortes gerichtet sah. Aber Deza bestand darauf, weil von Guejar aus moriskische Banden die Umgegend von Granada durchschwärmten. Durch aufgegriffene Morisken hatte man in Erfahrung gebracht, dass die Feste, abgesehen von ihren ansässigen Bewohnern, von 400 Büchsenschützen und 40 Türken unter Carvajal vertheidigt werde. Nun theilte D. Juan seine aus etwa 10,000 Mann bestehende Streitmacht, zog am 3. December mit der Hälfte voraus — den Vortrab von 1000 Mann führte Quijada — und gebot dem Herzoge von Sesa, beim Einbruche der Nacht mit der andern Hälfte zu folgen. Feuerzeichen erhielten beide Heerführer in steter Verbindung mit einander. Nach scharfen Kämpfen wurde die Feste erstiegen, deren Besatzung mit Weib und Kind nach der Sierra entkam. Dass der Sieger von hier über Guadix und Baza gegen Galera und somit in die Landschaft zog, welche zujüngst den Schauplatz kriegerischer Thätigkeit für Velez abgegeben hatte, verdross den ehrgeizigen und neidischen Marques dergestalt, dass er das Heer verliess.

Mit welcher Aengstlichkeit Philipp II. das Auftreten D. Juan's überwachte, mit welcher Fürsorge er selbst geringfügige Einzelnheiten erwog, um Vorschriften und Mahnungen daran zu knüpfen, verrathen uns die Anweisungen, welche damals von ihm ausgingen [1]). Er verlangt in ihnen die Aufstellung eines genauen Verzeichnisses der Zahl des Fussvolks, der Pferde, Fuhrknechte, Wagen, der Freiwilligen (aventureros) und selbst des Hofgefolges von D. Juan, um demgemäss das Bedürfniss des Proviants zu ermessen, welchen der Lieferant (proveedor) für den folgenden Tag zu beschaffen habe. D. Juan soll täglich zwei Mal alle Quartiere des Lagers besuchen, und zwar, da Kaiser Karl sich dieser Aufgabe ohne alle Begleitung zu unterziehen gepflegt habe, mit möglichst geringem Gefolge; dabei darf er eine Börse mit einigen Hundert Du-

---

[1]) Advertimientos á D. Juan. Coleccion etc., Th. 28, S. 65 ff.

caten nie vermissen, um jede Grossthat eines Soldaten sogleich durch ein stattliches Gnadengeschenk lohnen zu können; er soll sich der Kranken und Verwundeten persönlich annehmen, auf dem Marsche mit Untergebenen das Brod theilen, aber des Prunkes mit Goldketten und andern Schmucksachen sich entschieden enthalten.

Am 19. Januar 1570 schlug D. Juan sein Lager vor Galera auf. Die Stadt war nach moriskischer Weise gebaut, die Gassen eng und gewunden, die vermöge der Dächer und Durchbrechung der Seitenwände mit einander in Verbindung gebrachten Häuser zeigten nach der Strassenseite nur selten ein schmales Fenster. Auf einem felsigen Vorsprunge gelegen und, wo dieser nach Norden sich bis zum Rande eines Baches linde in's Thal herabsenkt, durch Mauern und Thürme geschützt, trat an den Steilseiten die Häuserreihe an die Stelle der Mauer, welche von einem alten Alcazar überragt wurde. Drinnen zählte man, abgesehen von einer Schaar Türken und Berbern, 3000 wohlbewaffnete Vertheidiger. Weil die Wirkung von drei Batterien mit den aus Cartagena bezogenen Geschützen nicht sogleich den Erwartungen entsprach, ordnete D. Juan den Sturm gegen die Mauerthürme an. Der Widerstand, auf welchen man hier stiess, war ein ungleich heftigerer als bei Guejar, so dass die Castilier den Rückweg antreten mussten und Juan de Pacheco, Ritter von St. Yago, in Gefangenschaft fiel. Beim Anblick des Kreuzes auf der Brust des Ordensritters — er war erst am Tage zuvor im Lager eingetroffen — rissen ihn die Feinde in Stücken. Nun liess D. Juan durch Francisco de Molina, denselben, welcher während des Sommers die Vertheidigung von Orgiba geleitet hatte, Minen in den weichen Kalkstein graben, auf welchem sich der Alcazar erhob. Die Sprengung zerbröckelte einen Theil des Felsens, der 600 Morisken unter seinen Trümmern begrub. In diesem Augenblicke klimmten die Spanier, den Bannerträger voran, über das zerklüftete Gestein gegen die Höhe. Schaarenweise wurden sie, bevor noch der Kamm erreicht war, durch Büchsenkugeln und herabgerollte Felsblöcke niedergeschmettert. »Denn die moriskischen Männer und neben ihnen die Frauen kämpften wie wahrhafte Hidalgos.« Nach zweistündigem Stürmen gab D. Juan das Zeichen zum Rückzuge. Er schwur, das vergossene Blut zu rächen, also dass keines Morisken geschont werden und man vergeblich nach der Stätte suchen solle, auf welcher dieses Galera gestanden. Anstatt den um Wiederholung des Angriffs bittenden Soldaten nachzugeben, liess er die Stadt bei Tag und Nacht aus 30 Stück Geschützen beschiessen. Den Vertheidigern, welche dieses Feuer nur aus zwei Falconetten erwiedern konnten, ging bald die Munition aus; auf Entsatz war keine Aussicht, sie fürchteten die erfolgreichere Wirkung neuer Minen und wussten, dass sie beim nächsten Sturm auf die fast überall niedergeworfenen Mauern unterliegen würden. Gleichwohl liessen sie in der Vertheidigung nicht nach; sie waren mit dem Gedanken ihres nach dem Rathschluss Gottes bestimmten Unterganges vertraut.

Als eine zweite Mine den grösseren Theil des Alcazar auseinander gesprengt hatte und die niedergeschossenen Thürme den freien Einblick in die Stadt und die auf den Strassen errichteten Barricaden gewährten, erfolgte am 7. Februar 1570 der dritte Sturm. Jedes Haus war in eine Feste umgewandelt und wollte als solche erobert sein. Im dichtesten Kampfgewühle sah man D. Juan, durch That und Zuspruch die Soldaten beseelend. Eine Kugel, welche den Brustharnisch traf, ohne ihn zu durchbohren, warf ihn zu Boden, und scheltend über die Tollkühnheit des Jünglings, trug Quijada den Bewusstlosen aus dem Gedränge. Seitdem konnte kein Commando die Wuth der Castilier zügeln. Ein schonungsloses Morden von der einen, ein starres Verachten des Todes von der andern Seite. Ein alter Moriske erstach sein Weib und zwei Töchter, schleuderte die Leichen in einen Brunnen und stürzte sich dann auf den Feind. Bis auf wenige Frauen und Kinder fand kein menschliches Wesen Rettung.

Dieser Tag war es, der den Ruhm D. Juan's begründete. So ritterlich wie er, mit so jugendlicher Heldenlust, hatten, nach dem Urtheil der Castilier, Wenige gestritten. Wie er geschworen, wurde Galera von Grund aus gebrochen und Salz auf die wüste Stätte gesäet. Nur der König stimmte in den Jubel des Heeres nicht ein. Schon bei der Nachricht von dem ersten fehlgeschlagenen Angriff und dass Quijada den über die Felsgerölle voranstürmenden D. Juan mit Gewalt zurückgerissen habe, hatte er sich in herben Tadel über das muthwillige Aufsuchen von Gefahren ergossen [1]). Und jetzt ersah er aus dem Berichte über den dritten und letzten Sturm, dass seinen Worten keine Beachtung zu Theil geworden war.

Galera war keine der stärksten Festen der Morisken und hatte doch nur mit grossem Blutverluste gewonnen werden können. Man sah einem harten und langwierigen Kriege entgegen, in welchem es, neben der Bekämpfung des geschworenen Feindes, zugleich dem Siege über die mit diesem verbündeten Sierra galt. Deshalb bat D. Juan um Verstärkung und Geld; erstere wurde ihm in 2000 gedienten Soldaten zu Theil, letzteres vermochte »der Herr beider Welten« nicht zu senden.

Am 15. Februar 1570 brach das Heer aus dem Lager vor Galera auf und schlug den Weg über Baza nach Seron ein. Begleitet von Quijada und dem Grosscomthur, unterzog sich D. Juan der Führung der Vorhut, setzte den Marsch auch während der Nacht fort, und indem er mit dem Anbruch des Tages vor Seron anlangte, gelang es ihm, durch Absperrung der Wege der Stadt die Hoffnung auf Zuzug zu benehmen. Ueberraschung und Schreck der Bewohner erleichterten die Eroberung. Aber während die Spanier beutesüchtig die Häuser durchsuchten, drangen von der Gebirgsseite 6000 Morisken in die Stadt, erschlugen viele der mit Plünderung Beschäftigten und trieben die Uebrigen in Flucht. Dem ungeordneten Haufen der von der Höhe Zurückweichenden warf sich D. Juan entgegen, und mit den Worten: »Seid ihr Spanier und wisst nicht, was Ehre heisst? Wenn ich bei euch bin, wie dürft ihr Furcht hegen?« brachte er sie wieder zum Stehen. Neben ihm sank Lope de Figueroa, schwer verwundet; Quijada zerschmetterte ein Schuss die Schulter, und als der junge Führer mit dem Ordnen des Rückzuges beschäftigt war, traf eine Musketenkugel seinen Helm [2]). Während er also, vom Feinde unablässig umschwärmt, nach Caniles zurückwich, verrammelten

---

[1]) d. d. Guadalupe, 6. Februar 1570. Coleccion etc., Th. 28, S. 47.

[2]) »Dieser Krieg scheint es mehr auf die Führer als auf den zuchtlosen Haufen abgesehen zu haben, dem ein ehrliches Kämpfen weniger am Herzen liegt, als Plünderung«, schrieb D. Juan von Caniles aus, 19. Februar 1570, dem Könige. Ebendas. S. 49.

sich die in Seron zurückgebliebenen Spanier in Häusern und Kirchen und schlugen 3 Tage die Angreifenden zurück, bis sie in der über ihnen aufwirbelnden Lohe den Tod fanden. 600 Spanier lagen erschlagen und mehr als 1000 Musketen waren in die Hände der siegesfrohen Morisken gefallen.

Der König klagte, dass D. Juan sobald seine Zusage vergessen habe, sich nicht zum zweiten Male einer ähnlichen Gefahr auszusetzen, wie vor Galera; es könne nichts Schlimmeres der königlichen Autorität, nichts Glücklicheres dem Feinde begegnen, als wenn ein Tropfen seines Blutes flösse. Er gebot dem Bruder nochmals, seiner Stellung und seiner Geburt eingedenk zu sein und von den Weisungen des Grosscomthurs nicht abzugehen; er habe männlich seiner Pflicht zu entsprechen, aber die des Generals sei nicht die des Soldaten [1]). Hierauf entgegnete D. Juan, nachdem er den am 25. Februar zu Caniles erfolgten Tod seines geliebten Quijada gemeldet hatte: Gott sei sein Zeuge, dass, wenn er an dem Tage, der seinem Pflegevater das Leben gekostet, sich nicht dran gesetzt hätte, durch die Feigheit der Soldaten Alles verloren gewesen sein würde; er habe nicht muthwillig sich dem Feinde bloss gestellt, sondern nur weil Pflicht und Ehre es geboten [2]). Entschiedener, weil hier die dem Könige gegenüber erforderliche Abgemessenheit wegfiel, sprach sich D. Juan einige Tage später in einem Schreiben an Ruy Gomez de Silva über seine Lage und die Auffassung der ihm gestellten Aufgabe aus. »Es halten mich Manche«, lauten seine Worte, »für unverbesserlich, und doch kann nichts in der Welt mir lieber sein als aufrichtiger Tadel. Um diesen bitte ich Euch zu jeder Zeit, denn ich bin kein so abgesagter Feind des Guten, dass ich mich nicht darüber freuen sollte. Was mich am meisten drückt, ist die knabenhafte Abhängigkeit von den Ansichten Anderer. Alle Anzeichen sprechen dafür, dass man den König und Staatsrath glauben macht, ich sei ein zügelloser Mensch, der nur seiner Neigung und seinem Willen nachgehe. Finden diese Einflüsterungen beim Könige Eingang,

---

[1]) Philipp II. an D. Juan; Cordova, 24. Februar 1570. Coleccion etc., Th. 28, S. 52.

[2]) d. d. Lager bei Seron, 1. März 1570. Ebendas. S. 60.

so kann er mich nicht mehr lieben, noch für die Folgezeit in seinem Dienst verwenden. Und doch genügt ein leiser Wunsch von ihm, um mich ihm willfährig zu machen, während seine Ansichten über mich nach jedem eingegangenen Berichte gefärbt werden. Ich mache in der That mein Verfahren so wenig von dem eigenen Willen abhängig, dass mich oft der Gedanke übermannt, es sei meiner unwürdig, mich also unter die Meinungen Anderer zu schmiegen. Wenn man aber dessenungeachtet die Behauptung ausspricht, dass zwei gleichberechtigte Gewalten sich nicht wohl neben einander fügen, so liegt die Schuld nicht an mir.«

Man ist zu der Voraussetzung berechtigt, dass diese an Ruy Gomez gerichteten Herzensergiessungen D. Juan's dem Könige nicht geheim blieben. Verstand er das Streben des Jünglings nicht, oder glaubte er es nicht verstehen zu dürfen, gewiss ist, dass er eine Lösung der Bande, welche den Bruder umstrickt hielten, nicht für zweckdienlich erachtete. Die durch Quijada's Tod erledigte Stelle besetzte er durch den mit moriskischer Kriegführung vertrauten Francisco de Cordova, von dessen und des Grosscomthurs Billigung jede Unternehmung gegen den Feind abhängig gemacht wurde. Wer ein verantwortliches Amt übernommen, schrieb er bei dieser Gelegenheit an D. Juan [1]), müsse um so bereitwilliger die Meinung erfahrener Männer einholen; der Feldherr habe nur zu befehlen, die Ausführung sei Sache des Soldaten. Er empfahl bei dieser Gelegenheit, auf gute Zucht der Hauptleute zu halten, weil nur diesen die Verwilderung des gemeinen Mannes beizumessen sei, keine Gotteslästerung im Heere zu dulden und auf strenge Beobachtung der bevorstehenden Fastenzeit zu halten.

Schon im September 1569 hatte D. Juan dem Könige angezeigt, dass sein Geheimschreiber Quiroga gestorben sei, um Wiederbesetzung der Stelle gebeten und bei dieser Gelegenheit bemerkt, dass seine Aufmerksamkeit auf einen gewissen Soto gelenkt sei, der früher in der Umgebung Garcia's de Toledo gelebt habe und als ein in dem Land- und Seedienste gleich erfahrener Mann gerühmt werde [2]). Sechs Mo-

---

[1]) d. d. Cordova, 3. März 1570. Coleccion etc., Th. 28, S. 62.
[2]) Ebendas. S. 20.

nate später traf D. Juan de Soto im Lager ein mit einem Schreiben von Ruy Gomez, welches ihn als einen erfahrenen und kenntnissreichen Diener schilderte, der sich im neapolitanischen Kriege unter Alba und auf der See unter Doria ausgezeichnet habe [1]). Zugleich überbrachte der Ankömmling den Auftrag des Königs, die Beendigung des Krieges möglichst rasch herbeizuführen und zu diesem Zwecke mit den Aufgestandenen in Unterhandlung zu treten. Es war der in Aussicht gestellte Abschluss der grossen Liga gegen die Osmanen, der den König zu diesem Verfahren veranlasste. Er durfte, wenn die Streitmacht Spaniens gegen den Halbmond verwendet werden sollte, nicht länger durch einen im Herzen der Monarchie fortglühenden, die Kräfte derselben langsam verzehrenden Krieg in Anspruch genommen werden.

Der erhaltenen Anweisung gemäss, betrieb D. Juan die Ausgleichung, ohne gleichwohl mit seinen kriegerischen Unternehmungen inne zu halten. In dieser Beziehung leisteten ihm viele edle Spanier bereitwillig Beihülfe, weil sie auf diesem Wege die Ausführung der Landbevölkerung aus dem Königreiche verhindern zu können hofften. In seinem Auftrage trat Hernando de Barrabas mit dem ihm seit früher Zeit befreundeten Habaqui, einem der angesehensten Morisken der Sierra, in brieflichen Verkehr und hielt mit demselben auf der Höhe der Nevada Besprechungen, in welchen es ihm gelang, den Freund zu überzeugen, dass der Zeitpunct ein überaus günstiger sei, um durch Unterwerfung der Gnade des Königs theilhaftig zu werden. Zur nämlichen Zeit liess Deza auf Befehl des Hofes eine arabisch abgefasste Proclamation verbreiten, welche Verkündigung der Gnade verhiess und die Mahnung enthielt, sich von den Rädelsführern, den Monfis und den Türken loszusagen. Was die Durchführung der angeknüpften Verhandlungen wesentlich erschwerte, war, dass man während derselben gegen den unterworfenen Theil der moriskischen Bevölkerung mit unnachsichtiger Härte verfuhr. Der König hatte bereits gegen Ausgang des Februar an D. Juan den Auftrag ertheilt, bevor er das Heer nach dem Rio

---

[1]) Ruy Gomez an D. Juan; Cordova, 4. März 1570. Coleccion etc., Th. 28, S. 70.

Almanzora führe, die Morisken in den Gebieten von Guadix und Baza auf die schonendste Weise nach den castilischen Provinzen zu verpflanzen und ihnen namentlich die Mitnahme von Frauen, Kindern und beweglicher Habe zu gestatten. Auf die Vorstellung D. Juan's, dass dadurch seine bereits angeordneten Operationen eine gefährliche Störung erleiden würden, gestattete der König, dass der mit einer Verstärkung von 2000 Mann aus Toledo heranziehende Juan Niño de Guevara sich der gedachten Anweisung unterziehe. Nun gewann auch Deza die Genehmigung seines wiederholt gestellten Antrages, die friedlichen Morisken der Vega von Granada, durch welche die Aufgestandenen fortwährend mit Waffen, Lebensmitteln und Nachrichten versehen würden, fortzuschaffen. Der Auftrag, die Ausführung dieses Befehls persönlich zu leiten, galt dem Präsidenten als ein ehrenvoller. Die zur Anhörung der Messe berufenen Morisken wurden am Palmsonntage (19. März) 1570 in den Kirchen umstellt, Getreide und Gartenfrüchte derselben nach geschehener Abschätzung vergütet, während ihre unbeweglichen Güter dem Staat verfielen. Von den Kirchen wurden die Gefangenen nach dem grossen Hospiz vor Granada, von hier in drei Abtheilungen nach Ciudad-Real, der Hauptstadt der Mancha, nach Montiel und in die Nähe der Quellen des Guadiana geführt.

Während dessen war D. Juan eifrig beflissen, durch Herstellung einer strengen Kriegszucht die Grundlage für den glücklichen Ausgang seiner Unternehmungen zu gewinnen. »Ich habe«, schrieb er dem Könige [1]), »mit einer Schamlosigkeit der Soldaten zu ringen, die weder durch Galgen noch durch Galeere gebändigt werden kann; für Ehre heben sie keinen Finger auf, aber gilt es dem Raube, so sind sie unverdrossen. Es thäte Noth, dass jedem derselben ein Theatiner und ein Profoss zur Seite gegeben würde.« Und einige Tage später: »Auch durch die strengste Züchtigung kann ich der Unordnung der Soldaten nicht immer Einhalt thun; hören sie, dass Morisken in die Sierra geflüchtet sind, so verlassen sie bandenweise das Lager, um sich plündernd auf die leeren Dörfer zu werfen.

---

[1]) d. d. Tijola, 12. März 1570. Coleccion etc., Th. 28, S. 81.

Nach der Einnahme Seron's war D. Juan gegen das in der Nähe gelegene, auf einem abschüssigen, nur von Einer Seite zugänglichen Felsen gebaute Tijola aufgebrochen, in alter Zeit die Residenz arabischer Emire. Erst am 21. März, nachdem die Geschütze mit unsäglicher Mühe auf die Höhe geschleppt waren, konnte man mit dem Beschiessen beginnen. Als der Fall der Feste unvermeidlich war, schlich sich die Besatzung, geschreckt durch das Beispiel Galera's, in der Nacht durch die spanischen Wachen und entkam in's Gebirge. Tijola wurde geschleift, und schrittweise vorrückend, hoffte D. Juan, die von aller Zufuhr abgeschnittenen, auf die Sierra beschränkten Morisken durch Hunger zur Ergebung zu zwingen. In der Mitte des April wurde durch ihn ein königliches Mandat veröffentlicht, welches allen innerhalb 20 Tagen zum Gehorsam zurückkehrenden Morisken das Leben zusicherte, richterliche Untersuchung und besondere Berücksichtigung der Beschwerden, durch welche sie zum Aufstande bewogen seien, verhiess und dem, welcher Türken oder Berbern gefangen übergebe, besondere Vortheile zusagte; wer das funfzehnte Lebensjahr überschritten und das funfzigste noch nicht erreicht habe und sich mit seiner Feuerwaffe oder Armbrust dem königlichen Beamten stelle, solle der Freiheit nicht beraubt werden und dürfe zwei Personen mitbringen, denen durch ihn dieselbe Begünstigung zu Theil werde. Verschmähe man dagegen dieses Anerbieten, so solle gegen jeden Erwachsenen die vollste Strenge Anwendung finden.

Zu der nämlichen Zeit durchstreifte Antonio de Luna die Sierra de Bentomiz und wählte der Herzog von Sesa, nachdem er sich in Besitz der südlichen Festen gesetzt hatte, Uxijar zum Mittelpuncte seiner Unternehmungen gegen die Alpujarras. Weil moriskische Streifschaaren die Verbindung mit der Küste unterbrachen, Zufuhren aufgefangen wurden und der Soldat sich auf den Genuss von Feigen und Oliven beschränkt sah, sandte der Herzog eine starke Abtheilung seines Heeres nach Calahorra, um von dort die in Malaga ausgeschifften Vorräthe zu beziehen. Dass diese Schaar in einem Engpass von Aben-Abo überfallen und vernichtet wurde, nöthigte Sesa zum Rückzuge nach Adra. Doch gelang ihm die Einnahme der zu seiner Lehensherrschaft gehörigen

Küstenfeste Castil-de-Ferro. Von hier aus bewerkstelligte er seine Vereinigung mit dem grösseren Heere D. Juan's.

Schon im Anfange des Mai rechnete D. Juan mit Sicherheit auf die baldige Unterwerfung der Sierra. »Da durch Gottes Gnade«, schrieb er dem Könige [1]), »die Sachen so stehen, dass jeder Dritte den Oberbefehl übernehmen kann, so hoffe ich, dass mir bald eine andere Stellung angewiesen wird, in welcher ich meinem Herrn nach Wunsch und Pflicht dienen kann. Denn innerhalb der nächsten 8 Tage glaube ich berichten zu können, dass die Morisken, falls sie nicht auch dieses Mal mich belügen, im Wesentlichen zum Gehorsam zurückgekehrt sind.« Denn freilich konnte sich Aben-Abo in den Alpujarras, wo alle Weiler niedergebrannt, die Heerden fortgetrieben, Erndten zerstampft, Fruchtbäume vernichtet waren, nicht länger behaupten. Mit dem Verluste von Castil-de-Ferro war ihm die Aussicht auf Unterstützung von Africa genommen, und kaum vermochte er noch für die zusammengeschmolzene Zahl seiner Anhänger den Lebensbedarf zu gewinnen. Es geschah wohl, dass spanische Streifschaaren an einem Tage 400 Köpfe und 1100 Gefangene in's Lager von D. Juan zurückbrachten. Das brach vielen Männern im Gebirge den Muth, und mit der geschwundenen Hoffnung auf Sieg und Freiheit steigerte sich in ihnen das Verlangen nach ihren gefangenen Frauen und Kindern. Schon fanden sich einzelne Häuptlinge, unter ihnen sogar ein Bruder von Aben-Abo, zum Zwiegespräche mit spanischen Befehlshabern ein, um möglichst gute Zugeständnisse zu erhalten. Bei einer in der Nähe von Andarax (13. Mai) abgehaltenen Zusammenkunft der Abgeordneten D. Juan's mit Habaqui beschwerten sich die den Letzteren begleitenden Genossen über den Bruch der von Mondejar ertheilten Zusagen. Wenn der friedliche Moriske, klagten sie, nach Castilien abgeführt sei, welches Loos werde Dem zufallen, der bis dahin gegen den König in Waffen gestanden! Deshalb verlange man freie Auswanderung nach Africa für ihre von dort gekommenen Verbündeten, die man der Rache nicht preisgeben dürfe; man erbiete sich, gegen

---

[1]) d. d. Lager bei Padules, 1. Mai 1570. Coleccion etc., Th. 28, S. 88.

Zurückgabe von Weib und Kind alle christlichen Gefangenen in Freiheit zu setzen, und wünsche, nach Verkündigung einer allgemeinen Amnestie, aus der alten Heimath und aus den bisherigen Besitzthümern nicht verstossen zu werden. Dass D. Juan, in Uebereinstimmung mit seinen Räthen, als nächste und unerlässliche Forderung aufstellte, dass diese Bedingungen von Aben-Abo genehmigt und unterschrieben würden, führte zu einer zweiten Zusammenkunft (19. Mai), auf welcher die Verständigung dahin erfolgte, dass Habaqui mit seinen zahlreichen Anhängern das Königreich Granada freilich verlassen, aber nach freier Wahl eine neue Heimath erkiesen solle. In Folge dessen erschien der Häuptling im Lager D. Juan's, bat knieend für sich und die Genossen um Gnade und legte das Banner Aben-Abo's zu dessen Füssen. Freundlich hob D. Juan den Gebeugten auf und gab ihm das Schwert mit der Weisung zurück, solches fortan in gerechter Sache für den König zu führen. Hiernach kehrte Habaqui in's Gebirge zurück, um Aben-Abo von dem Geschehenen zu benachrichtigen. Wenn man, berichtete in Folge dessen D. Juan an den König [1]), den Morisken den Abzug nach der Berberei gewähre, werde das ganze Land, bis auf einige Banden der Monfis, dem Frieden wiedergegeben sein.

Die Erwartungen D. Juan's sollten nicht so bald in Erfüllung gehen. Fanatismus und Zuchtlosigkeit des Heeres vereitelten die angebahnte Vermittelung. Den Bischof von Guadix verdross die friedliche Ausgleichung; von den abtrünnigen Kindern der Kirche durften, seiner Meinung nach, keine Bedingungen entgegengenommen werden. Pfarrer eiferten in der Predigt gegen die Gnade und Milde, welche den Feinden des Evangeliums verhiessen sei; Mönche schalten die königliche Langmuth, und der Soldat benutzte die Zeit der Unterhandlungen, um sich auf Kosten der Bedrängten zu bereichern [2]). Unter diesen Umständen mussten die Aussichten auf Beendigung des Krieges, welche sich an die Rückkehr Habaqui's in's christliche Lager und an das Ueberbringen der verlangten

---

[1]) 21. Mai 1570. Coleccion etc., Th. 28, S. 95.

[2]) D. Juan an Philipp II., d. d. Andarax, 7. Junius 1570. Ebendas. S. 101.

Vollmacht von Aben-Abo knüpften, bald wieder schwinden. Dahin wirkten gleichzeitig verschiedene Gründe anderer Art.

In einem lieblichen Thal, von Felsen eingeschlossen, liegt die von Arabern gegründete Stadt Ronda, deren Gebiet den südwestlichen Theil von Granada, zwischen Malaga und Gibraltar, bildet. Ein starkes, aus dem Hochgebirge hervorbrechendes Gewässer, dem aus allen Schluchten Quellen entgegen rauschen, befruchtet das mit Reben und Oliven überdeckte Tiefland, schlängelt sich um den Fuss der Steilhöhe, auf welcher die Stadt gebaut ist, und erreicht bei Gibraltar das Meer. Aus diesem Gebiete die Morisken zu verpflanzen und auf schonende Weise nach Andalusien und an die Grenze von Portugal zu geleiten, wurden der dortige Corregidor und Antonio de Luna beauftragt. Demgemäss traf Letzterer mit 2000 Mann, welche bald auf die doppelte Zahl wuchsen, in Ronda ein und begann damit, die Bewohner der nächsten Sierra durch Wachtposten zu umzingeln. Dadurch wurde der Verdacht der Männer rege. Mit Zurücklassung ihrer Frauen und Kinder flüchteten sie auf den Kamm des Gebirges und warfen sich von da in der Nacht auf die mit Plünderung der Weiler und Dörfer beschäftigten Spanier. Nun geschah, dass, während Habaqui die Einschiffung der Türken und Berbern nach Africa betrieb, mehrere Fusten von Algier ein starke Schaar Muhamedaner an's Land setzten. Das ermuthigte den über das Verfahren in Ronda erbitterten Aben-Abo und er gelobte, den Kampf fortzusetzen »und wenn ihm nichts bliebe als das Hemd«. Unter diesen Umständen erbat sich Habaqui von D. Juan 500 Büchsenschützen, um den König der Sierra zu zwingen, bei den von ihm genehmigten Bedingungen der Unterwerfung zu verharren. Diese Forderung glaubte D. Juan nicht gewähren zu dürfen, dagegen liess er dem Bittenden eine beträchtliche Summe Geldes überantworten, um die erforderliche Anzahl von Morisken für seinen Dienst zu werben. Das hörte Aben-Abo, liess durch 500 Türken den Häuptling in der Nacht aufgreifen und erdrosseln und forderte durch Sendboten die Bewohner der Sierra de Velez und Ronda noch ein Mal zur allgemeinen Schilderhebung auf.

Dass es auch jetzt noch nicht an Anklagen gegen D. Juan fehlte, ergiebt sich aus der Correspondenz desselben mit dem Könige. »In Andarax«, schrieb er nach Madrid [1]), »war ein längeres Verbleiben für mich unmöglich; Calahorra würde meinen Soldaten kein Unterkommen geboten haben; im Felde durfte ich nicht lagern, weil weit und breit jeder Baum niedergeschlagen ist und gegen die Gluthhitze kein Schatten sich findet. Deshalb zog ich, nicht ohne Beirath von Sesa und Requesens, nach Guadix. Ich weiss, dass man mich deshalb der Ungeduld beschuldigt hat, einer Unstetigkeit, die mich von einem Orte zum andern treibe. Gewiss, ich bin jung und habe meine Leidenschaften gleich andern Menschen; aber ich kann wahrhaft versichern, dass ich nie daran gedacht habe, die Befehle des Sohnes meines Vaters muthwillig hintanzusetzen.«

In der Mitte des August 1570 drang der Grosscomthur von Orgiba, D. Juan von der entgegengesetzten Seite in die Alpujarras ein, während der Herzog von Sesa das Gebiet von Ronda besetzte. Dadurch wurde den Morisken die letzte Aussicht auf Rettung genommen. Manche entschlossen sich zur Unterwerfung und Ablieferung ihrer Waffen, Andern gelang Flucht über's Meer; die Meisten aber waren entschlossen, mit Aben-Abo in der Sierra zu sterben. Kaum dass die vordringenden Christen noch auf Widerstand stiessen. Die Gegner suchten sich in den nur ihnen bekannten Höhlen zu bergen, bis Verrätherei ihre Entdeckung herbeiführte. Männer über 20 Jahre verfielen ohne Erbarmen dem Tode. Von der Spitze der Alpujarras bis zum Val de Lecrin waren durch die Spanier 29 Festen aufgeführt, welche das ganze Gebirge unter Wache hielten. Fliegende Colonnen durchstreiften die Schluchten, um die letzten Schlupfwinkel aufzuspüren. Es sollen innerhalb eines Monates mehr als 10,000 Morisken gefangen oder getödtet sein.

Mit der Abführung der Aufgestandenen war D. Juan vollkommen einverstanden, nicht so mit dem dabei beobachteten Verfahren. In dieser Beziehung unterzog er namentlich den Präsidenten Deza, welchem er Grund und Förderung der Empörung vornehmlich beimass, dem schwersten Tadel und hielt die Abberufung desselben für unumgänglich noth-

[1]) d. d. Guadix, 8. August 1570. Coleccion etc., Th. 28, S. 118.

wendig [1]). Aber der Präsident stand zu fest in der Gunst des Hofes von Madrid, als dass Vorstellungen der Art seine Stellung hätten untergraben können. Er erhielt vielmehr, zugleich mit D. Juan, den am 28. October unterzeichneten Befehl des Königs zur Abführung aller Morisken. Dieselbe erfolgte gleichmässig am Tage Aller Heiligen 1570. Die Bewohner des Val de Lecrin und der Gebiete von Malaga und Ronda wurden nach Estremadura und Galicien, die von Baza nach Murcia, die vom Rio Almeria zu Wasser nach den Landschaften westlich von Sevilla gebracht. Die einzige Gnade, welche Philipp II. übte, war, dass die Familien nicht getrennt wurden. »Die Zahl der von Guadix ausgeführten Morisken«, meldet D. Juan am 5. November dem Könige, »ist sehr gross, bedarf aber gleichwohl nur einer Escorte von 1000 Mann. Heute ist der letzte Zug unter dem heftigsten Schneesturm abgegangen, so dass unterweges manche Mutter ihre Tochter, manches Weib ihren Mann für immer aufgeben wird. Mir ist dabei weh um's Herz geworden! Giebt es auch etwas Trostloseres, als die Entvölkerung eines ganzen Reichs?« In manchen Gegenden des christlichen Spaniens wollten die Bewohner die Ankömmlinge nicht zulassen und bedrohten sie mit dem Tode. Die Stellung der Verbannten war in ihren neuen Wohnsitzen so unglücklich wie die der Juden. Verachtet, misstrauisch überwacht, von jeder Verschmelzung mit dem reinen Blute alter Christen abgeschnitten, hörte man sie in gesonderten, abgesperrten Quartieren (morerias) um die ferne, schöne Heimath klagen.

Am 30. November 1570 verliess D. Juan Granada. Auf den Alpujarras blieben, abgesehen von den Besatzungen der Festen, acht Compagnien Feldtruppen (gente del campo) zurück, um die Streifzüge gegen die kleinen Rotten der Gegner fortzusetzen. Für jeden Moriskenkopf erhielten sie zwanzig Ducaten ausgezahlt. Noch standen etwa 400 Männer um Aben-Abo geschaart, mit welchen der Geächtete für jede Nacht ein anderes Versteck wählte. Er wurde meuchlings durch seine eigenen Leute erschlagen, Anverwandte von Aben-Humeya,

---

[1]) D. Juan an den König, Guadix, 14. August 1570, und an Ruy Gomez, vom nämlichen Datum. Coleccion etc., Th. 28, S. 126 u. 128.

für den sie Blutrache übten. Sein nach Granada gebrachter Kopf wurde auf das Thor Bibracha gepflanzt.

Die Zahl der ausgeführten Morisken wird auf mindestens 400,000 angegeben. Seitdem wurde es in dem einst reichen und bevölkerten Granada still und einsam wie in der Wüste. Die Blüthengärten der Vega welkten, die Industrie erstarb, der Staat konnte von den auf die eingezogenen Grundstücke gesetzten Colonisten kaum die Kosten der Bestellung gewinnen.

D. Juan als Admiral des Mittelmeeres.

Seit dem Herbst des Jahres 1566 gebot Selim II., der Sohn und Nachfolger Solyman's des Prächtigen, als Padischah über das Reich der Osmanen. Hatte er schon zu Lebzeiten des Vaters sein Augenmerk auf die Eroberung von Cypern gerichtet gehabt, so fühlte er sich jetzt berufen, die reiche, prächtige Insel, welche früher unter der Abhängigkeit Egyptens gestanden und deren Ertrag den heiligen Gebetsstätten in Mecca und Medina zugeflossen war, seinem Reiche wieder einzuverleiben. Schienen doch die aus Cypern fliessenden Einkünfte auszureichen, um den in Adrianopel begonnenen Bau einer grossartigen Moschee zur Vollendung zu führen. In Bezug auf diese Unternehmung stimmten die Ansichten seiner Räthe keineswegs überein. Der Grossvezir Mehemet, Sohn eines Bosniaken, war gegen einen Krieg, der den blühenden Handel der Levante mit Venedig für lange Zeit vernichten musste; er wünschte vielmehr, dass der Grossherr sich an dem Kampfe der aufgestandenen Morisken Granada's betheiligen und damit die fortschreitende Entwickelung der spanischen Grossmacht hemmen möge. Dagegen drangen Piali-Pascha, Croat von Geburt und Schwiegersohn Selim's II., und der Seraskier Mustapha auf den Zug gegen Cypern, dessen zweifelloser Erfolg der osmanischen Seemacht eine feste Grundlage verheisse [1]). Nun geschah, dass in der Nacht auf den

[1]) Hammer, Geschichte des osmanischen Reichs, Th. 4.

13. September 1569 eine im Arsenal zu Venedig ausbrechende Feuersbrunst den grösseren Theil des hier gehäuften Materials zur Ausrüstung der Flotte vernichtete. So beträchtlich der hieraus erwachsene Verlust für die Republik war, so sehr wurde derselbe durch das Gerücht übertrieben, und in der Meinung, dass Venedig für viele Jahre seiner Seemacht beraubt sei, entschloss sich Selim II. zum Bruch eines Friedens, an dessen Dauer Italien keinen Zweifel gehegt hatte. Im Februar 1570 erschien ein türkischer Tschausch in Venedig, klagte über die Uebergriffe der Republik in Dalmatien, die Begünstigung der Seeräuber in den Gewässern der Levante, verlangte im Namen des Grossherrn die Abtretung von Cypern, und verstellte, falls man solche verweigere, Alles auf die Entscheidung der Waffen. Mit dem Bescheide entlassen, dass die Republik ihre Rechte zu wahren wissen werde, konnte der Botschafter sich nur mit Mühe der Wuth des Volkes entziehen.

Venedig kannte die Macht des Gegners, die unerschöpflichen Hülfsquellen des osmanischen Reichs, und weit entfernt, die ihm drohenden Gefahren zu unterschätzen, betrieb es die umfassendsten Vorkehrungen zur Gegenwehr. Durch Veräusserung von Staatsgütern zum Werthe von 300,000 Thaler, durch Verkauf von öffentlichen Aemtern und durch das dem Clerus auferlegte Opfer von drei Zehntel seiner Einkünfte gewann man die Mittel zur Ausrüstung von 136 Galeeren, 11 Galeassen und 14 Transportschiffen. Den Befehl über die mit 12,000 Söldnern und 1000 Freiwilligen von Adel bemannte Flotte erhielt Girolamo Zanne; dem Landheere wurde Sforza Pallavicino vorgesetzt. Aber Venedigs Glanzzeit war vorüber; man verhehlte sich nicht, dass es der Flotte an Kriegstüchtigkeit gebreche, dass die Festungen verfallen seien, von den zuchtlosen Söldnern keine hohe Erwartungen gehegt werden dürften und dass ohne eine gewichtige Hülfe von aussen die Republik dem Feinde nicht gewachsen sein werde. Deshalb wandte man sich mit der Bitte, die christlichen Reiche zur Theilnahme am Kampfe gegen den Halbmond zu bewegen, an den heiligen Vater.

Seit den ersten Tagen des Jahres 1566 sass Pius V. (Michele Ghislieri) auf dem Stuhle Petri, ein harter, fester und heftiger Mann, welcher auch als Greis von der Ascese nicht liess, der er sich in seiner Jugend als Dominicaner ergeben hatte. Die Römer verziehen ihm nicht, dass er der Kunst keine Liebe zuwandte, dass er, ohne Sinn für Festlichkeiten und Schaugepränge, sein ganzes Streben in der Regeneration der Kirche aufgehen liess; aber sie konnten dem Mann ihre Bewunderung nicht versagen, der den herkömmlichen Nepotismus weder übte noch duldete, der gegen sich mit derselben Strenge verfuhr wie gegen Andere und, unnachsichtlich gegen Verächter der geistlichen Zucht, unerbittlich gegen Ketzer, die vielfach geschwächte päpstliche Autorität wieder zur vollen Geltung brachte. Jetzt nahm sich Pius V. mit derselben Energie, welche er gegen die Anhänger des Protestantismus gezeigt hatte, der Errichtung eines grossen Bundes gegen das Reich der Ungläubigen an, dessen nächster Stoss, so schien es, dem getheilten, durch Uneinigkeit ohnmächtigen Italien gelten musste. Am Hofe Karl's IX. hatten seine Bemühungen keinen Erfolg. Nicht nur dass Frankreich im besten Einvernehmen mit der Pforte lebte, es war auch durch Bürgerkrieg zerrissen und hatte zur Zeit über eine nur unbedeutende Flotte zu verfügen. Kaiser Maximilian II. trug Bedenken, den endlich errungenen Frieden mit den Osmanen zu brechen, und ging deshalb nicht über schwanke Zusagen hinaus. Die Verheissungen Genua's, des Grossmeisters auf Malta und der Herzöge von Savoyen, Florenz und Urbino gewannen auch dadurch nicht an Gewicht, dass der Papst die Ausrüstung von 12 Galeeren über sich nahm. Sonach war, da England vermöge des Verhältnisses, in welchem Elisabeth zum römischen Hofe stand, nicht in Betracht gezogen werden konnte, nur Spanien im Stande, eine kräftige Unterstützung zu gewähren. Es war das einzige Land, dessen Flotten, wie man sie aus den Häfen von Catalonien, Murcia und Andalusien auslaufen und auf den Rheden von Neapel und Messina vor Anker sah, der Seemacht Selim's II. sich gewachsen zeigten. Nur fragte sich, ob Philipp II., der, so gern er auch als gläubig dienender Sohn der Kirche auftrat, doch immer das Interesse seines Staats zunächst im Auge behielt, den Anträgen Gehör schenken werde. Denn schon damals reichten die Schätze Indiens zur Erhaltung der Heere in Neapel, Sicilien, Mailand und Flandern und zur Behauptung der besetzten Küstenfestungen in Africa nicht aus. Andererseits folgte der spanische Adel mit Vorliebe dem Kriegsleben, und ein Kampf gegen die Pforte und deren Vasallenstaaten konnte, wenn er mit Glück geführt wurde, dem Volke einen neuen Aufschwung in der Entwickelung seiner Kräfte verleihen. Hatten doch schon 1560 auf den Cortes zu Toledo die städtischen Abgeordneten die Klage laut werden lassen, dass der Handel auf dem Mittelmeere fast ganz darniederliege, weil selten ein Schiff den Corsaren entrinne, dass von Perpignan bis nach Portugal der Küstensaum unbestellt bleibe, weil bis auf fünf Leguas vom Strande Niemand sich anzubauen wage [1]).

An Philipp II. knüpfte Venedig seine letzten Aussichten auf Rettung, und doch graute ihm vor dem ränkevollen, verschmitzten Bundesgenossen, welchen Pius V. zu gewinnen trachtete. Der päpstliche Abgesandte [2]), Luis de Torres aus Malaga, nachmals Erzbischof von Monreal, begegnete dem Könige in Ecija, auf dem Wege von Cordova nach Sevilla, wohin derselbe die Cortes von Andalusien berufen hatte. Die hier ertheilte Antwort (16. Mai 1570) lautete: Der Abschluss einer Liga erheische reifliche Ueberlegung, aber der bedrängten Republik Hülfe zu gewähren, sei er sogleich bereit, und solle sein Admiral von Sicilien, Giovanni Andrea Doria, vereint mit dem päpstlichen Geschwader unter Marc Antonio Colonna, Herzoge von Tagliacozzo, bei Corfu sich den Venetianern anschliessen; hinsichtlich der beantragten Verhandlungen über einen Bund mit Rom und Venedig werde er den Cardinälen Granvella und Pacheco und seinem Gesandten am apostolischen Stuhle, Juan de Zuñiga, die erforderlichen Instructionen zukommen lassen. Unlange darauf verliess Doria mit den ihm eigenthümlich zustehenden Galeeren den Hafen von Genua, übernahm die Führung der bei Messina vor Anker liegenden sicilischen Flotte Spaniens und schlug die Richtung nach Corfu ein, wo er sich mit der Seemacht Venedigs vereinigte. Ebendaselbst trafen die Galeeren des Papstes und der Ritterschaft von Malta ein.

---

[1]) Lafuente, Historia general de España, Th. 13, S. 23.

[2]) Seine Vollmacht datirt vom 5. März 1570.

Während dessen sandte Selim II. seine Flotte nach Rhodus, um eine Landung Venedigs auf Cypern zu verhindern, ernannte den Renegaten Piali zum Capudan-Pascha und übertrug den Befehl über das Landheer an Mustapha. Noch war der Doge Ludovico Mocenigo, Loredano's Nachfolger, darauf bedacht, das bei Corfu versammelte venetianische Geschwader unter Zanne zu vervollständigen, als (1. August 1570) 370 türkische Segel vor Cypern erschienen, die Landung ohne einigen Widerstand bei Limasol erfolgte und Mustapha an der Spitze von 56,000 Mann auf die in der Mitte der Insel gelegene Hauptstadt Nicosia zog. Die Verwaltung der Insel stand zu jener Zeit unter dem Proveditore Nicolo Dandolo; unter ihm befehligte der Perugianer Astor Baglione. Letzterer hatte sich nach Famagosta begeben, um die Vertheidigung dieser Seestadt, von der man glaubte, dass ihr der erste Angriff der Feinde gelten werde, persönlich zu leiten. Neben der verhältnissmässig schwachen Besatzung von Söldnern, die meist ungeübt und sogar nicht hinlänglich mit Feuerwaffen versehen waren, hatten sich die Milizen der Insel unter dem Grafen de Rocas in Nicosia eingefunden, so dass man daselbst mit Einschluss der Bürger gegen 10,000 Vertheidiger zählte. Noch war man mit der Ausbesserung von Wällen und Bastionen und mit der Herbeiführung von Lebensmitteln und Kriegsbedarf beschäftigt, als Mustapha die Stadt einschloss und unverweilt mit der Beschiessung begann. Die Vertheidigung wurde mit Umsicht und Erfolg betrieben; glückliche Ausfälle erhöhten den Muth der Milizen und der stürmende Feind sah sich wiederholt mit grossem Verluste zurückgeworfen.

Im Kriegsrath, welchen die Verbündeten im Golf von Calamata hielten, erachtete man den Entsatz Nicosia's für unausführbar; statt dessen schlugen Einige den Angriff auf ein türkisches Küstenland vor, um den Feind von Cypern abzuziehen. Der Ansicht von Zanne, dass es schimpflich sei, einer Schlacht aus dem Wege zu gehen, stimmte auch Doria bei, drang aber darauf, dass zuvor eine Besichtigung der Flotte Statt finde, um von deren Kampffähigkeit überzeugt zu werden. Die Untersuchung ergab, dass die Galeeren Venedigs schlecht ausgerüstet und noch schlechter bemannt seien. Grösser noch war der Uebelstand, dass die Führer unter einander haderten und der alte Hass zwischen Genuesen und Venetianern bei jeder Gelegenheit durchbrach. In Folge dessen war aus den Berathungen noch kein fester Entschluss erwachsen, als man durch die Kunde vom Fall Nicosia's aufgeschreckt wurde. Am 9. September 1570 — es war an einem Sonntage — hatte sich Mustapha durch einen gleichzeitig von vier Seiten unternommenen Sturm in den Besitz der Stadt gesetzt. Nicolo Dandolo fiel im Kampfe, und während des achttägigen Mordens in den Gassen sollen 20- bis 30,000 Christen ihr Leben eingebüsst haben [1]). Drei Schiffe, auf welche schöne Knaben und 1000 Sclavinnen, die Mustapha als Geschenk für den Grossherrn bestimmt hatte, gebracht waren, gingen in Flammen auf, als sie den Hafen zu verlassen im Begriff waren. Es hatte, so wird berichtet, ein Mädchen, um ihre Ehre zu retten, Feuer in die Pulverkammer geschleudert. Im October kehrte Colonna thatenlos nach Rom zurück. Venedig beschränkte seine Thätigkeit darauf, einige Verstärkungen nach Candia und Cypern zu werfen. An den Fall des starken Famagosta, auf welches Mustapha nach der Einnahme Nicosia's gezogen war, glaubte man nicht. Zanne wurde des Oberbefehls enthoben und dieser auf Sebastian Veniero übertragen, dem Agostino Barberigo als Proveditore zur Seite trat.

Zur nämlichen Zeit wurden in Rom die Unterhandlungen über eine Liga bald mit steigender Lebhaftigkeit, bald unter Umständen, die ein Zerschellen aller Anträge und Erwartungen befürchten liessen, fortgeführt. Spanien war daselbst durch Juan de Zuñiga und die Cardinäle Granvella und Pacheco [2]), Venedig durch Michele Suriano vertreten; für den Papst führten einige Cardinäle das Wort. Von allen Seiten trübten Argwohn und Misstrauen die Stimmung und namentlich konnte sich Philipp II. der Besorgniss nicht erwehren, dass Venedig sich unter der Hand mit der Pforte verständigen und dann Spanien allein die ganze Wucht des Gegners zu tragen haben werde. Dieses Mal war sein Verdacht in der That kein un-

---

[1]) Daru (Histoire de la république de Vénise) giebt die Zahl der Getödteten auf 20,000, Rosell (Historia del combate naval de Lepanto [Madrid 1853]) auf 30,000 an.

[2]) Die für Beide ausgestellte Vollmacht ist am 16. Mai 1570 abgefasst.

gegründeter, wenn ihm schon nicht bekannt sein mochte, dass Venedig einige Zeit nicht abgeneigt war, auf das heimliche Anerbieten des Grossvezirs einzugehen und durch Abtretung von Cypern den Frieden zu erkaufen [1]). Nur Pius V. ermattete nicht im Verfolgen einer Aufgabe, deren Lösung er für seine Pflicht erachtete. Von Natur leidenschaftlich, rasch auffahrend, zeigte er sich in dieser Frage stets ausgleichend, beschwichtigend. Er beschwor die Bevollmächtigten beim Leiden Christi, weil es der katholischen Kirche und gemeiner Christenheit gelte, nachgiebig und in Versöhnlichkeit einander die Hand zu bieten; mit Thränen im Auge bat er, ihn nicht sterben zu lassen, bevor nicht das Banner des Kreuzes über dem Halbmond erhöht sei. Er unterzog sich, als Venedig und Spanien es beiderseits unter ihrer Würde hielten, die ersten Bedingungen aufzustellen, mit solchem Nachdruck der Vermittelung, dass die nächsten Schwierigkeiten gehoben wurden. Suriano verlangte einen Bund, der auf die Demüthigung der Macht des Grossherrn, auf die Vernichtung seiner Flotte und die Beschränkung seines Länderbesitzes gerichtet sei. Er hatte dabei offenbar nur Venedigs politische Stellung vor Augen. Spanien dagegen wollte nicht eine durch Zeit und Ergebnisse beschränkte Conföderation, sondern eine ewige und offensive Liga gegen alle Feinde der Christenheit, nicht bloss gegen den Gebieter in Constantinopel, sondern auch gegen die muhamedanischen Staaten des nördlichen Africa. Eine solche Aufgabe hielt Venedig für zu gedehnt, zu umfassend, und es widersprach ihr eben so entschieden, als es der Forderung Philipp's II., dass derjenige Staat, welcher den beschworenen Bedingungen der Liga nicht nachkomme, mit geistlichen Censuren belegt werden solle, die Genehmigung versagte. Gewiss, Venedig verkannte seine Stellung, wenn es Hülfe beanspruchte und gleichzeitig Bedingungen vorschreiben zu dürfen vermeinte. Es wollte den Bund nur auf der Treue des Wortes aufgebaut wissen, hielt die Bekräftigung durch den Eid entbehrlich und nährte dadurch das Misstrauen auf der andern Seite.

Nicht weniger erheblich waren die Differenzen in Bezug

---

[1]) Daru, Histoire de la république de Vénise.

auf die Vertheilung der Kosten und die Bestellung des Oberbefehls. Den erstgenannten Punct anbelangend, so veranschlagte man die Ausgaben für das vereinigte Geschwader auf monatlich 600,000 Thaler, von welcher Summe Venedig nur den vierten Theil, Spanien nicht mehr als die Hälfte übernehmen zu können erklärte, während ein Beitrag des Papstes, dessen Einkünfte sich damals auf nur 400,000 Thaler beliefen, gar nicht in Rechnung gebracht werden konnte. Den zweiten Punct betreffend, so wünschte Pius V. den Oberbefehl auf Marc Antonio Colonna übertragen zu sehen, Philipp II. hielt seinen Bruder D. Juan, Venedig den Girolamo Zanne für diese Stellung geeigneter. Es war nicht leicht zu bestimmen, wem in dieser Frage das entscheidende Wort gebühre. Suriano nahm solches für die Signoria in Anspruch, weil ihr der Krieg gelte und ihre Seeleute sich der meisten Erfahrung in den levantinischen Gewässern rühmen dürften. Zuñiga dagegen berief sich auf die königliche Stellung seines Herrn, auf die überwiegenden Streitkräfte, welche derselbe der Liga zuführen werde, und hob mit Nachdruck hervor, dass ein Name wie der D. Juan's, eines Kaisersohnes, an die Spitze treten müsse. Endlich einte man sich dahin, dass das Wort des heiligen Vaters den Ausschlag geben solle, und dieses lautete für D. Juan. Hiernach beanspruchte Spanien auch die Ernennung des Stellvertreters im Oberbefehl (Lugarteniente), weil dieselbe nothwendig vom Generalissimus ausgehen müsse. Dem widersprach Venedig um so heftiger, als es den ihm verhassten Doria zu diesem Amte berufen zu sehen fürchtete. Das war nun freilich nicht die Absicht Philipp's II., der vielmehr den Grosscomthur Requesens dem Halbbruder zur Seite zu setzen wünschte. Dieses Mal war der König der nachgiebige Theil, indem er sich, dem Papste willfahrend, für Marc Antonio Colonna aussprach.

Funfzehn Monate lang hatten der Papst, Spanien und Venedig über die Liga verhandelt, als am 20. Mai 1571 der Abschluss derselben auf dem Grunde eines im September 1570 aufgestellten Entwurfes [1]) erfolgte und 5 Tage später die Ur-

[1]) Das lateinische Original dieser Urkunde findet sich bei Gabutius, De vita et rebus gestis Pii V. (Romae 1605. fol.), S. 136 ff. und in der

kunde im päpstlichen Consistorium auf den Evangelien beschworen wurde. Es sollte die Liga eine ewige, nicht bloss gegen den Grossherrn, sondern auch gegen dessen Vasallenstaaten Algier, Tunis und Tripolis gerichtete sein. Die Verbündeten stellen 200 Galeeren, 100 Lastschiffe, 50,000 spanische, italienische und deutsche Söldner zu Fuss, 4500 leichte Reiter und die erforderliche Zahl von Geschützen. In jedem Herbst sollen Abgeordnete der drei Mächte behufs einer Berathung über Rüstungen und Kosten des mit dem Frühjahr beginnenden Feldzuges in Rom zusammenkommen. Zu einer Zeit, wo keine gemeinsame Unternehmung Statt findet, bleibt jedem Staat ein Vorgehen auf eigene Hand unbenommen. Ist Spanien zu einem Angriff auf die africanische Küste, oder Venedig zu einem Zuge im adriatischen Meere entschlossen, so stellt die eine Macht der andern, falls sie nicht selbst vom Feinde bedroht ist, 50 Galeeren zur Hülfe; zur Vertheidigung des römischen Gebietes aber sind beide Staaten gleichmässig mit allen Kräften verpflichtet. Der Kirchenstaat unterhält 12 von Venedig zu stellende Galeeren, 3000 Fussgänger und 260 Reiter; Spanien übernimmt drei Sechstel, Venedig zwei Sechstel, der Papst ein Sechstel der Kriegskosten; die beiden erstgenannten Mächte aber theilen sich in die auf Rom fallende Quote dergestalt, dass drei Fünftel derselben auf Spanien, zwei Fünftel auf Venedig fallen. D. Juan führt als Oberbefehlshaber nicht sein eigenes Banner, sondern das der Liga. Es darf sich kein Theil einseitig auf einen Frieden oder Stillstand mit den Ungläubigen einlassen; geschieht es gleichwohl, so trifft ihn die Strafe der Excommunication. Die Schlichtung eines jeden unter den Verbündeten aufkeimenden Zwistes liegt dem Papste ob.

Es war die höchste Zeit, dass durch den Abschluss der christlichen Einigung ein starkes Gegengewicht der drohenden Uebermacht der Osmanen auf dem Mittelmeer entgegengestellt wurde. Schon richtete Selim II. sein Augenmerk auf die Eroberung Dalmatiens. Den Oberbefehl über das eingeschiffte

Bibl. de la Academia real de la historia, Th. 86; die in der Coleccion de doc. ineditos, Th. 3, S. 337 ff. enthaltene spanische Uebersetzung ist nicht vollständig.

Landheer übertrug er an Pertew-Pascha, über die Flotte an Ali-Pascha. Als sich mit Letzterem die Geschwader von Hassan, dem Sohne des berüchtigten Haireddin Barbarossa, und des Beglerbeg von Algier Uluch-Ali (Ulucciali) — einem calabresischen Renegaten, der, seit er auf dem Wasserwege nach Neapel, wo er seine Studien als Mönch fortzusetzen gedachte, in die Hände von Corsaren gefallen war, den Islam angenommen hatte [1]) — vereinigt hatten, belief sich die türkische Flotte auf 250 Segel. Von Candia aus sollte sie ihren Angriff auf Zante und Cephalonia richten. Gleichzeitig lagen die unter Veniero gestellten Galeeren Venedigs unthätig vor Corfu, wohin sie sich nach der erfolglos betriebenen Belagerung Durazzo's begeben hatten.

Seit der Mitte des April bedrängte Mustapha Famagosta, wo Astor Baglione und Marc Antonio Bragadino, unterstützt von dem muthigen Martinengo, die Vertheidigung leiteten. Frauen und Kinder standen im Kampfe den 7000 Männern der Stadt zur Seite. Nach einer Belagerung von 65 Tagen und nachdem der grössere Theil der Mauer durch Minen und türkische Kugeln niedergeworfen war, trat die geschwächte, mit Hunger ringende Besatzung in Unterhandlung (4. August 1571) und übergab unter ehrenvollen Bedingungen die Feste. Damit war ganz Cypern erobert. Die mit Fahnen, Waffen und fünf Geschützen Abziehenden sollten auf vierzig Schiffen nach Candia übergesetzt, die zurückbleibenden Griechen in der Ausübung ihres Glaubens nicht belästigt werden. Als nun nach Abschluss der Capitulation Bragadino, Baglione und Martinengo, der freundlichen Aufnahme versichert, das türkische Lager besuchten, der Seraskier die Auslieferung eines schönen venetianischen Jünglings verlangte, die Männer dagegen die ungebührliche Forderung verweigerten, ergrimmte Mustapha, liess Baglione und Martinengo niederhauen und Bragadino, nachdem er an Nase und Ohren verstümmelt, am Freitage darauf lebendig schinden. So lange Athem ihm blieb, hörte man den Unglücklichen den Psalm Miserere beten. Zur nämlichen Zeit wurden 300 im Lager befindliche Christen gemordet.

---

[1]) Brantôme, Vies des capitaines étrangers (Collect. universelle de mémoires, Th. 67).

Seitdem die Liga beschworen war, liess Philipp II. die Rüstungen zu Land und Meer mit grossem Eifer betreiben. Dass ihm die römische Curie die Erhebung des Escusado und der Cruzada bewilligt hatte, erleichterte die Bestreitung der ungewöhnlichen Ausgaben [1]). Zwei von den Grafen Arco und Lodron in Deutschland geworbene Regimenter, jedes aus 5000 Köpfen bestehend, wurden in Sold genommen; 8000 Spanier und eine gleiche Zahl Italiener standen zur Einschiffung bereit. Erstere sollten durch die Geschwader von Neapel und Sicilien in Barcelona und Cartagena — dorthin waren die Fähnlein befehligt, welche bisher im Kampfe gegen die Morisken verwendet waren — an Bord genommen werden. In Genua, Mailand, Neapel und auf Sicilien wurden grosse Vorräthe an Lebensmitteln und Kriegsbedarf gehäuft. Als Sammelplatz für alle Abtheilungen der Galeeren und des Heeres war Messina bezeichnet. Dort fand sich Veniero mit der venetianischen Flotte ein.

Seitdem D. Juan, wenn auch nur für die Dauer weniger Monate, den Oberbefehl über einen Theil des spanischen Geschwaders im Mittelmeer geführt hatte, gehörte seine ganze Neigung dem Kriegsdienste zur See. Aus dem Feldlager in den Alpujarras vertraute er [2]) Ruy Gomez seinen Wunsch an, dass jetzt, da sich eine ehrenvolle Gelegenheit darbiete, zu zeigen, dass etwas an ihm sei, der König ihn zum Commando auf dem Meere berufen möge, aber freilich nicht in der Gebundenheit und unter einer Beaufsichtigung wie vordem; »denn«, setzt er hinzu, »ich bin den Windeln so ziemlich entwachsen und kann mit Gottes Hülfe schon einigermassen ohne fremde Flügel fliegen«. Seit ihn nun Philipp II. zum Generalissimus der Liga bestimmt hatte, war ihm die Fortführung des moriskischen Bandenkrieges unerträglich; ihn dürstete nach einem Gebiete grösserer Thätigkeit. Die Ausrüstung der Armada wurde, seiner Meinung nach, nicht energisch genug in Angriff genommen; er wünschte vor allen Dingen in freier Verfügung

---

[1]) Der Escusado war ein Zehntel des Ertrags der geistlichen Güter; die Cruzada gewährte die Einnahme der für Dispensation vom strengen Fasten zu leistenden Zahlungen.

[2]) d. d. Lager bei Padules, 16. Mai 1570. Coleccion etc., Th. 28, S. 92.

über die Streitkräfte der Liga dem hohen Ziele nachzuringen, welches ihm vorschwebte. »Ich ersehe«, schrieb er dem Cardinal Espinosa [1]), »aus von Antonio Perez mir übersandten Schriften in Betreff der Liga, dass der Befehlshaber des Landheeres in keiner Abhängigkeit vom Admiral stehen soll. Unter diesen Umständen würde mir kaum etwas Anderes übrig bleiben, als Letzterem mit Proviant aufzuwarten.« Er bitte deshalb den Cardinal, den König für den von Juan de Zuñiga eingereichten Vorschlag stimmen zu wollen, demgemäss Flotte und Landheer demselben Oberbefehl unterstellt würden. — Es war ihm unerträglich, dass die Erzherzöge Rudolph und Ernst, denen er bis Genua das Geleit geben sollte, in ihren Vorkehrungen zur Fahrt kein Ziel finden konnten. In Madrid brannte der Boden unter seinen Füssen, er wollte voraus, die Reisegefährten unterweges aufnehmen und während dessen die Vorbereitungen zum Kriege überwachen und betreiben.

Am 6. Junius 1571 verliess D. Juan in Begleitung seines Geheimschreibers Juan de Soto und eines mässigen Gefolges Madrid, um sich über Saragossa nach Barcelona zu begeben. Er stand damals in der Fülle der Lebenskraft, ein blühender Jüngling, beseelt vom Verlangen nach Sieg über den Glaubensfeind. Selbst Philipp II. konnte, so weit seine Persönlichkeit es erlaubte, durch diese Gluth der Jugend fortgerissen werden und das Siegesvertrauen theilen. Der kriegerische Adel Spaniens verlangte einen erlauchten und begeisterten Führer, und der König legte auf den thatendürstenden, zum Kriege geborenen Jüngling, der als höchsten Lohn nur um die Gnade seines königlichen Bruders warb, ein um so grösseres Gewicht, als er selbst das Schwert nicht zog. Noch ebnete er gern dem Gefeierten den Weg, und um vorzubeugen, dass der schon früher zum Generalcapitain eines Geschwaders ernannte Doria nicht etwa unzeitige Ansprüche auf seinen Rang erhebe, wies er ihm durch ein eigenes Patent die Stellung unter dem capitan de la mar an [2]).

Von Guadalajara, wo er beim Herzoge von Infantado

---

[1]) Granada, 19. November 1570. Coleccion etc., Th. 28, S. 92.

[2]) Ausschreiben Philipp's II. vom 1. Mai 1571. Coleccion etc., Th. 3.

Bewirthung fand, begab sich D. Juan nach Calatayud. Hier wartete seiner ein eigenhändiges Beglückwünschungsschreiben des Papstes, welches zugleich die dringende Bitte um Beschleunigung seiner Ankunft enthielt. Es hätte dessen nicht bedurft; ihm schien jede Stunde verloren, die er unter diesen Umständen in Spanien noch zubrachte. Ohne in Saragossa zu verweilen, schlug er den Weg nach Monserrate ein, um sich hier im Gebet dem heiligen Gnadenbilde zu empfehlen, und traf am 16. Junius in Barcelona ein, wo er von Luis de Requesens, Grosscomthur von Castilien, und dem Vicekönige Hernando de Toledo an der Spitze des catalanischen Adels empfangen wurde. Sobald die östreichischen Erzherzöge sich hier bei ihm eingefunden hatten, betrieb er die Einschiffung der spanischen Tercios unter D. Lope de Figueroa und D. Miguel de Moncada. Am 26. Julius lief D. Juan in den Hafen von Genua ein und stieg, vom Dogen und der Signorie begrüsst, im Palast des Giovanni Andrea Doria ab. Von hier sandte er Moncada nach Venedig und Hernando de Carillo nach Rom, Ersteren, um zu verkünden, dass er in Kurzem in Messina eintreffen werde, Letzteren, um dem heiligen Vater seinen demüthigen Gruss und den Dank für die genehmigte Ernennung zu überbringen. Den Marques von Santa Cruz liess er nach Neapel vorangehen, um die dortigen Tercios zur Einschiffung bereit zu halten; an Doria ertheilte er den Auftrag, 2000 Deutsche unter dem Grafen von Lodron und die italienischen Fähnlein unter Sigismund Gonzaga in Spezzia an Bord zu nehmen. Dann beurlaubte er sich von den über Mailand nach Wien reisenden Erzherzögen und stach am 5. August mit Alexander Farnese in See.

Alexander, der Sohn Ottavio's Farnese, eines Nepoten von Papst Paul III., der für ihn das Herzogthum Parma geschaffen hatte, und der Margaretha von Oestreich, einer natürlichen Tochter von Kaiser Karl V., war im Jahre 1546 geboren. Die ersten Jahre seiner Kindheit verlebte er in Italien, dann an der Seite seiner Mutter in den Niederlanden, und es wird erzählt, dass er als 11jähriger Knabe der Schlacht bei St. Quentin beigewohnt habe. Von hier nahm ihn Philipp II. mit sich nach Spanien, um, wie man meinte, als Geissel für die Treue der als Statthalterin in Brüssel zurückgelassenen

Mutter zu dienen. Neunzehn Jahr alt, vermählte er sich mit Maria von Portugal, einer Tochter des Infanten Eduard, des Bruders vom Könige Joao III. Margaretha widerstrebte lange dem Wunsche des Sohnes, sich am Kriege der Liga zu betheiligen; er schien ihr zu jung, sein Muth zu ungestüm. Aber D. Juan liess nicht nach, in den König zu dringen, bis dieser seine Einwilligung zur Fahrt ertheilte. Diesen Liebesdienst vergass der Jüngling dem D. Juan nie. Mit 82 Edlen aus Parma und begleitet von dem muthigen Paolo Vitelli, der ihm 300 Geworbene zugeführt hatte, bestieg er in Genua die Flotte [1]).

Am 9. August lief D. Juan im Hafen von Neapel ein und hielt an der Seite Granvella's [2]), vom Clerus in Procession empfangen, seinen festlichen Einzug. Eine reichere und glänzendere Schaar von Caballeros hatte Neapel seit den Zeiten provençalischer Herrschaft nicht in seinen Mauern beherbergt. Im Namen des Papstes überreichte der Cardinal vor dem Altar der Franciscaner von Santa Clara an D. Juan, mit dem Feldherrnstabe des Oberbefehlshabers zu Land und Meer, das heilige Banner der Liga. Aus blauem Damast gefertigt, zeigte dasselbe in der Mitte den gekreuzigten Heiland, unter demselben das Wappen des Papstes und zur Seite von diesem die durch Ketten mit einander verschlungenen Embleme von Spanien und Venedig. Granvella, welcher Glanz und festlichen Prunk liebte, vollzog diese Uebergabe in Gegenwart des Adels von Neapel und der Fürsten von Parma und Urbino mit grosser Feierlichkeit und hob die Herzen der Versammlung durch eine kurze, ergreifende Anrede [3]).

Am 24. August langte D. Juan in Begleitung des Grosscomthurs auf der Rhede von Messina an, wo er von den Admirälen Roms und Venedigs, Colonna und Veniero, längst erwartet war. Bevor er an's Land stieg, berief er die Flottenführer zu einer Berathung, entschuldigte seine durch die erforderlichen Vorkehrungen verursachte Verspätung, verkündete,

---

[1]) Histoire d'Alexandre Farnese. Amsterdam 1692.

[2]) Seit dem April 1571 war Granvella als Nachfolger Rivera's, Herzogs von Alcala, dem Königreich Neapel als Vicekönig vorgesetzt. Giannone, Geschichte des Königreichs Neapel, Th. 4.

[3]) Coleccion etc., Th. 33, S. 237.

dass er die genügende Zahl von Galeeren, ein Landheer unter bewährten Hauptleuten, reichliche Geschütze und Lebensmittel den Bundesgenossen zuführe, und sprach sein festes Vertrauen auf den siegreichen Ausgang eines Kampfes aus, der dem Glauben gelte. Als er folgenden Tages in Messina einzog, waren die Strassen mit Teppichen belegt, schöne Frauen in Festgewändern begrüssten ihn aus Fenstern und von Balconen, mit Jubel und unter Musik wogte die bunte Bevölkerung in ihren mannichfachen Trachten auf Gassen und Märkten [1]. Bald war die ganze Ligaflotte in dem geräumigen Hafen Messina's versammelt, mehr als 300 Fahrzeuge mit 80,000 Menschen. Spanien hatte 90 Galeeren gesandt, 24 Lastschiffe, 50 Fregatten und Brigantinen, die besten, welche es damals gab, alle trefflich gerüstet und bemannt; 12 Galeeren hatte der Papst gestellt; unter dem Löwen von San Marco zählte man deren 106 neben 6 Galeassen und 20 Fregatten, aber im schlechten Zustande, mit zuchtlosen Matrosen und Soldaten besetzt [2]. Deshalb musste Veniero, wenn auch ungern, dem Befehl D. Juan's nachgeben und 2500 Neapolitaner nebst 1500 Spaniern an Bord nehmen [3]. Der Tercio von Granada unter Lope de Figueroa wurde auf spanischen und neapolitanischen Galeeren untergebracht; der Tercio von Neapel unter D. Pedro de Padilla, Comthur von St. Yago, schiffte sich theils in Messina, theils in Tarent auf neapolitanischen Galeeren ein; dann folgte der Tercio des Valencianers Miguel de Moncada, Ritters von St. Yago; der sicilische Tercio unter Diego Enriquez bestieg das sicilische Geschwader; die italienischen Fähnlein unter Paolo Sforza und 6000 Deutsche der Grafen Arco und Lodron wurden auf die Schiffe Doria's und des Herzogs von Savoyen vertheilt [4]. Zum Oberbefehlshaber über

---

[1]) Van der Hammen.

[2]) Rosell, Combate naval de Lepanto.

[3]) D. Juan an Garcia de Toledo, Messina, 9. September 1571. Coleccion etc., Th. 3.

[4]) Eine umständliche Beschreibung der Vertheilung des aus 20,231 Mann bestehenden Landheeres Philipp's II. — darunter 1876 Aventureros — auf die verschiedenen Abtheilungen der Flotte enthält ein Bericht des Francisco Ibarra an den König, d. d. Messina, 10. September 1571. Coleccion etc., Th. 3.

das eingeschiffte italienische Fussvolk war der Graf von Santa Flor, über das Geschützwesen Gabrio Cervelloni vom Könige ernannt. Zum auditor general der Flotte hatte derselbe den Doctor Morcate, zum Beichtvater D. Juan's den Franciscaner Juan Machuca bestellt [1]).

Seit dem August 1571 finden wir D. Juan in einem lebhaften brieflichen Verkehr mit Garcia de Toledo, Marques von Villafranca und Comthur von St. Yago. Garcia hatte nach einander die Aemter eines Generals der sicilischen Galeerenflotte, des Vicekönigs von Catalonien und dann von Sicilien, endlich des Admirals auf dem Mittelmeer bekleidet. Er war es, der Peñon de Velez eroberte und dem bis zum Aeussersten bedrängten Orden auf Malta Rettung vor Solyman brachte; ein Freund und Kampfgenosse Alba's, im Felde und im Rath gleich ausgezeichnet und von Philipp II. durch besonderes Vertrauen geehrt. Diesem vielbewährten, an Erfahrung reichen Mann, der sich damals zur Wiederherstellung seiner geschwächten Gesundheit nach Pisa zurückgezogen hatte, theilte sich D. Juan in Freude und Leid, im Siegesjubel und in der Klage über die Widerwärtigkeiten seiner Stellung mit, erbat sich in zweifelhaften Lagen seinen Rath und legte auf das Gutachten des Greises ein Gewicht, welches zur Genüge zeigt, dass der rasche Jüngling, trotz seines Selbstbewusstseins, die Ansichten eines wahrhaftigen und talentreichen Mannes zu achten verstand, während er sich mit Unwillen den Meinungen aufgedrungener Lehrmeister fügte. Das siegesfrohe Hoffen seines jungen Freundes konnte Garcia nicht theilen, wenn er erwog, dass D. Juan an Zahl und Güte der Mannschaft dem Gegner nachstehe, dass seinen zum Theil ungeübten Soldaten jetzt zuerst der Hauptmann die Feuerwaffe in die Hand gegeben habe; es drückte ihn, dass, während bei dem an Sieg über die Venetianer gewöhnten Feinde Ein Banner, Ein Wille, Ein Gehorsam gelte, die bunte Zusammensetzung des christlichen Heeres einem durchgreifenden, einheitlichen Oberbefehl entgegenstehen werde [2]). Namentlich misstraute er der Tapfer-

---

[1]) Coleccion etc., Th. 3.

[2]) Garcia an Requesens; Pisa, 1. August 1571. Coleccion etc., Th. 3, S. 6.

keit und Ausdauer Venedigs und bat deshalb D. Juan, immerhin die Vorhut an Veniero, falls dieser darum anhalten werde, zu überlassen, weil dessen Armada am wenigsten zuverlässig sei [1]). Er sei am gestrigen Tage, schreibt ihm D. Juan [2]), mit 24 Galeeren in Messina eingetroffen, woselbst er Marc Antonio Colonna mit 12 päpstlichen Galeeren und den venetianischen Admiral Sebastian Veniero mit 48 Galeeren, 6 Galeassen und 2 Lastschiffen, alle unglaublich schlecht mit Matrosen und Soldaten ausgestattet, vorgefunden; er erwarte täglich den Marques von Santa Cruz und Giovanni Andrea Doria mit ihren Geschwadern, desgleichen noch einige venetianische Kriegsschiffe, und werde von Seiten des Königs innerhalb 8 Tagen 81 Galeeren, die schönsten der Welt, 20 gutbewaffnete Transportfahrzeuge und, ausser den Aventureros, 7000 Spanier, 7000 Deutsche und 6000 Italiener beisammen haben. »Kommen«, schliesst er, »die übrigen Ligisten ihren Verbindlichkeiten so gewissenhaft nach wie Spanien, so steht Alles zu hoffen.«

Diese Siegeszuversicht verliess D. Juan nicht, so schwer es ihm auch oft wurde, die Unlust über so manche Beschränkung in seiner amtlichen Stellung zu bemeistern. Er war der Generalissimus über Flotte und Heer der Liga und sollte dessenungeachtet, der ihm zugegangenen Anweisung von Philipp II. gemäss, nur in Uebereinstimmung mit den Ansichten der ihm untergebenen Befehlshaber handeln. Der König fürchtete dessen Jugendmuth und Ruhmsucht, er begriff den raschen Herzschlag des Jünglings nicht, und indem er darüber grübelte, keimte Argwohn in ihm auf. Entbehren konnte er D. Juan nicht, aber es sollte sich dieser eben so wenig frei von Gebundenheit fühlen. Daher die peinlichen und kleinlichen Instructionen, mit denen er ihn überschüttete, diese ewig wiederkehrenden Mahnungen und Zurechtweisungen, die einen minder kecken Geist gebrochen oder in Fesseln geschlagen haben würden.

Hart vor der Abfahrt von Messina traf der Cardinal Odescalco dort ein und ertheilte im Namen des Papstes Ab-

---

1) Garcia an D. Juan; Pisa, 12. August. Coleccion etc., Th. 3, S. 6.
2) Messina, 25. August 1571. Ebendas.

lass an Alle, welche sich am Kampfe betheiligen würden; das ganze Heer beichtete und empfing das Sacrament. Auf jedem Schiffe musste, so lautete der Befehl D. Juan's, ein Geistlicher sich befinden; Frauen an Bord zu nehmen war untersagt, Gotteslästerung sollte mit dem Tode gebüsst werden. Der Aufbruch erfolgte am 16. September 1571. An dem nämlichen Tage schrieb D. Juan an Garcia, er sei fest entschlossen, unter dem Ligabanner und mit 26,000 Gerüsteten den Feind aufzusuchen, ohne vor dessen überlegenen Streitkräften zurückzuschrecken.

In vier Geschwader getheilt, verliess die Flotte den Hafen von Messina; voran Doria mit 54 Galeeren, ihm folgte D. Juan mit 64, diesem der Proveditore Agostino Barbarigo mit 53, endlich der Marques von Santa Cruz mit 30 Galeeren, welche die Nachhut bildeten. Man nahm die Richtung über Tarent nach Corfu, und am 30. September legte sich D. Juan bei Leguminiza, einem geräumigen, wasserreichen Hafen Albaniens, vor Anker. Dorthin überbrachte eine vom Comthur Gil de Andrada — er war zum Erspähen des Feindes ausgesandt — abgefertigte Galeere die Nachricht, dass die gegnerische Armada im Hafen von Lepanto liege und dass 60 Ruderschiffe derselben nach Coron abgegangen seien, um Kranke an's Land zu setzen und dagegen frische Mannschaft einzunehmen. Alsbald liess D. Juan diese Kunde dem im Hafen von Corfu zurückgebliebenen Marc Antonio Colonna und dem Barbarigo mit dem Befehl zukommen, ungesäumt zu ihm zu stossen. Im Kriegsrath sprachen Viele gegen die Aufnahme des Kampfes mit einem siegesstolzen, überlegenen Feinde, und selbst Requesens hielt unter den gegebenen Verhältnissen den Rückzug für angemessen; Einige riethen zur Einnahme von Küstenfesten Morea's, oder zu einem Angriff auf Tunis. Endlich drang D. Juan, unterstützt von Colonna, Barbarigo und Santa Cruz, mit seinem Antrage auf Schlacht durch [1]). Er befahl am folgenden Tage, dass die Armada sich kampfbereit halte, wies jedem Führer seine Stellung an, untersuchte persönlich

[1]) Die Verhandlungen im Kriegsrath finden sich in vollster Ausdehnung bei Ubertus, De sacro foedere in Selimum (Graevii Thesaurus antiquitatum Italiae, Th. 1), S. 1043 ff.

die meisten Galeeren, verliess am 3. October den Hafen von Leguminiza, machte am Cabo Blanco noch ein Mal mit Requesens die Runde auf allen Schiffen, segelte die Nacht hindurch und ankerte am Morgen bei Fiscardo im Canal von Cephalonia. Dort überbrachte Abends eine Brick von Candia die Nachricht vom Fall Famagosta's und dem entsetzlichen Treubruche Mustapha's. In Aller Herzen kochte Rache und vermehrte das Verlangen nach Schlacht. Trotz des ungünstigen Windes segelte D. Juan, hart an der Inselgruppe der Curzolari vorüber, in den Golf von Lepanto hinein und liess, als in der Ferne die feindliche Flotte sichtbar wurde, das Ligabanner aufhissen. Ein lauter Jubelruf begrüsste das christliche Bundeszeichen. Der Donner eines Geschützes, welches D. Juan als Mahnung zur Vorbereitung der Schlacht lösen liess, zitterte in allen Herzen nach.

Auch die Türken gingen mit freudigem Muth der Entscheidung entgegen. Durch Heranziehen der Besatzungen aus den moreotischen Festen war das Heer auf 120,000 Mann gewachsen. Ali-Pascha hatte über 250 Galeeren, 60 Galeassen und zahllose Lastschiffe zu verfügen. Er hielt die christliche Flotte für ungleich geringer als sie war, und im Bewusstsein, dass die kühnsten und gefürchtetsten Corsaren, ein Uluch-Ali, Hassan, Dschaefer-Pascha, Beglerbeg von Tripolis, unter seinem Befehl standen, erachtete er den Sieg für gewiss.

Noch in der letzten Stunde, als sich die Macht der türkischen Flotte vor ihren Augen entfaltete, regten sich bei manchen christlichen Befehlshabern Bedenken gegen die Annahme der Schlacht. Der hochbetagte Veniero beklagte die Tollkühnheit D. Juan's und hielt eine glückliche Entscheidung des Tages für unmöglich. So geschah, dass unter den Führern, welche sich nach der Admiralsgaleere begeben, um die letzten Befehle einzuholen, Einzelne den Rückzug anzurathen wagten. »Ihr Herren«, warf ihnen D. Juan entgegen, »die Zeit zum Berathen ist vorüber, jetzt gilt's zu schlagen«[1]), und traf die letzten Anordnungen. Ohne Rüstung, von Luis de Cordova und Juan de Soto gefolgt, bestieg er eine der

---

[1]) »Ya no es hora de aconsejar, sino de combatir.«

schnellsten Fregatten und fuhr, die Galeeren musternd, den rechten Flügel hinauf, während Requesens die Aufstellung des linken prüfte. An Veniero richtete er einige freundliche Worte. »Heute gilt's, erlittene Schmach zu rächen«, rief er den Venetianern zu, »das Mittel dazu habt ihr in der Faust, die scharfe, kräftig geschwungene Klinge.« Zu seinen Spaniern sprach er: »Kinder, zum Tode sind wir fertig, und uns, will's der Himmel, gehört der Sieg; streitet im Namen des Herrn, damit der Feind nicht frage, wo der Christengott geblieben sei.« Alle erfasste dieselbe Begeisterung; Männer, welche bis dahin mit Hass einander in's Auge geblickt hatten, umarmten sich. In dem Eifer, mit welchem die Vorkehrungen zur Schlacht betrieben wurden, sprach sich die Kampflust aus. Noch ein Mal untersuchte man die Muskete, legte Pike, Schwert und Dolch zur Hand und häufte Kugeln. Steuerleute horchten in Spannung auf das Commando, Mönche schritten durch die Reihen der Männer, mahnten und segneten.

Als Ali-Pascha die wohlgeordnete Schlachtreihe der Christen überblickte, schwand in ihm die bisherige Zuversicht auf Sieg; aber Rückzug war für ihn unmöglich. Selbst der Himmel war mit dem Kreuz, indem der bis dahin widrige Wind plötzlich umschlug, den Angriff begünstigte und dem Feinde die Bewegung erschwerte. Als die Türken durch Anwendung der Ruder bis auf Schussweite genaht waren, liess Ali-Pascha ein Geschütz lösen, worauf D. Juan als Zeichen, dass er die Schlacht annehme, die Erwiederung gab. In voller Rüstung stand er auf dem Vordertheil seiner Galeere, als er durch Trommeln und Clarinen das Signal zum Angriff ertheilen liess. Nach seinem Beispiele warf sich die christliche Mannschaft auf die Kniee und empfing nochmals vom Priester die Absolution.

Sechs mit ungewöhnlich grossen Geschützen versehene Galeassen Venedigs bildeten die Vorhut; hinter ihnen dehnten sich in Einer Linie die beiden, durch einen nur kurzen Zwischenraum von einander getrennten Flügel, der linke von 63 unter Barbarigo, der rechte von 64 Galeeren unter Doria; das Mitteltreffen führte D. Juan, die aus 35 Galeeren bestehende Nachhut war dem Marques von Santa Cruz anvertraut. An beiden Seiten des Admiralsschiffes sah man die prächtigen Galeeren von Veniero und Requesens, so wie das von Colonna geführte päpstliche Hauptschiff (capitana).

Die bei weitem zahlreichere Flotte von Ali-Pascha nahm eine sichelartige Stellung ein. Den rechten Flügel, 55 Galeeren, führte Mehemet Siroco, Pascha von Alexandrien; das Mitteltreffen hatte Ali sich selbst vorbehalten; der linke Flügel, 93 Galeeren, wurde meist von maurischen Corsaren gebildet und stand unter Uluch-Ali. »Gehört dieser Tag eurem Glauben«, sprach er zu den Ruderslaven seiner Galeere, »so schenkt ihn euch Gott; gehört er aber mir, so verheisse ich euch Allen die Freiheit; dessen seid eingedenk und thut eure Pflicht!«

Um die Mittagsstunde des 7. October 1571 — es war ein Sonntag, der Wind hatte sich gelegt, der Himmel wolkenleer — begann der Angriff, von Seiten der Türken unter dem üblichen Kriegsgeheul. Alsbald lösten die vorgeschobenen Galeassen Venedigs ihre schweren Geschütze und brachten sofort zwei feindliche Galeeren zum Sinken. Während der Pascha von Alexandrien sich mit seinem Geschwader auf Barbarigo warf, suchte Uluch-Ali den linken Flügel der Christen zu umsegeln; ihm verlegte Doria den Weg, musste aber, dem stärkeren Feinde gegenüber, die geschlossene Stellung seiner Galeeren mit einer ausgedehnten vertauschen. Das ersah der Pascha von Alexandrien und es gelang ihm, so muthig auch Barbarigo sich ihm entgegenwarf, die dünne Schlachtreihe Doria's zu durchbrechen. An der prächtigen Standarte auf dem Vordertheil erkannte D. Juan das Admiralsschiff von Ali-Pascha, ruderte ihm entgegen und wurde gleichzeitig von demselben gesucht. Beim Zusammenstoss der Admiralsschiffe, während dessen von beiden Seiten alle Geschütze gelöst wurden, ragte der Schnabel von Ali's Riesengaleere bis über die vierte Ruderbank D. Juan's. Somit entbrannte die Schlacht auf der ganzen Linie. Unter Barbarigo zeigten sich die Venetianer im Kampfe mit Siroco ihrer Väter würdig. Auf dem Vordertheil seiner Galeere, Allen sichtbar, stritt der Proveditore und liess, scharfen Auges Gefahr und Vortheil ermessend, seinen Commandoruf über's Deck schallen, bis ein Pfeil ihm in's Auge drang [1]; sein Schwestersohn Marino Contarini sah ihn

[1]) Sein Tod erfolgte am dritten Tage darauf. Ein für seine Nationalität

fallen, stürmte mit seiner Galeere heran und fand gleichfalls den Tod. Während dessen warf sich Uluch-Ali, nachdem er Doria's Geschwader durchbrochen hatte, auf die maltesische Hauptgaleere. Sein Leben ging in Todeshass gegen den Orden auf, und jetzt bot sich ihm wiederholt Gelegenheit, ihm zu genügen. Der Johanniter-Prior Giustiniano hatte vier gegnerische Schiffe zur Ergebung gezwungen, aber gegen die sieben Galeeren des Corsaren reichten seine Kräfte nicht aus. Das Schiff wurde geentert, die ganze Besatzung, bis auf den schwer verwundeten Prior und zwei Ordensritter, zusammengehauen; dort fiel nach ritterlicher Gegenwehr der Sohn des Grafen von Fuentes, wurde der Baillif der deutschen Zunge durch eine Kugel niedergestreckt, und mit dem gefangenen Prior und der Ordensfahne suchte Uluch-Ali die offene See zu gewinnen. Immer wilder tobte die Schlacht, das Commando verhallte, auf den in einen Knäuel verwickelten Geschwadern war man nur noch auf Entern bedacht, und während die Mannschaft im entsetzlichen Handgemenge mit einander rang, schlug häufig die Flamme über ihr zusammen.

Am heftigsten war der Kampf zwischen den beiden Admiralsschiffen entbrannt; von ihnen schien die Entscheidung des Tages abzuhängen. Auf beiden Seiten befand sich die Blüthe der Seeleute nebst 300 Büchsenschützen an Bord, hier altgediente Spanier, dort im ungarischen Feldzuge unter Solyman bewährte Janitscharen. Neben D. Juan's Admiralsschiff sah man die Galeeren von Requesens, Colonna, Veniero und der Fürsten von Parma und Urbino; neben Ali-Pascha die berühmtesten Galeerenführer der Osmanen; Beide unter den Vordersten im Kampfe. Anfangs warf Figueroa durch seine Schützen die Gegner rottenweise nieder, aber bald war seine Mannschaft gelichtet und die Lücken mussten durch Succurs von andern Galeeren ausgefüllt werden. Der alte Veniero focht wie er in Jünglingsjahren gethan. Ihm stand Marc Antonio Colonna nicht nach. Als D. Juan immer stärker bedrängt wurde, brach Santa Cruz mit seiner Galeere vor, schoss

---

mehr als ruhmredig abgefasster Bericht des Senats von Venedig an seinen Gesandten in Spanien (C o l e c c i o n etc., Th. 3, S. 347) sagt: »Als Barbarigo sah, dass der Sieg erfochten, faltete er die Hände, dankte Gott und verschied.«

ein feindliches Schiff, dessen Janitscharen im Begriff waren, an sein Bord zu klimmen, in Grund, enterte ein zweites und liess dessen Bemannung über die Klinge springen. Obwohl von zwei Kugeln getroffen, war er nicht zu bewegen, vom Kampfe abzulassen. Von der andern Seite eilte Juan de Cordova, siegreich vordringend, seinem Admiral zu Hülfe. Von nur Einem Spanier Anfangs gefolgt, sprang Alexander von Parma auf die Galeere Mustapha's, der, weil er als Zahlmeister den Schatz der Flotte am Bord hatte, 300 Janitscharen zur Bedeckung führte. Dem Farnesen stürmte seine Mannschaft nach, Mustapha fiel und die reiche Galeere wurde erbeutet [1]). Als nach der Schlacht D. Juan dem Jugendfreunde diese tollkühne That vorwarf, erwiederte Alexander, für ihn gebe es keine Gefahr, denn ihn beschirme das Gebet seiner jungen Gemahlin [2]).

Auf einer zum Geschwader Doria's gehörigen Galeere, die Marquesa genannt, lag in der Cajüte, vom Fieber geschüttelt, ein 24jähriger Spanier aus Alcala de Henares, Spross eines verarmten Adelshauses. Als nun der Kampf am heftigsten tobte, ersuchte der Kranke seinen Hauptmann, ihn dahin zu stellen, wo die Gefahr am grössten sei. Umsonst baten ihn die Freunde, sich zu beruhigen und von der Bitte abzustehen. »Ihr Herren«, rief er, »was würde man da von Miguel de Cervantes sagen? Habe ich bisher an mehr als einem Tage als guter Soldat meinem Könige gedient, so will ich's auch heute, trotz des Fiebers.« Da setzte ihn der Befehlshaber über 12 Soldaten, und er stritt ritterlich, erhielt zwei Wunden auf der Brust und einen Schuss durch die linke Hand [3]) und sprach, als man ihn wegführen wollte, glühenden Auges: »Wunden sind Sterne, die in den Himmel der Ehre geleiten«, blieb auf seinem Posten, und erst als sein Hauptmann gefallen und der Sieg entschieden war, liess er sich verbinden [4]).

---

[1]) Bei der Theilung der Beute fiel auf manchen Soldaten Alexander's die Summe von 2000 Goldstücken. Strada, Bellum belgicum, Dec. 1, lib. 9.

[2]) Histoire d'Alexandre Farnese.

[3]) Er verlor »el movimiento de la mano izquierda, para gloria de la diestra«. Rosell, Combate naval de Lepanto.

[4]) Navarrete, Vida de Miguel Cervantes de Suavedra. Madrid 1819. S. 19 ff.

Zwei Stunden hatte D. Juan ohne Unterbrechung gekämpft; das Verdeck des Admiralsschiffes war mit Leichen übersäet, das Banner niedergeschossen. Die gelichtete Mannschaft wurde von einem brennenden Durste gequält. Zwei Mal waren die Spanier bis auf die Mitte von Ali's Galeere vorgedrungen und zwei Mal wurden sie zurückgeworfen. Beim dritten Vorstürmen verbluteten die tapfersten Janitscharen und sank der von einer Kugel getroffene Ali von der Brüstung des Decks in's Meer. Auch D. Juan entging diesem Morden nicht ohne Wunde. Aber die türkische Admiralsgaleere war genommen und bis zu der entferntesten Schlachtreihe drang der Ruf Victoria! Den gefallenen Ali suchten dessen beide Söhne, Knaben von 7 und 13 Jahren, auf ihrer Galeere. Letztere wurde nach hartem Widerstande von Requesens genommen, die um den Vater weinenden Kinder gefangen.

Am längsten schwankte die Entscheidung auf dem Flügel Doria's. Hier war es, wo Santa Cruz dem mit dem Malteserschiff entweichenden Uluch-Ali nachsetzte, der nun das Tau, an welchem er seine Beute nachschleppte, durchhieb. So entkam der Corsar, während Santa Cruz die Galeere mit dem Malteserkreuz wiedergewann, auf welcher man den wunden Giustiniano und mehr als 300 Türkenleichen fand. Nun eilte auch D. Juan zur Unterstützung Doria's herbei, neben welchem D. Juan de Cardona lange den Stoss der feindlichen Uebermacht ausgehalten hatte. Mast, Segel und Fahne seiner Galeere waren zerschossen; von 500 Spaniern, die er am Bord gehabt, athmeten kaum noch 50; gleich ihm waren sämmtliche Officiere verwundet. Auf zwei päpstlichen Galeeren, die hier gestritten hatten, fand man fast die ganze Bemannung todt; die Piemontesa, eine Galeere des Herzogs von Savoyen, trieb auf dem Meere, ohne einen Lebenden am Bord zu haben.

Durch D. Juan wurde endlich auch auf dem rechten Flügel der Sieg gesichert. Es war die vierte Stunde nach Mittag. Uluch-Ali entkam mit einigen Galeeren in der Richtung nach Santa Maura, von wo er in der Nacht nach Lepanto steuerte. An ein nachhaltiges Verfolgen konnte wegen Erschöpfung und Mangels an Ruderknechten und Soldaten nicht gedacht werden. Bis zum Sinken der Nacht blieb man mit der Besetzung genommener Schiffe beschäftigt, von denen einige dergestalt beschädigt waren, dass man sie, nachdem die Geschütze in Sicherheit gebracht waren, den Flammen übergeben musste. Auf weiter Fläche war das Meer mit Schiffstrümmern und Leichen bedeckt. Mit dem Einbruche der Nacht erhoben sich Sturm und Regengüsse; brennende Galeeren leuchteten, als man sich auf Befehl D. Juan's nach dem Hafen von Petala zog. Hier dankte der Oberbefehlshaber Allen für bewiesene Tapferkeit, besuchte und beschenkte Verwundete und räumte den Kranken seiner Galeere die besten Gemächer ein. Dann gebot er, die gefangenen Söhne von Ali-Pascha vorzuführen. Weinend warfen sich die Knaben zu seinen Füssen; er aber richtete sie freundlich auf, beklagte mit ihnen den Verlust des tapfern Vaters, überwies ihnen die Cajüte Juan's de Soto und gab ihnen Adliche seines Gefolges zur Aufwartung. Hiernach sandte er zu Veniero, kam diesem, um zu zeigen, dass kein Nachhall von Verstimmung, keine Erinnerung an so manchen herben Zwist in ihm geblieben sei, bis zur Treppe entgegen, umarmte ihn, nannte ihn seinen Vater und dankte ihm für die bewiesene Treue während der Schlacht. Der Greis war tief ergriffen; ein solches Begegnen hatte er nicht erwartet. Mit Thränen bat er um Verzeihung, dass er so oft dem Unterordnen unter den Befehl des Admirals sich entzogen habe. An solchem Freudentage, erwiederte D. Juan, könne man der Unlust früherer Stunden nicht gedenken, sondern jedes Gefühl müsse in Dank gegen Gott aufgehen; wenn er als Gebietender aufgetreten sei, so habe er es nur gethan, um den ihm ertheilten Befehlen zu genügen [1]).

Während dessen wanderten Soldaten und Matrosen fragend, erzählend von einer Galeere zur andern. Mancher fand Todtgeglaubte wieder, Mancher suchte umsonst nach Freunden und Verwandten. Die am folgenden Tage abgehaltene Inspection ergab, dass 12 christliche Galeeren gesunken waren. 4800 Venetianer, 800 Päpstliche, 2000 Spanier wurden vermisst. Unter Letzteren beklagte man besonders einen Juan de Cordova, Alfonso de Cardenas und Juan Ponce de Leon. 2500 Verwundete der Ligisten starben innerhalb der nächsten

---

[1]) Van der Hammen.

Tage. Die Zahl der eroberten Kriegsschiffe belief sich auf 130, während man den Verlust der Feinde auf 30,000 Mann — 25,000 Todte und 5000 Gefangene — veranschlagte. Ausser dem Capudan-Pascha waren Hassan, der Sohn Hairaddin's, der Anführer der Janitscharen, und die Befehlshaber von Negroponte, Chios, Napoli di Romania, Tripoli und Gallipoli gefallen [1]. Unter 12,000 christlichen Galeerensclaven, welche dem Siege ihre Freiheit verdankten, befanden sich 2000 Spanier [2].

Vier Tage verweilte D. Juan im Hafen von Petala, um Galeeren ausbessern zu lassen, Verwundete zu verpflegen oder nach Italien zu senden, und den Verfolg des Sieges zu berathen. Von hier fertigte er Lope de Figueroa mit 10 Galeeren und dem eroberten Hauptbanner Selim's nach Spanien ab, um dem Könige den Bericht über die Schlacht abzustatten. Graf Priego wurde zu dem nämlichen Zwecke nach Rom, D. Pedro Zapata nach Venedig entsendet.

Die folgende Nacht brachte die verbündete Flotte im Hafen von Santa Maura zu. Dem Verlangen von D. Juan, den erfochtenen Sieg durch ein rasches und keckes Vorgehen gegen die Osmanen auszubeuten, stand die Uneinigkeit im Kriegsrath entgegen. Man machte, seinen Vorschlägen gegenüber, den Mangel an Lebensmitteln, die herbstliche Sturmzeit, den Verlust an Mannschaft geltend. Man habe, meinte Doria, für Ehre, Ruhm und Vortheil zur Genüge gethan und müsse jetzt auf Ueberwinterung in guten Häfen denken, um mit neuen Kräften den Feldzug im Frühling zu beginnen. Dagegen machten die Venetianer geltend, es halte nicht schwer, Lebensmittel aus Apulien und Sicilien zu beziehen, und trotz des Verlustes an Menschen sei man immer noch stark genug, um einen Schlag zu führen; die Nähe des Winters komme nicht in Betracht, weil man sich der trefflichen Häfen Morea's um so leichtiger bemächtigen könne, als die griechische Bevölkerung beim Nahen der Flotte zu den Waffen greifen werde. Ungleich weiter gingen die Wünsche von D. Juan.

---

[1] Coleccion etc., Th. 3.

[2] Francisco de Murillo an Antonio Perez, 9. October 1571. Ebendas. S. 224.

Man möge, schlug er vor, die Dardanellen sperren, um Constantinopel die Zufuhr abzuschneiden und die Absendung eines Heeres nach Morea zu hintertreiben. Es lag ihm der Gedanke nicht fern, einen Sturm auf die osmanische Kaiserstadt zu wagen. Dort hatte die Nachricht von dem Ausgange der Schlacht bei Lepanto eine namenlose Bestürzung hervorgerufen. Reiche Türken setzten nach Asien über und gaben ihre Schätze Christen zur Verwahrung, während die in Pera ansässigen Genuesen fürchteten, dass die türkische Bevölkerung wegen der erlittenen Niederlage an ihnen Rache nehmen werde.

Dem Vorschlage D. Juan's trat der Grosscomthur Requesens im Namen des Königs mit Entschiedenheit entgegen; den Anträgen Venedigs waren die meisten Spanier abgeneigt, weil das Interesse ihrer Heimath der Ausdehnung der Macht der Republik auf Morea widersprach. Sonach war im Kriegsrath, an welchem der verwundete Veniero sich nicht betheiligen konnte, eine Einheit nicht zu erzielen, und man schied mit dem Schlusse, sich mit der Belagerung der Feste Santa Maura zu begnügen. Aber auch dieser Plan wurde auf den Bericht Doria's, dass man mindestens 14 Tage auf die Einnahme der an und für sich unwichtigen Felsenfeste verwenden müsse, wieder aufgegeben, und da die Zahl der Kranken auf eine erschreckende Weise zunahm, kam man überein, dass der Feldzug für beendet angesehen werden und jede Flotte in einem von ihr zu wählenden Hafen überwintern solle.

Noch handelte es sich um die Vertheilung der Beute. Dieselbe erfolgte, einem über diesen Gegenstand abgefassten Berichte gemäss [1],, am 18. October zu Santa Maura durch spanische und venetianische Commissarien und in Gegenwart von Marc Antonio Colonna. 117 Galeeren, 13 Galeassen, 117 Kanonen, 17 Steinmörser (pedreros), 256 kleinere Geschützstücke und 3486 Ruderknechte standen zur Verfügung. Davon fielen an Spanien 58 Galeeren, 8 Galeassen, 63 Kanonen, 11 Steinmörser, 119 kleine Geschütze und 1685 Ruderer. Jedem Obersten des Fussvolks liess D. Juan vier Sclaven und dem Befehlshaber der Artillerie überdies ein Stück Geschütz, jedem Galeerencapitain einen Sclaven zukommen. Er selbst

---

[1]) Coleccion etc., Th. 3, S. 227 ff.

— ihm war in seiner Bestallung ein Zehntel der Beute vom Könige zugesichert — erhielt 16 Galeeren[1]). Auf Alexander von Parma fielen 30, auf den Fürsten von Urbino, Paolo Orsini und den Grosscomthur Requesens je 25 Sclaven; Letzterem wurde überdies ein Schiff zugesprochen. Anderweitige Gratificationen sollten in Messina erwogen werden.

Die anfangs gehegte Absicht, im Hafen von Corfu zu überwintern, weil er von hier aus, falls man seiner Hülfe bedürfen sollte, am raschesten Sicilien, Calabrien und Venedig erreichen könne, gab D. Juan nach reiferem Erwägen wieder auf. Am 28. October trennte er sich vor Corfu von den Venetianern und fuhr in Begleitung Colonna's nach Messina. Hier wartete seiner ein festlicher Empfang. 30,000 Ducaten, welche ihm die Stadt verehrte, vertheilte er unter die Kranken und Verwundeten der Armada[2]). Ein Standbild des Siegers wurde auf dem Markte errichtet. Von hier begab sich Santa Cruz nach Neapel, Colonna nach Rom. Die beiden Söhne des gefallenen Capudan-Pascha übersandte D. Juan dem heiligen Vater zum Geschenk.

Nach Venedig gelangte die Nachricht von dem erfochtenen Siege am 19. October. Als Pius V. die Kunde vernahm, brach er in Thränen aus und wiederholte die Worte der Schrift: »Fuit homo missus a Deo, cui nomen erat Johannes.« [3]) Italien feierte in Hunderten von Canzonen den Sieger von Lepanto. Am 31. October traf ein Courir vom Dogen und von Diego Guzman de Sylva, dem Abgeordneten Philipp's II. bei der Signorie, mit der Botschaft von der Niederlage der

---

[1]) Coleccion etc., Th. 7, S. 81.

[2]) Die Kranken standen unter der Pflege des Oberarztes Gregorio Lopez, der bereits unter Kaiser Karl in gleicher Eigenschaft auf der Flotte gedient hatte.

[3]) Coleccion etc., Th. 3. — Garbutius, De vita et rebus gestis Pii V., S. 179, erzählt: »Zu der nämlichen Zeit, als man im Golf von Lepanto kämpfte, befand sich Pius V. im Vatican und erörterte mit einigen Beamten seines Hofes Gegenstände von Wichtigkeit. Plötzlich erhebt er sich von seinem Sitze, schreitet zum Fenster und blickt lange schweigend gen Himmel; dann zu seiner Umgebung zurück sich wendend, spricht er: ‚Jetzt ist's nicht Zeit, von Geschäften zu reden, sondern dem Herrn sein Dankopfer zu bringen; denn in dieser Stunde hat die christliche Flotte den Feind des Glaubens besiegt', kniet nieder und versenkt sich in Gebet.«

Osmanen, beim venetianischen Gesandten in Madrid an, der sofort die fröhliche Nachricht zum Könige nach dem Escurial sandte. Es war die Zeit der Vesper und Philipp II. hatte sich mit dem Hofe in die Klosterkirche begeben, als Pedro Manuel raschen Schrittes auf's Chor trat und laut verkündete, dass ein Bote angelangt sei mit der Nachricht von einem Siege, den D. Juan erfochten. »Nicht so ungestüm, Don Manuel«, beschwichtigte der König den Athemlosen und liess den Boten kommen. Kein Lächeln beseelte seine Züge, kein Blick, keine Bewegung verrieth das Gefühl des Königs. Mit dem gewohnten Ernst hörte er den kurzen Bericht des Gerufenen, sprach mit tonloser Stimme: »D. Juan hat viel auf's Spiel gesetzt!« [1]), nahm dann das halbgesprochene Gebet wieder auf, wohnte der Vesper bis zum Schluss bei und ertheilte, als er die Kirche verliess, dem Prior des Klosters Befehl, das Tedeum anzustimmen. Sodann brach er nach Madrid auf, wohnte am Feste Aller Heiligen der Messe bei, welche der päpstliche Legat im Kloster S. Felipe sang, und ging von dort, gefolgt vom Hofe, den Gesandten Venedigs an seiner Seite, in Procession nach S. Maria, wo Dankgebete für den Sieg gesprochen wurden. »Es war uns Allen wie ein Traum«, schrieb Luis de Alzamara an D. Juan [2]), »wir glaubten das unmittelbare Eingreifen Gottes zu erkennen. Die ganze Nacht hindurch waren Strassen und Häuser Madrids erleuchtet. Es ist, als sähen wir Constantinopel und die heiligen Stätten Jerusalems bereits durch Euch erobert; denn das wird doch, wie ich hoffe, die Folge des Sieges sein.« Nun langte auch das bei Lepanto erbeutete Hauptbanner in der Residenz an, aus weisser Seide gefertigt, von der Grösse eines Altartuches, mit in Gold gestickten arabischen Sprüchen überdeckt [3]). Es war von Selim II. aus der heiligen Kaaba geholt, um des Sieges über die Christenheit gewiss zu sein; jetzt sollte es als Trophäe in einer christlichen Kirche prangen. Lope de Figueroa, welcher wegen der in der Seeschlacht empfangenen Wunden seine Reise nur mit Unterbrechungen hatte fortsetzen können,

---

[1]) »Mucho ha aventurado D. Juan.« Cabrera, S. 696.

[2]) Madrid, 11. November 1571. Rosell, Combate etc., S. 207.

[3]) Coleccion etc., Th. 3.

erreichte Madrid erst am 22. November. »Der König«, schrieb er an D. Juan [1]), »hat mich gnädig empfangen und mit Fragen überschüttet; über alle Einzelnheiten verlangt er den umständlichsten Bericht und meint, im Frühjahr müsse der Krieg wieder aufgenommen werden, und werde er, wenn alle Kampflustigen mitgehen sollten, 1000 Galeeren bauen müssen. Jedermann will Weib und Kind verlassen, um unter Euch zu kämpfen. Der Bischof von Cordova betheuerte, er werde gern sein Bisthum hingeben, um Euer Capellan zu werden. Feste reihen sich an Feste und meine Tafel ist besser besetzt, als unser Schiffskoch sie in der Nacht vor dem Kampfe bestellen konnte.«

In Spanien, wie in Italien, wurden zum Andenken des 7. October Capellen und Kirchen der Maria da Vitoria gestiftet und Philipp II., der in der Cathedrale von Toledo ein Anniversarium für den Tag bei Lepanto gegründet hatte, schrieb an D. Juan [2]): »Nächst Gott gebührt Euch mein Dank für das Geschehene; dem von Euch gegebenen Beispiel schuldet man wesentlich den Sieg. Was Eure Hierherkunft für den Winter anbetrifft, so habe ich bereits Befehl gegeben, in Messina zu überwintern. So sehr ich mich Eures Kommens freuen würde, so erheischen doch die neuen Rüstungen Eure Gegenwart in Sicilien. Was Ihr von wichtigen Mittheilungen sagt, die Ihr mir zu eröffnen habt, so können diese auch schriftlich oder durch Zwischenträger erfolgen.«

Wir sind zu der Voraussetzung berechtigt, dass diese Mittheilungen den später offen ausgesprochenen Wunsch D. Juan's betrafen, durch Anerkennung als Prinz von Spanien seine dem Staat geleisteten Dienste gewürdigt zu sehen. Von jeder Aeusserung des Jünglings war der König unterrichtet, und Ersterem blieb es immer versagt, irgend ein aufkeimendes Verlangen, eine flüchtige Neigung zu verstecken. Des Königs Ausdruck war stets kalt und gemessen; in diesem Schreiben aber, das im Namen Spaniens den Dank für den grössten Sieg des Jahrhunderts ausspricht, überrascht gleichwohl der frostige, verweisende Ton, der auf Misstrauen und die Ver-

---

[1]) Madrid, 28. November 1571. Rosell, Combate etc., S. 208.
[2]) San Lorenzo, 29. November 1571. Ebendas. S. 210.

stimmung über hochfliegende Pläne D. Juan's zurückgeführt werden darf.

Während Pius V. die Liga immer fester zu knüpfen und auszudehnen beflissen war und seine Versuche, den Kaiser, Frankreich und Polen zum Eintritt in dieselbe zu bewegen, wiederholte, war Venedig im Anfange des Jahres 1572 vergeblich bemüht, durch Eroberungen in Albanien und Morea den Sieg von Lepanto im eigenen Interesse auszubeuten. Einige kleine Festen konnten freilich durch Marco Quirini zur Uebergabe gezwungen werden; aber von Santa Maura wurde Veniero, von Castelnuovo der Brescianer Martinenga zurückgeschlagen. Gleichzeitig waren die Verbündeten auf Ergänzung der Seemacht bedacht. Als Nachfolger des Grosscomthurs Luis de Requesens, der nach dem Tode des Herzogs von Albuquerque die Statthalterschaft über Mailand erhielt, ernannte der König den Herzog von Sesa zum Lugarteniente D. Juan's. Sollte in der Ligaflotte straffe Ordnung und einheitlicher Befehl verwalten, so war die Entfernung Veniero's geboten. Obgleich versöhnt mit D. Juan, stellte doch sein Eigensinn und seine Reizbarkeit, sein heftiges und störrisches Wesen eine Wiederholung ärgerlicher Zwistigkeiten in Aussicht. Er habe, meldete Juan de Zuñiga [1]) an D. Juan, von Guzman de Sylva gehört, dass Veniero um seine Entlassung eingekommen sei, der kleine Rath aber dieselbe nicht angenommen habe. Es stehe sehr zu wünschen, dass man diese Angelegenheit ausschliesslich dem Papste überlasse, mit der Bemerkung, dass der Oberbefehlshaber gedachten Venetianer entweder von der Armada zurückweisen, oder aber beim ersten Vergehen nach Kriegsgebrauch mit ihm verfahren werde. Diese Drohung scheint den Papst bestimmt zu haben, auf die Abberufung Veniero's zu dringen. Venedig fühlte sich freilich anfangs durch diese Forderung gekränkt, gab aber doch schliesslich nach und stellte Jacopo Foscarini an die Spitze seines Geschwaders.

Schon im November 1571 begannen lebhafte Verhandlungen über Zweck und Richtung des Frühjahrfeldzuges, nicht blos unter den Verbündeten, sondern auch zwischen den

---

1) Rom, 29. November 1571. Rosell, Combate etc., S. 215.

gewiegtesten Staatsmännern und Feldherren Philipp's II., namentlich zwischen Juan de Zuñiga und Alba. »Der heissblütige Papst«, schrieb Ersterer [1]), »ist der Ansicht, dass man zunächst die Eroberung Constantinopels vor Augen haben soll; Venedig aber besteht auf der Richtung nach der Levante, damit Spanien nicht gegen die africanischen Raubstaaten ziehe. Gelingt es dem Hofe zu Rom, den Kaiser an die Liga zu fesseln, so dass dieser in Ungarn einfiele, während die Hauptkräfte der Türken durch die Flotte in Anspruch genommen würden, so wäre freilich viel gewonnen. Da jedoch der Kaiser, aller Wahrscheinlichkeit nach, aus seinem Frieden mit der Pforte nicht heraustreten wird, so verheisst eine levantinische Unternehmung wenig Erfolg, und würde ich einem Zuge gegen Algier den Vorzug geben, sollte ihn Spanien auch auf eigene Hand ausführen.« Seinen über diese Frage von Zuñiga erbetenen Rath ertheilt der Herzog von Alba also [2]): »Nach drei Seiten lässt sich der Sieg bei Lepanto vortheilhaft verfolgen; entweder man beraubt den Feind für längere Zeit aller Mittel, der Christenheit lästig zu fallen, oder man setzt sich die Vernichtung des osmanischen Reichs als Ziel, oder aber man beschränkt sich auf Unternehmungen, die erheblichen Nutzen verheissen und doch in Schnelligkeit ausgeführt werden können. Was den zweiten Punct anbelangt, so würde ein Heerzug der christlichen Reiche gegen den osmanischen Staat eben so gewiss einen glücklichen Ausgang haben, als die Verständigung dazu schwer zu erreichen ist. Ohne Betheiligung des Kaisers und Frankreichs ist an die Durchführung dieses Plans nicht zu denken. Um ein Reich wie das osmanische zu stürzen, sind die Kräfte der ganzen Christenheit erforderlich; der Stoss muss urplötzlich erfolgen durch einen von vielen Seiten gleichzeitig erfolgten Angriff zu Land und Meer. Denkt man dagegen auf kleine Eroberungen in der Levante, so würde ich nur die darauf zu verwendenden Kosten beklagen; denn die Besetzung eines Theils des Festlandes kann nur dann Erfolg haben, wenn man über ein starkes Reiterheer zu gebieten

---

1) Zuñiga an Alba. Rom, 10. November 1571. Rosell, Combate etc., S. 220.

2) Brüssel, 27. November 1571. Coleccion etc., Th. 3, S. 292 ff.

hat; die Einnahme einzelner Inseln aber verliert durch die kostspielige und unsichere Behauptung derselben allen Werth. Unter diesen Umständen scheint mir gerathen, dass die spanische Flotte vorläufig die africanische Küste von Algier bis Tripolis in's Auge fasst und zur nämlichen Zeit Rom und Venedig in andern Gewässern dem Feinde die Stirn bieten.«

Bei den Berathungen, welche der Grosscomthur Requesens, dessen Bruder Juan de Zuñiga und Santa Cruz mit Pius V. und Venedig über die Fortsetzung des Krieges in der Mitte Novembers zu Rom hielten, gingen Meinungen und Wünsche weit auseinander. Die Ansicht, dass gleichzeitig Spanien in Africa, Venedig und Rom in Albanien, der Kaiser und Polen in Ungarn den Krieg beginnen sollten, während der Orden von St. Johann Alexandrien und Rhodus in Schach halte, dass in Folge dessen der Feind seine Kräfte zersplittern müsse und dadurch den unterjochten Christen Gelegenheit zur Erhebung gegeben werde, war zu sehr auf unhaltbaren Voraussetzungen begründet, als dass man sie zum Gegenstande ernstlicher Discussionen hätte machen können. Der Papst, welcher die Befreiung Jerusalems nicht aus den Augen verlor und dazu die Eroberung Constantinopels für erforderlich hielt, stimmte dafür, sich zunächst in den Besitz der Dardanellen zu setzen. Venedigs Absichten waren auf Negroponte und die Eroberung Morea's gerichtet. Wie diese Vorschläge, so wurde der Spaniens, die Armada zu theilen, die eine Hälfte gegen die Levante zu verwenden und mit der andern Hälfte gegen Tunis und Algier zu ziehen, damit der König theilweise Ersatz für seine Kriegskosten finde [1]), als unthunlich verworfen. Ueberall traten die Sonderinteressen der verbündeten Mächte auf eine Weise in den Vordergrund, dass jedes gemeinsame Handeln bedroht wurde.

So dachte D. Juan nicht. Er war keineswegs gesonnen, die Berücksichtigungen, welche Spaniens Lage erheischten, hintanzusetzen; aber er betrachtete den ursprünglichen Zweck

---

[1]) Seiner Rechnungsablage zufolge hatte Juan Morales de Torres, Zahlmeister der spanischen Flotte, in der Zeit vom 15. Junius 1571 bis zum 31. Januar 1572 die Summe von 448,000 Thaler für die Armada erhalten. Coleccion etc., Th. 3.

der Liga, den Kampf gemeiner Christenheit gegen die Ungläubigen, als seine wesentliche Aufgabe. Die Zusage Garcia's de Toledo, sich unter sein Commando stellen zu wollen, sobald sein Befinden gestatte, Pisa zu verlassen, erfüllte ihn mit neuen Hoffnungen; nicht minder, dass Marc Antonio Colonna ihm versprochen hatte, den Papst und Venedig für eine Unternehmung gegen Algier oder Tunis und Biserta zu stimmen [1]). Dann hörte er freilich, dass man in Rom einen Feldzug gegen die africanischen Corsaren für unangemessen halte, so lange Venedig seine verlorenen Besitzungen nicht wieder gewonnen habe und bei Cattaro von einem Angriffe der Türken bedroht werde. Aber so wenig er diesen Einwurf für unbegründet hielt, so glaubte er doch an dem früheren Plane in so weit festhalten zu dürfen, als der Feldzug gegen Tunis und Biserta nicht über die Mitte des April hinaus dauern und man darnach bereit sein könne, mit der Armada den Verpflichtungen gegen die Liga zu entsprechen. Er sah dem glücklichen Erfolge mit Sicherheit entgegen und berechnete, dass ihm noch im August vergönnt sein werde, sich gegen Algier zu wenden [2]). Granvella und Requesens, denen er diese Ansichten schriftlich mittheilte, pflichteten denselben im Allgemeinen bei. Nur meinten sie, dass es gerathener sei, mit der Unternehmung gegen Algier, und zwar ausschliesslich mit den Streitkräften Spaniens, zu beginnen. Die Lösung dieser Aufgabe sei freilich keine geringe und erheische ein Heer von 30,000 Mann; doch könne dieses durch Stellung von 14,000 Spaniern, 10,000 Deutschen und 6000 Italienern immerhin beschafft werden. Während dessen werde die vereinigte Flotte von Venedig und Rom zur Behauptung des adriatischen Meeres so lange ausreichen, bis die spanische Armada zu ihr stosse und man gemeinschaftlich gegen Morea und die Inseln der Levante ausziehe [3]). Mit diesem Plan war indessen weder Venedig noch Rom einverstanden; beide verlangten ein unverbrüchliches Festhalten an den Satzungen des Bundes und demzufolge die

---

[1]) D. Juan an Garcia; Messina, 11. November 1571. Coleccion etc., Th. 3.

[2]) Derselbe an denselben; Messina, 25. November 1571. Ebendas.

[3]) Derselbe an denselben; Messina, 3. December 1571.

Zusammenziehung aller Streitkräfte in dem östlichen Theile des Mittelmeeres. Gleichwohl verstrich viel Zeit, bis D. Juan vom Könige den Befehl erhielt, seine Vereinigung mit den Verbündeten in Corfu zu bewerkstelligen, wohin er, dem Andringen Roms nachgebend, schon zuvor eine Abtheilung seiner Flotte gesandt hatte.

Die Stellung, welche Frankreich eben damals Spanien gegenüber einnahm, war wohl geeignet, Bedenklichkeiten verschiedener Art in Philipp II. aufsteigen zu lassen. Nicht nur, dass es den aufgestandenen Niederländern Unterstützung gewährte, es richtete auch sein Augenmerk entschiedener als zuvor auf Navarra. Dazu kam, dass ein ausserordentlicher Botschafter Karl's IX. im November 1571 in Venedig eingetroffen war und sich von hier nach Constantinopel begeben hatte, — ein Umstand, der in Philipp II. die frühere Besorgniss wieder wach rief, dass Venedig nur deshalb der Liga beigetreten sei, um gute Bedingungen von der Pforte zu erzwingen, und, sobald es diese erreicht, ausscheiden werde. Dieses Mal leitete den König sein Misstrauen nicht irre. Schon im December 1571 klagte der französische Gesandte in Venedig dem Herzoge von Anjou, dass die Signorie fast mehr durch die Uebermacht Spaniens, als durch das türkische Heer geängstigt werde; dass ein Friede mit dem Grossherrn für dieselbe unter allen Umständen nothwendig sei, und dass seine ganze Thätigkeit sich auf den Abschluss desselben richte [1]). Acht Monate später konnte sogar der französische Gesandte in Constantinopel an seinen Hof berichten, dass, wenn Frankreich den Krieg an Spanien erkläre, die Pforte sich zur Hülfeleistung von 200 und, wenn die Ausgleichung mit Venedig erfolge, sogar von 300 Galeeren erbiete [2]). Deshalb und wegen des am 1. Mai 1572 erfolgten Ablebens von Pius V. und der Ungewissheit, welchem System der Politik dessen Nachfolger, Gregor XIII. [3]),

---

[1]) Charrière, Négociations de la France dans le Levant, Th. 3, S. 221 ff. (Collect. de doc. inéd.)

[2]) Ebendas. S. 297.

[3]) Dass der Cardinal Buoncompagno (Gregor XIII.) und nicht der Cardinal Farnese, ein entschiedener Widersacher Philipp's II., zum Nachfolger von Pius V. erkoren wurde, war hauptsächlich das Werk Granvella's.

folgen werde, bestand Philipp II. darauf, dass D. Juan die schon festgesetzte Abfahrt nach Corfu aufschiebe und bis auf weiteren Befehl in Palermo verbleibe.

Diese Entscheidung berührte D. Juan auf's Schmerzlichste. Sie trat nicht nur seinem Drange nach Thaten hemmend entgegen, sie traf zugleich das geheimste Hoffen, welches aus seinem jugendlichen Ehrgeize erwachsen war.

Während seines Aufenthaltes in Messina waren in tiefster Heimlichkeit Abgeordnete aus Morea und Albanien zu D. Juan gekommen, um im Namen ihrer Stammgenossen die Bitte an ihn zu richten, dass er sie befreien und als König über sie herrschen möge. Er sei, hatte damals seine Erwiederung gelautet, an die Befehle des Königs gebunden, werde aber dessen Ansichten einholen und habe ihnen vorläufig nur den Wunsch mitzutheilen, dass sie sich kriegsbereit halten möchten, um, sobald die Gelegenheit sich günstig zeige, mit ihm zugleich den Kampf gegen ihre Unterdrücker zu bestehen [1]). Seitdem durchzitterte der verlockende Klang dieses Rufes alle seine Gedanken. Und konnte es anders sein, wenn er der Worte von Pius V. gedachte, dass das erste auf Kosten der Ungläubigen errichtete Reich dem Sieger von Lepanto als eine selbständige Herrschaft zufallen müsse? Selbst der besonnene Juan de Soto wurde von dem kecken Jugendmuth seines Herrn, von diesem fröhlichen Wagen für's Leben, von den Träumen, an die sich seine Seele hing und mit denen er Jeden umstrickte, der längere Zeit in seiner Nähe weilte, fortgerissen, so dass er die Hoffnungen des Jünglings durch ein Eingehen auf dieselben nährte. Man mag sich denken, mit welchem Unmuth Philipp II. die hierauf bezüglichen Eröffnungen D. Juan's vernahm. Er glaubte in ihm nur ein Werkzeug der Monarchie von Spanien, einen Vollzieher seines königlichen Willens herangezogen zu haben, und nun stand der Jüngling so reich an Siegesruhm wie an stolzen Plänen vor ihm und knüpfte das Spiel seiner Phantasie an eine Krone.

---

[1]) Auch mit den christlichen Bewohnern von Rhodus pflegte D. Juan heimlichen Verkehr. In einem Schreiben vom 15. Januar 1572 glaubt er ihnen verheissen zu können, dass die Zeit ihrer Befreiung vom Drucke der [...]igen nahe bevorstehe. Coleccion etc., Th. 3, S. 351.

Solche Gelüste, sagte ihm sein Argwohn, könnten leicht gefährliche Gedanken erzeugen [1]). Aber entbehren konnte er D. Juan's nicht, denn der Name desselben wog schwerer als der eines Alba, und an diesem Namen hing Spanien mit Liebe. In seiner Antwort tadelte er den Wunsch D. Juan's nur aus Gründen der Politik, indem er hervorhob, dass durch Eroberung einer Herrschaft in Morea die Stellung zu Venedig für immer getrübt werden müsse; dabei unterliess er nicht, verstohlen die Hoffnungen des Bruders zu nähren, und indem er andeutete, dass Pläne, für deren Ausführung der Augenblick nicht reif sei, sich später verwirklichen dürften, hielt er den Getäuschten für fernere Dienstbarkeit gefesselt.

D. Juan empfing dieses niederdrückende Schreiben seines Königs zu einer Zeit, in welcher seine Lage, von mehr als einer Seite betrachtet, eine überaus peinliche war. Venedig und Rom drangen in ihn auf Erfüllung des Vertrages der Liga, indem sie erörterten, dass die Republik nicht im Stande sei, für sich allein den Feind auf dem Meere zu bestehen; der General des Bundes müsse den Anforderungen desselben entsprechen und könne in dieser Beziehung nicht vom Könige abhängig sein; überdies dürfe Spanien die vom Papst bewilligten Erhebungen der Cruzada und des Escusado zu keinem andern Zwecke als zu der gemeinschaftlichen Bekämpfung der Ungläubigen verwenden. D. Juan musste die an ihn ergangene Aufforderung als eine wohlbegründete anerkennen und doch fühlte er, dass er derselben nicht eigenwillig entsprechen dürfe. Nach kurzem Schwanken zwischen der Liebe zum Könige und den Pflichten seines Amtes behauptete die erstere ihr Recht. »Der Papst«, schrieb er dem Herzoge von Terranuova [2]), »speit Feuer und Flammen, und Venedig klagt, dass es einen Stein erweichen sollte.« Um die Verbündeten nicht ganz hülflos

---

[1]) Schon im December 1570 bemerkt der französische Gesandte, Cardinal von Rambouillet, in seinem Berichte an Karl IX.: Er zweifle, dass Philipp II. jemals den Oberbefehl über die Flotte an D. Juan geben werde, weil dieser »se voyant avec tant d'autorité et parmy des royaumes si esloignez d'Espaigne, et si mal contens de leur prince, pourroit entrer en des pensées, que tout homme, qui aime l'asseurance de son estat, doibt craindre.« Charrière a. a. O., Th. 3, S. 128.

[2]) Messina, 5. Julius 1572. Rosell a. a. O., S. 230.

zu lassen, entschloss er sich, einen Theil seines Geschwaders, 22 Galeeren unter dem Comthur Gil d'Andrada mit 5000 Mann unter dem Grafen von Sarno, zu ihnen stossen zu lassen. Erst als Philipp II. die Ueberzeugung gewonnen hatte, dass er vor Frankreich keine ernstliche Besorgnisse zu hegen brauche und dass Gregor XIII. dem spanischen Interesse ergeben sei, gebot er, dass sich die Flotte von Messina nach Corfu begebe.

Während dessen hatte die Pforte mit Anstrengung aller Kräfte die Rüstungen zur See beschleunigt. Der Befehl Selim's II. lautete, dass noch während des Winters 150 Galeeren von Stapel laufen sollten. »Und sollten die Taue aus Seide gedreht werden müssen«, setzte der Grossvezir hinzu, »der hohen Pforte gehen die Mittel dazu nicht ab.« In den Worten, welche er an den Vorsteher der venetianischen Kaufmannschaft richtete, spricht sich die Zuversicht und der ganze Stolz des Osmanen aus. »Unser Verlust«, sagte er, »steht dem eurigen nicht gleich; wir haben euch ein Königreich genommen und damit der Republik einen Arm abgeschlagen; ihr habt uns bei Lepanto den Bart zugestutzt; der Bart wächst um so dichter wieder, aber euern Arm ergänzt keine Zeit.« Zum Capudan-Pascha ernannte Selim II. den verwegenen Uluch-Ali, den einzigen seiner Flottenofficiere, welchen er nach der Niederlage bei Lepanto eines Blicks gewürdigt hatte.

Gegen Ausgang des Julius 1572 verliess die Armada der Liga, 126 Galeeren und 6 Galeassen unter Foscarini, Soranzo, Marc Antonio Colonna und Gil d'Andrada, den Hafen von Corfu, um den Feind zu suchen. Nach kurzem Laufe legte sie sich, verstärkt durch 13 Galeeren, welche Quirini von Candia herbeigeführt hatte, bei Zante vor Anker. Zur nämlichen Zeit segelte Uluch-Ali mit 200 Galeeren aus dem Hafen von Malvasia, nach einem Zusammentreffen mit den Ligisten begierig, bevor noch D. Juan mit dem grossen spanischen Geschwader genaht sei. Als aber die Flotten einander in Sicht gekommen waren (7. August) und Colonna, zur Annahme der Schlacht entschlossen, seine Stellung genommen hatte, ging der Capudan-Pascha, nachdem es ihm nicht gelungen war, die Ordnung der Gegner zu trennen, der Entscheidung aus dem Wege. Nicht so Colonna; er suchte das Banner des Halbmondes, bis er es beim Cap Matapan fand, wo es abermals dem Kampfe auswich. Als hierauf die Ligisten nach Corfu zurückkehrten, fanden sie dort D. Juan mit 53 Galeeren und einer Bemannung von 13,000 Köpfen [1]). Am 9. September 1572 stach die also verstärkte Armada wieder in See und suchte sich zwischen die in Modon und Navarino getheilte türkische Flotte aufzustellen. Uluch-Ali erkannte zeitig die ihm drohende Gefahr und zog rasch sämmtliche Galeeren nach dem durch eine starke Feste geschützten Hafen Modon's. Umsonst harrte D. Juan in Navarino auf das Auslaufen des Feindes. Ein von ihm persönlich auf Modon von der Land- und Wasserseite geleiteter Angriff musste wegen des Nahens eines türkischen Landheeres aufgegeben werden. Unlustig kehrte er über Zante nach Messina zurück, wo er während der Wintermonate die Vervollständigung von Flotte und Heer betrieb, damit beim ersten Befehle des Königs der Frühlingsfeldzug ohne Verzug eröffnet werden könne.

In Neapel, wohin er sich von Messina begeben hatte, erhielt D. Juan durch ein türkisches Schiff folgendes Schreiben Fatima's, der Tochter des bei Lepanto gefallenen Capudan-Pascha Ali: »Es küsst eine arme Waise die Erde, welche Eurer Hoheit Fuss betritt. Meine beiden unglücklichen Brüder sind nach des Vaters Tode in Eure Hand gefallen und Ihr habt mir deren Diener Mehemet geschickt, damit ich von ihrem Leben höre. Dafür erbitte ich von Gott für Eure Hoheit langes Leben. Es bleibt mir nichts auf dieser Welt als meine Brüder, und deshalb beschwöre ich Euch bei der Seele Jesu Christi, bei Eurem Leben, bei dem Haupte Eurer Mutter, bei der Seele Eures kaiserlichen Vaters und dem Leben des Königs, Eures Bruders, seht auf die Thränen der Verwaisten, gebt ihnen die Freiheit und lasst sie zu der weinenden Schwester zurückkehren. Das Beste, was ich besitze, schicke ich Ew. Hoheit und bitte es gnädig anzunehmen, so wenig es ist; seht mehr auf meine Thränen und gebt mir meine Brüder wieder.« [2]) Dieses Schreiben war von reichen Geschenken begleitet: prächtiges Pelzwerk, bunt gewirktes persisches

---

[1]) D. Juan an Garcia; Corfu, 29. August 1572. Coleccion etc., Th. 3.
[2]) Rosell a. a. O., S. 238.

Seidengewand, Brocatstoffe, Teppiche, feine Porcellangefässe, golddurchwebte Tücher und Tapeten, damascirte Klingen, vergoldete Bogen, wohlduftende Essenzen [1]).

D. Juan fühlte sich durch den Inhalt des Briefes tief und freudig bewegt. Die Geschenke vertheilte er, bis auf wenige, an den Papst und einige Cardinäle. Dann erbat er sich von König Philipp, Gregor XIII. und Venedig die Freiheit des Jünglings, der bis dahin in anständiger Haft auf der Engelsburg gehalten war, liess ihn zu sich nach Neapel führen und sandte ihn, mit Geschenken reichlich versehen, in seine Heimath. Das Schreiben, welches er ihm an Fatima mitgab, lautet also [2]): »Als beide edle Knaben in meine Hände fielen, erwog ich die Gebrechlichkeit menschlichen Glücks und dass die Gefangenen nicht zum Kampfe, sondern als Begleiter des Vaters ausgezogen seien. Deshalb liess ich sie wie Edelleute behandeln und war entschlossen, sie zu gelegener Zeit in Freiheit zu setzen. Darin bestärkte mich Eure Klage und schwesterliche Liebe, und als ich im Begriff stand, beide Knaben zu Euch zu senden, da fand zu meinem Schmerz der Eine derselben Erlösung von allem menschlichen Elend. Könnte ich Todte in's Leben zurückrufen, so würde auch er Euch finden. Den Jüngeren aber sende ich Euch in Begleitung derer, deren Freiheit der Knabe erbeten hat, und es liegt schwer auf mir, dass ich nur den Einen Euch wiedergeben kann. Die Geschenke von Euch zu behalten, geziemt mir nicht, weil nach Geburt und Stand mir geben obliegt, nicht nehmen.«

Noch war man in Rom und Neapel mit Erwägungen und Berechnungen über eine Vergrösserung der Bundesarmada bis zur Höhe von 300 Galeeren beschäftigt, von denen ein Drittel für die Sicherheit der Besitzungen Venedigs in der Levante, namentlich Candia's, bestimmt sein sollte, als Gerüchte, dunkel anfangs und schwankend, dann mit jedem Tage geklärter und sicherer, über den Abfall der Republik von der Einigung sich verbreiteten. »Venedigs Worte«, schrieb D. Juan [3]) an Guz-

---

[1]) Van der Hammen.

[2]) Neapel, 15. Mai 1573. Rosell a. a. O., S. 239.

[3]) 24. October 1572. Ebendas. S. 235.

man de Sylva, »stimmen schlecht zu dessen Thaten, die fortwährend das alte Misstrauen gegen den König verrathen. Wolle Gott, dass das Gerücht, die Republik denke an einen Frieden mit dem Sultan, keine Bestätigung findet. Ihre eigene Stellung beruht darauf, dass sie fest an der Liga halte, und überdies eröffnet der glückliche Verlauf der niederländischen Angelegenheiten die Aussicht, dass wir uns bald mit voller Macht auf den Gegner werfen können.« Seit zwei Jahren hatte Spanien Gut und Blut zum Besten Venedigs drangesetzt und zu Gunsten desselben seinen längst beabsichtigten Angriff auf Tunis hinausgeschoben. Wenn es jetzt seinen Antrag darauf stellte, dass die Republik sich an einer Unternehmung gegen die Corsaren Africa's betheiligen möge, so geschah es auf Grund des von Pius V. abgeschlossenen Vertrages, welcher unter den gegebenen Verhältnissen diese Verpflichtung dem Bundesgenossen auferlegte. Venedig aber erachtete eine Sendung seiner Flotte nach dem westlichen Theile des Mittelmeeres für gleichbedeutend mit dem Aufgeben seiner levantinischen Besitzungen. Seitdem nahm der Doge Mocenigo den Versuch einer Ausgleichung mit der Pforte mit Eifer auf, und erreichte, dass François de Noailles, der frühere Gesandte Frankreichs in der Lagunenstadt, sich der Vermittelung in Constantinopel unterzog. Noch liess man in der Rüstung nicht nach, verstärkte die Flotte, stellte Werbungen in Böhmen und Graubündten an und brachte das Heer auf 40,000 Mann. Aber diese Thätigkeit galt nicht der Liga, wie man in Rom wähnte, sondern der Behauptung von Zara und Cattaro, an deren Besitz die Herrschaft über das adriatische Meer geknüpft war. Furcht vor der Uebermacht Spaniens und die Intriguen Frankreichs von der einen, kaufmännische Berechnung der gesteigerten Kriegskosten [1]) von der andern Seite trieben Venedig, selbst unter den nachtheiligsten Bedingungen, den Frieden zu erkaufen. Der Abschluss desselben mit dem Divan erfolgte am 15. März 1573. Venedig opferte in ihm seine erkämpften Besitzungen an der Küste Albaniens, machte sich für die Dauer von drei Jahren

---

[1]) Die Republik war damals mit einer Schuld von zwölf Millionen Ducaten belastet. Giannone, Geschichte des Königreichs Neapels, Th. 4.

zu einer Zahlung von jährlich 100,000 Ducaten an die Pforte verbindlich und verzichtete auf alle Ansprüche an die von derselben eroberten Länder.

D. Juan, welcher sich damals in Neapel befand, gewann die erste Kunde von diesem Ereignisse durch den spanischen Gesandten in Rom. »Ein heute beim venetianischen Botschafter eingetroffener Eilbote«, schrieb ihm Juan de Zuñiga am 6. April, »begab sich unverzüglich zu dem auf einer Villa weilenden Papste und überbrachte diesem die Nachricht vom Abschlusse des Friedens mit den Türken, worauf der heilige Vater sogleich zur Stadt kam und mich das Geschehene wissen liess.« [1]) Seine am folgenden Tage abgefassten Mittheilungen lauten: »So eben komme ich vom Vatican, wo ich den Papst in einem sehr angegriffenen Zustande fand, aber ohne besondere Neigung, gegen die Venetianer so aufzutreten, wie sie es verdienen [2]). Er fragte mich, ob ich für diesen längst befürchteten Fall Verhaltungsbefehle vom Könige empfangen habe, und wurde auf meine Erwiederung, dass man ein solches Verfahren Venedigs für unmöglich gehalten, noch aufgebrachter und zum engen Anschluss an Spanien geneigter.« Er habe, erwiederte D. Juan [3]), das Geschehene längst gefürchtet und sei gleichwohl durch die Gewissheit auf's Schmerzlichste überrascht; es stehe zu wünschen, dass der Papst diese Unthat nach ihrem ganzen Umfange würdige und darnach die verdiente Züchtigung eintreten lasse. »Ich zweifle keineswegs«, schliesst er, »dass Venedig auf alle Forderungen der Türken eingegangen ist, und wünsche, dass es nicht von später Reue heimgesucht werden möge.« Der Papst, berichtet Juan de Zuñiga an Philipp II. [4]), werde mit jedem Tage erbitterter gegen Venedig und halte eine neue Liga zwischen Rom, Spanien und dem Kaiser für nothwendig, eine wahrhaft ewige Liga, da die Verständigung von Seiten einer dieser Mächte mit dem Glaubensfeinde undenkbar sei; er wolle 30 Galeeren stellen, wenn

---

[1]) Rosell a. a. O., S. 243.

[2]) »Pero con mucho flema para hacer la demostracion, que Venecianos merecen.«

[3]) Neapel, 9. April 1573. Ebendas. S. 245.

[4]) 8. April 1573. Ebendas. S. 249.

Spanien deren 170 zu beschaffen sich anheischig mache; dagegen hoffe er, dass der König ihm verstatten werde, eine Auflage auf den spanischen Clerus auszuschreiben.

So war die Liga hin. D. Juan zog das Bundesbanner ein und pflanzte dafür das spanische auf seine Admiralsgaleere. Wie er die alten Kampfgefährten scheiden sehen musste, so sollte er bald auch eines Freundes verlustig gehen, dem er alle Hoffnungen und Träume seines bewegten Lebens mitzutheilen gewohnt war. Die Stellung, welche Juan de Soto zu seinem Herrn einnahm, hatte im Cabinet Philipp's II. längst Anstoss und Misstrauen erregt. Aus dem mit grosser Vorsicht gewählten Geheimschreiber, der nach den Anweisungen des Königs den Jüngling unbemerkt gängeln und über ihn berichten sollte, war der Vertraute desselben erwachsen, der um so verdächtiger erschien, als er in die politischen Richtungen des Staatsraths zu Madrid eingeweiht war. Man schrieb es ihm zu, wenn der Sieger von Lepanto nach hohen Dingen strebte und, wie er den Vorspiegelungen von einer Königsherrschaft in Morea nachgegangen war, jetzt den Andeutungen Gregor's XIII., dass die Eroberung von Tunis ihm eine Krone bieten müsse, willig Herz und Sinn erschloss. Man ging noch weiter und fürchtete, dass dieser Soto den Ehrgeiz D. Juan's mit Plänen nähre, welche der spanischen Monarchie verderblich werden könnten. Aus diesen Gründen erfolgte die Abberufung des Geheimschreibers durch Ruy Gomez, der an die Stelle desselben in Juan de Escovedo ein, wie er wähnte, zuverlässigeres Werkzeug des Cabinets nach Neapel sandte. Aber auch Escovedo konnte der überwältigenden Persönlichkeit seines jungen Gebieters nicht widerstehen, und in der kürzesten Zeit gehörte er nur ihm in derselben Hingebung wie sein Vorgänger.

Von dem Wunsche beseelt, in Verbindung mit den Flotten von Rom und Malta dem Gegner nochmals die Stirn zu bieten und zu zeigen, dass man auch ohne Venedig ihm gewachsen sei, drängte D. Juan die Vicekönige von Neapel und Sicilien zu beschleunigten Rüstungen. Der Ansicht von Santa Cruz, dass man zunächst auf die Eroberung Algiers das Augenmerk zu richten habe, weil dadurch die Einnahme von Tunis und Tripolis bedingt sei und somit Spanien die ersehnte Sicherheit vor Corsaren gewinne, pflichtete er nicht bei. Sein Sinnen war auf Tunis gerichtet, das ihm, nach den Zusagen Gregor's XIII., eine Krone eintragen sollte. Um so erfreulicher war es für ihn, dass der König, von dessen Bestimmung er die Richtung des Feldzuges abhängig machte, sich für Tunis entschied, freilich mit dem Zusatze, dass dieses, gleich der Feste Goleta, geschleift werden solle, um dadurch für alle Zeit einer Beunruhigung der spanischen Küste von hier aus vorzubeugen.

Am 5. August 1573 verliess D. Juan Neapel, besorgte in Messina die Vervollständigung der Flotte, wartete in Palermo die Ausschiffung der von Santa Cruz aus Neapel übergeführten Söldner ab und wies den Hafen von Trapani als Sammelplatz für die verschiedenen Schiffsabtheilungen an; 48 Galeeren liess er zum Schutze Siciliens unter Doria zurück. Mit 104 Galeeren und einer entsprechenden Zahl von Lastfahrzeugen, mit 6300 Spaniern, 10,800 Italienern und 2000 Deutschen bemannt, lichtete er am 7. October bei Lilibeo die Anker. Schon bei der Ausschiffung auf der Rhede von Goleta, am Eingange des Meerbusens von Tunis, hörte er von der kleinen spanischen Besatzung, dass die 600 Türken der Hauptstadt geflüchtet und der grössere Theil der maurischen Bevölkerung ausgewandert sei. So wurde die Stadt ohne Schwertschlag genommen. Aber der gebotenen Schleifung kam er nicht nach. Er hätte um Alles den vom heiligen Vater genährten Gedanken, hier, in der Nähe des einst meerbeherrschenden Carthago, den Mittelpunkt für ein christliches Reich, das ihm diene, gefunden zu haben, nicht aufgeben mögen. Der Verwirklichung dieser Hoffnung ging auch Escovedo mit Liebe nach, und der königlichen Zustimmung zu seinem Verfahren glaubte er gewiss zu sein, sobald er demselben die ihn leitenden Gründe entwickelt haben würde [1]). Die in Tunis zurück-

[1]) In einem dem Frühlinge des folgenden Jahres angehörenden Schreiben spricht sich D. Juan gegen den König dahin aus, dass Tunis durch die von ihm angelegten Festungswerke im Stande sei, jeder türkischen Armada zu widerstehen, während ein Aufgeben und Schleifen der Stadt nicht allein des Königs Ansehen geschmälert, sondern auch dem Feinde Gelegenheit geboten haben würde, die wüste Stätte wieder anzubauen und von dort aus fortwährend Sicilien zu bedrohen. Coleccion etc., Th. 3.

gebliebenen Besitzthümer verstattete D. Juan seinen Soldaten als Beute, die prächtigen Moscheen liess er brechen; aber er duldete nicht, dass die kleine Zahl der vorgefundenen Bewohner als Sclaven weggeführt werde, und seine Milde bewirkte, dass viele der Geflüchteten nach ihrer alten Wohnstätte zurückkehrten. Die Aufführung einer zum Schutze der Stadt erforderlichen Citadelle, welche 8000 Mann in sich aufzunehmen vermöge, übertrug er dem Johanniterprior Gabrio Cerbelloni, welchen er zugleich zum Generalcapitain des besetzten Landes ernannte. 4000 Spanier unter Andrea de Salazar, eine gleich grosse Zahl von Italienern und 100 berittene Schützen unter Lope Hurtado de Mendoza schienen zur Vertheidigung von Tunis vollkommen auszureichen. In Biserta, welches sich nach kurzer Gegenwehr ergab, blieben 300 Spanier unter Francisco de Avila zurück; zum Befehlshaber in der Goleta wurde D. Pedro Portocarrero bestellt.

In Sicilien, wohin er gegen Ausgang Octobers 1573 zurückgekehrt war, verweilte D. Juan nur kurze Zeit. Neapel mit seinen Palästen und Naturwundern, seinen schönen Frauen und den geselligen Kreisen eines reichen und feingebildeten Adels übte auf ihn eine unwiderstehliche Anziehungskraft [1]). Von da sandte er Escovedo nach Rom, um Gregor XIII. zu bewegen, in Bezug auf die Ernennung zum Könige über Tunis sein Fürwort in Madrid einzulegen. Die Bitte fand um so sicherer Gewährung, als der Gedanke von der Gründung eines christlichen Reichs am Nordrande Africa's vom Papste selbst ausgegangen war. Philipp II. war durch Granvella längst in Kenntniss gesetzt, dass zwischen D. Juan und dem heiligen Vater heimliche Verhandlungen gepflogen würden [2]). Dass es ihm nicht gelungen war, den Gegenstand derselben in Erfahrung zu bringen, hatte seinen Verdacht gesteigert. Erst als der Papst durch seinen Nuntius in Spanien, den Bischof von Padua, den Wunsch von D. Juan dem Könige vortragen und auf's Wärmste befürworten liess, gewann er Einsicht in die Pläne des Bruders. Seine Erwiederung bestand in einer

---

[1]) »La gentileza de la tierra i de las damas en su conservacion agradaba a su gallarda edad.« Cabrera, S. 765.

[2]) Coleccion etc., Th. 33.

kurzen abschlägigen Erklärung [1]). Noch konnte er des Siegers von Lepanto nicht entrathen; er galt ihm als ein von Gott verliehenes Werkzeug, dessen er sich nicht eher begeben dürfe, als bis es in seinem Dienste abgenutzt sei.

Es gehört viel dazu, bis eine gesunde kräftige Jugend auf die Verwirklichung von Hoffnungen verzichtet, die im Schlaf und Wachen sie umgaukeln. Ihr ist die Welt zu reich, als dass nicht an die Stelle absterbender Blüthen neue Knospen durchbrechen sollten. Erst wenn alle gewelkt, kein neuer Trieb aus dem kranken Stamme aufsprosst und das Auge die Stätten nicht wiederfindet, welche einst zum fröhlichen Versenken in Lust und Liebe das Leben verlockten, entsagt der Mensch den selbstgeschaffenen Träumen. Wenn D. Juan die Aussicht auf eine Herrschaft in Morea oder Tunis aufgeben musste, so hielt er um so fester an einem Gedanken, der ihn seit Jahren begleitet hatte und an welchen er durch den Waffenerfolg in Granada und mehr noch durch den Tag bei Lepanto ein Anrecht gewonnen zu haben wähnte. Er galt der Erhebung zum Infanten von Spanien. Oder wäre es zu viel gewesen, wenn der söhnelose Philipp II. dem Bruder die ungetrübte Stellung zum Königshause eingeräumt, die »Hoheit«, welche er ihm nicht gestattete, mit der »Excellenz« vertauscht hätte? Es liegt ein Schreiben vor, welches D. Juan während des granadinischen Feldzuges an Ruy Gomez richtete [2]). In diesem heisst es: »Nachdem der moriskische Krieg so glücklich durchgeführt, ist es billig, dass die Welt sehe, dass der König mit mir zufrieden ist. Es würde ihm so leicht sein, mein Hoffen ehrend zu erfüllen, wie mein Dank gross und bleibend sein müsste. Sollte ich es aber nicht verdienen, so bin ich doch der Sohn des Vaters meines Königs, und das dürfte so viel gelten, dass man mir zutraue, ich würde ringen, solches zu verdienen. Ihr würdet mich auch bei noch leiseren Andeutungen verstehen. Seit dem Tode Quijada's ist mir nichts geblieben als das Vertrauen auf Gott, die Gnade meines Königs und Euer Wohlwollen.« Was D. Juan damals in Worte zu kleiden nicht wagte und gleichwohl so nahe gerückt zeigte,

---

[1]) Relaçiones de Antonio Perez. Paris 1624. S. 188 ff.

[2]) Granada, 25. November 1570. Coleccion etc., Th. 28, S. 158.

dass Ruy Gomez keine falsche Deutung zulassen konnte, das wollte er jetzt dem Bruder in Liebe und ungeschmälertem Vertrauen als Bitte vortragen. Als er von Tunis nach Neapel zurückkehrte, Granvella seiner Liebe zu Schaugeprängen und festlichen Aufzügen freien Lauf gab und, indem er Stiergefechte mit Turniren wechseln liess, Alles that, was dem Herzen eines fürstlichen Jünglings gefallen kann [1]), liess diesen inmitten der Lustbarkeiten der Gedanke an die Infantenschaft nicht; er hielt an ihm fest, auch wenn er in jugendlicher Ausgelassenheit scheinbar nur den Genüssen der Stunde angehörte. Er wollte sich nach Spanien einschiffen, um persönlich die Gewährung seines Wunsches beim Könige zu betreiben. Noch hielt ihn die erwartete Sendung von Geld für Heer, Flotte und Festungen zurück. Als diese endlich eingetroffen war, begab er sich am 16. April 1574 von Neapel nach Gaeta, um hier die Galeere zu besteigen, welche ihn nach Barcelona führen sollte. An dem nämlichen Tage lief ein Schreiben des Königs in Gaeta ein, welches den Befehl für D. Juan enthielt, sich unverzüglich nach der Lombardei zu begeben, um die in Genua zwischen dem Adel ausgebrochenen Zerwürfnisse in der Nähe zu beobachten und nach Möglichkeit auszugleichen. D. Juan zeigte sich, so schwer es ihn traf, sogleich entschlossen, dem Gebote zu gehorsamen, und trat die Reise nach dem Norden an, obwohl seine Gesundheit den Freunden Bedenken erregte [2]). Bis Spezzia geleitete ihn die Flotte; von dort schlug er den Landweg nach Vigevano ein.

Schon zu den Zeiten von Kaiser Karl V. haderte in Genua der alte Adel mit dem neuen um die ausschliessliche Behauptung der Herrschaft. Ersterer suchte für seine althergebrachte Stellung bei Spanien Schutz; letzterer, dem sich die gleichfalls nach Antheil an der Regierung lüsternen unteren Stände anschlossen, warb um die Unterstützung Frankreichs und verbreitete das Gerücht, dass das spanische Geschwader in Spezzia zur Bewältigung Genua's bestimmt sei. Diese gegen Philipp II. gerichtete Anklage ermangelte jeder Begründung. Der König,

---

[1]) Coleccion etc., Th. 33.

[2]) Juan de Zuñiga an Philipp II.; Rom, 28. April 1574. Ebend. Th. 28, S. 186.

welchem Alles an der Aufrechterhaltung des Friedens in der Stadt lag, damit Frankreich daselbst keinen Einfluss gewinne, wünschte, dass alle Parteien sich nach Billigkeit an der Verwaltung des gemeinen Wesens betheiligen möchten, und liess in diesem Sinne die für D. Juan bestimmten Instructionen abfassen.

In Vigevano erfuhr D. Juan den am 30. Mai 1574 erfolgten Tod Karl's IX. von Frankreich, und wie er des Todeshasses gedachte, welchen ein grosser Theil des französischen Volkes gegen das Haus Valois hegte, sodann wie der letzte Mannsspross desselben im Auslande weilte und den erledigten Thron nur mit dem Opfer der Herrschaft über Polen erkaufen könne, da stieg für einen Augenblick der Gedanke in ihm auf, um die französische Krone zu werben. In diesem Sinne nahm er den Rath seines väterlichen Freundes Garcia de Toledo in Anspruch. »Wären Eure Anrechte an Frankreich«, erwiederte dieser[1]), »so begründet wie Eure Verdienste, so würde Euch sofort ohne einigen Widerspruch die Krone zufallen. Aber da bei dem vorliegenden Fall nur Erbrecht in Betracht kommt, so muss man das Auge dahin richten, wo Wahl und Verdienst die Entscheidung geben, so dass, wenn der polnische Thron erledigt wird, die Bewerbung um denselben mit Unterstützung des Königs offen steht. Wenn nicht etwa Philipp II. in Bezug auf diese Krone schon Verpflichtungen gegen den Kaiser eingegangen ist, so möchten keine erhebliche Hindernisse im Wege stehen.« Seitdem scheint diese Frage, der sich der König nie gewogen gezeigt haben würde, für immer bei D. Juan erledigt gewesen zu sein.

Dauernder wurde D. Juan während seines Aufenthalts in der Lombardei von einem Gegenstande anderer Art in Anspruch genommen. Bei der ersten Nachricht, dass Selim's II. Flotte gegen Malta in See gegangen sei, stieg in ihm die Befürchtung auf, dass ihre Bestimmung einem Angriffe auf Tunis und die Goleta gelte. Beide Festen waren nicht im Stande, einen nachhaltigen Widerstand zu verheissen. In der Goleta, deren Vertheidigung dem mehr durch den Adel seines Ge-

---

[1]) Neapel, 30. Junius 1574. Lafuente, Historia general de España, Th. 14, S. 46.

schlechts ausgezeichneten, als an Kriegserfahrung reichen Pedro Portocarrero anvertraut war, befand sich zur Zeit eine nur geringe Besatzung, und Cervelloni hatte den ihm aufgetragenen Bau einer Citadelle in Tunis noch nicht vollendet. Der König hatte schliesslich, in Folge der Auseinandersetzungen von D. Juan, die Ansichten desselben über die Behauptung von Tunis als nicht unbegründet erkannt und war nicht ferner auf seinen früheren Befehlen bestanden. Dagegen hatte Garcia de Toledo mit der ihm eigenen Offenheit an D. Juan erklärt, er halte die Behauptung von Tunis und der Goleta gefährlich und erachte für gerathener, an Einem Puncte stark und dem Gegner gewachsen, als an zweien schwächlich dazustehen [1]). Um so nachdrücklicher drang jetzt D. Juan in Granvella und den Herzog von Terranova, Vicekönigen von Neapel und Sicilien, die schon früher von ihm begehrten Geschütze und Mannschaften nach den gefährdeten Stätten abgehen zu lassen. Aber seine Vorstellungen fanden wenig Beachtung, theils weil man in Neapel und Messina der Meinung war, dass der Werth der africanischen Festen in keinem Verhältnisse zu den auf sie zu verwendenden Kosten stehe, theils weil man die eigenen Streitkräfte zurückhalten zu müssen glaubte, um zu einer Zeit, wo die osmanische Flotte im Mittelmeer erschienen war, die Küstenlandschaften nicht zu entblössen. Dazu kam, dass zwischen D. Juan und Granvella eine Spaltung vorwaltete, die ein freundliches Willfahren gegenseitiger Wünsche nicht zuliess. Den bedächtigen Cardinal stiess der jugendliche Ungestüm D. Juan's zurück; ihm entschlüpfte auch wohl die Klage, dass der Jüngling mit zu grossem Eifer »dem Mars und der Venus diene« [2]), dass er in seinen Ausgaben masslos sei, in seinen Anforderungen alle Rücksichten hintansetze. Allerdings beanspruchte D. Juan eine Stellung über den Vicekönig und kleidete mitunter seine Wünsche in die Worte des Gebietenden, während Granvella zu allen Zeiten ungern Befehle entgegennahm. Aber der tiefere Grund der Verstimmung dürfte darin zu suchen sein, dass Letzterer vom Könige angewiesen war, den jungen Helden zu überwachen, und dieser,

---

[1]) Lafuente a. a. O.

[2]) Cabrera, S. 794.

der davon wusste, dem lauernden Späher an seiner Seite mit keckem Trotz entgegentrat.

Der Cardinal nährte in sich viel Ehrgeiz, er hat seine Herrschsucht nie zu verschleiern vermocht, er zeigte sich in seinem Privatleben wenig erbaulich und blieb bis zum Ende seiner Tage ein zu gut geschulter Hofmann, um einen derben Widerspruch gegen den König zu wagen. Gleichwohl zeugt das fast durchgängig über ihn verbreitete Urtheil von Parteileidenschaft und liebloser Härte. Er hielt aus voller Ueberzeugung am absoluten Königthum fest, und doch rieth er gern zu Massregeln der Milde gegen aufgestandene Unterthanen und unterzog das Verfahren Alba's in den Niederlanden dem rücksichtslosesten Tadel. Lüge verachtete er und den Schmeichler stiess er von sich zurück; er hätte Reichthümer häufen können und begnügte sich mit einem für seine Stellung sehr bescheidenen Vermögen. Seine Verwaltung Neapels war in allen Beziehungen eine gesegnete. Durch Gründung einer Miliz von 20,000 Mann, der sich der Neapolitaner lieber fügte als fremden Söldnern, hielt er den Frieden im Innern aufrecht und schützte die Küste gegen Corsaren. Er verbot das Tragen versteckter Waffen, beschränkte das Asylrecht der Kirchen und Klöster, züchtigte Unterschleif und Bestechung des Richterstandes und duldete keinen Nepotismus von Seiten der Beamten. Er war Cardinal und treuer Sohn der Kirche, gestattete aber keinen Eingriff des römischen Hofes in die Rechte seines Königs; er schützte den Clerus und die Ritterschaft von Malta im Genuss ihrer Privilegien, verschloss aber beiden den Zugang zu weltlichen Aemtern [1]). Es lag ihm der gedeihliche Zustand des ihm anvertrauten Königreichs mehr am Herzen, als die von jeher durch ihn gemissbilligte Behauptung von Tunis, und in diesem Umstande ist nicht minder als in der Verstimmung gegen D. Juan die Erklärung für sein Verfahren zu suchen. Erst als auf Betrieb des Letzteren auch der König auf die Nothwendigkeit hinwies, Verstärkungen nach Africa gelangen zu lassen, traf er Vorkehrungen, dass unter Juan de Cardona einige Geschütze und Mannschaft sich für die Goleta einschifften.

---

[1]) Coleccion etc., Th. 33.

So die Lage der Dinge, als Uluch-Ali im Junius 1574 mit einer Flotte von 230 Galeeren und zahlreichen Lastschiffen vor Tunis erschien. Zu den 40,000 Mann — darunter 7000 Janitscharen — welche der slavonische Renegat Sinan unter ihm befehligte, stiessen die Aufgebote von Algier, Tripolis, Bona und Cairwan. Mehr noch als auf diese Heeresmacht baute der Capudan-Pascha auf den Erfolg, welchen er von den Mittheilungen eines Verräthers in seinem Gefolge erwartete. Ein Italiener, Jacopo Zitolomini, hatte als Ingenieur geraume Zeit im Dienste Spaniens in der Goleta gelebt und war mit den schwachen Seiten dieser Feste um so genauer bekannt, als er an den Werken derselben vielfach gearbeitet hatte. Als er nun, so lautet der Bericht, um seinen rückständigen Sold einzutreiben, nach Spanien kam und die Behörden ihm die Gewährung seiner Forderung abschlugen — »menschliche Klage geht nur an der göttlichen Majestät nicht ungehört vorüber« [1]) —, riss ihn in Aranjuez der Unwille über dieses Verfahren zu den heftigsten Aeusserungen hin, in Folge deren ein Alguazil des Hofes ihn binden und körperlich züchtigen liess. Da fasste den Italiener Verlangen nach Rache; er ging nach Algier, nahm als Renegat den Namen Mustapha an, trat in den Dienst von Uluch-Ali und offenbarte diesem, unter welchen Bedingungen ein Angriff auf die Goleta unfehlbar mit Erfolg gekrönt werden müsse [2]).

Voll Unwillen über die geringfügige Unterstützung, welche Granvella nach Africa hatte gelangen lassen, brach D. Juan, trotz der Abmahnung seines Garcia de Toledo, in stürmischer Eilfertigkeit nach Spezzia auf, erreichte Neapel auf dem Seewege und setzte von hier, nothdürftig mit Geld und Söldnern ausgestattet, die Fahrt nach Sicilien fort, um der Goleta per-

---

[1]) Van der Hammen, S. 180.

[2]) So erzählt Cabrera, S. 790, dem Van der Hammen und Lafuente folgen, während Brantôme (Vie des capitaines étrangers) den Ingenieur zu einem Franzosen stempelt, der, weil er an einem Fasttage Fleisch genossen, von der Goleta nach Neapel habe gebracht werden sollen, um dort der Inquisition übergeben zu werden, auf der Fahrt von einem algierischen Piraten gefangen sei und sich von der Ruderbank durch die Erklärung befreit habe, dass er dem Capudan-Pascha Mittheilungen von der höchsten Wichtigkeit zukommen lassen wolle.

sönlich Hülfe zu bringen. Von Messina aus schrieb er den christlichen Bewohnern Morea's, welche wiederholt gebeten hatten, dass er ihrer Errettung vom Joche der Türken die Hand bieten möge, er kenne kein höheres Ziel, als ihnen Freiheit zu bringen, und hoffe, dass ihm solches noch vergönnt sei. »Betet zum Herrn«, lauten seine Schlussworte, »und er wird euch nicht verlassen!« [1]) Seine Sehnsucht, sich mit dem Feinde zu messen, sollte nicht in Erfüllung gehen. Nachdem mit der Ausrüstung eines kleinen Geschwaders viel Zeit verstrichen war, machten fortwährende Stürme das Auslaufen aus dem Hafen von Trapani unmöglich. Während dessen setzten die Janitscharen ihre Angriffe auf die Goleta bei Tag und Nacht fort. Portocarrèro war kein Soldat und am wenigsten unter den gegebenen Verhältnissen seiner Stellung gewachsen [2]). Die heldenmüthige Ausdauer der kleinen spanischen Besatzung konnte, als Sturm auf Sturm und Mine auf Mine folgte, die Feste nicht retten. Nachdem die Goleta genommen und Portocarrero gefangen war, wandte Sinan alle Streitkräfte gegen Tunis. Am 12. September standen nur noch 600 kampffertige Männer neben Cervelloni; gleichwohl schlugen sie den auf die Bollwerke klimmenden Feind zurück. Am folgenden Tage wurde die Citadelle erstürmt. So waren nach dreimonatlicher Belagerung jene beiden Stätten verloren, an welche D. Juan einst sein jugendliches Hoffen geknüpft hatte. 5000 Christen und 20,000 Türken und Mauren — unter ihnen der Verräther Mustapha — hatten während dieser Kämpfe ihr Leben eingebüsst. In Tunis liess Sinan eine Besatzung von 4000 Mann zurück, und nachdem die Goleta gesprengt war, trat Uluch-Ali die Rückfahrt nach Constantinopel an. Auf dem Wege dahin erlag Portocarrero den Qualen der Gefangenschaft; Cervelloni ertrug Schmähungen und Misshandlungen, bis er später gegen einen bei Lepanto gefangenen Pascha ausgewechselt wurde.

D. Juan erhielt die Nachricht von diesen Ereignissen in

---

[1]) D. Juan an den Erzbischof und die Christen in Morea; Messina, 9. Junius 1574. Coleccion etc., Th. 3, S. 353 ff.

[2]) Die Soldaten nannten ihn spottweise Puerco carnero. Brantôme a. a. O.

Trapani. Er konnte des Schmerzes nicht Herr werden, dass mit dem Untergange der Goleta sein Heldenname verkürzt sei. Und doch blieb ihm die Erfüllung seines Wunsches, an Uluch-Ali Rache zu nehmen, verwehrt. Er musste, so wollte es Philipp II., nach dem Festlande Italiens zurück, um dem fortdauernden Ringen der Parteien in Genua nahe zu bleiben. Granvella erkannte zu spät, dass nach dem Verluste der Goleta die Küstenlande Neapels mehr als zuvor den Angriffen africanischer Corsaren ausgesetzt seien [1]).

D. Juan hatte an den Widerwärtigkeiten, welche mit seiner Stellung zu Granvella verknüpft waren, so schwer getragen, es war ihm aus ihr durch den Verlust von Tunis eine so bittere Busse erwachsen, dass man sein Verlangen, jeder Abhängigkeit von dem eigenwilligen Cardinal überhoben zu sein, schwerlich auf Rechnung seines Ehrgeizes setzen darf. Der Zweck seiner im Anfange des Jahres 1575 nach Spanien angetretenen Reise war kein anderer, als ein Mal seine Ernennung zum Lugarteniente-General über ganz Italien, sodann seine Erhebung zum Infanten persönlich beim Könige zu betreiben. Auf den erstgenannten Wunsch ging Philipp II. ein, und indem er ihn mit derselben Macht bekleidete, welche 1556 dem Herzoge von Alba eingeräumt gewesen war, setzte er ihn als Generalvicar den Vicekönigen von Neapel, Sicilien und Mailand vor. Den zweiten Wunsch anbelangend, so wich der König jeder bestimmten Erklärung aus. So fest sein Entschluss stand, in dieser Beziehung dem Begehren des Bruders nie zu entsprechen, so glaubte er doch demselben nicht jede Hoffnung auf dereinstige Erfüllung benehmen zu dürfen. Von Madrid begab sich D. Juan (13. März) nach dem Kloster San Lorenzo-el-real (Escurial) und bat die Brüder, ihn im Gebet der Gnade Gottes zu empfehlen; von da nach Abrojo, wohin er seine geliebte Pflegemutter, die Wittwe Quijada's, beschieden hatte [2]). Noch bewohnte Madalena de Ulloa

---

[1]) Im November 1572 hatte der Cardinal von der Landesversammlung in Neapel eine freiwillige Beisteuer von 1,100,000 Ducaten erhalten; nach dem Falle von Tunis erreichte er auf diesem Wege die Bewilligung von 1,200,000 Ducaten. Giannone, Th. 4.

[2]) Coleccion etc., Th. 8, S. 123.

dasselbe Haus in Valladolid, welches einst D. Juan inne gehabt hatte, und Letzterer kam nie nach Spanien, ohne einige Tage — aber stets an einem dritten Orte [1]) — mit der trefflichen Frau zu verleben, an welche ihn eben damals zarte Bande anderer Art knüpften [2]). Hiernach verabschiedete er sich in Aranjuez beim Könige, nahm von diesem seine am 21. April 1575 abgefasste Instruction entgegen, welche sich vornehmlich auf die ihm übertragene Vertheidigung Italiens gegen eine befürchtete Landung der Türken bezog, und schiffte sich in Barcelona nach Spezzia ein [3]).

Während des ganzen Jahres 1575 und eines Theils des folgenden verblieb D. Juan in Italien, theils in der Nähe des noch immer von politischen Parteien durchwühlten Genua, theils in Neapel. Er konnte, seitdem er in seiner neuen Stellung mit einiger Freiheit über die Kräfte dreier Vicekönigreiche gebieten durfte, mit grösserem Nachdruck als zuvor die Rüstungen zu Land und Meer betreiben. In einer so scharf und sicher geordneten kriegerischen Verfassung wie jetzt, hatte man die italienischen Staaten Philipp's II. nie gesehen. Selbst in den Strandgebieten gab man sich, trotz der verkündeten Landung Amurath's, des Nachfolgers von Selim II., dem Gefühl der Sicherheit hin. Bei alle dem sollte D. Juan den widerwärtigen Reibungen mit dem Statthalter in Neapel auch jetzt noch nicht entzogen bleiben. Es war sein Wunsch, dass, als im Julius 1575 Granvella in den Staatsrath berufen wurde, der Herzog von Sesa dessen Nachfolger in Neapel werden möge. Das geschah nicht, theils weil der König nicht geneigt war, dem wegen seiner Klugheit, Tapferkeit und Kriegserfahrung allerdings geschätzten, aber dem Hange zur Verschwendung ergebenen Herzoge Angelegenheiten

---

[1]) »Por no poder entrar en Valladolid; la causa no se.« Van der Hammen.

[2]) Nach der Erzählung von Alexis Dumesnil gewann D. Juan die Liebe der schönen Maria de Mendoza, welche er 1566 auf einer Reise von Madrid nach Valladolid kennen gelernt hatte; durch sie wurde er Vater einer Tochter, welche Madalena zu sich nahm. Letztere blieb die einzige Mitwisserin dieses Geheimnisses, bis das zur Jungfrau gereifte Kind in's Kloster trat.

[3]) Lafuente, Historia general de España, Th. 14, S. 55.

von grosser Wichtigkeit anzuvertrauen[1]), theils weil dessen Freundschaft mit D. Juan ihm missfällig war. Statt seiner erhielt der Marques von Mondejar, welcher seit dem moriskischen Kriege in unfreundlichen Beziehungen zu D. Juan gestanden hatte, die Bestallung als Vicekönig. Seitdem konnte es zwischen Beiden an Missklängen und selbst ärgerlichen Auftritten nicht fehlen. Der Marques ertrug es nicht, dass Aller Augen nur auf den jüngeren Mann gerichtet waren, alle Huldigungen der Neapolitaner nur diesem zuflossen; es hatte dieser Vertreter spanischer Grandeza kein Verständniss dafür und es verdross ihn deshalb, dass D. Juan die Volksfeste durch seine Gegenwart und ungezwungene Haltung belebte, oder in voller Jugendlust sich den fröhlichen Genüssen des Tages hingab. Escovedo war unausgesetzt bemüht, zu vermitteln, auszugleichen, wenigstens einem offenen Bruche vorzubeugen. »D. Juan«, schreibt er dem Könige[2]), »ist jung, aufbrausend, aber ein wahrhaftiger Cavallero und zu allem Guten und Rechten leicht zu lenken. Ich will nichts von seinen Liebschaften sagen, die in solchem Lebensalter auch wohl den Klügsten aus den Angeln heben[3]); aber auch in ihnen geht er nicht über gewisse Schranken hinaus, und es bedarf nichts als einer kurzen Abwesenheit von hier, um seine Gluth erheblich abzukühlen. Der Marques von Mondejar, dessen Versöhnung mit D. Juan herbeizuführen ich nichts unversucht gelassen, ist ein Starrkopf, empfindlich, über die Gebühr eitel und stets von der Besorgniss geplagt, dass seine Würde beeinträchtigt werden könne.«

Diese aus socialen Verhältnissen erwachsene Spannung machte sich, wie es kaum anders sein konnte, auch in der amtlichen Stellung beider Männer zu einander geltend. Als die Nachrichten sich häuften, dass Amurath umfassende Rüstungen zur See betreibe und sein Absehen entweder auf Malta oder Sicilien gerichtet sei, ersuchte D. Juan den Marques, die Bäckerei zu Otranto in Thätigkeit zu setzen, damit

---

[1]) Gachard, Relations des ambassadeurs vénitiens, S. 177.

[2]) Neapel, 30. November 1575. Coleccion etc., Th. 28, S. 267.

[3]) »En esto no trato de materia amorosa, que esta en aquella edad saca de sus quicios á los mas cuerdos.«

erforderlichen Falls die Flotte ohne Verzug von dort mit Zwieback versehen werden könne. Er habe, erwiederte der Vicekönig, keinen Beruf, für die Flotte zu sorgen, und fertigte die Hinweisung, dass von letzterer die Sicherheit Neapels abhänge, mit der Behauptung zurück, dass er sein Vicekönigreich mit den ihm zu Gebote stehenden Mitteln schon zu vertheidigen wissen werde [1]). Aber der Marques ging noch weiter, indem er hartnäckig bei seinem Verlangen beharrte, dass die zur Bemannung der Flotte gehörigen Söldner aus dem Neapolitanischen verlegt würden. Die Erwiederung, dass dieses erst dann geschehen könne, wenn den Geworbenen der rückständige Sold ausgezahlt sei, dass eine Verlegung nach Sicilien, wo die Pest wüthe, eben so unthunlich sei wie nach der Lombardei, welche bereits mit Soldaten überbürdet sei, und dass endlich an eine Einschiffung nicht gedacht werden könne, so lange der Marques nicht für den Mundvorrath der Flotte gesorgt habe, machte auf ihn keinen Eindruck. Es kam ihm in seinem zähen Eigensinn nur darauf an, dass seinem Willen ein Genüge geschehe [1]).

Bis zu welchem Grade D. Juan, trotz seiner hohen amtlichen Stellung als Generalvicar über Italien, am Gängelbande der Dienstbarkeit vom Könige gehalten wurde, ergiebt sich daraus, dass es einer in Madrid eingeholten Genehmigung bedurfte, um, einem abgelegten Gelübde gemäss, eine Betfahrt nach Loretto anzutreten. Diese Bewilligung nahm Philipp II. zurück, nachdem er gehört hatte, dass D. Juan über Rom zu reisen beabsichtige, woselbst sein Eintreffen, nach dem Dafürhalten des dortigen spanischen Gesandten, mit Inconvenienzen mancherlei Art verknüpft sein werde. Dagegen erbot sich D. Juan, ohne Geltendmachung von Rang und Stand Rom zu betreten. Der heiligen Apostelstadt so nahe zu sein, ohne an der Feier des Jubiläums sich zu betheiligen, äusserte er sich, treffe ihn in gleichem Grade schmerzlich, als es nach aussen auffällig, sogar anstössig erscheinen werde. Er beabsichtige, den Wasserweg von Neapel nach Terracina

---

[1]) D. Juan an Philipp II.; Neapel, 12. December 1575. Coleccion etc., Th. 28, S. 286.

[2]) D. Juan an Philipp II.; Neapel, 14. December 1575. Ebendas. S. 289.

einzuschlagen, in nächtlicher Zeit Rom zu erreichen, dort beim Gesandten abzusteigen, am folgenden Morgen unerkannt die Kirchen zu besuchen und erst am Abend dem heiligen Vater den Fuss zu küssen. Auf diese Weise und da er am andern Tage die Stadt zu verlassen gedenke, die Berufung eines Consistoriums also nicht zu befürchten stehe und ihm auch keine Verpflichtung obliege, den Cardinälen seinen Besuch abzustatten, hoffe er den König zu bewegen, die früher ertheilte Erlaubniss nicht zurückzunehmen [1]).

Ein dem Jahre 1575 angehöriger, in Neapel abgefasster Bericht des Venetianers Lippomano [2]) entwirft in raschen Zügen ein, trotz einzelner Unrichtigkeiten, sehr anschauliches Bild über das Auftreten D. Juan's im öffentlichen Leben, seine äussere Erscheinung, seine Neigungen, seine gesammte Persönlichkeit. Wir heben daraus Folgendes hervor:

»D. Juan zählt jetzt 30 Jahre, giebt sich aber für jünger aus, weil es ihm schimpflich scheint, dass ein Kaisersohn von 30 Jahren noch kein Reich besitzt. Er ist nicht gross, aber gut gewachsen und von ungewöhnlicher Anmuth, das Antlitz schön, das blonde Haar lang und lockig. Aus der Wahl seiner Kleidung spricht Sorgfalt. Im Reiten, Fechten, Turniren wird er von Keinem übertroffen; man sieht ihn wohl 5 bis 6 Stunden beim Ballschlagen, mit einem Eifer, als ob seine Ehre auf dem Spiele stände, der Erste zu bleiben. Es wohnt ihm viel Verstand und Beredtsamkeit inne, neben grosser Geschäftskunde. Mit Menschen aller Stände weiss er angemessen zu verkehren, Fortification und Geschützwesen kennt er gründlich und spricht am liebsten von Unternehmungen und Siegen. Es mag sein, dass D. Juan, wie die Rede geht, schönen Frauen sehr ergeben ist; doch hat er nie Veranlassung zu ärgerlichen Gerüchten gegeben, noch ein Adelshaus Neapels in einem seiner Glieder gekränkt; eben so wenig huldigt er der Liebe auf Kosten seiner dienstlichen Geschäfte. In früher Stunde verlässt er sein Lager, ertheilt, nachdem er der Messe beigewohnt, den Officieren der Flotte oder Männern des Hofes

---

[1]) D. Juan an Philipp; Neapel, 2. September 1575. Coleccion etc., Th. 28, S. 200.

[2]) Gachard, Relations des ambassadeurs vénitiens, S. 194 ff.

Audienz, schliesst sich hierauf mit Escovedo ein, liest mit ihm die eingelaufenen Depeschen, beantwortet dieselben, nimmt Bittschriften zur Hand und trifft Verfügungen. Dann verlässt er das Cabinet, um sich im Vorzimmer mit dem spanischen und neapolitanischen Adel zu unterhalten. Bis zur Tafelstunde, falls der Staatsrath sich nicht versammelt, giebt er Jedermann Gehör, und es ist nicht selten, dass er Bittsteller zum zweiten Male vorlässt. Nach der Mittagstafel überlässt er sich entweder körperlichen Uebungen, oder beschäftigt sich in seinem Cabinet bis zum Abend mit Schreiben. Der französischen Sprache ist er mächtig, versteht flämisch und deutsch, radebricht italienisch, will aber immer nur als Spanier gelten. Sein Rath in Neapel besteht aus dem Vicekönige, Garcia de Toledo, Doria, dem Herzoge von Sesa, dem Marques von Santa Cruz und D. Juan de Cardona. Er erhält 40,000 Ducaten für seine Hofhaltung und alle 2 oder 3 Jahre eine Gratification von 80,000 bis 100,000 Ducaten. Aber das reicht bei seiner Freigebigkeit nicht aus. Vertheilte er doch auf der Betfahrt nach Loretto nicht weniger als 10,000 Ducaten; hätte er mehr, so würde er seinen Soldaten noch reichlicher spenden, denn er lebt der Ansicht, dass sein Kriegsruhm durch Verachtung des Geldes gesteigert werde. Er gab einst öffentlich die Erklärung ab, er würde sich aus dem Fenster stürzen, wenn er einen Menschen wüsste, den mehr als ihn nach Ruhm und Ehre dürste. Wegen dieses Ehrgeizes hat er manchen geheimen Verdruss über die spanische Bedächtigkeit, die, wie er sagt, ihn in seinem Siegeslaufe hemme. Weniges genügt ihm nicht; er glaubt wohl ein Königreich verdient zu haben.«

Lippomano versichert, aus dem Munde D. Juan's die Worte gehört zu haben: »Ich kann nicht läugnen, dass ich jung bin und obendrein Soldat und von der Ueberzeugung durchdrungen, dass, wer nicht vorwärts geht, zurückkommt; aber Gott verhüte, dass ich jemals einen Wunsch hege, der zu einem Kampfe unter Christen Veranlassung geben könnte. All mein Hoffen ist auf Kampf mit den Türken gerichtet; findet sich aber Gelegenheit zur Schlacht, gleichviel wo, so werde ich sprechen, wie es auf der Galeere geschieht, wenn der Führer ‚Ave Maria‘ sagt und die Besatzung ‚Sie sei gegrüsst‘ antwortet. So werde ich thun, wenn sich Gelegenheit bietet; aber sie zu suchen, ist mir nie in den Sinn gekommen.«[1]) Diesen Ausspruch hält der Venetianer für Wahrheit und fügt hinzu, D. Juan zeige in allen Dingen, dass er nicht daran denke, aus seiner von Philipp II. abhängigen Stellung herauszutreten, wenn er auch seine Unzufriedenheit über den spanischen Staatsrath nicht verstecke und den in Madrid gegen ihn vorwaltenden Neid zu beseitigen wünsche.

Es lässt sich nicht verkennen, dass diese Schilderung Lippomano's im Allgemeinen eine auf richtiger Beobachtung gegründete ist. Liebe und Dankbarkeit von der einen, Pflichtgefühl und Vasallentreue von der andern Seite fesselten D. Juan auch dann an den König, wenn dieser kalt und herbe seine Wünsche abschnitt und dem Bereich der Thätigkeit und des Hoffens desselben durch gemessene Befehle Schranken setzte. Gleichwohl träumte er von einer reichen Zukunft und nährte in jugendlicher Ruhmsucht weitgreifende Pläne, deren Durchführung übrigens jedem Gedanken an eine Schmälerung der spanischen Königsmacht fern stand. Im Glanz seiner Siege und des Vaters eingedenk, als dessen wahrhaftigen Sohn er sich durch Thaten und Macht zu erhärten wünschte, dazu gehoben durch das Bewusstsein, dass sein Name rasch durch die Welt gegangen sei, und gestützt auf die Hingebung seiner Kampfgenossen, die unter seiner Führung zu jedem Unternehmen schlagfertig standen, engte die Stellung als Vollzieher königlicher Gebote ihn ein und wandte sich seine Sehnsucht einem Gebiete unverkümmerter Thätigkeit zu, das seinem Mühen eine Krone als Dank bringe. Die Hoffnungen, welche das christliche Griechenland auf ihn setzte, die Schmeichelworte Venedigs, die feinen Huldigungen, mit welchen der römische Hof ihm Anerkennung zollte, endlich der Stolz, mit welchem der Adel Spaniens auf ihn blickte, würden auch auf einen reiferen Character den Eindruck nicht verfehlt haben.

---

[1]) »Non posso negare di esser giovane et soldato, et soglio dire che chi non mira innanzi, a dietro torna. Ma non voglia Iddio ch'io dessideri mai nè sia instrumento di guerra tra cristiani! Contra il Turco son dritte le mie speranze. Pure alla fine in qualunque parte mi vengo occasione ad oprar l'armi, dirò como si dice in galea, quando il comito dice ‚Ave Maria' ch'ogn'un risponde ‚Sia la benvenuta!' Cosi farò io, velendomi l'ocasione, che di cercarla non hebbi mai pensiero.«

Diese Richtungen konnten dem Scharfblick Philipp's II. nicht verborgen bleiben, und mit dem Bewusstsein, dass er der Talente des Bruders nicht entbehren könne, erkannte er zugleich als seine Aufgabe, das Streben des Jünglings zu zügeln und jedem selbstwilligen Handeln desselben Ziel zu setzen. Aus diesem Grunde gab er ihm in Juan de Soto einen Geheimschreiber zur Seite, auf dessen Zuverlässigkeit er bauen zu können vermeinte. Aber bald zeigte sich, dass der nüchterne und lebenserfahrene Mann sich nicht nur dem verführerischen Wesen D. Juan's beugte, dass er sogar dessen Neigungen und Entwürfen Nahrung bot. Auf seinen Betrieb wurde Tunis nicht geschleift und warb D. Juan um die Vermittelung von Pius V., dass ihm eine Königsherrschaft in Africa zu Theil werde. Wir haben gesehen, dass Philipp II. sich diesem Wunsche nicht geneigt zeigte, zugleich aber Soto aus der Umgebung des Bruders entfernte und nach reiflicher Erwägung durch Escovedo ersetzte. Und abermals sah sich der König in seiner Wahl getäuscht. In der kürzesten Zeit folgte Escovedo dem Beispiel seines Vorgängers; die Weisungen von Madrid glitten unbeachtet an ihm vorüber, und mit allen Talenten und Erfahrungen und der ganzen Kraft seines Willens gehörte er fortan nur dem Herrn, dessen geheime Ueberwachung ihm als Aufgabe gestellt war. Wir finden ihn mit einigen Cardinälen im genauesten Einverständnisse; ohne Wissen Philipp's II. knüpft er mit dem römischen Hofe Verhandlungen an; er will nichts Geringeres, als die Krone über ein christliches Reich für D. Juan gewinnen. Diego de Zuñiga, der Vertreter Spaniens beim Papste, wurde angewiesen, das Kommen und Gehen Escovedo's, das Ziel seiner Besprechungen mit den Cardinälen zu erforschen. Es gelang ihm nicht, und erst als Zwischenpersonen mit Anfragen und Wünschen sich an den König wandten, erhielt dieser in die Pläne des Bruders Einsicht. Es galt der Bewerbung um die Hand Maria's und der Eroberung des Throns von Schottland, wo möglich auch von England.

Es ist schon früher bemerkt, dass Philipp II. eine Zeitlang dem Gedanken nachhing, seinen Infanten mit Maria Stuart zu vermählen; stellte sich doch dadurch in Aussicht, ein Mal über die Kräfte Schottlands zu Gunsten der spanischen Politik zu verfügen und sodann den Gefahren, welche dem Katholicismus im Norden drohten, rechtzeitig und mit Nachdruck begegnen zu können. Dem gegenüber schreckte jedoch der unvermeidliche Bruch mit England. Der König liess das Heirathsproject fallen, und als sich später Maria mit der Bitte um Unterstützung für Krone und Glauben an Spanien wandte, beschloss Philipp II. in Folge einer mit Feria und Alba im Escurial gehaltenen Berathung, sich jeder offenen Einmischung in die schottischen Angelegenheiten zu enthalten, aber im Parlamente zu London die englische Thronfolge Maria's nach Kräften zu unterstützen. Diese Stellung behauptete der König auch dann noch, als Maria die verlorene Freiheit beklagte. Es lag ihm Alles an der Aufrechterhaltung eines guten Vernehmens mit England und dass Elisabeth den Schaaren niederländischer Flüchtlinge die Aufnahme verweigere. Selbst als statt dessen die Niederländer sich der Gastlichkeit und der mittelbaren Unterstützung bei dem Nachbarvolke zu erfreuen hatten, zog Philipp II. im bedachtsamen Abwägen der Verhältnisse ein langsames Untergraben der Macht Elisabeth's und ein nicht rastendes Spiel der Intrigue dem entschiedenen Handeln vor. In diesem Sinne entwickelte der spanische Gesandte, Geraldo de Espes, Ritter von Calatrava, eine grosse Thätigkeit, und man weiss, dass der Herzog von Northumberland, als Haupt der katholischen Partei, im Anfange des Jahres 1569 häufig in Verkleidung zu D. Geraldo schlich, um diesen von der Zahl und den Mitteln seiner Anhänger in Kenntniss zu erhalten [1]).

Nun wurde im Februar des gedachten Jahres Elisabeth durch den Papst des Thrones verlustig erklärt. Seitdem häuften sich die Gesuche der Katholischen um bewaffnetes Einschreiten, und der Cardinal Guise beantragte in Madrid eine von Frankreich und Spanien gemeinschaftlich ausgehende Unternehmung gegen England. Auch da noch erklärte Philipp II., dass er sich darauf beschränken werde, von Elisabeth die Freiheit Maria's zu verlangen. Sogar dass Pius V. ihm die Bekämpfung der protestantischen Königin wie eine Forderung des Glaubens an's Herz legte, blieb ohne Erfolg.

---

[1]) Memorias de la real academia de la historia, Th. 7.

Gewichtiger als die Verheissung des Papstes, die englische Krone als ein Lehen der Kirche auf ihn übertragen zu wollen, war ihm die Warnung Alba's, dass ein Einfall in England die Ueberziehung der Niederlande durch Frankreich und die deutschen Fürsten zur Folge haben würde [1]). Erst mit dem folgenden Jahre zeigte sich der König geneigter, einem Aufstande der englischen Katholiken seine offene Unterstützung angedeihen zu lassen. Unter den heimlichen Emissairen Philipp's II. und des Papstes entwickelte Keiner eine grössere Thätigkeit und hatte sich Keiner eines gleichen Vertrauens bei der gefangenen Königin und deren Partei zu erfreuen, wie der reiche Florentiner Roberto Ridolfi, welcher der italienischen Kaufmannschaft in London vorstand. Ihn ersah Maria für die Uebernahme einer Mission nach Brüssel, Rom und Madrid. Er sollte zunächst mit Alba Rücksprache nehmen, dann die Reise nach Italien antreten, wo Pius V. und der Herzog von Savoyen an einer Liga gegen England arbeiteten, und von dort sich an den Hof Philipp's II. begeben, In der Instruction, welche Maria dem Florentiner mitgab [2]), heisst es: die Todesgefahr, in welcher sie täglich schwebe, dränge sie zur Bitte um Hülfe; es sei die höchste Zeit, dass man sich der verfolgten Glaubensgenossen annehme, an deren Spitze der scheinbar der ketzerischen Lehre angehörige Herzog von Norfolk stehe; in dieser Beziehung wende sie sich, ohne das ihr verwandte Königshaus Frankreichs in das Geheimniss zu ziehen, zunächst an den heiligen Vater, damit dieser Spanien zum entschiedenen Vorgehen auffordere. In einer zweiten, vom Herzoge von Norfolk ausgestellten Instruction [3]) wird hervorgehoben, dass Spaniens Aufgabe, dem fortschreitenden Protestantismus in Europa Schranken zu setzen, zunächst in England zur Lösung kommen müsse; wenn in Harwich oder Portsmouth ein kleines spanisches Heer ausgeschifft werde, so verpflichte er sich, demselben 20,000 Fussgänger und 3000 Reiter zuzuführen; doch sei zu wünschen, dass gleichzeitig

---

[1]) Mignet, Histoire de Marie Stuart, Th. 2, S. 145 ff.

[2]) März 1571. Labanoff, Lettres, instructions et mémoires de Marie Stuart. London 1844. Th. 3, S. 223 ff.

[3]) Ebendas. S. 286 ff.

auch in Irland und Schottland je 2000 Mann landeten, um Elisabeth's Streitkräfte zu theilen. Es thue die höchste Eile Noth, und dürfe das Unternehmen vor der Ausführung nicht zur Kenntniss von Frankreich gelangen.

Alba fand an der Persönlichkeit Ridolfi's so wenig Gefallen, wie er dessen verwegenen Plänen Vertrauen schenkte. Seine Kenntniss von den politischen Zuständen Englands war tiefer begründet als die des Florentiners. Ein solches Unternehmen, schrieb er an Philipp II., erheische viele Mitwisser und könne nicht geheim gehalten werden; verlaute es aber, so werde dadurch Elisabeth die längst gewünschte Gelegenheit geboten, Maria zu tödten, womit dann zugleich die letzte Aussicht auf Wiederherstellung des Katholicismus schwinde [1]).

Am 3. Julius 1571 traf Ridolfi mit einem empfehlenden Schreiben von Pius V. in Madrid ein und gab hier vor dem zusammen berufenen Staatsrath folgende Erklärung ab: Die englischen Katholiken seien entschlossen, sich Elisabeth's zu bemächtigen und dieselbe zu tödten; zu diesem Zwecke werde man die Gelegenheit wahrnehmen, wenn die Königin den Landsitz eines ihrer Grossen besuche; auch die Lords Bacon, Cecil, Leicester und Northampten müssten mit Elisabeth fallen. Am günstigsten möchte es sein, wenn Alba bei der Rückkehr nach Spanien seine deutschen Söldner in England an's Land setze. Es stehe der Erfolg um so weniger zu bezweifeln, als Elisabeth innerhalb zweier Monate kaum 10,000 Mann habe aufbringen können, Maria's Wache gewonnen sei und ihre Umgebung zum überwiegenden Theile aus Katholiken bestehe [2]). Ridolfi's Vortrag fand im Staatsrath nur theilweise den erwarteten Anklang. Während Einige der Meinung waren, dass man sich auf die verlangte Unternehmung nicht eher einlassen dürfe, als bis die Verschworenen sich der Person Elisabeth's bemächtigt hätten, drangen Andere, unter ihnen der Herzog von Feria und Hernando de Toledo, Grossprior von Castilien, auf unverzügliches Handeln und fielen endlich einige Stimmen dahin, dass man es vorläufig bei einer Geldunterstützung bewenden lassen müsse.

---

[1]) Mignet a. a. O.

[2]) Memorias de la real academia de la historia, a. a. O.

Nun gewann Elisabeth von den Umtrieben Ridolfi's Kenntniss und theilte diese sofort der Königin-Mutter in Frankreich mit. Furcht vor Spanien, das den Aufstand der Morisken niedergeworfen, durch D. Juan bei Lepanto gesiegt hatte und an der africanischen Küste neue Herrschaften gewann, liess die bisherige Abneigung gegen England besiegen, das Project einer Vermählung Elisabeth's mit dem Herzoge von Anjou tauchte von Neuem auf, und am 29. April 1572 wurde der Bund mit England in Blois unterzeichnet [1]). Dadurch und nicht minder durch die Verweisung seines Gesandten aus London und durch die Beihülfe, welche die aufgestandenen Niederländer von dort erhielten, wurde freilich der Groll Philipp's II. gegen Elisabeth gesteigert; aber aus denselben Gründen erachtete er eben jetzt die offene Kriegserklärung für doppelt bedenklich. Maria's Anhang in England war gesprengt, seitdem der Herzog von Norfolk den Tod durch die Hand des Nachrichters gefunden hatte. Die Unglückliche knüpfte ihre letzte Aussicht auf Befreiung aus Gefangenschaft an den römischen Hof. »Ich bin entschlossen«, schrieb sie dem Cardinal von Lothringen [2]), »Alles mit Ergebung zu tragen, was Gott über mich verhängt hat, sei es auch der Tod; und doch kann ich nicht anders, als die Hand nach jeder Rettung ausstrecken, die sich meinen Blicken vorspiegelt; all mein Glauben und Hoffen beruht auf Rom, von wo allein mir Hülfe kommen kann.«

Vor Gregor XIII. verhallte keine der Klagen der verlassenen Frau. Seit Philipp II. sich seinen Vorstellungen verschlossen hatte, glaubte er in D. Juan das Werkzeug zum Schutze des Glaubens und der Thronrechte Maria's in England gefunden zu haben. Das gab den Gegenstand der heimlichen Verhandlungen mit Escovedo ab. Und wenn für D. Juan die Hand Maria's und mit ihr die Herrschaft über England, Schottland und Irland durch den Vorsteher katholischer Christenheit in Aussicht gestellt wurde, liess sich erwarten, dass der Sieger von Lepanto Zeit und Verhältnisse und seine Abhängigkeit vom Bruder einer klugen und kalten Berech-

---

[1]) Chéruel, Marie Stuart et Catherine de Medicis, S. 61.

[2]) 29. März 1574. Labanoff, Lettres etc., Th. 4, S. 122.

nung unterziehen werde? Ehrgeiz, Glaube, der Reiz der Gefahr und die Hoffnung auf die Erkämpfung der schönsten Frau drängten jede Bedenklichkeit zurück.

Aus diesem fröhlichen Traum, für Kirche, Liebe und Königsthron Ritterschaft zu üben, wurde D. Juan urplötzlich durch die Forderung Philipp's II. aufgeschreckt, Italien zu verlassen, dem Oberbefehl über die Flotte zu entsagen und Ruhm und Glück seiner Jugend gegen den Versuch einzusetzen, die Niederlande unter die Botmässigkeit Spaniens zurückzuführen. Nur von dem gefeierten Sohn Karl's V. glaubte man noch die glückliche Lösung einer Aufgabe erwarten zu dürfen, an welcher die schlauen Verhandlungen Granvella's, das gefürchtete Heer unter Alba und der harte Wille des Königs und seines Staatsraths gescheitert waren [1]). Er sollte ein im Glauben und Recht gekränktes Volk versöhnen, den Mord von Edlen und Bürgern vergessen machen, entflammten Rachedurst besprechen, meuterische Regimenter zum Gehorsam zurückführen, in einem Lande, dessen Gesetz und bürgerliche Ordnung geknickt waren, Gehorsam und Frieden begründen. Was Spanien mit dem vollen Aufgebote ungewöhnlicher Mittel nicht hatte ausführen können, das glaubte man durch die Persönlichkeit von D. Juan und den Zauber seines Namens erreichen zu können.

Philipp II. verkannte keinen Augenblick, dass, wenn der Bruder sich einer solchen Aufgabe unterziehe, welche alle bisherigen Errungenschaften seines Lebens in Frage stellte, es nur mit dem höchsten Widerstreben geschehe. Es mussten deshalb alle Künste in Bewegung gesetzt werden, um den Berufenen zur Fügsamkeit gegen den königlichen Willen zu stimmen. In dieser Beziehung schien es vor allen Dingen erforderlich, sich des Einflusses zu bedienen, welchen Escovedo auf seinen Gebieter ausübte. An diesen zunächst wandte sich Antonio Perez. »Da der plötzliche Tod von Requesens«,

---

[1]) Die Angabe Strada's (Decas 1, liber 3), dass der Vorschlag, D. Juan nach den Niederlanden zu senden, von Gregor XIII. ausgegangen sei, der auf diesem Wege den Angriff auf England am leichtesten durchführen zu können vermeint, findet nirgends eine weitere Bestätigung und wird durch das Nachfolgende hinlänglich widerlegt.

schrieb er[1]), »den König zu dem Entschlusse geführt hat, D. Juan zu dessen Nachfolger zu ernennen, so treibt mich Liebe zu Euch und zu dem Genannten, in dieser Angelegenheit ohne Rückhalt meinen Rath zu ertheilen. Nachdem man sich gegen die Niederlande lange der Gewalt und Härte bedient und die Schätze Spaniens bis zu dessen Verarmung dran gesetzt hat, zeigt sich der König nicht mehr in der Täuschung des bisherigen Systems befangen, sondern beabsichtigt, einen Statthalter dahin zu senden, der durch Geburt und Blut die Gemüther beschwichtige und aufrichte[2]), einen Mann wie D. Juan, auf den man dort mit Vertrauen blickt. Nur steht zu wünschen, dass derselbe sich ungesäumt und mit voller Hingebung dem Auftrage unterziehe. Ein grosses Gefolge würde nur Aufschub mit sich führen, die Begleitung eines Heeres von vorn herein die Herzen des Volkes ihm entfremden und den Glauben an Milde und Güte nicht aufkommen lassen. Von einem freundlichen Auftreten steht Alles zu erhoffen. Es würde, wenn er an der Spitze eines starken Heeres nicht mehr erreichte als sein Vorgänger, um seinen Ruhm geschehen sein, während, wenn ihm die Unterwerfung durch die Macht seiner Persönlichkeit gelingt, dadurch ein reicherer Sieg als der bei Lepanto von ihm gewonnen wird. Wenn man also seiner Klugheit und Erfahrung das Schicksal der Niederlande anzuvertrauen wünscht, so darf sich D. Juan als Edelmann und Christ dieser Aufgabe nicht entziehen. Es handelt sich um den Glauben, und wenn er früher mit einem Siege begnadet ist, so muss er jetzt durch Aufnahme eines Kampfes zur Ehre Gottes sich dessen dankbar zeigen; überdies betrifft es den Schutz eines Landes, in welchem sein kaiserlicher Vater geboren und erzogen, der noch im Himmel Klage erheben würde, wenn sein Sohn diesen Dienst dem Bruder abschlüge.« Aber Perez geht noch weiter, und indem er andeutet, dass D. Juan durch Annahme der Bestallung der Erfüllung seines Lebenswunsches um ein Be-

---

[1]) Madrid, 8. April 1576. Gachard, Correspondance de Philippe II., Th. 4, S. 41 ff.

[2]) »Una persona cuya sangre recrease y consolase ya los animos de aquella gente.«

deutendes näher gerückt werde, bemerkt er, dass der Aufenthalt in den Niederlanden die Ueberziehung Englands erleichtere und für diese die Gunst des dankbaren Königs gewisser gewonnen werden könne. Für Beschaffung der erforderlichen Geldmittel, um das niederländische Heer zu besolden, bis eine Verabschiedung desselben dienlich erscheine, werde man Sorge tragen; für die Reisekosten aber dürften 15- bis 20,000 Ducaten ausreichen, die der jüngsten Geldsendung für die Flotte entnommen werden möchten. Vor allen Dingen aber empfehle er die strengste Geheimhaltung des Mitgetheilten, weil viel daran liege, dass der Entschluss des Königs so spät wie möglich verlautbare.

In einem zweiten, an dem nämlichen Tage abgefassten Schreiben [1]) legt Perez dem Escovedo die Verpflichtung auf, die angeschlossene königliche Depesche nicht eher an D. Juan einzuhändigen, als bis dieser sein Wort verpfändet habe, den Inhalt derselben geheim zu halten, und knüpft daran die Bitte, seinen ganzen Einfluss geltend zu machen, um den Betreffenden zur Annahme der Mission zu bewegen; ein solches Verfahren werde Philipp II. königlich zu lohnen wissen.

In der solchergestalt durch Escovedo an D. Juan übergebenen Zuschrift [2]) sagt der König: Im fortwährenden Nachsinnen über Mittel, um die Niederlande zu pacificiren und in ihnen die katholische Kirche zu stützen, habe er die Ueberzeugung gewonnen, dass er den bisher verfolgten Weg aufgeben und durch Uebertragung der Statthalterschaft auf einen Mann von seinem Blute den Wünschen der Niederländer gerecht werden müsse. In Bezug hierauf sei in ihm die Ansicht gereift, dass Keiner zu dieser Stellung so geeignet sei wie D. Juan, theils wegen der Gaben, mit denen Gott ihn begnadet, theils wegen der bereits erworbenen Erfahrung und Geschäftskunde. Er vertraue darauf, dass derselbe Gut und Blut dran setzen werde, um einer Aufgabe zu entsprechen, bei der es sich um die Ehre Gottes und um die Behauptung des Glaubens handle. Aber ein rascher Aufbruch thue Noth, und deshalb wünsche er, dass der Berufene sich ohne Säumen nach

[1]) Gachard a. a. O., S. 50.

[2]) Madrid, 8. April 1576. Ebendas. S. 38 ff.

Mailand begeben möge, wo er Instruction und Vollmachten vorfinden werde.

Im Verlaufe dieses Schreibens erklärt der König für erforderlich, dass D. Juan sich ohne ein Heer nach den Niederlanden verfüge, um dort und bei den Nachbarstaaten keinerlei Befürchtungen aufsteigen zu lassen; eine kleine Zahl von Reitern werde für die persönliche Sicherheit auf der Reise hinreichend sein, die übrigens am zweckmässigsten in Verkleidung und in Begleitung von nur einem Dutzend Pferde angetreten werde, da doch demnächst die Bedienung aus Niederländern zu wählen sei. Wenn er also ohne Waffen, ohne Räthe, selbst ohne Bedienung in Belgien eintreffe, so werde das Volk darin ein Zeichen vollen Vertrauens erblicken und dieses mit gleichem Vertrauen und mit Liebe erwiedern. Auf diesem Wege könne man Herzen und Willen sicherer gewinnen, als es den bisherigen Rüstungen und Gewaltmitteln gelungen sei [1]).

Gleichzeitig ertheilte Philipp II. an Juan de Zuñiga den Auftrag [2]), dem heiligen Vater die Wichtigkeit von D. Juan's Sendung für die ganze katholische Christenheit auseinanderzusetzen und, damit man in Rom den Entschluss des Königs um so entschiedener billige, die Bemerkung einfliessen zu lassen, dass die Uebernahme der Statthalterschaft in Flandern wesentlich zur Förderung der englischen Frage dienen werde [3]).

Dieses Schreiben des Königs gelangte am 3. Mai — es war auf dem Landwege befördert — in die Hände von D. Juan, der 4 Tage später die verlangte unverzügliche Erwiederung abgehen liess [4]). Die an ihn gerichtete Forderung fand D. Juan nicht unvorbereitet. Er hatte ihr längst entgegengesehen und deshalb Escovedo bei dessen jüngster Sendung nach Madrid beauftragt, die Statthalterschaft, falls man solche auf ihn zu übertragen gedenke, im voraus abzulehnen, mit der Bemerkung,

---

[1]) »Se gañaran con esto y venceran mas voluntades y animos que con todas las fuerzas passadas, con que tan poco se ha gañado de todo esto.«

[2]) Gachard a. a. O., S. 52.

[3]) »Que sera tambien muy á proposito la yda del dicho D. Juan á Flandes para el atro negocio que se trata de Inglaterra.«

[4]) Neapel, 7. Mai 1576. Ebendas. S. 161 ff.

dass, wenn ein Mal die Niederlande verloren gehen sollten, was nur noch durch durch ein Wunder abgewendet werden könne, ihm erspart bleiben möge, dass sein Name damit in Verbindung gebracht werde. Als dann Escovedo mit dem Bescheide zurückkehrte, dass der König ihn nicht nach den aufgestandenen Provinzen zu berufen entschlossen sei, fühlte er sich von schwerer Last befreit; es war ihm, als ob er einer grossen Gefahr entgangen sei.

Seitdem hatten sich die Zustände in Belgien noch ungleich misslicher gestaltet, und Abfall und Ketzerei waren in überraschender Schnelligkeit gewachsen. Es stand, wie D. Juan meinte, in Aussicht, dass ein Regen von Hugenotten sich über das Land, in welchem man den Spanier verabscheue, ergiessen werde und dass die Katholiken Frankreichs im Begriff seien, sich mit England zu einer gemeinschaftlichen Ueberziehung zu einigen. Und das zu einer Zeit, als König Philipp arm an Geld und Credit dastand und die Provinzen durch ein Heer, das man weder zu behalten noch zu entlassen vermochte, ausgesogen waren.

Unter diesen Umständen fühlte sich D. Juan zu der Bitte gedrungen, ihn mit dieser Mission zu verschonen, fügte aber zugleich hinzu, dass, da der König die Uebernahme derselben als ein Opfer in Anspruch nehme, Liebe und Gehorsam ihn zwängen, alle entgegenstehenden Gründe unbeachtet zu lassen und sich dem Befehl zu fügen. Nur wünsche er, die ihm gestellte Aufgabe einigermassen dadurch erleichtert zu sehen, dass ihm verstattet werde, über manche Fragen, die sich nicht der Schrift anvertrauen liessen, mündlichen Aufschluss vom Könige zu holen. Er sei deshalb anfangs entschlossen gewesen, sich in grösster Eile nach Madrid zu begeben; die Rückkehr von da hätte in 15 bis 20 Tagen erfolgen können, und ein solcher Verzug würde im Verhältniss zur Wichtigkeit der Aufgabe nicht in Rechnung zu bringen gewesen sein. Da jedoch der König solches ihm ausdrücklich untersagt, so beschränke er sich vorläufig darauf, Escovedo nach Spanien zu schicken. Aber genügen könne ihm dieses nicht und er spreche deshalb die dringende Bitte aus, den König aufsuchen zu dürfen. Denn um die im Sterben begriffenen Provinzen zu retten, seien aus der Ferne ertheilte Instructionen nicht ausreichend, und bedürfe es, da jede Stunde den Stand der Dinge in den Niederlanden umgestalte, einer klaren und sichern Verständigung. Könnten sonach die Instructionen nicht immer als Richtschnur dienen, so würden sich die Bedenklichkeiten für ihn häufen, und indem er sich mehr als gut auf den Rath seiner Umgebung zu stützen gezwungen sei, laufe er Gefahr, auf Fehlgriffe zu verfallen. Gestatte ihm gleichwohl der König diese Reise nach Spanien nicht, so müsse er um eine anderweitige Verwendung bitten. Ein zweiter Wunsch betreffe die erforderliche Verfügung über hinlängliche Geldmittel, um das Heer entweder in Sold zu behalten, oder nach Befinden abzulöhnen. Auch werde zweckdienlich sein, alle gegen die Gesetze und Privilegien des Landes ausgegangenen Erlasse früherer Statthalter annulliren, nach Möglichkeit alle reuigen Rebellen wieder in Gnaden aufnehmen, in Verwaltung und Besetzung der Aemter sich nach dem Herkommen richten zu dürfen und besonders nicht durch die Beigabe fremder Räthe gebunden zu sein. Da er ferner seine Aufgabe nicht auf dem Wege der Waffengewalt lösen solle, so sei es nöthig, ein Mal ein stattliches Haus zu bilden, wozu ihm die Mittel abgingen, sodann, weil er den König vertrete, mit ungewöhnlicher Vollmacht ausgerüstet zu werden. Endlich könne kein Zweifel darüber obwalten, dass die Rettung der Niederlande von dem Anschlusse Englands an das spanische Interesse abhänge. Nun gehe aber das Gerücht, dass der König und Papst, gekränkt durch das Verfahren Elisabeth's gegen Maria Stuart und durch deren Begünstigung der Ketzerei in Schottland, ihn zum Vollzieher ihrer hierauf gerichteten Anschläge ersehen hätten. So wenig er sich auch dieser Aufgabe gewachsen fühle, so werde er sich ihr doch mit Freudigkeit unterziehen, sobald der König es begehre. Er kenne kein grösseres Glück, als für Spaniens Ehre und Macht sich in die Schanze zu schlagen, und dazu werde Gott ihm gnädig beistehen.

Man sieht, in der Frage wegen Englands, so verstohlen sie auch berührt wird, gingen fortwährend alle Gedanken D. Juan's auf; die Aussicht auf Förderung derselben war es, welche ihm den Ruf nach den Niederlanden annehmbar machte; in allen gleichzeitigen Unterhandlungen zwischen Gregor XIII.

und Philipp II. wird sie auf eine bedeutsame Weise betont, ohne scheinbar aus dem Hintergrunde hervorzutreten; sie gab den Mittelpunct der Intriguen ab, welche durch Jahre künstlich fortgesponnen wurden, um durch lockere Verheissungen das Drängen Roms zu beschwichtigen, die Spannkraft D. Juan's nach Befinden zu heben oder zu lähmen und bald drohend, bald versöhnend auf die Handlungsweise Elisabeth's einzuwirken.

In den letzten Tagen des Mai 1576 sandte D. Juan seinen Ecovedo nach Madrid, um die Erklärung abgeben zu lassen, dass, falls der König auf seinem Befehl bestehe, er zum Gehorsam sich verpflichtet fühle [1]). Es handelte sich überdies um eine lautere Verständigung in Bezug auf das einzuhaltende Verfahren in der neuen amtlichen Thätigkeit. Hauptsächlich bedurfte es der Verfügung über reichliche Geldmittel, hinsichtlich welcher D. Juan eine Anweisung auf das Haus der Fugger in Antwerpen am dienlichsten hielt; sodann erachtete er für erforderlich, dass seine Instructionen möglichst dehnbar seien und weniger Vorschriften als Andeutungen in sich fassten, dass seinem persönlichen Auftreten in den Niederlanden keinerlei Zwang auferlegt werde, vielmehr in jeder Hinsicht die freie, den Umständen entsprechende Bewegung ihm vorbehalten bleibe. Er wünschte ferner, dass die Auswahl seiner Umgebung nicht etwa willkürlich in Madrid, sondern nach einer von ihm eingereichten Liste getroffen werde, besonders dass er im Oberbefehl einer Flotte verbleiben möge, mit welcher er den glänzendsten Sieg erfochten habe und die ihm mehr gelte als ein Königreich. Mi dem entschiedensten Nachdrucke aber hob er hervor, dass es für seine Aufgabe durchaus unerlässlich sei, mit dem Könige persönlich Rücksprache zu nehmen.

Noch weilte Escovedo am Hofe zu Madrid, als Antonio Perez zum Nuntius gerufen wurde und von diesem in höchster Heimlichkeit die Mittheilung empfing, dass ihm in Chiffreschrift der Befehl des Papstes zugegangen sei, der Beschleunigung eines von D. Juan zu leitenden Unternehmens gegen England, wie solches Escovedo beim Könige in Vorschlag bringen werde, eindringlich das Wort zu reden. Mit diesem

[1]) Gachard a. a. O., S. 166 ff. und 257.

jungen Helden, meine der Papst, sei das Glück im Bunde und stehe der segensreichste Erfolg von ihm zu erwarten. Trotz der versprochenen Geheimhaltung hinterbrachte Perez die Eröffnungen des Nuntius unverzüglich dem Könige, der hierauf Escovedo benachrichtigte, dass er von dem Inhalte eines ihm obliegenden Antrages, dessen Erörterung einer späteren Zeit vorbehalten bleiben müsse, bereits Kenntniss gewonnen habe, dann, ohne sich auf eine bestimmte Erwiederung einzulassen, in kalter Ruhe die Botschaft des Nuntius hörte und diesen mit der Anweisung entliess, dem heiligen Vater für das gegen den Bruder bewiesene Wohlwollen seinen Dank auszusprechen [1]).

D. Juan hatte auf raschen Bescheid, auf ungesäumte Abfertigung Escovedo's gerechnet. Als dessen Rückkehr sich auf unerklärliche Weise verzögerte, steigerte sich seine Spannung und er vermochte die Ungeduld nicht mehr zu zügeln. Stand doch Alles auf dem Spiele, was sein Leben bewegte! Seine Stellung in den Niederlanden wollte einer gründlichen Erwägung mit dem Könige unterzogen sein; über die Werbung um Schottlands Krone und Maria's Hand sollte die Entscheidung gefällt werden, es war der günstigste Zeitpunct, um den nie versiegten Wunsch, als Infant von Spanien Anerkennung zu finden, auf eine Weise, die keinen abschlägigen Bescheid zuzulassen schien, von Neuem zur Sprache zu bringen — er wollte und musste in mündlicher Verständigung mit dem Könige seine Zukunft ordnen. Daher die inständige Forderung, dass ihm die Reise nach Madrid vergönnt werden möge. Da traf bei ihm ein Schreiben Philipp's ein [2]), in welchem sich dieser mit Freude und Dank über die freilich von ihm nie bezweifelte Annahme der Mission aussprach, mit dem Zusatze, dass, da das Bedürfniss eines Statthalters in den Niederlanden sich täglich dringender herausstelle, die Abreise D. Juan's nach dem Norden am Tage nach der Ankunft des mit den erforderlichen Depeschen versehenen Escovedo erfolgen müsse. Es sei, meinte der König, am Gerathensten, den Weg über Savoyen einzuschlagen und sich bis

---

[1]) Relaçiones de Antonio Perez. Paris 1624. 4°.

[2]) Julius 1576. Gachard a. a. O., S. 258.

Burgund, wo niederländische Reiter ihn aufnehmen würden, von etwa 200 bis 300 Pferden begleiten zu lassen. Der persönlichen Besprechung geschieht in diesem Schreiben keine Erwähnung. Philipp II. wusste, dass dieser Wunsch auf einer Reihe gewichtiger Fragen beruhe, die er einer Discussion zu unterziehen keineswegs gewilligt war. Daher das gänzliche Uebergehen desselben.

Das ertrug D. Juan nicht; er wollte sich selbst Gewissheit holen, und indem er zum ersten Male den Befehlen des Königs Trotz bot, beschloss er die Ueberfahrt nach Spanien und gebot zu dem Behufe Marcello Doria, sich mit einigen Galeeren in Genua einzufinden. Hochstehende Spanier seiner Umgebung riethen von diesem Beginnen ab, weil sie wussten, dass der König die Ansprüche des Bruders zu befriedigen nicht gesonnen und aus diesem Grunde dem Besuche desselben abgeneigt sei. An Manche unter ihnen hatte überdies Perez in diesem Sinne geschrieben und ihnen den Wunsch des Gebieters an's Herz gelegt. Alle theilten die Ansicht, dass die Reise nach den Niederlanden schleunigst und auf geradem Wege angetreten werden müsse, weil jeder Aufschub die Ausgleichung mit den Aufgestandenen erschweren werde. Eine herbe abgefasste Zuschrift Philipp's II. [1]), in welcher er wiederholt seinen Willen aussprach, dass D. Juan nicht nach Spanien kommen möge und missmuthig mit den Worten schloss, dass, wenn er seine Gegenwart für erforderlich oder zweckdienlich gehalten hätte, er ihn gerufen haben würde, wird den Ungeduldigen nicht mehr in Italien gefunden haben. Schon am 22. August 1576 meldet dieser vom Bord der Galeere dem König seine Ankunft auf der Rhede von Barcelona [2]) und fügt hinzu: »Ich beschwöre Ew. Majestät, meine Ankunft in Spanien und die Art meiner Reise nicht übel zu deuten. Denn ausser dem lebhaften Verlangen, meinem Könige die Hand zu küssen, zwang mich dazu das übertragene Amt.« So sehr er sich auf ein Wiedersehen freue, entgegnete Philipp, so könne er doch nicht leugnen, dass dieses Verfahren ihm wenig erwünscht sei. Doch wolle er sich gern der Ueberzeugung

---

[1]) August 1576. Gachard a. a. O., S. 266.

[2]) Ebendas. S. 321.

hingeben, dass D. Juan nicht etwa gekommen sei, um seiner Reise nach den Niederlanden Schwierigkeiten entgegen zu setzen, sondern um die letzten Hindernisse zu beseitigen [1]).

Philipp II. hatte sich von Madrid nach dem Escurial begeben; dort, nicht in der Hauptstadt, wollte er D. Juan erwarten, weil aus dessen Empfange am Hofe auf eine Ablehnung oder Zustimmung des Wunsches nach der Stellung des Infanten hätte geschlossen werden können. Die Lage war eine ernste. Das erste Zusammentreffen und die unvermeidliche Erörterung mit dem Bruder, der sich über die gemessensten Befehle hinweggesetzt hatte und mit einer für das Regiment Philipp's II. unerhörten Selbständigkeit auftrat, der aber wiederum für den Augenblick der Monarchie unentbehrlich war und durch schroffe Abweisung selbst gefährlich werden konnte, erheischte eine sorgfältige Vorberathung. In dieser sprachen sich Alba und der Marques de los Velez dahin aus, dass sie jedem Begegnen mit D. Juan überhoben zu sein wünschten, und erklärten, dass für dessen Verfahren keine Entschuldigung aufzufinden sei. Ersterer sah mit Geringschätzung auf Wissen und Erfahrung des Gefeierten und war nicht frei von Neid über den in jungen Jahren erworbenen Ruhm; Letzterer gedachte verdriesslich des moriskischen Krieges und dass ein unbärtiger Jüngling ihm den Sieg über Granada habe entreissen können. Anders Antonio Perez; der feine Hofmann verstand es besser, in der Seele seines Gebieters zu lesen, als er die missliebigen Schritte D. Juan's zu übersehen rieth, weil man unter den gegebenen Verhältnissen der Verwendung desselben bedürfe. Darin begegnete er den Ansichten des Königs. Die freundliche, aber gemessene Stellung zu D. Juan, den er in jedem Schreiben mit der Anrede »mein Bruder« begrüsste, ohne sich je bis zu einem Ausdruck der Wärme oder Herzlichkeit zu vergessen, durfte nicht aufgegeben werden; er war sich seiner Ueberlegenheit bewusst, durch scheinbare Zusagen hinzuhalten; statt eines kurzen Verneinens, das den Jüngling in fremde Bahnen hätte werfen können, sollten dessen Wünsche durch lockere Andeutungen, die an keine Erfüllung bänden, unschädlich gemacht werden, das Talent einer berechnenden Klugheit

---

[1]) Gachard a. a. O., S. 322.

dienstbar bleiben, das warme Blut der kalten Erwägung sich unterordnen.

Im Anfange des September 1576 traf D. Juan im Escurial ein [1]). Der König empfing ihn freundlich, herablassend, aber ohne alles Gepränge; aus seinem Benehmen blickte keine Spur von Unwillen durch. Der Infantenfrage scheint er ausgewichen zu sein, während er hinsichtlich der Unternehmung gegen England das Hoffen des Bruders so wenig abschnitt, dass er vielmehr die Durchführung desselben in Aussicht stellte, sobald die glückliche Beendigung des flandrischen Krieges eine anderweitige Verfügung des Heeres zulasse. Dagegen drang er mit Entschiedenheit auf eine unverweilte Uebernahme seines Amtes. Am 22. September begaben sich Beide nach Madrid. Hier wurden die letzten Vorkehrungen zur Reise rasch und mit solcher Heimlichkeit betrieben, dass man D. Juan nur mit den Anordnungen zu einem Stiergefechte beschäftigt glaubte und, ausser wenigen Eingeweihten, Keiner am Hofe von seiner Mission Kenntniss gewann [2]). Das an alle Prälaten vom Könige ergangene Gebot, Processionen und Kirchengebete zu halten und das Hochheilige auf den Altären auszustellen, um Gottes Beihülfe für die katholische Sache in Flandern zu gewinnen, fand bei der Bevölkerung in der wachsenden Bewegung der Niederlande eine hinlängliche Erklärung.

Unbemerkt verliess D. Juan die Residenz, verweilte eine Nacht zu Abrojo im traulichen Gespräche mit Madalena de Ulloa, die sich der trübsten Ahnungen in Bezug auf das Geschick ihres Lieblings nicht erwehren konnte [3]), und setzte

---

[1]) In einem Schreiben Philipp's II. vom 11. September 1576 wird die Anwesenheit D. Juan's im Escurial bemerkt. Gachard a. a. O., S. 366. — An dem nämlichen Tage meldete der König von San Lorenço aus dem D. Diego de Zuñiga: »Espero en Dios, que con la yda de mi hermano á aquellos estados tomaron otro ser las cosas. Su venida aqui fue sin mi sabiduria, aunque por causas tan importantes que no la pudo escusar, mas yo doy tal priessa en su buelta que partiva dentro pocos dias.« In dieser zu Simancas befindlichen minuta original zeigen sich die durch den Druck hervorgehobenen Worte von der Hand des Königs ausgestrichen.

[2]) Coleccion etc., Th. 7, S. 173.

[3]) Madalena, welche sich in ihrem Wittwenstande ausschliesslich

von dort in ungestümer Hast die Reise nach Irun fort. Durch Färbung von Haar und Bart unkenntlich und in der Kleidung eines Dieners seines einzigen Gefährten, Ottavio's Gonzaga, der sich in Irun ihm zugesellte, überschritt er die französische Grenze. »Nächst Gott«, schrieb er seinem geliebten Garcia de Toledo [1]), »wird mir in Frankreich die Verkleidung am meisten Schutz gewähren. Ich kenne die meiner wartenden Mühen und Gefahren, unterziehe mich ihnen aber willig. Die Niederlande gleichen einer halben Leiche, und meine Aufgabe fällt in eine Zeit, in der man dem letzten Athemzuge derselben entgegensieht.« Am 24. October war der Reisende, indem er zuweilen 12 bis 16 Leguas auf demselben Postpferde zurückgelegt hatte, in Irun eingetroffen [2]); von dort gelangte er unter steten Regengüssen, eine Zeitlang in Gesellschaft eines Franzosen, dessen Mantelsack er, der Rolle des Dieners getreu, hinter sich auf's Pferd nahm, am Abend des sechsten Tages nach Paris [3]). Dort nahm er seine Herberge in einem Gasthause, und erst mit Einbruch der Nacht wagte er es, den spanischen Gesandten Diego de Zuñiga aufzusuchen. Hier zuerst empfing er einen umständlichen Bericht über die Lage der Dinge in den Niederlanden und dass von allen Provinzen das einzige Luxemburg sich vom Gehorsam gegen den König nicht losgesagt habe. Unter diesen Umständen schien es nicht rathsam, die Reise, wie früher beabsichtigt war, über Cambrai und Gravelingen zu verfolgen, und er entschloss sich statt dessen, nach vorangegangener Besprechung mit Zuñiga, die Strasse über Metz nach Luxemburg einzuschlagen. Ein edler Spanier, Alonso de Sotomayor, und der Hauptmann Diego Felices, die er im Hause des Gesandten vorgefunden, waren bereit, mit ihm und Ottavio Gonzaga die Gefahren und Beschwerden des Ritts zu theilen. Trotz der Ermüdung von

Werken christlicher Liebe widmete, Kirchen und Klöster beschenkte und den Orden Jesu in der Gründung von Collegien reichlich unterstützte, fand 1568 in der Kirche Villagarcia's neben Quijada ihre Ruhestätte.

[1]) El Pardo, 17. October 1576. Coleccion etc., Th. 3, S. 177.

[2]) Dessen Schreiben an den König (Gachard a. a. O., Th. 4, S. 445), in welchem er um baldige Zusendung von Geld und Escovedo bittet.

[3]) D. Diego de Zuñiga an den König; Paris, 31. October 1576 Ebendas. S. 467.

D. Juan erfolgte der Aufbruch schon am folgenden Tage, weil, da die Dienerschaft des Gesandten den hohen Reisenden erkannt hatte, jede Stunde verlängerten Aufenthalts mit Verlust der Freiheit durch die französische Regierung drohte [1]). »Ich beschwöre Ew. Majestät«, schliesst sein Schreiben aus Paris an den König, »ich bitte um der Liebe Gottes willen, helft mir bei dem schweren Anfange, der meiner wartet, und lasst mich nicht auf allzu grosse Hindernisse stossen. Es ist nichts zu retten, wenn Geld fehlt und Entschlüsse zu langsam gefasst werden. Weilt Escovedo noch in Madrid, so muss seine Abreise ohne Verzug erfolgen.« [2])

---

[1]) Wenn Brantôme berichtet, dass D. Juan in Gesellschaft Ottavio's, Beide verkleidet, einem Hoffeste im Louvre beigewohnt und hier von der Schönheit Margaretha's von Navarra, der Schwester Karl's IX., hingerissen sei, so gehört diese Angabe in das Bereich der Ausschmückungen, an ı der unterhaltende Erzähler nie arm war. Die von Alexis Dumesnil ;theilten Briefe aber, welche D. Juan von Paris aus an Madalena de ı gerichtet haben soll, tragen, auch abgesehen von dem Umstande, die wenigen in Paris verlebten Stunden ausschliesslich ernsten Be- :hungen mit Zuñiga gehörten, zu entschieden das Gepräge der Unecht- als dass sie Berücksichtigung finden könnten.

[2]) Gachard a. a. O., S. 464.

D. Juan in den Niederlanden.

Als Philipp II. den Herzog von Alba an der Spitze eines Heeres nach den Niederlanden sandte, zweifelte man in Spanien nicht, dass der Widerstand der Provinzen in der kürzesten Zeit niedergeworfen sein würde. Es war Keiner unter den Granden am Hofe zu Madrid, auf dessen Vasallentreue und unbedingte Hingebung in seinen Willen der König ein gleiches Vertrauen setzte, wie auf den thatkräftigen, aus der Kriegsschule des Kaisers erwachsenen Feldherrn, den keine Stimme des Gefühls in der Durchführung ertheilter Befehle beirrte. Er wusste, dass dieser gebieterische Herzog, der im Cabinet mit der rücksichtslosesten Offenheit sich aussprach und kriechende Räthe oder die heuchlerische Demuth der Hofprälaten mit bitterer Sarcastik geisselte, in abergläubischer Verehrung ihm zugethan war. Daher die unbeschränkte Vollmacht, mit welcher er den Abziehenden ausrüstete. Es handelte sich zunächst um Züchtigung des Widerstandes, nicht um Versöhnung, und wenn hinterdrein einem in seinem Lebensmuthe für immer, wie es schien, gebrochenen Volke gestattet sein sollte, sich an der Verheissung königlicher Gnade wieder aufzurichten, so war es der Trost auf Genesung, mit welchem man den im Todeskampfe Ringenden täuscht. Der Blutrath kannte keine Feiertage, und wandernde Commissionen durchzogen die Provinzen, um ohne zeitraubende Untersuchung über Gut und Leben den Spruch zu fällen. Gleichwohl klagte Alba über die Saumseligkeit der Gerichte, und unlustig, dass die bevorstehende Veröffentlichung des Amnestiepatents zu früh in seine Heilmethode eingreifen möge, erklärte er dem Könige, dass nothwendig zuvor noch 800 Köpfe fallen müssten [1]). Die eingezogene Habe der Gerichteten und Flüchtigen diente zur Erhaltung des Heeres, in den wichtigsten Städten des Landes übte die Besatzung neuaufgeführter Zwingschlösser das Schergenamt gegen die Bürger; Edle, an denen das Volk mit gläubigem Vertrauen hing und deren freudiger Muth die reichsten Siege für Philipp II. erfochten hatte, waren unter den Streichen des Nachrichters gefallen, und in Folge des masslosen Druckes von willkürlich auferlegten Steuern gingen die einst blühenden Landschaften unheilbarer Verarmung entgegen. Da griff der Verzweifelnde noch ein Mal zur Wehr, die Kirchhofsstille wandelte sich in den Ruf nach Rache, und im Verlangen nach Wiedereroberung verlorener Freiheiten und Rechte von der einen, nach Behauptung eines Glaubens, der der Seele Seligkeit verbürgte, von der andern Seite, begann man einen Kampf, der kein Erbarmen kannte. Es war ein vielgliederiger Krieg, gleichzeitig an allen Puncten erglühend, nicht, wie früher, planlos und durch lockere Banden geführt, sondern getragen von der einheitlichen Macht, mit welcher die Staaten Hollands Wilhelm von Oranien bekleidet hatten.

Jetzt erst erkannte Philipp II. den mit der Sendung Alba's begangenen Fehlgriff, die Unausführbarkeit eines Schreckenssystems, das mit jedem Blutzeugen eine Rächerschaar weckte und selbst in Gegenden, welche bis dahin am Königthum und an der römischen Kirche gehalten hatten, den doppelten Abfall verbreitete. So fand endlich Alba's Bitte um Abberufung Gehör und statt seiner wurde der Grosscomthur von Castilien, D. Luis de Requesens, aus der Statthalterschaft in Mailand nach den Niederlanden gesandt.

Am 17. November 1573 traf der neue Statthalter mit zwei Geschwadern italienischer Reiter in Brüssel ein, ein besonnener, milder, dem Volke zugänglicher Mann, in gleichem Grade zur Versöhnung geeignet, wie sein Vorgänger durch Härte und starre Willkür abgestossen hatte. So zeigte er

[1]) Alba an den König; Brüssel, 13. April 1568. Coleccion etc., Th. 4.

sich schon bei der ersten Berührung mit den Ständen von Brabant und Flandern, als er ihnen seine Beglaubigung vorlegte und den Wunsch nach Frieden aussprach. Zu Gnadenbewilligungen und zum Verzeihen bereit, begann er mit der Entlassung vieler von Alba angestellten Beamten und trat selbst hartnäckigen Gegnern mit Ansprüchen der Billigkeit entgegen. Er war nicht abgeneigt, die ohne Beirath der Stände ausgeschriebenen Steuern abzuschaffen, den Blutrath aufzuheben und alle fiscalischen Processe den landesüblichen Gerichtshöfen zu überweisen. Der Niederländer verstand diesen milden Spanier nicht, und indem er Verstellung fürchtete, oder in dessen Nachgiebigkeit nur das Geständniss der Schwäche zu erblicken glaubte, steifte er sich im Widerstande. Die Aufgabe von Requesens, an dem politischen System des Königs festzuhalten und gleichzeitig die Erinnerung an das Verfahren Alba's zu verwischen, die Provinzen zum Niederlegen der Waffen zu bewegen, ohne ihnen die von den Vätern erworbenen ständischen Rechte und Freiheiten zurückzugeben, war nicht ausführbar. Die Concessionen, zu denen man sich in Madrid bereit erklärte, kamen theils zu spät, theils zeigten sie sich der Befriedigung billiger Wünsche nicht entsprechend, und da die mit Nachdruck geforderte Glaubensduldung und die Entfernung des spanischen Heeres von Requesens, ohne Ueberschreitung seiner Vollmacht, nicht zugestanden werden konnte, so musste die Entscheidung abermals der Waffengewalt anheim fallen.

Im Anfange stand das Glück nicht auf Seiten Spaniens. Bis auf Middelburg waren Oranien's Anhänger Herren über ganz Seeland und Walchern. Zum Entsatze Christoval's de Mondragon, welcher in der genannten Feste bis zum Aeussersten bedrängt war, sandte Requesens zwei Schaaren unter Sancho Davila und Julian Romero; Beide wurden, als sie die Schelde hinabfuhren, von den überlegenen Geusen fast vernichtet, worauf Mondragon mit seiner kleinen Mannschaft ehrenvollen Abzug von Oranien erwarb. Wurde nun auch dieser Unfall durch den Sieg, welchen Davila und Bernardino Mendoza auf der Haide bei Mook über Ludwig von Nassau und den Pfalzgrafen Christoph davontrugen, reichlich aufgewogen, so war doch Requesens durch den in seinen unbesoldeten Regimentern ausgebrochenen Aufstand verhindert, die Niederlage der Gegner im ganzen Umfange auszubeuten. »Erst gebt uns«, erwiederten die Meuterer einem Jesuiten, der sie zufrieden zu sprechen suchte, »erst gebt uns den schuldigen Sold, dann wollen wir gern eure Predigt hören; an guten Worten hat man uns nie Mangel fühlen lassen; wenn man aber unser für den König vergossenes Blut in eine Wagschale und das uns schuldige Silber in die andere legte, es würde das Blut schwerer wiegen.« Die Aufständischen besetzten aus ihrer Mitte eine Soldatenregierung, zogen auf Antwerpen, drängten die wallonischen Fähnlein hinaus und leisteten einen Schwur, die Stadt nicht eher zu verlassen, als bis ihre Ansprüche befriedigt seien. Es waren die besten Regimenter Philipp's II., und Requesens konnte ihrer eben jetzt am wenigsten entbehren. Deshalb gestand er ihnen die Berechtigung ihrer Forderungen zu, verpfändete sein Wort, ihnen genügen zu wollen, und versetzte zu dem Zweck sein Silbergeschirr. Doch verstrich viel Zeit, bis er seiner Zusage theilweise nachkommen konnte. Die ihm gebliebenen Streitkräfte aber sandte er unter Francisco Valdez zunächst gegen das von den Niederländern befestigte Leyden. Er hoffte auf diese Weise die Gegner von einem Einfalle in Brabant abzuhalten und zugleich in Holland zu beschäftigen, wenn die zu Santander in Rüstung begriffene Flotte lande. Nun gelang es ihm freilich, sich einiger Festen in Holland zu bemächtigen; aber der plötzliche Tod des Admirals Pedro Melendez verhinderte das Auslaufen der Flotte aus dem Hafen von Santander und die wenigen spanischen Kriegsfahrzeuge in den Gewässern der Niederlande gingen bei Antwerpen vor den Geusen zu Grunde.

In gesteigerter Erbitterung griff man damals auf beiden Seiten zu den gehässigsten Mitteln, um den Widersacher zu vernichten. Requesens erhielt vom spanischen Gesandten in London die Nachricht, dass ein Irländer zu seinem Morde erkauft sei, und Philipp's II. Geheimschreiber, Gabriel de Zayas, klagte, dass der Engländer, welcher sich zur Beseitigung Oranien's verpflichtet habe, ihn zu hintergehen scheine. Nahm sich doch der König selbst dieser Angelegenheit an, indem er Requesens rieth, sich eines geflüchteten Niederländers gegen die Zusage von Gnade und Rückgabe des Vermögens zu bedienen, um Oranien aus dem Leben zu schaffen. Leyden trotzte allen Angriffen, unbeirrt durch Hunger und Seuchen, bis, nach Oeffnung der Schleusen und Durchstechung der Deiche, das Meer Wiesen und Saatfelder überfluthete und der Geusenflotte gestattete, den Muthigen Rettung zu bringen.

Zu jener Zeit fand sich bei Requesens in Antwerpen der vom Kaiser Maximilian II. abgesandte Graf von Schwarzburg ein, um eine Ausgleichung zwischen Philipp II. und seinen niederländischen Provinzen anzubahnen. Dazu boten der Statthalter und Wilhelm von Oranien gleich willig die Hand. In Breda, wo sich die Abgeordneten Spaniens und der Staaten von Holland und Seeland zusammenfanden, begannen unter Vorsitz des Grafen von Schwarzburg die Verhandlungen. Es war ein eitel Mühen, den von beiden Seiten scharf gestellten Forderungen gegenüber, eine Verständigung zu erzielen. Wenn Holland die Entfernung aller Spanier, Wiederherstellung der alten Landesrechte, Nichtigkeitserklärung der von Alba und seinem Blutrath ausgegangenen Acte, volle Gewissensfreiheit und Wiedereinsetzung der gräflichen Häuser Egmont und Hoorn in Güter und Ehren als unerlässliche Grundlage des Vergleichs aufstellte, so zeigte sich Spanien allerdings zur Anerkennung der Landesprivilegien und Cassation der unter Alba erfolgten Verurtheilungen bereit, bestand aber zunächst auf Entwaffnung der nördlichen Landschaften und war so wenig geneigt, auf Glaubensduldung einzugehen, dass es als höchstes Zugeständniss die ungehinderte Auswanderung der Ketzer einräumen zu können erklärte. Daran scheiterten die Conferenzen und man trennte sich mit der Ueberzeugung, dass unter den bestehenden Verhältnissen und Stimmungen einem wiederholten Versuche zur Herstellung des Friedens nicht Raum gegeben werden dürfe. Somit war der Wiederausbruch des Krieges unvermeidlich.

Von der Ansicht ausgehend, dass die Unterwerfung der Abtrünnigen durch das verhiessene Eintreffen einer spanischen Flotte bedingt sei, wollte Requesens dieser einen günstig gelegenen Hafen sichern. Daher sein Zug gegen Seeland, um sich in den Besitz von Zierikzee zu setzen. Mit deutschen und wallonischen Regimentern unter Mondragon, spanischen unter Osorio de Ulloa, bewerkstelligte er, nicht ohne grossen

Verlust an Mannschaft, den Uebergang auf die Insel Schouwen, schloss Zierikzee ein und kehrte, indem er die Belagerung desselben seinen Obersten überliess, siech und ruhebedürftig nach Antwerpen zurück. Unlange darauf erfolgte sein Tod (5. März 1576) so plötzlich, dass er kaum noch die vom Könige ihm ertheilte Vollmacht auf die Grafen von Barlaimont und Peter Ernst von Mansfeld — Ersterer sollte der Verwaltung, Letzterer dem Heere vorstehen —, mündlich übertragen konnte. Eine hierauf bezügliche Acte mit seiner Unterschrift zu versehen, vermochte er nicht mehr, weshalb die Ernennung für kraftlos erachtet wurde und, der Landesverfassung gemäss, der Staatsrath in Brüssel die Regierung einstweilen in die Hand nahm, bis eine Entscheidung von Madrid eingelaufen sein würde. Von der Hoffnung getragen, dass eine wesentlich mit Eingeborenen besetzte Verwaltung auf die Stimmung der Niederländer versöhnlich einwirken werde, bestätigte der König vorläufig die Geschäftsführung des Staatsraths. Nur zwei Spanier, Luis del Rio und Geronimo de Roda, sassen neben fünf Niederländern, dem Grafen von Mansfeld und dem Burgunder Barlaimont in demselben.

Im Staatsrath zu Brüssel standen die spanische und patriotische Partei einander scharf gegenüber. Mit Hass und Furcht sah die eine, mit Hoffnung und Vertrauen die andere auf Wilhelm von Oranien, der durch Briefe und Botschaften seine Anhänger fester an sich zu knüpfen suchte. Gleichwohl sprach sich die allgemeine Stimmung für eine Rückkehr zum Gehorsam gegen den König aus, falls nur das Land vom Joche der spanischen Soldateska befreit werde. Aber eben von dieser Seite sollte die Veranlassung zum unheilbaren Bruch erfolgen. Durch den Tod von Requesens vollends entzügelt, verliessen die unbesoldeten spanischen Regimenter eigenmächtig Seeland, um sich auf die reichen Südprovinzen zu stürzen. Als sie verheerend in Brabant einbrachen, erklärte sie der Staatsrath für rebellisch und äusserte sich zugleich in einem Schreiben an den König dahin, dass seine Autorität nicht ausreiche, um den Hass der Niederländer gegen die fremden Meuterer zu bändigen. Die Werbungen, welche die Stände von Brabant in der Eile veranstalteten, konnten den erforderlichen Schutz nicht verheissen, und nur von dem raschen Einschreiten

Oranien's glaubte man noch Rettung erwarten zu dürfen. Nun traf freilich in Brüssel die Ernennung D. Juan's zum Statthalter ein; aber eben hierin fand Oranien eine Veranlassung, in verdoppelter Thätigkeit die Spaltung zu erweitern und namentlich die Abgeordneten von Brabant und Hennegau zum offenen Abfall von Spanien zu drängen. Es kam ihm Alles darauf an, einen fest geschlossenen Widerstand in's Leben gerufen zu haben, bevor noch Name und Persönlichkeit des neuen Statthalters die Stimmung in Brabant bedinge. Auf seinen Betrieb und nicht ohne Uebereinstimmung mit den Ständen von Brabant begab sich (4. September) Wilhelm von Hoorn, Herr von Heeze, mit Bewaffneten nach dem Palaste des Staatsraths in Brüssel und brachte die Grafen von Mansfeld und Barlaimont, den Präsidenten Viglius und die beiden obengenannten Castilianer, somit Alle, welche die s. g. spanische Partei bildeten, in Haft. Hiernach wurde Philipp von Croy, Herzog von Aerschot, zum General von Brabant ernannt, die allgemeine Bewaffnung geboten und ein Aufruf zur Versammlung der Generalstaaten erlassen. In Brabant, Hennegau, Artois, Flandern, Holland und Seeland schienen Adel und Prälaten, Bürger und Bauern fest entschlossen, der bisherigen spanischen Gewaltherrschaft sich nicht länger zu beugen. Man wolle, schrieben die Staaten dem Könige [1]), im Glauben und Gehorsam nicht wanken, bestehe aber auf Abberufung des Heeres. Das einzige Luxemburg wich nicht von der Treue gegen den König. In Gent, obwohl die dortige Citadelle von Spaniern besetzt gehalten wurde, traten die Generalstaaten zur Berathung zusammen; von dort richteten sie ihr Gesuch um Unterstützung an England und Frankreich und beschworen Oranien um seine Unterstützung zur Abwehr der Meuterer.

Zu eben jener Zeit stand von dem Heere Philipp's II. in den Niederlanden ein einheitliches Verfahren nicht zu erwarten. Nicht nur dass seit dem Tode von Requesens der Vertrauen erweckende Führer fehlte und die unter einem Alba sprüchwörtlich gewordene Kriegszucht der Spanier in eine Zügellosigkeit verkehrt war, welche alle Bande des Gehorsams

[1]) 17. October 1576. Gachard, Actes des états généraux des Pays-Bas, Th. 1.

zerrissen hatte, es standen auch Regimenter und Fähnlein auf weitem Gebiete zerstreut, von einander getrennt, zum Theil in Festen und Städten eingeschlossen, ohne gegenseitige Verbindung, zum Theil im offenen Zerwürfnisse mit den deutschen und burgundischen Kampfgenossen. Schon im September hatten die Staaten in Brüssel unter der Versicherung, im Glauben und im Gehorsam gegen den König verharren zu wollen, den deutschen Söldnern des Grafen von Eberstein Zahlung des rückständigen Soldes zugesagt, falls sie sich den aufgestandenen spanischen Regimentern nicht zugesellen würden [1]), dann dem Grafen ein Geschenk von 50,000 Gulden verhiessen, wenn er seine Untergebenen bewege, sich unter den Befehl des Staatsraths zu stellen [2]). Der erstgenannten Forderung nachzugeben, fand keinen Anstand; einem Eingehen auf die zweite stand der Fahneneid entgegen. Im Namen der Obersten aus dem oberen Deutschland bat Polweiler die Staaten, sich vorläufig mit den Spaniern zu vergleichen, bis ein vom Könige erwarteter Bescheid die Angelegenheiten ordne; er that noch den zweiten Schritt und unterzog sich der Vermittelung, indem er die Forderungen des spanischen Heeres: Freilassung der verhafteten Mitglieder des Staatsraths, Waffenstillstand und Anweisung von Quartieren, in denen die Regimenter bis zum Eintreffen königlicher Befehle ein Unterkommen fänden, den Staaten vorlegte [3]). Doch war die Erbitterung auf beiden Seiten zu weit gediehen, als dass eine Verständigung hätte erfolgen können. Schon verlangten die Abgeordneten von Brabant, Flandern, Hennegau und Namur, dass der Staatsrath den Obersten Fugger und den entschlossenen Sancho Davila des Amtes als Befehlshaber entsetze und dagegen aus den Bürgern Antwerpens ein Regiment von zehn Fähnlein unter dem Herrn von Champagney, dem Bruder Granvella's, errichten lasse [4]). Als die deutschen und wallonischen Schaaren des Grafen von Eberstein einem flämischen Heerhaufen unter Philipp von Egmont das Thor von Antwerpen

---

[1]) **Gachard**, Actes etc., Th. 1, S. 6.
[2]) Ebendas. S. 16.
[3]) Ebendas. S. 11 und 14.
[4]) Ebendas. S. 10.

öffneten, zogen auf den Ruf von Sancho Davila, der sich auf die Behauptung der dortigen Citadelle beschränken musste, alle spanischen Obersten und selbst die meuterischen Regimenter in Alost zur Hülfe des Bedrängten heran und gewannen — es war an einem Sonntage, 4. November — Antwerpen. Philipp von Egmont wurde gefangen, der Graf von Eberstein fand seinen Tod in der Schelde, und 3 Tage lang wüthete der beutesüchtige Sieger mit Mord und Brand in der reichen, gewerbfleissigen Handelsstadt, deren Blüthe seitdem für immer geknickt war. »Es ist«, lautet der Bericht der dortigen Gemeine an die Staaten [1]), »die grösste Handelsstadt Europa's, die Pflegerin von Kunst, Wissenschaft, Industrie und katholischem Glauben, die nie im Gehorsam gegen den König gewankt hat, an Einem Tage von der Höhe der Ehre und des Glücks in einen Abgrund von Elend gestürzt und zur Spelunke von Räubern und Mördern geworden, die von Gott und König nichts wissen. Greise, Frauen und Kinder sind von ihnen ohne Unterschied erschlagen, die zum Theil dem Auslande angehörigen Niederlagen von Waaren beraubt oder verbrannt, und auch das prächtige Rathhaus mit allen seinen Schätzen an Urkunden und Freibriefen ist der Flamme zur Beute geworden.«

Dieses Ereigniss drängte für den Augenblick das provincielle Parteiwesen und den Widerstreit der Confessionen bei den Niederländern in den Hintergrund, trieb die Generalstaaten zum beschleunigten Handeln und erleicherte die von Oranien angestrebte Union aller Provinzen. Den hierauf bezüglichen Berathungen lagen die Bedingungen des Congresses von Breda zum Grunde, und schon am 8. November 1576 wurde von sämmtlichen Landschaften, mit alleiniger Ausnahme Luxemburgs, die s. g. Pacification im Stadthause zu Gent unterzeichnet. Dieser Acte zufolge blieb die Autorität des Königs dem Namen nach anerkannt, während den Generalstaaten die Befugniss zugesprochen wurde, alle Angelegenheiten des Landes zu ordnen; dem katholischen Glauben wurde, vorläufig mit Ausnahme von Holland und Seeland, ungetrübte Aufrechterhaltung, den Anhängern der reformirten Kirche Duldung

---

[1]) Gachard, Actes etc., Th. 1.

zugesichert, jedes gegen Ketzerei erlassene Mandat für ungültig erklärt; Spaniens Heer sollte ohne Verzug das Land verlassen, ohne dass die Meutereien desselben einer Ahndung unterzogen würden; die mit Sequester belegten Güter sollten ihren rechtmässigen Eigenthümern, die entzogenen Beneficien der Geistlichkeit zurückgegeben werden. Es war die allen Landschaften gleichmässig drohende Gefahr, welche diese Einigung hervorrief und, ob auch nur für kurze Zeit, den alten Hader der Stände, den Parteigroll der Provinzen, Glaubenszwist und Sonderstellung des Adels, selbst die Eifersucht und das Misstrauen des Herrenstandes in den südlichen Landestheilen gegen Oranien vergessen liess.

An dem nämlichen Tage, an welchem die Einnahme und Plünderung Antwerpens durch das spanische Heer erfolgte, betrat D. Juan das belgische Gebiet.

Schon im August oder spätestens im September hatte der Staatsrath in Brüssel dem Eintreffen des neuen Statthalters und Generalcapitains entgegengesehen, und in der Hoffnung, dass diesem die Lösung der Wirren gelingen werde, um möglichste Beschleunigung der Ankunft angehalten; er möge, knüpfte sich hieran die Bitte, mit dem festen Vorsatze kommen, den Weg des Friedens einzuschlagen und dem verheerten Lande, in welchem 50- bis 60,000 zuchtlose und schlechtbezahlte Söldner das Volk zum allgemeinen Aufstande zu drängen drohten, die Fortsetzung des Krieges ersparen [1]). Mit denselben Vollmachten, welche 1559 der Herzogin von Parma ertheilt waren, als Lieutenant, Gouverneur und Generalcapitain der Niederlande, bekleidet [2]), hatte D. Juan, wie oben bemerkt ist, in stürmischer Eile den Weg durch Frankreich zurückgelegt. Er hatte sich die seiner harrenden Schwierigkeiten und Gefahren nie verhehlt; aber er bot ihnen im Vertrauen auf sein Glück und die Verheissungen, welche er brachte, fröhlichen Muthes die Stirn; ging doch über sie der Weg zu einem Königsthron, den die Befreiung der schönsten Frau in England verhiess. Er durfte, den vom Könige mitgegebenen

---

[1]) Der Staatsrath an D. Juan; Brüssel, 6. August 1576. Gachard, Correspondance de Phil. II., Th. 4, S. 285.

[2]) Das Patent datirt vom 1. September 1576.

Instructionen gemäss, den Niederländern die Wiederherstellung ihrer alten Privilegien und ständischen Rechte wie zu den Zeiten Karl's V., die Aufhebung des Blutraths, unparteiische Rechtspflege vor den herkömmlichen Gerichtshöfen der Provinzen, Verabschiedung der deutschen Fähnlein und eine allgemeine Amnestie verheissen, von der nur Wilhelm von Oranien ausgeschlossen bleiben sollte [1]). Der König hatte ihm an's Herz gelegt, die bisherigen Excesse, Kränkungen des Rechts und der königlichen Diener für immer der Vergessenheit zu übergeben, und die Hauptfrage, den von den Staaten verlangten Abzug des spanischen Heeres betreffend, in so weit ganz auf seine Entscheidung verstellt, als ihm ein Eingehen auf diese Forderung unverwehrt blieb, falls dadurch die angestrebte Pacification mit Sicherheit erreicht werde [2]).

Es mochte dem Könige einen schweren Kampf gekostet haben, in dieser Frage den Ansichten Espinosa's beizupflichten und, im scharfen Widerspruche zu dem Dafürhalten Alba's, dem Verlangen des Volkes nachzugeben. »Ich habe«, erklärte der Herzog im Staatsrath, »die niederländischen Rebellen gezüchtigt, ihre Heere geschlagen und ihre Städte genommen; aber alle meine Erfolge sind durch die unzeitige Milde von Requesens wieder verloren gegangen, und nach ihm hat der Conseil in Brüssel nichts verabsäumt, um die spanische Herrschaft zu vernichten. Es wird das Land nicht eher die Waffen freiwillig niederlegen, als bis alle seine masslosen Forderungen befriedigt sind; denn ob auch manches Uebel durch Nachsicht gebessert werden mag, so fruchtet doch gegen Ketzerei nur Feuer und Schwert.« »Durch seine blosse Persönlichkeit«, schloss er, »kann D. Juan keinen Erfolg erzielen; er muss an der Spitze eines starken Heeres auftreten, und reicht zu dessen Aufstellung der Schatz nicht, so mag das Kirchengut aushelfen, denn es gilt einem heiligen, für den Glauben geführten Kriege.« [3])

Es sprachen die Verhältnisse gewichtiger als das schwere Wort Alba's. Philipp II. verharrte nicht nur bei den obigen

---

[1]) General-Instruction für D. Juan; Madrid, 30. October 1576. Gachard, Corresp. etc., S. 453.

[2]) Philipp II. an D. Juan; Pardo, 31. October 1576. Ebendas. S. 468.

[3]) Histoire du duc d'Albe, S. 367 ff.

Concessionen, er ging noch weit über sie hinaus, indem er D. Juan beauftragte, auf den Fall, dass nur dadurch die Brunst gelöscht und ein vollendeter Bruch vermieden werden könne, gegen alle Forderungen der Staaten sich willfährig zu bezeigen, sogar, wenn die Unterwerfung von Holland und Seeland dadurch bedingt werde, eine rechtliche Untersuchung gegen Oranien vor den Landesgerichten zuzulassen, nur dass der katholische Glaube und die königliche Autorität nicht angetastet und die Ablöhnung des Heeres durch die Staaten beschafft werde [1]). Dass den König damals zugleich der Hintergedanke geleitet habe, es sei nicht rathsam, D. Juan an der Spitze einer grossen Heeresmacht zu lassen, und dass er auch auf dem Grunde desselben Misstrauens den Statthalter mit den geringfügigsten Geldmitteln versehen habe [2]), entbehrt der Wahrscheinlichkeit. Seine Mahnung, die Provinzen ohne Anwendung von Waffengewalt und unter Bedingungen, die bis zur äussersten Grenze der Nachgiebigkeit führten, zum Gehorsam zurückzuleiten, blieb für geraume Zeit dieselbe, und beruhte auf der Ueberzeugung, dass die Erschöpfung Spaniens die Fortsetzung eines Krieges nicht erlaube, der stündlich zu den heikelsten Verwickelungen mit England, Frankreich und dem deutschen Reiche führen konnte.

Kaum war D. Juan in Luxemburg angelangt, als seine Mutter Barbara sich daselbst bei ihm einfand. Es war seit der Zeit, in welcher die Geburt des Knaben in Regensburg erfolgte, das erste und letzte Mal, dass Mutter und Sohn einander in's Auge blickten. Schon damals, als D. Juan seinen Escovedo von Neapel nach Madrid sandte (Mai 1576), um wegen der flandrischen Mission mit dem Könige Rücksprache zu nehmen, hatte er ihn mit der Anfrage beauftragt, welche Stellung er demnächst zu der Mutter einzunehmen habe. Nach seinem Dafürhalten war es erforderlich, dass dieselbe, so lange sie in den Niederlanden weile, auf einen Wohnsitz beschränkt bleibe, der ihr einen möglichst geringen Verkehr gestatte [3]). Wir ersehen daraus, dass D. Juan über

---

[1]) Gachard, Corresp. etc., Th. 4, S. 425.
[2]) Strada, lib. 10.
[3]) Gachard, Corresp. etc., Th. 4, S. 166 ff.

die Persönlichkeit der Frau nicht weniger gut unterrichtet war, als der König. Beide waren der Ansicht, dass aus der Gegenwart Barbara's in den Niederlanden die verdriesslichsten Folgen für die amtliche Würde des Statthalters erwachsen würden. Was früher Alba vergeblich zu erreichen versucht hatte, gelang jetzt dem Zureden des Sohnes: Barbara willigte in die Uebersiedelung nach Spanien und schiffte sich nach Laredo ein [1]).

Es war eine ihm völlig neue Welt, in welche D. Juan jetzt eintrat. Für sie reichten die Erfahrungen nicht aus, die er in den Sierras von Granada, als Admiral des Mittelmeeres und im Verkehr mit Adel und Staatsmännern in Neapel, Rom und Messina gesammelt hatte. Zwei Fragen, gleich schwierig in der Begrenzung wie in der Behandlung, die politische und die kirchliche, sollten durch ihn der Lösung entgegen geführt werden. Und doch waren bereits vor seiner Ankunft auf dem Gebiete des confessionellen Lebens stillschweigend Zugeständnisse gemacht, die füglich nicht wieder beseitigt werden konnten und die auch für die politische Stellung der Factionen entscheidend werden mussten. In Holland und Seeland hatte der neue Glaube offene Anerkennung gefunden. Beide Landschaften gaben seine feste Burg ab, von ihr aus begannen die Eroberungen auf Kosten Roms in den südlichen Provinzen. Dort stand als gewichtiger Hüter, schlagfertig mit Wort und Schwert, mit List und Intrigue, ein rastloser Arbeiter, auch wenn man seine Thätigkeit nicht gewahrte, nimmer ruhend, unfassbar, selbst wenn er in den Vordergrund trat, Wilhelm

---

[1]) Philipp II. verlangte, dass Barbara auch in Spanien aus dem Geheimnisse ihres einstigen Verhältnisses zum Kaiser nicht heraustrete. Deshalb begab sie sich, ohne den Hof zu berühren, von Laredo nach Cebrian de Mazote, dem Marques de la Mota zuständig; vor Valladolid wurde sie von der Marquesa und Madalena de Ulloa in Empfang genommen und einige Tage bewirthet, bis ihre Wohnung bei den Dominicanerinnen von Santa Maria la Real in Stand gesetzt war. Eine vom Könige ihr ausgeworfene Rente von 3000 Ducaten reichte auch hier zur Befriedigung ihrer Bedürfnisse nicht aus, so dass D. Juan verschiedentlich zur Uebersendung von Zuschüssen gezwungen war. Die letzten Jahre verbrachte sie in Colindres, wo sie 1598, dem Todesjahre Philipp's II., ihr Leben beschloss. Lafuente, Historia general de España, Th. 13, S. 431. Van der Hammen, S. 293.

von Oranien; ein gewandter Staatsmann und scharfblickender Politiker, unerschöpflich an Combinationen, mit allen Schleichwegen der Diplomatie vertraut, hinter sich im Norden die Bürgerschaften fast aller Städte, die im Gehorsam nicht schwankten. Gegenüber der jugendliche D. Juan, reich an Plänen, die oft weit auseinander liefen, geschwind und thatkräftig, aber ungeschickt zur Verstellung und ohne jene Zähigkeit der Geduld, die dem Vermittler unentbehrlich bleibt. Sein nächstes Ziel sind die Niederlande, und doch sollen ihm diese nur als Staffel zur Durchführung fern liegender Entwürfe dienen. Des Sieges auf freiem Felde ist er im voraus gewiss; künstlichen Machinationen, zugespitzten Deductionen der Parteien, einem Kampfe auf dem Gebiete schlauer Verhandlungen ist er weniger gewachsen, dazu fehlen ihm Stetigkeit und Mässigung. Sein Geist hat im Lagerleben die Schwingen entfaltet, wo Gehorsam und Zucht gelten, nicht in der Rathsstube. Wir sehen D. Juan fortwährend in und mit seiner Romantik ringen; ihm gelten Glaube, Ehre und Ruhm als Leiter, aber ihn beherrscht zugleich ein kalter und fester Wille aus weiter Ferne. Dagegen fusst Oranien auf dem Boden der Heimath, und fremdes Gebot hat über ihn keine Gewalt; er weiss entgegenstehende Kräfte sich dienstbar zu machen, und Vorsicht und Kühnheit gehen bei ihm Hand in Hand. Der Glaube ist ihm weniger Sache des Herzens als Mittel zum Zweck; er erkennt in ihm die Grundlage, welche die bürgerliche Freiheit trägt und nährt, und diese Freiheit ist sein Ziel, gleichviel wie weit sich hinter ihr Ehrsucht und Egoismus bergen. Er vertritt das calvinistische Princip und den Willen eines Volkes, sein Gegner die Autorität der römischen Kirche und seines königlichen Herrn.

Diese Zeit der Ankunft D. Juan's, als alle Verhältnisse sich noch ungeordnet und im Schwanken zeigten, war für Oranien überaus günstig. Die ganze Sendung D. Juan's trug unverkennbar das Gepräge der Nachgiebigkeit Philipp's II., des Versuchs von neuen, bisher verschmähten Wegen. Gleichwohl fürchtete Oranien den persönlichen Einfluss des Ankömmlings, namentlich auf den belgischen Adel. Deshalb griff er zu Verdächtigungen; er wollte den Gegner zunächst waffenlos sehen, um ihm Gesetze vorschreiben zu können, und er verlangte aus diesem Grunde als Bedingung der Anerkennung die Wehrlosigkeit desselben. Ein feines und gewagtes Spiel; aber dieser Oranien, der sich nie übereilte und deshalb nie um einen Schritt zurück zu gehen brauchte, der Zustände und Stimmungen erfinderisch zu seinem Nutzen zu verwenden wusste, war ihm gewachsen.

Am 4. November 1576 setzte D. Juan den Staatsrath in Brüssel von seiner an dem nämlichen Tage erfolgten Ankunft in Luxemburg in Kenntniss, sprach den Wunsch nach baldiger Zusendung einiger Vertrauensmänner behufs der Verständigung aus und fügte die Bitte hinzu, dass man, aus Liebe zu Gott, zum Könige und zu den Landschaften, zunächst das Augenmerk auf einen Waffenstillstand richten möge, hinsichtlich dessen er seinerseits auf die spanischen Söldner kräftigst einwirken werde [1]). In Folge dieses Schreibens beschloss der Staatsrath [2]) die Sendung des Herrn von Heeze nach Luxemburg, um, unter wiederholter Versicherung, dass man am Glauben und am Gehorsam festzuhalten gesonnen sei, D. Juan nach Brüssel einzuladen. Dass Letzterer unter den gegebenen Verhältnissen die Fahrt dahin nicht ohne ein bewaffnetes Gefolge antreten zu können erklärte, dürfte selbst seinen Widersachern nicht auffällig erscheinen. Seine erste Amtshandlung bestand in dem an die spanischen Regimenter erlassenen Befehl, sich jeder Feindseligkeit gegen die Staaten zu enthalten.

D. Juan war mit dem aufrichtigen Verlangen nach rascher Herstellung des Friedens gekommen; die ernstliche Absicht Philipp's II. war eben hierauf gerichtet, und in diesem Sinne hatte auch Cardinal Granvella die Mission D. Juan's gebilligt [3]). Das wusste Oranien sehr wohl; aber die Aussichten, welche er an die so eben eingegangene Pacification von Gent knüpfte, wurden dnrch das Erscheinen von D. Juan erheblich getrübt, und deshalb liess er kein Mittel unversucht, um die Staaten von jeder Verhandlung mit dem Statthalter abzuhalten, und somit die Aussöhnung unmöglich zu machen. Jeden Ausspruch

---

[1]) Gachard, Collection de documens inédits concernant l'histoire de la Belgique, Th. 1, S. 354 ff.

[2]) 6. November. Gachard, Actes etc., Th. 1.

[3]) Groen van Prinsterer, Archives etc., Th. 3, S. XXXIX u. 476.

und jeden Schritt desselben unterzog er der schlimmsten Deutung, jedes Wort der Nachgiebigkeit und Verheissung bezeichnete er als gleissnerisch [1]); auch das leiseste Zugeständniss war ihm nichts Anderes, als ein Rückschritt auf dem eingeschlagenen Wege zur politischen und kirchlichen Freiheit. Bot ihm D. Juan's Persönlichkeit keinen Grund zum Misstrauen, so blieb dieser doch für ihn immer der Diener und Bruder Philipp's II. von Spanien. Daher seine wiederkehrenden Mahnungen an die Staaten, sich durch die Zusagen D. Juan's nicht fangen zu lassen und auf keine Verhandlung mit demselben einzugehen, bevor nicht die Landesprivilegien wieder hergestellt und alle von den Abgeordneten zujüngst getroffenen Verfügungen genehmigt seien [2]). Der neue Statthalter, schrieb er [3]), bezwecke durch den angetragenen Stillstand nichts weniger als die Ruhe und das Glück des Landes, sondern wünsche nur die Aufhebung der Belagerung von Gent und Valenciennes zu erreichen und Musse zur Bildung eines Heeres und zum Werben um Verbündete zu gewinnen; man müsse die Waffenruhe schon deshalb verwerfen, weil sie das Volk einschläfere und den Spaniern Gelegenheit verschaffe, den Raub aus Antwerpen über Mastricht nach Deutschland in Sicherheit zu bringen.

Die Verhandlungen nahmen indessen, trotz der Abmahnungen Oranien's, dessen wachsende Gunst beim Volke den Adel von Brabant und Flandern verdross, ihren Fortgang. In Luxemburg sah man die Deputationen der Staaten in rascher Folge kommen und gehen; es waren die Schwierigkeiten zu gehäuft, als dass so bald die sichere Grundlage für ein Uebereinkommen in Bezug auf die Anerkennung des königlichen Statthalters hätte gefunden werden können. Als damals, so wird berichtet [4]), ein Abgeordneter den Vorschlag machte,

---

[1]) »Vaines percussions et langaige abusiff.« Groen van Prinsterer, Archives etc., Th. 5, S. 542.

[2]) Gachard, Actes etc., Th. 1.

[3]) Middelburg, 14. November 1576. Gachard, Correspondance de Guillaume le Taciturne, Th. 3, S. 157.

[4]) Joh. Bapt. de Tassis, Commentarii de tumultibus belgicis, bei Papendrecht, Analecta belgica, Th. 2, S. 241.

dass D. Juan auf eigene Hand die Regierung übernehmen und sich von der Dienstbarkeit Philipp's II. lossagen möge, worauf die Staaten unverzüglich seine Herrschaft anerkennen würden, liess in diesem die Zumuthung der Felonie so heftig den Zorn aufsteigen, dass er den Dolch zückte. Der Aufforderung, in geringer Begleitung sich nach Namur zu begeben, um von dort durch den Adel nach Brüssel geleitet zu werden, glaubte D. Juan nur unter der mit Unwillen aufgenommenen Bedingung nachkommen zu dürfen, dass ihm die Mitnahme von fünf deutschen und zwei wallonischen Fähnlein gestattet werde. Eine am 3. December 1576 in Luxemburg getroffene vorläufige Uebereinkunft, derzufolge die spanischen Söldner zu Wasser fortgesendet, die Pacification von Gent aufrecht erhalten und dagegen die Staaten die Statthalterschaft D. Juan's anerkennen, im Glauben und im Gehorsam gegen den König verharren, die Geworbenen entlassen und jedem anderweitigen Bündnisse entsagen sollten, fand die Genehmigung in Brüssel nicht [1]), theils weil es manchen Mitgliedern des Staatsraths lästig fiel, aus einer gebietenden Behörde zu einer gehorchenden zurückzusinken, theils weil die Stände von Holland und Seeland die Bedingung hinsichtlich des Glaubens verwerfen zu müssen meinten [2]). Die am 6. December 1576 von einer Deputation des Staatsraths als unerlässlich für die Anerkennung des Statthalters aufgestellten Bedingungen kamen auf die Abführung des Heeres und Bekräftigung der Landesfreiheiten zurück und betrafen überdies die Entlassung aller Gefangenen, Anerkennung der Pacification, Amnestie und Berufung der Generalstaaten. Dass ihnen gegenüber D. Juan die Auflösung der staatischen Fähnlein ausgesprochen wissen wollte und in der Rückberufung seiner Regimenter, falls die Umstände solche erheischen sollten, freie Hand zu behalten wünschte, hintertrieb auch dieses Mal die Verständigung. Dazu kam, dass, wenn der Staatsrath anfangs die Entsendung des Heeres auf dem Wasserwege zugestanden hatte, jetzt die Deputirten der nördlichen Provinzen, weil sie fürchteten, dass dem Verlangen nach Einschiffung der Söldner ein beabsichtigter Ueberfall Seelands zum Grunde

---

[1]) Gachard, Actes etc., Th. 1.

[2]) Groen van Prinsterer, Archives etc., Th. 5, S. 568.

liege, die Entfernung auf dem Landwege forderten [1]). Auf den Wunsch, sich zur Wiederaufnahme der Verhandlungen nach Löwen oder Mecheln begeben zu wollen, war D. Juan einzugehen nicht abgeneigt, falls ihm die Begleitung eines Regiments von 3000 Mann gestattet werde und für die Sicherheit seiner Person einige niederländische Grosse dem Bischofe von Lüttich als Geisseln übergeben würden [2]).

Dieses Fehlschlagen jedes wiederholten Versuchs zur Einigung beruhte zum nicht geringen Theile auf der scharfen Opposition, mit welcher Oranien offen und heimlich dem Halbbruder Philipp's II. entgegentrat. Es genügte ihm nicht, an die Spitze aller Bedingungen die Entlassung des spanischen Heeres zu stellen, weil er der Ueberzeugung lebte, dass D. Juan diese nicht zugeben könne und wolle; er ging noch weiter, und in einem an die Staaten gerichteten Schreiben [3]) warf er die Frage auf, ob es nicht gerathen sei, solche Mitglieder des Staatsraths, welche auf Fortsetzung der Unterhandlung drängen und vielleicht gar mit D. Juan in geheimer Verbindung ständen, vorläufig in Haft zu bringen. Denn, fügt er hinzu, ohne einen gänzlichen Bruch und den festen Entschluss, fortan keinem Antrage von der andern Seite Gehör zu leihen [4]), könne man aus dieser unglücklichen Lage nie herauskommen. Wenn damals Viele der Ansicht waren, dass dieser Bruch durch die am 9. Januar 1577 in Brüssel von Prälaten, Herren und Städten abgeschlossene Union erfolgt sei, so war die Sachlage doch eine wesentlich andere. Denn wenn die von den Abgeordneten aller Provinzen, mit Ausnahme Luxemburgs, unterzeichnete Union allerdings die sofortige Vertreibung der Spanier, Aufrechterhaltung der Rechte des Volkes und Ausführung der Pacification zum Zweck hatte, so ging sie doch in so weit von dem Genter Vertrage zurück, als sie, statt der in ihm zugesicherten Gewissensfreiheit, die

---

[1]) Schreiben der Staaten in Brüssel vom 25. December 1576. Gachard, Actes etc.

[2]) Schreiben D. Juan's vom 1. Januar 1577. Ebendas.

[3]) 17. Januar 1577. Gachard, Correspondance de Guillaume le Taciturne, Th. 3, S. 181.

[4]) »Sans rompre du tout et à plat ceste négociation et totalement se résoudre à jamais plus ne l'ouïr en façon que ce soit.«

Behauptung des katholischen Glaubens hervorhob und damit den Weg zur Ausgleichung mit D. Juan offen hielt. Eben deshalb glaubten die nördlichen Landschaften, in welchen Calvin's Lehre die vorherrschende war, nur bedingt ihre Zustimmung ertheilen zu dürfen.

Trotz der zu zwei Malen erfolgten Weigerung des Staatsraths, die Artikel zu genehmigen, hinsichtlich deren zwischen seinen Vertrauensmännern und D. Juan ein Uebereinkommen getroffen war, ging Letzterer auf den Vorschlag zu einer Conferenz in dem unter Hoheit des Bischofs von Lüttich stehenden Städtchen Huy an der Maas ein und begehrte nur, dass die Deputirten dieses Mal mit genügenden Vollmachten ausgerüstet werden möchten. Im Beginn der hier gepflogenen Verhandlungen (24. Januar 1577), denen Gerhard Groesbeck, Cardinal-Bischof von Lüttich, Herzog Wilhelm von Jülich und der kaiserliche Abgesandte, Baron von Winnenberg-Beilstein, Präsident des Reichshofraths, als Vermittler beiwohnten, forderten die Deputirten einen unumwundenen Bescheid wegen Beitritts zur Pacification von Gent, Entlassung der fremden Söldner auf dem Landwege und Besetzung aller Festen mit einheimischen Geworbenen [1]). Die Aeusserung D. Juan's, dass er der Pacification nicht unbedingt beipflichten könne, trieb die Männer zu der Erwiederung, dass sie ihn für alle Folgen dieser Erklärung verantwortlich machten, und indem sie in Ausdruck und Forderung mit einer Derbheit und Schärfe auftraten, die in D. Juan das heisse Blut aufkochen liessen, also dass er ihnen in gesteigerter Heftigkeit begegnete, schied man in unerquicklichem Hader von einander. Um Mitternacht aber sandte D. Juan durch den Bischof von Lüttich und den Herzog von Aerschot den Abgeordneten versöhnliche Botschaft und den schriftlichen Bescheid, dass er die Pacification von Gent billige und in der Kürze seine Entscheidung über den Abzug der Spanier abgeben werde [2]).

Von zwei Fragen, welche bis dahin vorzugsweise die Aufmerksamkeit von D. Juan in Anspruch genommen hatten, betraf die wichtigere die Aufrechterhaltung des römisch-katho-

---

[1]) Tassis a. a. O., S. 240.

[2]) Bericht der Deputirten vom 30. Jan. 1577. Gachard, Actes etc., Th. 1.

lischen Glaubens; sie bildete die eigentliche Spitze der Forderungen, welche Spanien als unerlässlich für jede Unterhandlung aufstellte, die einzige, hinsichtlich welcher auf eine mögliche Nachgiebigkeit von Seiten des Königs nicht gerechnet werden durfte. Seit nun die Prälaten der Niederlande und die theologische Facultät zu Löwen auf Befragen ihr Gutachten dahin abgegeben hatten, dass die Pacification von Gent keine der römischen Kirche nachtheilige Bestimmung enthalte, stand von dieser Seite einem Eingehen auf das Verlangen des Staatsraths in Brüssel nicht allein kein Bedenken mehr im Wege, sondern der König durfte sogar der Erwartung Raum geben, dass die Staaten selbst für die volle Wiederherstellung der päpstlichen Autorität Sorge tragen und den Widerstand Oranien's und der calvinistischen Bevölkerung bekämpfen würden. Blieb doch den Letzteren nur die Alternative, entweder auf Frieden, und zwar unter hinlänglichen Garantien gegen die königliche Macht, einzugehen, oder einen Krieg wieder aufzunehmen, welcher die Herrschaft des Calvinismus in sichere Aussicht stellte.

Die zweite Frage galt der Entlassung des Heeres und erheischte eine um so ernstere Erwägung, als die Stellung des Statthalters zu den Staaten, seine amtliche Thätigkeit und politische Richtung wesentlich durch sie bedingt werden musste. Sie gab für D. Juan den Gegenstand sorgfältiger Berathung mit seinen Freunden Ottavio Gonzaga und Juan Escovedo ab. Ersterer glaubte ein Eingehen auf diese Forderung unter allen Umständen verwerfen zu müssen; er erkannte in ihr nur eine fein angelegte Intrigue Oranien's und war der Ansicht, dass die nächste Aufgabe des Statthalters darin bestehe, die Aufgestandenen zu unterwerfen und dann ihnen Gnade angedeihen zu lassen, nicht aber beim Antritt seines Amtes sich Bedingungen von den Unterthanen vorschreiben zu lassen. Anders Escovedo, der bei seiner Ankunft aus Spanien den entschiedenen Befehl des Königs mitgebracht hatte, zur Herbeiführung des Friedens kein Opfer zu scheuen, das nicht der Würde der Kirche oder der Krone zu nahe trete [1]). Er hob mit Nachdruck hervor, dass der

---

[1]) **Tassis** a. a. O., S. 246.

Abzug des Heeres gleichmässig von allen Classen der Bevölkerung begehrt werde, dass die Beibehaltung dieser zuchtlosen Regimenter die Wiederholung des unseligen Verfahrens von Alba zur Folge haben müsse, endlich, dass ja auch Margaretha von Parma die Regierung der Statthalterschaft ohne Beihülfe eines Heeres geführt habe. Ihm stimmte D. Juan nach schweren innern Kämpfen bei; es war ein tiefer Schnitt in sein Leben, aber er gestand sich auch, dass ein entgegengesetztes Verfahren dem Misstrauen des Königs Nahrung bieten werde, dass seine Aufgabe in den Niederlanden in einer auf freundlichen Wegen zu erreichenden Versöhnung bestehe; und in der begründeten Voraussetzung, dass die Pacification von Gent die Behauptung des katholischen Glaubens und des Gehorsams gegen den König verbürge, entschloss er sich, mit der Anerkennung derselben nicht länger zu säumen [1]).

Escovede's mahnende Worte gingen übrigens nicht aus seiner innern Ueberzeugung hervor; sie waren nur der Nachhall der in Madrid ihm ertheilten Anweisungen; Herz und Sinn standen bei dem Hoffen D. Juan's, das hart vor der Erfüllung so scharf und plötzlich geknickt werden sollte. Die Entlassung des Heeres und dessen Abzug auf dem Landwege verstellte die Ausführung des Plans der Befreiung von Maria Stuart abermals auf eine ungewisse Zukunft. Das traf D. Juan schmerzlicher als die gefangene Königin, zu welcher nur eine dunkle Kunde über das betreffende Unternehmen gedrungen war. Wir hören ihre Klage, dass sie im Verdacht eines geheimen Briefwechsels mit dem Bruder Philipp's II. stehe; und die Wahrheit ihrer Aeusserung, dass, wenn hinsichtlich ihrer mit demselben Verhandlungen gepflogen würden, sie wenigstens ihre Einwilligung dazu nicht gegeben habe, steht nicht zu bezweifeln [2]). Auf ähnliche Weise spricht sich die Königin noch zwei Monate später aus, mit dem Bemerken, dass, wenn D. Juan wirklich eine Landung in England beabsichtige, die Gefahr ihrer Lage dadurch nur erhöht werden könne [3]).

[1]) Lafuente, Historia general de España, Th. 14. — Evaristo de San Miguel, Historia de Felippe II. Madrid 1846. Th. 2.

[2]) Maria an den Erzbischof von Glasgow; Sheffield, 20. Januar 1577. Labanoff, Lettres etc., Th. 4, S. 346.

[3]) Ebendas. S. 364.

Wie Escovedo damals die Sache auffasste und wie er in die geheimsten Gedanken seines Freundes eingeweiht war, zeigt uns ein Schreiben desselben [1]) an Antonio Perez, gegen den er vertrauensvoll sein Herz ausschütten zu dürfen glaubte. »Unser Streben«, heisst es hier, »war auf einen Thron gerichtet, und jetzt gleichen wir Kranken, denen der letzte Trost auf Genesung genommen ist. Seitdem hat D. Juan, der sich dem Willen der Staaten unterordnen soll, Muth und Vertrauen auf eine Mission aufgegeben, für welche eine Frau, wie die Herzogin von Parma, geeigneter ist. Bleibt uns noch eine Aussicht, so ist es die, dass man das Heer vorläufig gegen die Hugenotten verwende, um nach Befinden der Umstände von Frankreich zurückgerufen zu werden. Denn D. Juan würde lieber an der Spitze von 6000 Fussknechten und 2000 Pferden für Wiederaufrichtung von Königthum und Glauben nach Frankreich ziehen, als noch länger mit diesen Niederländern in Worten hadern.« Deshalb, so schliesst Escovedo, wolle Perez nichts unversucht lassen, um den König für Abberufung des Statthalters zu stimmen, der nur auf diese Weise vom Untergange gerettet werden könne. — Leidenschaftlicher spricht sich D. Juan gegen Perez aus [2]): Seit er das Unternehmen gegen England habe aufgeben müssen, sei sein Leben für ihn begraben; in dieser Stellung noch länger auszuharren, falle ihm unmöglich; er werde plötzlich, und ohne dass man es ahne, am Hofe erscheinen, sollte er auch bis auf's Blut dafür gestraft werden [3]). Denn lieber wolle er in Ungehorsam als in Schande verfallen. Wenige Tage später [4]) schreibt er demselben vermeintlichen Freunde: »Ich denke am liebsten nur noch an ein Clausnerleben, das doch wenigstens das geistige Ringen nicht als eitel erscheinen lässt; ich bin so wenig für die Niederlande geschaffen, wie diese für mich, und mich treibt es, mit und ohne Recht diese Gegend zu verlassen. Wer mich liebt, muss darauf sinnen, mich vor

---

[1]) 3. Februar 1577. Motley, The rise etc., Th. 3, S. 189.

[2]) 10. Februar 1577. Bermudez de Castro, Antonio Perez. Madrid 1841.

[3]) »Aunque piense ser castigado á sangre.«

[4]) 16. Februar 1577. Motley a. a. O., Th. 3, S. 191.

Ungehorsam und Infamie zu retten, denn hier steht für mich beides, Ehre und Seligkeit, auf dem Spiele.«

Am 12. Februar 1577 veröffentlichte D. Juan, nach eingeholter Genehmigung Philipp's II., zu Marche-en-Famenne ein Manifest (s. g. edictum perpetuum), vermöge dessen er bei seinem fürstlichen Worte gelobte, an dem in Gent abgeschlossenen Frieden mit Treue zu halten und die durch denselben in Aussicht gestellte Berufung der Generalstaaten zu fördern. Er versprach, dass das fremde Kriegsvolk, sobald demselben der rückständige Sold von den Staaten ausgezahlt sei, innerhalb 20 Tagen die Niederlande, mit Ausnahme der Provinz Luxemburg, in welcher die Besatzung noch für eine doppelt so lange Zeit zurückbleiben dürfe, räumen solle, sagte die Freiheit der Gefangenen, namentlich des Grafen Philipp von Büren, eines Sohnes Wilhelm's von Oranien, die Aufrechterhaltung der alten Privilegien und Bräuche, die den Staaten zustehende Entscheidung über die Wiederanstellung der während der Bewegung abgesetzten Beamten zu und nahm dagegen die Behauptung des katholischen Glaubens, Anerkennung der königlichen Oberhoheit, Entlassung der von den Provinzen Geworbenen, Verzicht auf jedes vom Staatsrath oder den Staaten mit dem Auslande geschlossene oder abzuschliessende Bündniss und die nach erfolgtem Abzuge des Heeres ihm zu leistende feierliche Huldigung in Anspruch [1]).

Von welcher Stimmung D. Juan damals getragen wurde und mit welcher Wärme und Resignation er sich den Pflichten seiner Aufgabe unterzog, verräth ein Schreiben an Garcia de Toledo [2]), in welchem er klagt, dass er sich über einige hart auf ihm lastende Friedensartikel habe hinwegsetzen müssen, weil es dem Glauben und der Herrschaft des Königs gegolten, dann aber hinzufügt, Gottes Gnade habe ihm Geduld verliehen, das scheinbar Unmögliche zu tragen, um ein armes, verblendetes Volk aus einer Leidenschaft zu reissen, die das Gemüth gegen das eigene Glück verhärte. Was ihm, ant-

---

[1]) Considerant, Histoire de la révolution du XVI siècle dans les Pays-Bas. 2. Auflage. S. 269 ff.

[2]) de Marcha, 21. Februar 1577. Coleccion de documentos inéditos, Th. 3, S. 177 ff.

wortete Garcia [1]), hinsichtlich der Niederlande mit Besorgniss erfülle, sei, dass die dortige Krankheit auf dem Verlangen nach unbegrenzter Freiheit beruhe, und dass man, dem geschwächten Spanien gegenüber die Forderungen steigern werde. Die alten Privilegien möge man ihnen immerhin gönnen, wenn nur der Glaube unangetastet bleibe; aber er fürchte, dass man bei dem geschworenen Eide nicht stehen bleiben werde, denn Ketzerei sei ein Uebel, das nicht gut anders als mit dem Messer geheilt werden könne [2]).

Durch das Edictum perpetuum sah sich Oranien in seinen Berechnungen betrogen; er würde, wenn er diesen Grad der Nachgiebigkeit von Seiten Spaniens für möglich gehalten hätte, seine Forderungen ungleich höher gespannt haben; er glaubte in dem ganzen Verfahren von D. Juan nur Verstellung, eine listige Falle für die angestrebte Freiheit erkennen zu dürfen und beschwor deshalb die Stände, mit verdoppelter Vorsicht bei der Prüfung eines Manifestes zu verfahren, das die Berufung der Generalstaaten von dem Willen des Königs abhängig mache und einem für rebellisch erklärten Heere nicht nur die volle Löhnung, sondern sogar den Abzug mit der geraubten Beute zusichere. Diese Vorstellungen verfehlten jedoch den beabsichtigten Eindruck auf die Staaten. Die Majorität derselben zog eine Ausgleichung dem von Oranien betriebenen unheilbaren Bruche mit Spanien vor. Fürchtete man doch nicht ohne Grund den wachsenden Einfluss der Volkspartei, die vom Prinzen geförderte Gestaltung eines democratischen Regimentes; überdies hatte dessen herbes Einschreiten gegen einige holländische Städte, welche der Pacification beizutreten geneigt waren, vielfach Missmuth erregt. Dessenungeachtet fühlte man sich gedrungen, vor Abschluss der Verhandlungen dessen Ansicht einzuholen. Die Erwiederung desselben, dass er in dieser Beziehung ein Gutachten nicht abgeben könne, bevor er nicht das Dafürhalten der augenblicklich nicht versammelten Stände von Holland und Seeland eingeholt habe, lautete so absichtlich ausweichend, dass die Staaten in Brüssel,

---

[1]) Neapel, 23. März 1577. Coleccion etc., Th. 3, S. 177 ff.

[2]) »Porque la heregia es una peste que si no es con cuchillo mal se puede remediar.«

um jeder Vertagung des Friedens vorzubeugen, am 17. Februar die Unterzeichnung des Edictum perpetuum vollzogen [1]).

Hiernach zeigte sich freilich Oranien bereit, trotz seiner Beschwerde, dass den nördlichen Provinzen eine zu geringe Berücksichtigung zu Theil geworden sei, dem Vertrage beizupflichten, aber nicht ohne die angehängte Bedingung, dass man sich verbindlich machen möge, bis zur Entfernung der fremden Söldner jeden Verkehr mit D. Juan abzubrechen [2]). Wenn damals Letzterer dem Könige klagte, dass Oranien unter allen Umständen entschlossen sei, sich durch den von ihm anerkannten Vertrag nicht binden zu lassen, so findet diese Angabe in dem Auftreten des Prinzen, der seinen Unwillen über das im Volke sich kundgebende Verlangen nach Ruhe unverholen aussprach und fortwährend beflissen war, zwischen den Staaten und dem ernannten Statthalter Zerwürfnisse hervorzurufen und zu nähren, hinlängliche Bestätigung [3]). Der König, schrieb Oranien seinen Anhängern in Brüssel [4]), könne das Geschehene so wenig verzeihen, dass vielmehr sein Sinnen auf Rache und gänzliche Unterwerfung des Landes bleibend gerichtet sein werde; dem könne man nur so lange, als die neue Statthalterschaft noch nicht anerkannt sei, erfolgreich entgegenwirken, indem man treu und eng zusammen halte, die Citadellen in den Städten breche oder wenigstens unter zuverlässige Befehlshaber stelle, den Staaten, welche eine möglichst unabhängige Stellung vom Staatsrath einnehmen müssten, das freie Versammlungsrecht zusichere und sich weder von den Schmeichelworten D. Juan's umgarnen, noch von dessen Drohungen einschüchtern lasse.

Wie richtig D. Juan die massgebenden Verhältnisse erkannte, erhellt aus der Mittheilung desselben an den König [5]):

---

[1]) Die Ratification desselben von Seiten Philipp's II. erfolgte am 7. April 1577. Gachard, Actes des ét. génér., Th. 1.

[2]) Schreiben vom 19. Februar 1577. Gachard, Correspondance de Guillaume le Taciturne, Th. 3, S. 225.

[3]) Groen van Prinsterer, Archives etc., Th. 6, S. X.

[4]) Middelburg, 6. März 1577. Gachard, Corresp. de Guill. etc., Th. 3, S. 257.

[5]) 16. März 1577. Ebendas. S. LI.

»Rettung oder Verderben dieses Landes liegt in der Hand Oranien's; könnte man ihn gewinnen, so wäre Alles gewonnen.« Mit einer Offenheit, die nicht häufig dem Könige gegenüber Ausdruck gefunden haben mag, fügt er hinzu: »Don Philipp's Name ist in den Niederlanden in gleichem Grade gewichtlos und verabscheut, als der Oranien's gefürchtet und geliebt.« Er gab ernstlich dem Gedanken Raum, dem Prinzen die Auswanderung nach Deutschland vorzuschlagen, wogegen der Graf von Büren in die Stellung des Vaters und in den Besitz aller Güter desselben eintreten solle. Im Einverständniss mit dem Herzoge von Aerschot sandte er den Doctor Albert Leoninus nach Middelburg, um Oranien zum Beitritt des mit den Staaten abgeschlossenen Vertrages, demzufolge auch zur Wiederherstellung des katholischen Glaubens in Holland und Seeland aufzufordern und hieran die gedachten Vorschläge zu knüpfen. Auf die Eröffnung von Leoninus, dass D. Juan den dringenden Wunsch hege, mit Hintansetzung aller ihm drohenden Gefahren die schwebenden Fragen einer mündlichen Besprechung zu unterziehen, erwiederte Oranien, dass er ohne Rücksprache mit den Staaten auf eine derartige Conferenz nicht eingehen könne. Der Bemerkung desselben, dass ihm das Schicksal Coligni's, so wie der Grafen von Egmont und Hoorn, denen man die angelobte Sicherheit gebrochen habe, stets vor Augen schwebe, begegnete Leoninus mit dem Einwurfe, dass D. Juan weder ein Valois noch ein Alba sei, ohne dadurch das Misstrauen des Prinzen zu beseitigen. Das Edictum perpetuum, fuhr dieser fort, enthalte den Grund zu unlösbaren Wirren; namentlich widerspreche die Wiederherstellung des katholischen Glaubens der Pacification von Gent, welche die Entscheidung über diese Frage auf eine spätere Versammlung der Generalstaaten verstellt habe. Es konnte sich Leoninus, als er Middelburg verliess, der Ueberzeugung nicht verschliessen, dass diesem Oranier gegenüber jeder fernere Versuch zur Ausgleichung fehl schlagen werde.

Einen solchen Ausgang der Verhandlung hatte D. Juan nicht erwartet. Gleichwohl beherrschte er den in ihm aufsteigenden Unwillen, und indem er die Hoffnung auf eine persönliche Besprechung mit Oranien noch nicht aufgab, knüpfte er an diese die Aussicht auf eine ehrliche Verständigung. »In Zeiten wie die jetzigen«, schrieb er dem Könige[1]), »muss man sich über jede Etiquette hinwegsetzen; es handelt sich um nichts Geringeres, als durch Erreichung des Friedens dem Untergange des Staats vorzubeugen; dafür sehe ich keinen andern Weg, als diesen Menschen, dessen Einfluss auf das Volk ein übermächtiger ist, zu gewinnen.« Wie bald sollte er sich überzeugen, dass Oranien fest entschlossen sei, weder den Vertrag von Marche-en-Famenne zu unterzeichnen, noch auf die ihm gebotenen Garantien einzugehen!

In den ersten Tagen des März 1577 verliess D. Juan Luxemburg und begab sich, der von den Staaten an ihn ergangenen Einladung gemäss, nach Löwen, dessen Bevölkerung in ihm den Statthalter über Flandern begrüsste. Seine Herablassung, sein gefälliges Entgegenkommen, sein ungezwungener Verkehr mit Bürgern, an deren Belustigungen — dem Papagaienbaum und Festessen der Gilden — er sich gern betheiligte, zog alle Herzen zu ihm[2]). Von dort aus betrieb er mit Nachdruck die Vorkehrungen zum Abzuge des spanischen Heeres. Mit dem höchsten Widerstreben fügten sich die Veteranen dem Befehl zum Abmarsch aus einem Lande, wo sie durch 10jährigen Aufenthalt eine neue Heimath gefunden, Weib und Kind, zum Theil selbst Grundbesitz gewonnen hatten. Für schwere Dienste, klagten sie, werde ihnen als Dank, dass man sie schimpflich ihren Widersachern opfere und zur Räumung der mit ihrem Blute erkauften Provinzen zwinge. Mit Schmerz und schlecht verstecktem Ingrimm verliessen sie die von ihnen eroberten Festen. Bei der bevorstehenden Räumung Antwerpens steigerte sich der Unwille bis zur offenen Widersetzlichkeit. Weil er sich, trotz des ausdrücklichen Befehls des Königs, nicht überwinden konnte, die dortige Citadelle zu übergeben, legte Sancho Davila die Befehlshaberschaft nieder, und D. Juan musste Escovedo dahin senden, um den Groll der Hauptleute zu stillen. Als dieser auf der Zugbrücke der Citadelle dem zum Gouverneur ernannten Herzoge von Aerschot den Eid abnahm, die Feste zu treuer Hand dem Könige wahren zu wollen, fügte er die Worte hinzu: »So helfe dir

---

[1]) 16. März 1577. Gachard, Corresp. de Guill. etc., Th. 3, S. LX.
[2]) Tassis a. a. O., S. 258.

Gott mit allen seinen Engeln; aber der Teufel packe dich an Leib und Seele, falls du den Schwur brichst!« [1]) In Mastricht sammelten sich die Fähnlein aus allen Landestheilen; hier erfolgte die Freilassung der Gefangenen und begann man mit der Auszahlung des rückständigen Soldes. Die Staaten hatten zu diesem Zwecke 600,000 Gulden aufzubringen versprochen, vermochten aber kaum den vierten Theil dieser Summe zu beschaffen. Deshalb borgte ihnen D. Juan 200,000 Gulden, damit wenigstens den romanischen Regimentern die Löhnung verabfolgt werden könne [2]). Gegen Ausgang des April erfolgte unter dem Grafen Peter Ernst von Mansfeld der Abzug der Spanier, Italiener und Burgunder aus Mastricht, alle in gedrückter Stimmung, knirschend über die Freudenbezeugungen der Niederländer. In endloser Reihe folgten Wagen mit Frauen und Kindern; es stand ihnen ein langer und beschwerlicher Zug durch Lothringen, Burgund und Savoyen nach Mailand bevor. 10,000 deutsche Söldner mussten vorläufig noch zurückbleiben, bis das erschöpfte Land auch ihren Forderungen zu genügen im Stande sein werde.

Mit schwerem Herzen hatte D. Juan in die Entfernung jener bewährten Schaaren gewilligt, mit denen die Ueberziehung Englands zu vollführen so lange den Gegenstand seines geheimsten Sinnens abgegeben hatte. Aber die Verhältnisse drängten, es blieb ihm keine Wahl. Auch Cardinal Granvella bezeichnete den also eingeschlagenen Weg der Milde und Nachgiebigkeit als den einzigen, welcher zum Ziele führen könne, ob auch zu befürchten sei, dass die Niederländer eine Zeitlang in ihrer Widersetzlichkeit erstarken würden, wenn die Statthalterschaft ihnen wehrlos gegenüberstehe [3]). Aehnlich äusserte sich Juan de Zuñiga, der nicht verkannte, dass es für D. Juan eines ungewöhnlichen Aufwandes von Energie und Klugheit bedürfe, um unter zahllosen Sorgen und Mühen den frischen Muth zu retten [4]).

---

[1]) Meteren, Historische Beschreibung des Niederländischen Krieges. Arnheim 1614. S. 330.

[2]) Strada.

[3]) Granvella an D. Juan; Rom, 26. April 1577. Groen van Prinsterer, Archives etc., Th. 6, S. 74.

[4]) Ebendas. S. 77.

Es geschah, wie Granvella's Scharfsinn vorausgesehen hatte. Mit der dankbaren Anerkennung des gegen sie beobachteten Verfahrens wuchs bei den Niederländern zugleich das Mass ihrer Forderungen. Eine nach Löwen abgeordnete Botschaft sprach die Freude der Staaten über den Entschluss D. Juan's aus, den königlichen Palast in Brüssel beziehen zu wollen; dort werde seine Anerkennung als Statthalter erfolgen, sobald man des Abzuges des letzten Spaniers gewiss sei; doch bitte man ihn, alle Fremde seiner Umgebung zu verabschieden, den Staaten die Ernennung der Officiere für die in Werbung begriffenen Fähnlein zu überlassen und die Erklärung abzugeben, dass vermöge der Pacification von Gent Provinzen, Städte und Herrschaften stillschweigend in den Besitz der entrissenen Privilegien zurückgetreten seien.

Aus allen Provinzen fanden sich der Adel und die Prälaten zum Empfange D. Juan's zahlreich in Brüssel ein. Auf Märkten und Strassen waren Tribünen für Zuschauer errichtet, die Herbergen gestatteten kein Unterkommen mehr, und in Menge mussten die Schaulustigen unter freiem Himmel lagern. Am 1. Mai 1577, 6 Uhr Abends, hielt D. Juan in Begleitung von 1000 berittenen Adlichen und Prälaten seinen Einzug in die Hauptstadt von Brabant, er selbst prächtig gekleidet, zu Ross, zur Rechten den päpstlichen Nuntius, zur Linken den Bischof von Lüttich. Vor ihm auf ritt der Herzog von Aerschot und wurde in offener Sänfte ein schönes Mädchen, mit den Attributen des Friedens geschmückt, getragen; hierauf folgten die 26 Gewerke von Brüssel unter ihren Bannern. Auf einem Vorbau des Stadthauses hatten sich die Abgeordneten der Provinzen zur Begrüssung des Herrn eingefunden, auf einer andern Gallerie daselbst sah man in reichen Gewändern die Gräfinnen von Egmont und Lalaing und die Marquise von Havré. Ausser 24 Arkebusiren, welche die Staaten ihm entgegen geschickt hatten, zeigten sich keine Bewaffnete in der Umgebung des Statthalters. In freudiger Bewegung drängte und wogte die Bevölkerung durch die mit Laubwerk und Kränzen verzierten Gassen[1]). »Es war ein wahrer Mai-

[1]) Gachard, Collection des documens inédits concernant l'histoire de la Belgique, Th. 1, S. 359.

tag, der durch Leben und Herz der Niederländer zog.« [1]) Die Freundlichkeit des jungen Helden, in welchem man die Züge des kaiserlichen Vaters wieder zu erkennen glaubte, seine Herablassung, sein Vergessen jeglichen Grolls gegen persönliche Widersacher versöhnte und fesselte zugleich. Mancher bewunderte seine Dreistigkeit, dieses unbedingte Vertrauen auf die kriegsmächtigen Staaten, denen er sich wehrlos hingab.

Am folgenden Tage fanden sich alle Abgeordnete zur Begrüssung bei D. Juan ein, der bei dieser Gelegenheit die von ihm gemachten Concessionen erörterte, die Erklärung abgab, dass er für das Wohl und den Frieden eines Landes, dem er in gleicher Liebe zugethan sei, wie einst sein Vater Kaiser Karl V., in den Tod zu gehen bereit sei, und bat, dass man ihn willig und kräftig in der Ausführung seiner Aufgabe unterstützen möge. Hiernach, am 4. Mai, 10 Uhr Morgens, beschwor er auf den Evangelien, alle Artikel des Edictum perpetuum unverbrüchlich halten zu wollen, wurde von den Staaten als Gouverneur und Generalcapitain anerkannt und begab sich mit ihnen nach der Hofcapelle, wo der Bischof von Herzogenbusch die Messe sang [2]).

D. Juan war allen ihm auferlegten Bedingungen gewissenhaft nachgekommen. Er hatte das fremde Heer entlassen, die Festen an Eingeborene zur Bewachung überwiesen, sich selbst schutzlos, ohne alle bewaffnete Begleitung nach Brüssel begeben. Das war mehr als seine Widersacher für möglich gehalten hatten. Sahen noch einzelne Artikel des Vertrages der Vollziehung entgegen, so traf wenigstens nicht den Statthalter die Schuld der Säumniss. Denn freilich waren die deutschen Fähnlein noch immer nicht verabschiedet und die verhiessene Berufung der Generalstaaten nicht erlassen. Für die letztere hatte D. Juan, in dessen Interesse die baldige Vertretung aller Provinzen auf einem Tage lag, eindringlich gesprochen, und gestattet, dass einstweilen die in Brüssel anwesenden Deputirten die Stellung der Generalstaaten einnähmen. Was aber die deutschen Söldner anbelangte, so

---

[1]) Motley, The rise etc., Th. 3.

[2]) Gachard, Collect. de doc. etc., Th. 1, S. 364.

verharrten die Obersten derselben, Fugger, Fronsperg und Polweiler, bei der Erklärung, dass der Abzug von der Auszahlung des rückständigen Soldes abhängig bleiben müsse. Die hierüber gepflogenen Unterhandlungen schleppten sich bis gegen das Ende des Julius. Der Credit der Staaten war zu sehr gesunken, als dass ihnen die versuchte Anleihe in Augsburg und Ulm hätte gelingen können [1]), und weniger noch durfte auf die Erfüllung ihres an Philipp II. gerichteten Gesuches um Vorschuss von einigen Millionen Gulden gerechnet werden [2]).

Indem D. Juan sonach seinen Verpflichtungen ritterlich entsprochen und eine seinen Gegnern höchst unerwünschte Nachgiebigkeit an den Tag gelegt hatte, war er berechtigt, eine ähnliche Willfährigkeit von der andern Seite, Unterstützung gegen den Widerstand Oranien's, strenge Beobachtung des Inhalts der Pacification von Gent und Berücksichtigung der seiner Geburt und amtlichen Stellung gebührenden Ehrerbietung in Anspruch zu nehmen. Vor allen Dingen musste seine Aufmerksamkeit darauf gerichtet sein, Holland und Seeland zum Gehorsam gegen den König zurückzuführen. Zu diesem Zweck that er den letzten Schritt behufs einer Verständigung mit Oranien, indem er von Brüssel aus die Absendung einer Deputation betrieb, die in seinem und der Staaten Namen die abgebrochenen Verhandlungen wieder aufnehmen sollte. In Gertruidenburg, wohin sich der Prinz in Begleitung einiger Mitglieder der Stände von Holland und Seeland begeben hatte, wurden am 13. Mai 1577 die Conferenzen eröffnet. Dem hier von den nördlichen Provinzen ausgesprochenen Verlangen, nur auf dem Grunde einer unverkürzten Vollziehung der Pacification von Gent, welche schon durch die, ohne Genehmigung Oranien's, mit D. Juan erfolgte Verständigung verletzt sei, auf eine Unterhandlung eingehen zu wollen, durfte mit Recht entgegengehalten werden, dass durch das Edictum perpetuum der Vertrag in keiner Weise geschmälert, noch die beanspruchte Freiheit geopfert sei. Dagegen behauptete Oranien, dass sein Gewissen ihm

[1]) Gachard, Actes etc., Th. I.
[2]) Schreiben vom 20. Julius 1577. Ebendas.

nicht erlaube, sich der neuen Union zu unterwerfen, welche von Jedermann Anerkennung des katholischen Glaubens erheische und offenbar die Ausrottung des Protestantismus bezwecke; überdies werde ihm die Zurückgabe seiner eingezogenen Güter fortwährend vorenthalten und sei sein Sohn aus der Haft in Spanien bis zur Stunde noch nicht befreit. Die letzteren Beschwerden waren allerdings nicht weniger gegründet, als die gegen ihn erhobenen Beschuldigungen, dass er auch ausserhalb Hollands Festen angelegt, geistliches Gut säcularisirt und seine Thätigkeit unausgesetzt auf Verbreitung des Calvinismus gerichtet habe. Unbeugsam in seinem Hass gegen Spanien, schlug Oranien glatt und mit kalter Höflichkeit die dargebotene Hand zur Versöhnung aus; er wünschte in gleichem Grade die Fortdauer der Bewegung im Volke, als er durch eine feierliche Vereinigung der Generalstaaten in politischer und kirchlicher Beziehung seine Provinzen gefährdet sah. Daher sein stetes Mühen, Misstrauen zu säen, Wort und That von D. Juan zu verdächtigen. Es sei eben so bedenklich, äusserte er, dass die deutschen Fähnlein noch nicht abgezogen, als die Befürchtung nahe liege, dass die spanischen Regimenter im Luxemburgischen zurückgehalten werden würden; es deute Alles darauf hin, dass D. Juan nur einzuschläfern beabsichtige, damit er hinterdrein um so sicherer Ketten für die Freiheit der Niederlande schmieden könne. Dass solche Worte, und aus dem Munde des Prinzen, vielfach Anklang fanden, lag in der Natur der von Parteiungen bedingten öffentlichen Stimmung.

Hier konnte kein Versuch zur Vermittelung, wie er von besonnenen Männern ausging, Boden finden. »Es liegt«, sprach Caspar Schetz, Herr von Grobbendoncq, zum Prinzen [1]), »kein Grund vor, die Aufrichtigkeit von D. Juan zu bezweifeln, dem, wenn er anders zu verfahren gesonnen wäre, die Mittel dazu abgehen. Deshalb beschwöre ich Euch, lasst Euern Verdacht fahren, bedenkt, dass auch die Glaubensfrage durch schlichte Erörterung vor den Staaten zu beiderseitiger Zufriedenheit gelöst werden kann, während, wenn Ihr auf Eurer Stellung

[1]) Brüssel, 20. Junius 1577. Gachard, Corresp. de Guill. etc., Th. 4, S. 297.

beharrt, man gewärtigen muss, dass mit dem Könige die hier vertretenen Provinzen gegen Euch zu den Waffen greifen.« »Wo ein Mal Feindschaft Wurzel geschlagen hat, kann kein Vertrauen sich gestalten«, lautete die sehr bezeichnende Erwiederung Oranien's [1]).

In allen Provinzen entwickelten die politischen und confessionellen Freunde Oranien's eine ungewöhnliche Thätigkeit, schürten das Misstrauen gegen die bestehende Ordnung, stützten und ermuthigten das Auftreten der Prädicanten in Brabant und Flandern. Das war freilich nicht im Sinne der Mehrheit der Staaten; aber in ihnen überwog Furcht vor dem Prinzen und vor den von diesem bearbeiteten Zünften, die bereits dem Herrnstande und den städtischen Geschlechtern Trotz boten. Schmähschriften gegen D. Juan wurden in Brüssel von Haus zu Haus getragen, seine Placate abgerissen, sein Gefolge mehrfach auf der Strasse verunglimpft, ihm selbst öffentliche Kränkungen nicht erspart [2]). Unter diesen Umständen musste der verlängerte Aufenthalt in der Hauptstadt, wo die ihn begleitenden Spanier steten Beleidigungen ausgesetzt waren, dem Statthalter in gleichem Grade unerträglich fallen, als Oranien's staatliche Stellung ihn verzweifelten Schritten entgegentrieb. In Bezug auf den Letzteren schrieb er dem Könige [3]), derselbe habe sich gegen die Abgeordneten dahin ausgesprochen, er sei bereits grau und Calvinist und wolle als solcher in's Grab steigen; überdies könne er nie auf Don Philipp sein Vertrauen setzen, weil dieser ihn so oft betrogen und dem Grundsatze huldige, dass man Ketzern nicht Wort zu halten brauche. Es hatte sich D. Juan die Ueberzeugung aufgedrängt, dass die Wiederherstellung der königlichen Autorität nur durch ehrliche Mitwirkung Oranien's, oder aber durch Anwendung offener Gewalt erwirkt werden könne. Für erstere war jede Aussicht verschwunden, seit die Richtung des Prinzen, der von Holland aus Stimmung und Herzen in Brüssel lenkte, mit jedem Tage eine feindseligere

---

[1]) Alckmaar, 28. Junius 1577. Gachard, Corresp. de Guill. etc., Th. 4, S. 302.

[2]) Groen van Prinsterer, Archives etc., Th. 6, S. 104 ff.

[3]) 28. Mai 1577. Gachard a. a. O., S. LXIII.

wurde; er sah, ohne deshalb von den Artikeln der Pacification zurückgehen zu wollen, die Erneuerung des Kampfes in Aussicht gestellt, und das zu einer Zeit, als die spanischen Regimenter das Land geräumt hatten, auf die gebliebenen deutschen Fähnlein wenig zu rechnen war und keine Feste von Bedeutung sich in seinen Händen befand. Hier konnten persönlicher Muth und Kriegserfahrung nicht ausreichen, es mussten Zeit und Mittel gewonnen werden, und um über beide gebieten zu können, schien es erforderlich, sich derselben Täuschung zu bedienen, mit welcher der Gegner bisher ihn geirrt hatte. Zunächst fühlte D. Juan die Nothwendigkeit, die Hauptstadt Brabants zu verlassen, wo seiner persönlichen Sicherheit Gefahr drohte. Für die Angabe, dass damals Oranien daran gedacht habe, seinen Widersacher aufheben und nach Seeland bringen zu lassen, fehlt freilich der vollständige Beweis, während ein hoher Grad von Wahrscheinlichkeit dafür spricht. Schon im November des Jahres 1576 hatte er den Staaten den Rath ertheilt, kein Mittel zu verabsäumen, um sich D. Juan's zu bemächtigen; nur auf diesem Wege sei ohne Blutvergiessen dem Kriege ein Ziel zu setzen [1]), weil der König aus Liebe zu dem Bruder auf alle ihm vorgelegten Bedingungen eingehen werde [2]).

Unter dem Vorwande, mit den nach Mecheln berufenen deutschen Obersten die Verhandlung über Löhnung und Abzug zum Schluss zu bringen, der That nach, weil die dortige Bürgerschaft dem Oranier nicht unbedingt zugethan war und deshalb weniger als in Brüssel Verrath zu besorgen stand [3]),

---

[1]) »Par tous moiens se tenir asseuré de sa personne; car si nous pouvons une fois nous en asseurer il est certain que, sans aucune effusion du sang, nous mectons facillement fin à ceste guerre.« Groen van Prinsterer, Archives etc., Th. 5, S. 496.

[2]) Tassis a. a. O., S. 264, lässt unentschieden, ob es wirklich Oranien's Absicht gewesen sei, D. Juan in Brüssel aufgreifen zu lassen, oder ob Letzterer nur der Ueberzeugung von der Existenz dieser Gefahr Raum gegeben habe. Er sagt in dieser Beziehung: »Unum necessarium hoc sibi proposuit (Oranien) ut Austriacus tumultuose a populo comprehenderetur, aut saltem id ipsum tam certo sibi haberet persuasum (Juan), ut eum vellet evitare casum.«

[3]) Ebendas. S. 265.

begab sich D. Juan (5. Julius 1577) heimlich von Brüssel nach der gedachten bischöflichen Residenz. Hier befestigte sich in ihm die Ueberzeugung, dass er auf dem Wege der Güte und Nachgiebigkeit seine Aufgabe nimmer lösen werde; er fühlte sich in eine Stellung gedrängt, deren Behauptung seiner ganzen Persönlichkeit widerstrebte, und, gedrängt durch spanische Räthe und mehr noch durch die Kunde, dass seine und Escovedo's Correspondenz in die Hände von Oranien gefallen sei, griff er zur That und nahm die deutschen Söldner, anstatt sie zu verabschieden, von Neuem in Pflicht.

Die von Heinrich von Navarra in Bearn aufgefangenen und an Wilhelm von Oranien übersandten Briefe waren am 7. April 1577 in Löwen abgefasst, und ergeben allerdings, dass D. Juan zu einer Zeit, in welcher er für Aufrechterhaltung des Friedens zu jedem Opfer bereit schien, in richtiger Würdigung bestehender Zustände die Massnahmen für den Fall hartnäckiger Widersetzlichkeit nicht aus den Augen verloren hatte. Es sei ungewiss, lautete sein Schreiben an den König, ob man von einem Vergleiche mit den Staaten gute Früchte erwarten dürfe, da Oranien sein Ansehen in Holland und Seeland täglich fester begründe, der Anhänglichkeit der städtischen Bevölkerung im Süden gewiss sei und durch Elisabeth von England von jeder Einigung abgemahnt werde; es könne nicht ausbleiben, dass mit dem Abzuge der Spanier die Spaltung wegen Anerkennung der Statthalterschaft zum Durchbruch gelange und ihn nöthige, sich nach einem genügende Sicherheit verheissenden Orte umzusehen; so gewiss er nichts unterlassen werde, um die Staaten für sich zu gewinnen, so fühle er doch, dass er ein Prediger in der Wüste sei, und es bleibe, wenn dieser sieche Leib der Niederlande genesen solle, kaum ein anderer Ausweg, als dass dessen kranke Theile ausgeschnitten würden [1]). Auf ähnliche Weise äusserte sich Escovedo. Der Adel wie der Bürger, meldete er dem Könige, handele ohne Aufrichtigkeit und strebe nach nichts Geringerem, als Freiheit des Gewissens und Lösung vom weltlichen Gesetz; seines Dafürhaltens könne dieser Hader nur

---

[1]) »No tiene este cuerpo otro remedio, que el cortar lo dañado del.« Cabrera, S. 209.

durch Feuer und Schwert geschlichtet werden; unter diesen Umständen dürfe am zweckmässigsten scheinen, dass man sich unter der Hand der wichtigsten Festungen bemächtige, die Zwietracht zwischen dem Adel und der Bürgerschaft Flanderns erweitere und unter dem Vorwande, die katholische Partei zu stützen, das Heer einstweilen nach Frankreich sende, von wo dessen Rückberufung zu jeder Zeit rasch bewerkstelligt werden könne.

Auch in Mecheln fühlte sich D. Juan bald nicht mehr sicher. Die Warnung des Herzogs von Aerschot, dass die Staaten sich seiner zu bemächtigen gedächten, um ihm jede beliebige Bewilligung abzupressen, veranlasste ihn zur Uebersiedelung nach Namur. Den äussern Grund dazu lieh die dorthin gemeldete Ankunft der schönen Margaretha, Tochter Heinrich's II. von Frankreich und Gemahlin Heinrich's von Navarra, welche vorgeblich den Gebrauch der Bäder von Spaa beabsichtigte, in der That aber die Niederlande besuchte, um unter der Hand um die Herrschaft der, so schien es, herrenlosen Provinzen für ihren Bruder Alençon zu werben. Es war ihr, als sie Namur berührte, bereits gelungen, den Befehlshaber der Feste von Cambrai für sich zu gewinnen und den Grafen Lalaing, Statthalter über Hennegau, in ihr Interesse zu ziehen. Ohne eine Ahnung von diesen Umtrieben gewonnen zu haben, hielt es D. Juan in seiner Eigenschaft als Vertreter Philipp's II. für angemessen, die Reisende zu begrüssen, und forderte zu diesem Zwecke den in Mecheln um ihn versammelten hohen Adel zu seiner Begleitung auf. Gefolgt vom Herzoge von Aerschot, dem Marquis von Havré, Philibert de Rye, Statthalter über Burgund, dem treuen Ludovico Gonzaga u. A., holte er die in einer Sänfte getragene Königin ein und geleitete sie in die Stadt. Margaretha fühlte sich überrascht durch die Pracht, mit welcher die für sie bestimmten Gemächer ausgeschmückt waren; sie konnte ihre Bewunderung über diese Tapeten von Atlas und Sammet mit Silberstoffen durchzogen, die Bauschen mit Goldstickereien gefüllt, nicht zurückhalten. Ein solcher Aufwand, meinte sie, zieme sich mehr für den Beherrscher eines mächtigen Staates, als für einen jungen, unverheiratheten Fürsten. Alle jene Stoffe, erläuterte der Herzog von Aerschot, habe D. Juan zum

Geschenk erhalten, als er den Sohn des in der Schlacht bei Lepanto gefallenen Capudan-Pascha ohne Lösegeld der Schwester zurückgeschickt [1]). Bei den Festlichkeiten, welche zu Ehren des hohen Gastes in Namur veranstaltet wurden, vertrat die anmuthige Marquise von Havré die Wirthin.

Hatten nun schon während des Aufenthalts von D. Juan in Mecheln die Staaten an diesen das Gesuch gerichtet, durch Rückkehr nach Brüssel die beunruhigenden Gerüchte über heimlich betriebene Rüstungen zu widerlegen [2]), so sandten sie jetzt Caspar Schetz zur inständigen Wiederholung dieser Bitte nach Namur. Die Bedingungen, unter denen D. Juan auf dieses Verlangen einzugehen sich bereit finden liess, waren folgender Art: Es solle ausser ihm, als General-Gouverneur, Keinem die Berechtigung zustehen, sich mit bewaffneten Trabanten zu umgeben; die Wachen in Brüssel sollten von Bürgern besetzt werden, deren Befehlshaber im Namen des Königs sein Amt führe; das Aufgreifen von Personen und Briefen dürfe nur auf Verfügung eines Gerichtshofes geschehen; gegen Urheber und Verbreiter von Schmähschriften und Libellen müsse mit unnachsichtiger Strenge eingeschritten werden; endlich sollten die Staaten in ihrer Mitte keinen Fremden dulden und dem Statthalter ein Verzeichniss ihrer rechtmässig gewählten Mitglieder einsenden [3]). Diese Forderungen nach Brüssel zu überbringen, beurlaubte sich Caspar Schetz am 20. Julius bei D. Juan, der wiederholt und mit Nachdruck betonte, dass er seiner Rückkehr und somit dem Bescheide der Staaten am 23. Julius entgegensehe. Der Unterhändler theilte die Bedingungen, welche er für billig und den Umständen angemessen erachtete, zunächst dem Stadtrath in Brüssel mit, der sich mit ihnen einverstanden erklärte, und entledigte sich hiernach seines Auftrages bei den Staaten, die nur der letztgenannten Forderung, wegen des häufigen Wechsels der Deputirten, nicht nachkommen zu können glaubten. Als Schetz mit diesem Bescheide am 25. Julius nach Namur

---

[1]) Memoires de Marguerite de Valois. (Collection universelle de mém., Th. 52.)

[2]) Schreiben vom 17. Julius 1577. Gachard, Actes etc., Th. 1.

[3]) Ebendas. — Comte-rendu des séances etc., Th. 10.

zurückkehrte, dem nämlichen Tage, an welchem die Staaten dem dortigen Stadtrath schriftlich aufgaben, das Benehmen von D. Juan mit verdoppelter Aufmerksamkeit zu überwachen [1]), hatte sich dieser, der aus des Botschafters verspäteter Ankunft auf Verwerfung der aufgestellten Bedingungen geschlossen, bereits in den Besitz der Feste gesetzt.

Es war am 24. Julius 1577, dem Tage nach der Abreise Margaretha's nach Lüttich, als D. Juan mit kleinem Gefolge, als gelte es dem Vergnügen der Jagd, ausritt, und, da der Weg ihn hart an der Citadelle von Namur vorüberführte, von dem auf der Zugbrücke stehenden Gouverneur begrüsst und auf seinen Wunsch, das Innere der Feste zu sehen, zum Eintreten aufgefordert wurde. Bereits befanden sich die Grafen von Barlaimont und Meghem mit einigen spanisch gesinnten Freunden im Schlosse, als D. Juan, der Einladung Folge leistend, einritt und sich zum gebotenen Morgenimbiss niederliess. In diesem Augenblicke bemächtigten sich seine Begleiter des Thors und entwaffneten die kleine Besatzung [2]). Noch an dem nämlichen Tage beschwichtigte D. Juan die Aufregung der Bürger von Namur durch die Verheissung, dass er vom Schlosse aus so fest an den Verträgen halten werde, als ob er Brüssel nie verlassen habe, und sandte gleichzeitig den Staaten eine ähnliche Erklärung zu, mit dem Zusatze, dass nur das Verlangen, den Nachstellungen Oranien's zu entgehen, ihn bewogen habe, sich in den Besitz einer befestigten Residenz zu setzen [3]).

Der Eindruck, welchen dieses Ereigniss hervorrief, war nach der in den Provinzen und in der Versammlung der Staaten vorherrschenden Stimmung ein sehr verschiedener. Während man die Klage hörte, dass nun die letzte Brücke zur Versöhnung abgebrochen sei, gab sich von der andern Seite Freude kund, dass D. Juan es gewesen, der zuerst zum Schwert gegriffen habe, ungeachtet er doch aller Mittel zum

---

[1]) Gachard, Actes etc., Th. 1,

[2]) Tassis, S. 268.

[3]) D. Juan an Staaten, Bischöfe und Stadträthe der Provinzen; Schloss Namur, 24. Julius 1577. Considerant, Histoire de la révolution du XVI siècle des Pays-Bas, S. 275.

Widerstande beraubt sei, und man pries die List Oraniens, welche den Gegner zu diesem Schritt der Verzweiflung gedrängt habe[1]). Dass dem Statthalter, als solchem, die Befugniss zustehe, sich in den Besitz eines ihm untergebenen Schlosses zu setzen, konnte schwerlich in Abrede gestellt werden[2]); auch warfen ihm die Staaten in dieser Beziehung keine Uebertretung seiner Rechte vor. Aber die Heimlichkeit, mit welcher er verfahren, dieser listige Anschlag und gewaltsame Ueberfall war es, der einen Sturm des Unwillens erregte. Bei alle dem konnten sich die Staaten, wiewohl sie jetzt wieder die volle Regierungsgewalt in die Hand nahmen[3]), der Furcht nicht erwehren, dass Philipp II. nur ihnen den Bruch des Friedens beimessen werde, und indem sie zuvorkommend die abgebrochenen Verhandlungen wieder aufnahmen, drangen sie nochmals auf des Statthalters Rückkehr nach Brüssel und verwahrten sich, falls ihre Bitte weniger gelte als die Einflüsterungen Escovedo's, gegen alle aus einem abschlägigen Bescheide erwachsenden Folgen[4]).

D. Juan war keinesweges abgeneigt, dieser Aufforderung zu entsprechen, machte aber seine Uebersiedelung nach Brüssel von der Annahme gewisser Artikel abhängig, welche er durch Caspar Schetz den Staaten vorlegen liess. Diesen gemäss verlangte er 1) dass zu seiner persönlichen Sicherheit eine aus Niederländern gebildete Leibwache ihm zugebilligt werde, 2) dass alle Obersten und Befehlshaber in Städten und Festen unter sein unmittelbares Commando gestellt, 3) die Besetzung erledigter Aemter von ihm abhängig gemacht, und 4) ein Verzeichniss der Mitglieder der Staaten ihm zugesandt werde, damit er sich überzeuge, dass keine verdächtige Personen denselben beigesellt seien, endlich 5) dass man, falls Oranien und die Stände von Holland und Seeland den Beitritt zur

---

[1]) Strada.

[2]) Sagt doch selbst Wilhelm von Oranien in einem im November 1576 abgefassten Schreiben an die Staaten: »Wird D. Juan hier im Lande als Statthalter angenommen, so müssen ihm solche Festungen, welche unter der unmittelbaren Hoheit des Königs stehen, unweigerlich eingeräumt werden.« Groen van Prinsterer, Archives etc., Th. 6.

[3]) Tassis, S. 270.

[4]) Schreiben vom 29. Julius 1577. Gachard, Actes etc., Th. 1.

Pacification von Gent verweigerten, jede Verbindung mit denselben abzubrechen gelobe. Man sei, lautete die hierauf ertheilte Antwort, so sehr auch die Einnahme des Schlosses von Namur zu beklagen stehe, fest entschlossen, im katholischen Glauben und im Gehorsam gegen den König zu leben und zu sterben, genehmige gern, dass der Statthalter, ausser seiner gewöhnlichen Leibwache von Archers und Hellbardiren, 300 berittene Arkebusire halte, werde allen Satzungen der Pacification, auch wenn Oranien sich ihr entziehe, gewissenhaft nachkommen, könne jedoch aus den bereits früher namhaft gemachten Gründen den vierten Artikel nicht annehmen und bitte wiederholt um Rückkehr nach Brüssel und baldige Verabschiedung der Deutschen. In einem gleichzeitig abgefassten Schreiben an Philipp II. sprachen sie die Klage aus, dass D. Juan die seiner persönlichen Sicherheit drohenden Gefahren nur vorgeschützt habe und dass die Veranlassung, welche ihn nach Namur getrieben, in der Veröffentlichung seiner und Escovedo's aufgefangener Correspondenz zu suchen sei; in Bezug auf die gegen hochstehende Personen gerichteten Beschuldigungen sei Letzterer jede Nachweisung schuldig geblieben, und werde die Billigkeit des Wunsches, dass anerkannte Gegner des Landes aus der Umgebung des Statthalters entfernt würden, nicht verkannt werden können.

Dieses Doppelspiel mit Aufstellen und Verwerfen von Vorschlägen und Bedingungen wurde auch dann noch fortgesetzt, als man von beiden Seiten durch Uebergriffe und Rechtsverletzungen die Möglichkeit der Ausgleichung stündlich mehr erschwerte. An demselben Tage, an welchem D. Juan bei den Staaten Beschwerde erhob, dass ein Läufer mit königlichen Depeschen in Cambrai angehalten, nach Brüssel gebracht und seiner Briefschaften beraubt sei [1]), suchten auf seinen Betrieb die deutschen Obersten in Antwerpen, Karl Fugger, Georg Fronsperg und Polweiler, sich der dortigen Citadelle zu bemächtigen. Der Anschlag misslang, aber Antwerpen blieb in den Händen der deutschen Söldner. Noch unterhandelten diese mit der Kaufmannschaft, welche den Abzug

---

[1]) D. Juan an die Staaten; Namur, 1. August 1577. Gachard, Actes etc., Th. 1.

aus der Stadt mit 150,000 Kronen zu erkaufen sich erboten hatte, als eine Abtheilung der Geusenflotte die Schelde hinauffuhr und durch ihr Nahen die Besatzung zwang, nach Bergen op Zoom und Breda zu entweichen.

Mit jedem Tage wuchs bei der städtischen Bevölkerung die Erbitterung gegen die spanische Partei, in massloser Heftigkeit abgefasste Flugschriften steigerten den durch Emissaire Oranien's genährten Groll, und die Befürchtung, dass das nach der Lombardei gesandte Heer zurückgerufen werden könne, gewann an Wahrscheinlichkeit [1]). Die Lage von D. Juan war eine überaus peinliche. Ohne Heer, von allen Provinzen, bis auf Luxemburg und Namur, verlassen, von Madrid aus mit nicht geringerem Argwohn beobachtet als von den Staaten in Brüssel, entschloss er sich zur Absendung Escovedo's nach Spanien, um durch ungefärbte Darlegung der Zustände und Verhältnisse den König zum Erlass von klaren, keiner zweideutigen Auslegung fähigen Verhaltungsvorschriften zu bewegen. Bei alle dem rissen die schriftlichen Verhandlungen und Botschaften zwischen Brüssel und Namur nicht ab. D. Juan verlangte, dass die Hauptstadt von Brabant nicht einem besondern Gouverneur unterstellt bleibe; dass alle Fähnlein in den Niederlanden seinem Befehl untergeben und auf die Pacification vereidigt würden; er bestand auf Züchtigung Aller, durch welche dem katholischen Glauben Aergerniss bereitet werde, auf der Entfernung von Sainte-Aldegonde, dem vertrautesten Freunde Oranien's, aus Brüssel, auf Auslieferung derer, welche den königlichen Läufer aufgegriffen und dessen Briefe erbrochen hatten. Es solle ihm Leid thun, fügte er hinzu, wenn man diese Forderungen verwerfe, weil er sich ungern entschliessen werde, zum Schwerte zu greifen; wünsche man aber statt seiner einen andern Statthalter, so möge man sich darüber offen gegen den König aussprechen [2]).

In ihrer durch die Bischöfe von Ypern und Arras nach Namur überbrachten Antwort sprachen sich die Staaten dahin aus, dass eine Verweisung der Anhänger Oranien's aus Brüssel

---

[1]) Graf Lalaing an die Staaten; Antwerpen, 6. August 1577. Gachard, Actes etc., Th. 1.

[2]) D. Juan an die Staaten; 7. und 13. August 1577. Ebendas.

der Pacification zuwiderlaufe, der Wiederausbruch des Krieges aber dem katholischen Glauben unstreitig den Todesstoss beibringen werde [1]). Mit dem Bescheide, dass D. Juan bereit sei, zugleich mit den Staaten eine Deputation nach Madrid abgehen zu lassen, um einen andern Statthalter zu erbitten, und nur wünsche, dass man sich bis zum Eintreffen der königlichen Entscheidung von beiden Seiten jeder feindseligen Handlung enthalten möge, kehrten die Bischöfe nach Brüssel zurück. Diese Nachgiebigkeit hätte in der That eine minder herbe Entgegnung verdient, als ihr zu Theil wurde. Man könne sich, heisst es in dieser, nicht mehr auf D. Juan, sondern nur auf Gott, den König und die gerechte Sache verlassen, sei übrigens der Versöhnung nicht abgeneigt, wenn der Statthalter die Deutschen entlasse, auf seinen Bund mit dem Herzoge von Guise verzichte und seine Misstrauen erweckenden Rathgeber entferne; bestehe er jedoch auf Abdankung, so erwarte man von ihm, dass er seine Amtsgewalt, bis der König in Bezug auf dieselbe Bestimmungen getroffen habe, einstweilen auf den Staatsrath übertrage [2]).

Mit jener rücksichtslosen Offenheit, welche edlere Naturen unter allen Umständen zu ehren wissen, sprach der in Namur zurückgebliebene Caspar Schetz zum Herrn: Er könne nicht umhin, die Meinung der Staaten zu theilen, dass der Statthalter den Frieden nur im Munde führe, im Herzen aber nach Krieg verlange und diesem durch eine rachedürstende Umgebung entgegengetrieben werde. Durch die Erwiederung D. Juan's, dass er nicht gewohnt sei, von der Leitung Anderer abhängig zu sein, sondern nach eigenem Ermessen zu handeln, dass er durch Gottes Gnade gerade so viel Einsicht besitze, um ohne Zuflüsterungen Dritter selbständig seinem Amte vorzustehen, dass er Männer, welche in Tagen der Noth treu bei ihm ausgeharrt, nicht fortschicken könne und dass es ihm Ernst mit einer Versöhnung sei, welche der König ihm als Aufgabe gestellt habe, fühlte sich Caspar Schetz weder widerlegt, noch beruhigt, und indem er erörterte, dass eine

---

[1]) Meteren, S. 349.

[2]) Die Staaten an D. Juan; 24. August 1577. Gachard, Actes etc., Th. 1. — Comte-rendu etc., Th. 10.

einzige Niederlage ausreichen werde, um den König für immer seiner niederländischen Provinzen zu berauben, während ein errungener Sieg noch keineswegés die Behauptung derselben sichere, sodann dass die Unterwerfung von Holland und Seeland mit unsäglichen Schwierigkeiten verknüpft sei und dass er seine letzte Hoffnung nur auf sofortige Entwaffnung und Bürgschaft für ungeschminkte Friedensliebe setze, bewog er D. Juan zum Eingehen auf solche Vorschläge, an deren Annahme von Seiten der Staaten er nicht zweifeln zu dürfen glaubte [1]). Darin trog sich der Unterhändler. Das Erbieten von D. Juan, dem neutralen Bischofe von Lüttich Geisseln für seine friedliche Gesinnung überantworten zu wollen, genügte den Staaten nicht; sie verlangten überdies die Räumung der Festen Namur und Charlemont. Weil diese schriftlich abgefasste Replik im Thor von Brüssel durch die Anhänger Oranien's aufgefangen wurde, stattete Caspar Schetz nochmals seinen Bericht mündlich in Namur ab. Schritt für Schritt gab D. Juan, der damals seiner Abberufung durch den König mit Sicherheit entgegensah [2]), den an ihn gerichteten Forderungen nach. Er war zur Uebergabe der gedachten Festen und zur Abdankung der deutschen Söldner entschlossen, wollte von Luxemburg aus seine Statthalterschaft, bis zum Eintreffen eines Nachfolgers, versehen, den Staaten vorläufig die Beibehaltung von 6 Regimentern, jedes von 1000 Pferden, zugestehen, falls nur der schuldige Gehorsam gegen den König und die alleinige Geltung des katholischen Glaubens in allen Provinzen der Union Anerkennung finde. Das genügte. An dem nämlichen Tage, an welchem die Staaten unter diesen Bedingungen auf die Einigung einzugehen sich bereit erklärten, traf Wilhelm von Oranien in Brüssel ein. Die Zähigkeit, mit welcher bis dahin die ständischen Vertreter auch die billigen Anträge von D. Juan zurückgewiesen und die früheren Forderungen durch immer neue, inhaltsschwerere überboten hatten, erwuchs aus der Gestaltung eines festen Verhältnisses zu Oranien, der von nun an gebieterischer als zuvor in den Gang der Begebenheiten eingriff.

---

[1]) Comte-rendu etc. a. a. O.

[2]) Schreiben D. Juan's an die Staaten vom 5. September 1577. Gachard, Actes etc., Th. 1.

Von den drei Parteien, welche man in den Staaten wahrnahm, war die der Anhänger von D. Juan die minder zahlreiche; ihr scharf gegenüber standen die Freunde Oranien's; zwischen beiden der reiche, stark vertretene Adel, welchen Hass gegen Spanien von der einen, Katholicismus und das Verlangen, die Sonderung seines Standes von den Bürgerschaften aufrecht zu erhalten, von der andern Seite eine zwischen den beiden erstgenannten Factionen vermittelnde Stellung einnehmen liess. Denn Oranien erstrebte nicht nur die Beseitigung jeder den Glauben einengenden Schranke und die Befreiung des Volkes von der Fremdherrschaft, er wollte auch den politischen Einfluss der Städte auf Kosten des Adels gehoben sehen. Seit dem Augenblicke jedoch, in welchem der Zwist zwischen D. Juan und den Staaten ausbrach, fühlte der Adel, dass er Oranien's nicht entbehren könne, und zögernd, weil mit heimlichen Widerstreben, räumte er ihm den unabwendbaren Einfluss ein. Es zeigte sich auch hier der Drang der Verhältnisse mächtiger als das Standesinteresse und die persönliche Abneigung Einzelner.

Zur Zeit der Ueberrumpelung des Schlosses von Namur befand sich Philipp von Marnix, Herr von Sainte-Aldegonde, als Abgesandter Oranien's in Brüssel, um den Staaten die in Frankreich aufgefangenen Briefe von D. Juan und Escovedo mitzutheilen. Wie hätte ihm da schwer halten können, die Anklage gegen den Statthalter zu bekräftigen! Seine Aufforderung, von der Pacification nicht abzugehen, eine würdige und entschieden kräftige Haltung einzunehmen, fand Anklang, und in allen Städten von Brabant und Flandern sprachen die Bürgergemeinen den Wunsch aus, dass Oranien sich nach Brüssel begeben möge; dem widerstrebte die katholische und aristocratische Partei in den Staaten, theils des Glaubens halber, weil ein völliger Umschwung zu Gunsten des Protestantismus in Aussicht gestellt wurde, theils weil sie eine Schmälerung ihres bisherigen Einflusses befürchtete. Diese Stimmungen konnten dem Scharfblicke des Prinzen nicht entgehen, und ohne seine Empfindlichkeit über das ihm gezeigte Misstrauen durchblicken zu lassen, erklärte er, dass er weder Neigung noch Beruf fühle, sich an der Regierung in Brüssel zu betheiligen oder dem neuen Glauben Bahn zu brechen, wohl aber stets bereit sei, auf Verlangen mit Rath und That den Staaten zur Seite zu stehen. Man dürfe, schrieb er [1]), nicht säumen, Werbungen anzustellen und für Kriegsbedarf jeder Art zu sorgen, während er sich der Hauptstadt nähern werde, um sich den Vertretern des Volkes zur Verfügung zu stellen. Noch schien es dem Adel bedenklich, diesen Verheissungen Glauben zu schenken; aber theils erhob sich die Volksstimme immer lauter, theils klangen die Nachrichten über die kriegerischen Vorkehrungen D. Juan's immer drohender, so dass die Staaten, um nicht schliesslich durch die städtische Partei dazu gezwungen zu werden, am 6. September 1577 den Prinzen durch Dr. Leoninus, den Abt von St. Gertrude zu Löwen und Friedrich Perenot, Herrn von Champagney, einen Bruder Granvella's, nach Brüssel einladen liess. Hatte man schon früher gegen den Berufenen die Hoffnung ausgesprochen, dass von ihm und den Seinigen keine Schmälerung des katholischen Cultus ausgehen werde, so wurde bei dieser Gelegenheit der Wunsch hinzugefügt, dass derselbe auch in Holland und Seeland der freien Ausübung des katholischen Glaubens auf keine Weise entgegentreten möge. Oranien's Antwort lautete verbindlich und ausweichend zugleich: Ohne vorangegangene Berathung mit den Ständen von Holland und Seeland dürfe er über die Glaubensfrage keine Entscheidung treffen und müsse sich deshalb auf die Zusage beschränken, dass in die Rechte der Anhänger Roms nicht eingegriffen werden solle; was aber die Forderung anbelange, dass in den südlichen Provinzen keine andere Glaubensübung neben der katholischen geduldet werden solle, so hätten darüber lediglich die dortigen Abgeordneten zu bestimmen. Man sieht, Oranien's Absicht war auf einen Religionsfrieden gerichtet, wie solcher in Deutschland vereinbart war, während eben dieser von den südlichen Landschaften abgewehrt wurde.

Wenige Tage später lief ein Schreiben des Pfalzgrafen Johann Casimir ein, in welchem derselbe seine Bereitwilligkeit aussprach, auf den Wunsch der Staaten einzugehen und für dieselben ein Heer zu werben, vorausgesetzt, dass man sich

---

[1]) Gertruidenberg, 27. August 1577. Gachard, Actes etc., Th. 1.

dem Oranier mit vollem Vertrauen anschliesse [1]). Letzterer aber berichtete [2]), dass er eine Botschaft nach Frankreich gesandt habe, um zu hintertreiben, dass der Herzog von Guise dem Statthalter zuziehe. Am 18. September wurde Oranien von den unter ihren Bannern geschaarten Innungen Antwerpens eingeholt, und 5 Tage darauf hielt er mit einem starken Gefolge von Bewaffneten, von der Spitze des hohen Adels am Thor bewillkommt, von den Staaten und der waffengeschmückten Bürgerschaft geleitet, seinen Einzug in Brüssel. Er, der einst flüchtend vor Alba, mittellos und doch nie entmuthigt, diese Stadt verlassen hatte, gebot jetzt über die Geister in Brabant [3]); er durfte, unbekümmert um den Widerstand von Adel und Geistlichkeit, die gegen beide aufsteigende Gährung beim Bürgerstande nähren, weil er das Bewusstsein hatte, dass er die Herrschaft über dieselbe behaupten werde.

Wie mächtig der Einfluss Oranien's auf die Staaten war, zeigte sich, als er unmittelbar nach seiner Ankunft in Brüssel vor ihnen erörterte, dass eine vollständige Ausgleichung mit D. Juan eben so unmöglich sei, als man von Spanien eine ehrliche Anerkennung der Pacification zu erwarten habe, und schliesslich erreichte, dass die so eben getroffene Vereinbarung einer nochmaligen Berathung unterzogen wurde, derzufolge man dem Vertrage noch die Artikel anhängte, dass der Graf von Büren sofort der Freiheit theilhaftig, Elisabeth von England in den Frieden aufgenommen, alle Männer im Gefolge des Statthalters von öffentlichen Aemtern ausgeschlossen und einem von den Generalstaaten zu ernennenden Staatsrath die Handhabung aller Geschäfte übertragen werde [4]). In diesem Bescheid, welchen der Bischof von Brügge nach Namur überbrachte, erkannte D. Juan Richtung und Ziel Oranien's, die offene Kriegserklärung des Mannes, der den Adel und Clerus in den Staaten unter seinen Willen gebeugt hatte. Er ersehe, erwiederte er, aus den neuerdings aufgestellten Forderungen, dass man, anstatt beim katholischen Glauben und dem Ge-

[1]) Gachard, Actes etc., Th. 1.
[2]) 13. September 1577. Ebendas.
[3]) Gachard, Corresp. de Guill. etc., Th. 4.
[4]) Comte-rendu a. a. O.

horsam gegen den König zu verbleiben, damit umgehe, durch Errichtung eines Conseils der königlichen Autorität nur dem Namen nach die Geltung zu lassen; die Berufung Oranien's nach Brüssel werde in Madrid einen peinlichen Eindruck machen; er selbst aber fühle sich durch die unverhohlene Feindseligkeit, mit welcher man gegen ihn verfahren, gedrungen, nach Luxemburg zu gehen und dort die vom Könige erbetenen Befehle abzuwarten [1]).

Um die trostlose Lage, in welcher sich D. Juan damals befand, richtig zu bezeichnen, wird es erforderlich sein, noch ein Mal der bereits erörterten Verhältnisse kurz zu gedenken.

Aller Mittel beraubt, auf dem Wege der mit den Staaten angeknüpften Verhandlungen eine seiner Aufgabe und der Würde seines Amtes entsprechende Stellung zu gewinnen, und überzeugt, dass die Lösung der niederländischen Frage nur noch vom Schwerte zu erwarten stehe, liess er nicht nach, dem Könige die Nothwendigkeit der Fortsetzung des Krieges entgegen zu halten. »Wenn die Niederländer«, äusserte er sich [2]), »noch eine Hoheit über sich anerkennen, so ist es die Oranien's, und das hier gegebene Beispiel dürfte leicht auch bei andern Unterthanen des Königs Nachahmung finden.« Und: »Für den König rührt sich hier keine Hand, für Oranien setzt man Blut und Seele auf's Spiel; hier nicht einschreiten zu wollen, heisst Gott verlassen.« [3]) Alle diese Vorstellungen machten zur Zeit auf Philipp II. keinen Eindruck. Er sprach sich über die Besetzung von Namur nicht etwa tadelnd aus, aber er wünschte unter allen Umständen den offenen Bruch mit den Staaten zu vermeiden. Seine Finanzen waren erschöpft, er hatte den Krieg mit diesen Niederländern sattsam kennen gelernt, und die Befürchtung lag nahe, dass die Aufständischen sich im Falle der Noth einer benachbarten Macht in die Arme werfen würden. Deshalb zeigte er sich zu jeder Concession geneigt, wenn nur

---

[1]) D. Juan an die Generalstaaten; Namur, 2. October 1577. Considerant, Hist. de la révol. etc., S. 277.

[2]) 28. Julius 1577. Gachard, Corresp. de Guill. etc., Th. 4, S. XXI.

[3]) 2. August 1577. Ebendas.

der Anerkennung seiner Oberhoheit und den Satzungen der römischen Kirche nicht zu nahe getreten werde, und liess die dringendsten Schreiben des Brüders, namentlich die wiederholte Bitte um Geld, häufig unbeantwortet. Er wünschte, je verwickelter die Verhältnisse seines Statthalters in den Niederlanden wurden, für sich die freie Hand zu wahren.

Schon im August hatte D. Juan vom Marques von Ayamonte, Vicekönige über Mailand, die Rücksendung des Heeres verlangt. Man möge, schrieb er bei dieser Gelegenheit den Tercios, jeden Gedanken an Sold zurückdrängen; es gelte dem Glauben und dem Könige; als Christen, als Spanier und tapfere Männer würden sie dem Rufe des Freundes schnell und entschlossen Folge leisten [1]). Aber der König befahl damals auf die hierauf bezügliche Anfrage Ayamonte's, die Einschiffung der Regimenter nach Spanien zu betreiben. Diese Verweigerung des Heeres, das hartnäckige Schweigen in Madrid, auch wo es der Entscheidung von Lebensfragen galt, liess in D. Juan eine Bitterkeit aufsteigen, für welche sonst seinem eigentlichen Wesen die Elemente abgingen. »Auch wenn ich nicht der Bruder Ew. Majestät wäre«, schrieb er am 18. September 1577, »würde ich diese Geringschätzung meiner Person und meiner aufopfernden Hingebung nicht verdienen, nicht dass man, ohne meine Depeschen auch nur einer Antwort zu würdigen, mich rücksichtslos dem Hohn der Welt bloss stellt.« [2]) Und einige Tage darauf: »Wenn Gottes Gnade mir nicht beisteht, so weiss ich nicht, was aus mir werden soll. Wollte der Himmel, dass ich ohne Belastung meines Gewissens, ohne Verletzung meiner Pflichten gegen Ew. Majestät und ohne knabenhafter Feigheit beschuldigt zu werden, den Kopf an einer Mauer zerschmettern, oder mich in einen

---

[1]) Lafuente, Th. 14, S. 64.

[2]) »No pensé jamas haber merescido, cuando no fuera hermano de V. M., que estimara en tan poco mi persona, ni el celo, ni aficion con que le he procurado servir, que me consentiera padescer en los ojos de todo el mundo tanta verguanza y necessidad cuanta he padescido despues que entré en estos Estados, sin ser siquiera servido de mandarme responder á lo substancial de mis despachos.« Gachard, Corresp. de Guill. etc., Th. 4, S. XIX.

Abgrund stürzen könnte!« [1]) Nun sollte er die Festen und selbst Namur den Staaten überantworten, die ihm gebliebene kleine Schaar der Geworbenen entlassen, den Abzug der Deutschen aus Herzogenbusch, Breda, Deventer und Ruremonde anordnen; auf sein Gesuch um Entbindung vom Amte erfolgte keine Antwort; der Herzog von Aerschot und dessen Bruder, der Marquis von Havré, stahlen sich heimlich von seiner Seite; es hielten nur wenige treue Männer von Adel, ein Mansfeld, ein Roeulx, ein Barlaimont, bei ihm aus und alle Provinzen, bis auf Namur und Luxemburg, standen auf der Seite des Gegners. In diesen Augenblicken, als er auf Befehl des Königs Schritt vor Schritt vor einem herausfordernden Gegner zurückweichen musste und Verzweiflung sich seiner zu bemächtigen drohte, blitzte noch ein Mal verheissend die Zukunft vor ihm auf.

Durch ein Schreiben des Marques von Ayamonte wurde D. Juan benachrichtigt, dass der König, seitdem er von der Vertreibung der Söldner aus Antwerpen Kenntniss erhalten, nicht nur die Rückkehr des spanischen Heeres nach Flandern, sondern auch den gleichzeitigen Aufbruch von 3000 Soldaten der sicilianischen Flotte und einer beträchtlichen Anzahl Italiener, so wie die Werbung von deutschen Fähnlein zu Ross und Fuss anbefohlen habe [2]). Ausserdem versäumte Philipp II. nicht, Elisabeth von England durch eine Botschaft dringend zu ersuchen, den Aufgestandenen keine Unterstützung angedeihen zu lassen, während er an den Hof in Wien die Bitte richtete, das Eintreten von Deutschen in die Bestallung der Staaten möglichst zu verhindern. Dieser Wechsel der spanischen Politik war es, der D. Juan mit neuem Lebensmuth erfüllte. War er schon früher entschlossen gewesen, das von den Staaten aufgestellte Ultimatum zu verwerfen, so erliess er

---

[1]) »Si Dios por su bondad no me socorre, esta es la hora que no sé que hacer de mi en qué reparar. Plugiese ya al mismo Dios que, sin salir de lo que soy obligado á mi conscieneia y á la obediencia que debo á V. M., y sin que fuese juzgado por mocedad poco honrada, pudiese dar con la cabeza en pared, y arrojarme á un precipicio!« Gachard, Corresp. de Guill. etc., Th. 4, S. XIX.

[2]) Schreiben des Cardinals Granvella vom 18. October 1577. Groen van Prinsterer, Archives etc., Th. 6, S. 263.

jetzt von Luxemburg aus ein Schreiben an dieselben, in welchem er Niederlegung der Waffen, Verweisung Oranien's und seines Anhanges aus Brüssel und Freigebung aller Gefangenen begehrte; komme man dem nach, so werde er das im Anzuge begriffene Heer zurückschicken, widrigenfalls aber, dem Befehle des Königs gemäss, die Entscheidung auf Krieg verstellen [1]). Da man D. Juan nicht mehr als Statthalter anerkenne, erwiederten die Staaten, so bitte man ihn, die Verwaltung ungesäumt dem Staatsrath zu überlassen, bis ein Nachfolger eintreffe, der weniger der spanischen Laune unterworfen sei [2]); greife er aber zum Schwert, so würden die Landschaften bei allen befreundeten Mächten Hülfe suchen. Gegen den König gaben sie die Erklärung ab [3]), man wolle nicht länger Sclave der Fremden sein, und würden Spanier und Niederländer nimmer verträglich neben einander leben können; man sei entschlossen, Gut und Blut für die Freiheit einzusetzen, werde jedoch eben so gewiss vom katholischen Glauben nicht lassen, noch auch den dem Könige schuldigen Gehorsam verkennen, so lange derselbe die Rechte und Privilegien des Landes nicht beeinträchtige.

So schneidend auch diese Sprache klang und so locker sich in ihr das Band zeigte, welches die Provinzen noch an das königliche Haus knüpfte, so glaubte doch Philipp II., neben dem Ernst der Rüstungen, den Versuch zu einer friedlichen Verständigung noch nicht aufgeben zu dürfen. Er wusste, dass Prälaten, Adel und Städte, wenn sie auch augenblicklich der politischen Richtung der nördlichen Provinzen folgten, theils weil sie von Oranien erkauft oder ihm verpflichtet waren, theils weil sie den genügenden Schutz gegen die zunehmende Macht der Democratie bei D. Juan vermissten, oder den Verheissungen desselben misstrauten [4]), doch in überwiegender Zahl der römischen Kirche zugethan waren, und gründete hierauf seine Ansicht, dass sie den völligen Bruch mit der königlichen Autorität nicht wünschen könnten. Des-

---

[1]) Gachard, Corresp. de Guill. etc., Th. 4.

[2]) »Pourveu qu'il ne soit des humeurs d'Espaigne.« Gachard, Actes etc., Th. 1.

[3]) 5. October 1577. Ebendas.

[4]) Strada.

halb ertheilte er an D. Juan den Befehl, falls die Staaten der Capitulation nachkämen, die Waffen ruhen zu lassen und im Namen des Königs Rücksendung des Heeres und ein gänzliches Vergessen des Geschehenen zu verheissen [1]). Wurde nun demzufolge der Versuch, auf dem Wege der Verhandlung eine Vereinbarung zu erzielen, wieder aufgenommen, so musste dieser freilich bei der gesteigerten Gereiztheit der Stimmung auf beiden Seiten fruchtlos verlaufen, gestattete aber D. Juan, sich der Musse und Gelegenheit zur Befestigung seiner Stellung zu bedienen. Einem damals von den Provinzen mit vereinten Kräften gegen ihn unternommenen Angriffe würde er unterlegen sein, während er sich durch den Verzug in Stand gesetzt sah, zuvorkommend den Kampf zu eröffnen. Dieser Stand der Dinge beruhte wesentlich auf der Uneinigkeit und den Parteiumtrieben im Schoosse der Staaten.

Seitdem der vollständige Bruch mit D. Juan erfolgt war, musste man zunächst auf die Bildung eines Staatsraths Bedacht nehmen, welcher einstweilen in die Stellung des Statthalters eintrete. Dass die erste Wahl in diese höchste Landesbehörde auf Wilhelm von Oranien fiel, ergab sich eben so gewiss aus dem Einfluss, welchen derselbe auf die städtische Bevölkerung ausübte, als von dem Augenblicke an Neid, Missgunst und Befürchtungen vor der geistigen Ueberlegenheit dieses weitstrebenden Mannes den Adel, Misstrauen gegen den offenen Förderer des Protestantismus die Prälatur zur Opposition einen musste. Der Gedanke, fortan unter der Autorität eines Standesgenossen zu stehen, war ihnen eben so unerträglich, als sie durch denselben für immer mit der spanischen Macht verfeindet zu werden besorgten. Deshalb richteten sie ihr Sinnen auf die Einsetzung eines neuen Statthalters. In dieser Beziehung dachte man wohl an Elisabeth von England; aber gegen sie sprach die Glaubensfrage und die Gewissheit, dass auf eine Uebersiedelung der Königin nach den Niederlanden nicht zu rechnen sei. Dann tauchte der Name des Herzogs von Anjou auf, wurde jedoch wegen der notorischen Characterlosigkeit desselben bald wieder hintangesetzt. Da-

---

[1]) Schreiben des Cardinals Granvella; Rom, 23. November 1577. Groen van Prinsterer, Archives etc., Th. 6, S. 247.

gegen schien der Erzherzog Matthias, Sohn von Kaiser Maximilian II. und Bruder des regierenden Rudolph II., von allen Seiten betrachtet, vorzugsweise geeignet, die Statthalterschaft einzunehmen. Hatte man doch schon im October des vorhergehenden Jahres, bevor noch D. Juan in den Niederlanden eingetroffen war, denselben zur Uebernahme dieses Amtes willfährig gefunden, und nur durch die Ankunft des Siegers von Lepanto war damals die Ausführung dieses Plans vereitelt. Auf ihn richteten die bedeutendsten Mitglieder des katholischen Adels, ein Philipp de Croy, Herzog von Aerschot, und dessen Bruder, der Marquis von Havré, Graf Lalaing und sein Bruder Montigni, der jüngere Graf Egmont u. A. nochmals ihr Augenmerk. Aerschot, der Führer dieser Partei, war weder durch Talent noch durch Characterstärke zu einer hervorragenddn Stellung berufen. Schwankend in der Politik wie in der Freundschaft, keines festen Entschlusses fähig, hatte er sich nach dem Tode von Requesens der nationalen Richtung angeschlossen, dann als dienstbeflissener Anhänger D. Juan's sich gezeigt, um schliesslich auch diesen zu verlassen, sobald die Volkspartei den Sieg davon getragen zu haben schien. Aber er war der Vertreter des reichsten und mächtigsten Adelshauses im Süden und übte als solcher einen erheblichen Einfluss auf seine Standesgenossen. Seit seinem Abfalle von D. Juan musste er für dessen Entfernung thätig sein, während ein Zurückdrängen Oranien's, so freundlich er auch zu demselben zu stehen schien, ihm nicht minder am Herzen lag. In dieser doppelten Beziehung galt ihm die Berufung des Erzherzogs um so mehr für eine glückliche, als er glaubte, dass auch Philipp II. diese Wahl nicht verwerfen, vielleicht gar dem habsburgischen Vetter die Niederlande als Mitgift mit der Hand seiner Infantin entgegentragen werde. Aehnlich dachte der dem Herzoge befreundete hohe Adel Belgiens; er hoffte in Matthias ein Gegengewicht gegen Oranien, eine Stütze wider D. Juan und zugleich einen gewichtigen Vermittler beim Könige zu finden; es stand bei ihm fest, dass man des Oberhauptes nicht entbehren könne, um die wachsende Bewegung des dritten Standes zu zügeln, und dass es wiederum nicht schwer halten werde, den jungen und unerfahrenen Kaisersohn im Interesse der Adelspartei zu leiten.

Bereitwillig ging der Erzherzog auf den heimlichen Antrag einer in Wien sich einstellenden niederländischen Botschaft ein. Den 19jährigen Jüngling lockte der Reiz des Abenteuerlichen und die Aussicht auf eine Herrschaft, welche ihm der Kaiserstaat nicht bieten konnte. In der Nacht auf den 4. October 1577 schlich er sich unbemerkt von der Seite seines neben ihm schlafenden Bruders Maximilian, verliess, durch Verkleidung unkenntlich, die Hofburg in Wien und gelangte in Begleitung von nur zwei Dienern nach Cöln.

Sobald die Staaten von der Ankunft des Erzherzogs auf kurcölnischem Gebiete benachrichtigt waren, erliessen sie an die Stände der einzelnen Provinzen ein Umlaufschreiben, in welchem sie die auf den Wunsch vieler einsichtsvoller und patriotischer Männer an Matthias gerichtete Bitte um Uebernahme der Statthalterschaft auseinandersetzten, mit der Bemerkung, dass dem Empfange des also Berufenen eine Verständigung über die demselben einzuräumende Gewalt vorangehen müsse, weshalb man diesen Punct der Erwägung zu unterziehen und die Abgeordneten mit den erforderlichen Vollmachten zu versehen bitte [1]). Die damals vorherrschende Ansicht, dass der Erzherzog nicht ohne Vorwissen des Kaisers der Einladung nach Brüssel Folge geleistet habe, scheint doch von D. Juan nicht getheilt zu sein. In gemessenen Worten erinnerte er die Staaten an die neuerdings vom Könige ertheilte Zusage wegen gewissenhafter Aufrechterhaltung der Pacification, theilte ihnen ein Handschreiben des Kaisers mit, in welchem dieser seine Klage aussprach, dass Matthias nächtlicher Weile aus Wien entwichen sei, dass er vergeblich ihm Diener nachgeschickt und Fürsten und Kurherrn ersucht habe, den Flüchtigen aufzuhalten, und warnte vor einer Uebertretung der beschworenen Pacification, welche den Uebergang zur offenen Empörung unvermeidlich nach sich ziehen müsse [2]). Anders dachte freilich der Herzog von Aerschot. Um sein Dafürhalten wegen des in Cöln angelangten Erzherzogs von den Staaten befragt, erwiederte er [3]), dass er in dem Sohn des Kaisers ein von Gott gesandtes Heilmittel gegen alle

[1]) Ausschreiben vom 16. October 1577. Gachard, Actes etc., Th. 1.

[2]) Schreiben vom 20. October 1577. Ebendas.

[3]) Gent, 24. October 1577. Ebendas.

Calamitäten erblicke, da der katholische und dem Könige durch Bande der Verwandtschaft nahe stehende Erzherzog die volle Bürgschaft für ein Festhalten am Glauben und am angestammten Herrn in sich trage.

Anfangs hatte sich Oranien durch die ohne sein Mitwissen erfolgte Berufung des Erzherzogs beunruhigt gefühlt; er verkannte keinen Augenblick, von welcher Partei und zu welchem Zwecke dieser gegen ihn geführte Schlag ausgegangen sei, dessen beabsichtigte Folgen zu vereiteln er sich angelegen sein lassen musste. Was ihn in dieser Beziehung unterstützte, war, dass der Gedanke an eine habsburgische Herrschaft bei den Bürgerschaften wenig Anklang fand und selbst die Staaten mit dem Geschehenen nicht durchaus einverstanden waren. Weil jedoch ein Widerruf der Wiener Botschaft den allgemeinen Zwiespalt nur gefördert haben würde, entschloss man sich zur Anerkennung des Thatbestandes und ertheilte an Oranien, Aerschot, die Grafen Boussu und Champagney u. A. den Auftrag zur Entwerfung der Bedingungen, unter denen der Erzherzog als Statthalter aufzunehmen sei.

So sicher sich nun auch voraussetzen liess, dass die Staaten darauf Bedacht nehmen würden, durch eine bindende Capitulation den Einfluss von Matthias zu beschränken und seine Wirksamkeit als Regent zu lähmen, so schien doch die Einsetzung des Statthalters eine Verkürzung der hervorragenden Stellung von Oranien nach sich ziehen zu müssen. Um dem zeitig vorzubeugen, erreichten seine Anhänger, dass er zum Ruward (Gouverneur, conservator) von Brabant ernannt wurde. Dadurch erhielt der Prinz in der gedachten Landschaft, welcher bis dahin, weil Brüssel als Residenz des Generalstatthalters galt, kein eigener Statthalter zugeordnet gewesen war, eine ungewöhnliche Autorität. Es war das Werk der Volkspartei; war doch durch den Gefeierten der Abbruch der Citadellen zu Utrecht, Gent, Lille und Valenciennes erfolgt, die Feste zu Antwerpen niedergeworfen, das aus eroberten Geschützen gegossene Standbild Alba's niedergerissen und durch die Gassen geschleift, um abermals zu Geschützen — dieses Mal g e g e n Spanien — verwendet zu werden. Umsonst hatten sich Adel und Clerus dieser Verherrlichung des Calvinisten widersetzt; mächtiger als ihr

Widerspruch war der Wille der Bürger von Brüssel, und unter der Bedingung, sich jedes Eingriffs in die Pacification zu enthalten und die Rechte der katholischen Kirche auf keine Weise anzutasten, wurde am 22. October 1577 Oranien's Statthalterschaft über Brabant von den Staaten bestätigt. Er stand sonach in dieser Provinz als der Nachfolger D. Juan's da, den er bald in sämmtlichen Landschaften der Niederlande zu vertreten hoffte.

Damit war indessen der Widerstand seiner Gegner noch nicht beseitigt. Der Herzog von Aerschot, welcher von den in Gent versammelten Ständen an die Stelle des in der Treue gegen D. Juan nicht wankenden Grafen von Roeulx zum Statthalter über Flandern erkoren war, legte, gestützt auf den dortigen Adel, gegen die Wahl Oranien's Protest ein, der vermöge seiner Staathalterschaften in Holland und Seeland nur vorübergehend in Brabant sich werde aufhalten können. Rief schon diese Erklärung bei den Bürgern von Gent eine ungewöhnliche Bewegung hervor, so wurde dieselbe durch das leidenschaftliche Vorgehen Aerschot's, der in seiner Provinz alle Freunde Oranien's aus ihren Aemtern verdrängte, dergestalt gesteigert, dass die Zunftgenossen am 28. October zu den Waffen griffen, den Herzog und die Bischöfe von Ypern und Brügge überfielen und in Haft brachten, den Stadtrath zur Verzichtleistung auf seine Stellung zwangen und den Rathsstuhl mit Mitgliedern ihrer Genossenschaften besetzten. Man habe zu diesem rechtswidrigen Mittel greifen müssen, berichtete die neue Behörde von Gent an die Staaten [1]), weil Aerschot den Erzherzog Matthias ohne Mitwissen der Provinzen an die Spitze der Verwaltung habe stellen, die Stände von Flandern zum Protest gegen die gesetzliche Wahl Oranien's bewegen wollen und sogar mit der Absicht umgegangen sei, in den Franzosen die alten Feinde des Volkes in's Land zu ziehen.

Es spricht ein hoher Grad von Wahrscheinlichkeit dafür, dass die Gewaltthat der Genter auf Betrieb Oranien's, oder doch nicht ohne seine Einwilligung erfolgte [2]). Sein Anhang

---

[1]) 3. November 1577. Gachard, Actes etc., Th. 1.

[2]) Tassis, S. 282, hält für ausgemacht, dass Oranien der Anstifter

in Brabant und Flandern wurde vornehmlich durch die zur reformirten Kirche übergetretenen Zunftgenossen der grösseren Städte gebildet; es zeigte sich auch hier das confessionelle Element im engsten Anschluss an das politische; das Verlangen, die Lehre Calvin's zur Herrschaft zu bringen, ging mit dem Bestreben nach Sturz des patricischen Regiments Hand in Hand. Selbst in Brüssel liess die Stimmung der Bürgerschaft, den Staaten gegenüber, ähnliche Auftritte befürchten wie in Gent. Doch kam hier die Bewegung nicht zum Durchbruch; die Staaten erreichten, dass in der Angelegenheit Aerschot's ihnen die Entscheidung überlassen wurde, und ihr Spruch brachte dem Herzoge Befreiung und Wiedereinsetzung in die Statthalterschaft über Flandern.

In dem Städtchen Diest vom Grafen von Egmont im Namen der Staaten begrüsst, traf der Erzherzog am 15. November 1577 in Antwerpen ein. Dahin begab sich Oranien. Ihm war die Ankunft des Kaisersohnes höchst zuwider, aber er wusste sich zu beherrschen und barg den Unmuth hinter abgemessener Höflichkeit. In dem geringen Mass von Thatkraft, welches er in dem Berufenen wahrnahm, in dessen Entblössung von Geldmitteln und seiner zweideutigen Stellung zu Wien mochte er nicht weniger Beruhigung finden, als in dem Bewusstsein, dass es in seiner Hand ruhe, durch eine scharfe Capitulation den jungen Generalstatthalter im selbständigen Regiment zu beschränken. Am 7. December sprachen die Staaten die Entsetzung D. Juan's von seinem Amte aus, erklärten ihn für einen Feind des Vaterlandes [1]), und am folgenden Tage wurde ihre Resolution veröffentlicht, den Erzherzog um Uebernahme der Statthalterschaft unter der Voraussetzung, dass derselbe die Pacification von Gent beschwöre und der König die Ernennung bestätige, zu ersuchen. Aerschot war es, der die nach dem eingeholten Gutachten aller Provinzen entworfenen und von den Staaten einer Prüfung unterzogenen Bedingungen, welche zu beschwören der Erzherzog am 17.

---

gewesen sei. Groen van Prinsterer, Archives etc., Th. 6, S. XXIII, sagt: »Le consentement, au moins tacite, du Prince, n'est pas douteux.«

[1]) Gachard, Actes etc. — Das hierauf bezügliche »im Namen des Königs« ausgegangene Edict findet sich unverkürzt bei Tassis, S. 274ff.

December 1577 sich bereit erklärte, nach Antwerpen überbrachte. Demzufolge wurde auf dem Stadthause zu Brüssel eine neue Union unterzeichnet [1]), kraft welcher beide Confessionen einander die Hand reichen und rechtlich gleich gestellt werden, in allen Angelegenheiten von Wichtigkeit die Entscheidung dem Staatsrath verbleiben und in jeder Provinz den Ständen das Recht zustehen sollte, sich nach Belieben zu versammeln [2]). Somit war Oranien's Stellung eine gesicherte; gegen Matthias hatte er den Herzog von Alençon (Anjou) im Hintergrunde, Elisabeth von England verhiess ihm Unterstützung an Geld und Mannschaft, ihm gehörte, vermöge seines Einflusses auf die Staaten und den Staatsrath, der That nach das Regiment, er war der Leiter und Vormund eines machtlosen, durch die Capitulation eingeschnürten Jünglings. Auch dieses genügte den Bürgern von Brüssel noch nicht; sie verlangten nicht nur, dass, trotz der Anerkennung von Matthias, Oranien im Amte des Gouverneurs über Brabant verbleibe, sie wollten ihn auch zum Stellvertreter des Generalstatthalters ernannt wissen. Dieser Forderung widersetzten sich viele Mitglieder der Staaten, welche befürchteten, dass der Prinz alsdann in Kürze auch über die Südprovinzen jene oberherrliche Gewalt zur Geltung bringen werde, mit der er in Holland und Seeland bereits gebot; am heftigsten der Herzog von Aerschot und Graf Lalaing, die für sich die Stelle des Lieutenant beanspruchten. Aber die Bürgerschaft erfocht auch hier den Sieg. Am Tage nach dem Einzuge des Erzherzogs in Brüssel (18. Januar 1578), wobei sich das Volk an Schaugeprängen jeder Art und in Spottbildern auf D. Juan gefiel, wurde Oranien als dessen Stellvertreter proclamirt.

Es war eine bittere Ironie, wenn die Staaten auch jetzt noch den Schein der Anerkennung einer Oberhoheit Philipp's II. retten wollten, dem Wortlaut nach von seiner Genehmigung die Statthalterschaft des Erzherzogs abhängig machten und gleichzeitig als Preis ihres Gehorsams die Abberufung von D. Juan forderten. —

Seit dem Abbruch der Verhandlungen mit den Staaten

---

[1]) Urkunde bei Tassis, S. 278.

[2]) Ebendas. S. 286.

finden wir D. Juan mit der Bildung eines kleinen Heeres rastlos beschäftigt. Er fühlte sich der bisherigen Fesseln entledigt, er athmete hoch auf, dass er dieses Feilschen in Unwahrheit und Verstellung mit einem ehrlichen Kampfleben vertauschen sollte. Eine kleine Schaar Spanier, welche nach dem Abzuge aus den Niederlanden in den Dienst der französischen Ligue getreten war, wurde durch Graf Peter Ernst von Mansfeld nach Luxemburg zurückgeführt, wo sie zu den deutschen Fähnlein unter Fugger und Fronsperg stiess; Herzog Erich der Jüngere von Braunschweig sandte ein stattliches Geschwader von Reitern aus Niedersachsen und Westphalen, der Statthalter über Burgund ein durch ihn geworbenes Regiment zu Fuss. Dem Mangel an Geld wurde für den Augenblick dadurch abgeholfen, dass der römische Nuntius, welchen Gregor XIII. beauftragt hatte, bei den Verhandlungen mit den Staaten das Interesse der Kirche wahrzunehmen und, wenn eine Verständigung in der Glaubensfrage erfolgt sei, die Unternehmung gegen England zu betreiben, die zur Förderung der letzteren mitgebrachten 50,000 Ducaten an D. Juan einhändigte [2]. Gleichwohl beliefen sich die Streitkräfte desselben auf nur 4000 Mann, mit denen bei der vierfach überlegenen Macht der Staatischen selbst die Behauptung von Luxemburg eine missliche Aufgabe sein musste. Was ihn rettete, war die Uneinigkeit und das Parteiwesen im gegnerischen Lager und die hieraus entspringende Langsamkeit, mit welcher man die Vorbereitungen zum Angriff betrieb. Da endlich traf im December 1577 das lombardische Heer bei D. Juan ein.

Mit lautem Jubel hatten die Tercios den Befehl Philipp's II. zur Rückkehr nach den Niederlanden aufgenommen; die einzige Klage, welche sich kund gab, war die, dass der tapfere Romero — er hatte in Cremona durch einen Sturz mit dem Pferde sein Leben eingebüsst — unter den Obersten vermisst werde. Genua und Florenz fühlten sich wie von einem schweren Druck durch den Aufbruch dieser in ihrer Nachbarschaft lagernden spanischen und italienischen Veteranen befreit, die in kleineren

---

[1]) Tassis, S. 282 ff.

[2]) Strada.

Abtheilungen dem Norden zuzogen. Die Langsamkeit des Marsches ertrug Alexander Farnese nicht. Den Regimentern weit voran trieb ihn stürmische Ungeduld, so dass er in 12 Tagen die Reise von Parma nach Luxemburg zurücklegte [1]). Dort schloss D. Juan den muthigen Waffengenossen von Lepanto in seine Arme. Alexander erschrack über die verfallenen Züge des Freundes, dem Gram über geknickte Hoffnungen die Jugendfrische abgestreift hatte. Als D. Juan jetzt die bewährten Regimenter um sich sah, Männer, die zum Theil im Golf von Corinth und in Africa unter ihm gefochten hatten, ging ihm das Herz noch ein Mal auf, und schlagfertig, den Gegnern den Stillstand kündigend, forderte er in einer feurigen Proclamation (25. Januar 1578) Bürger und Soldaten der Provinzen auf, sich ihm für die Behauptung des Glaubens und des Gehorsams gegen den König anzuschliessen.

Auch damals noch hielt der von den Klagen der Niederländer über D. Juan bestürmte Philipp II. die friedliche Ausgleichung für möglich und beschloss zu dem Zwecke die Sendung Margaretha's. Er erwartete Alles von der Persönlichkeit und Umsicht der Halbschwester, deren Andenken in Flandern und Brabant ein gesegnetes war. Richtiger fasste der Cardinal Granvella die Verhältnisse auf, als er an D. Juan schrieb [2]): »Das Leiden in den Niederlanden beruht nicht auf dem Verlangen nach Aenderung des Glaubens oder nach Verleugnung der Autorität des Königs, sondern auf dem Hass, der aus 12jähriger Misshandlung durch Spanien gegen dasselbe erwachsen ist.« Mit innerem Widerstreben versprach Margaretha, sich dem Befehle des Königs zu fügen; sie konnte und wollte dessen Erwartungen so wenig theilen, als sie nicht vermochte, das an sie gestellte Verlangen abzuschlagen. Aber zögernd, Verzug an Verzug knüpfend, zum Theil durch Kränklichkeit verstimmt, verschob sie den Tag der Abreise. Es bedurfte sogar der Mahnung von Granvella und der ernsten Aufforderung Gregor's XIII., bis sie sich entschloss, dem Sohn die Reise nach Luxemburg zu gestatten.

---

[1]) Strada.

[2]) Rom, 11. Januar 1578. Groen van Prinsterer, Archives etc., Th. 6, S. 286.

Vergeblich hatte sich Elisabeth von England zur Vermittelung der streitenden Theile erboten. Als man von beiden Seiten ihren Anträgen kein Gehör schenkte, entschloss sie sich, ohne fernere Berücksichtigung Spaniens oder Frankreichs, lediglich dem Interesse ihrer Unterthanen zu folgen, welches Friede und freundlichen Verkehr mit den Niederlanden erheischte [1]). Ihre Aufforderung, den Aufgestandenen mit grösserer Nachgiebigkeit als bisher entgegen zu kommen, hatte D. Juan höflich aber fest abgelehnt. Ebenso erfolglos sollte sich ein offenes Ausschreiben [2]) Philipp's II. erweisen, in welchem derselbe gebot, D. Juan als seinem Bruder und Generalcapitain zu gehorsamen, und den Generalstaaten und Ständen der einzelnen Provinzen auseinander zu gehen befahl. Somit war jeder Weg zur gütlichen Verständigung abgeschnitten und die Entscheidung auf's Schwert verstellt.

Bei Marche im Luxemburgischen musterte D. Juan sein auf 20,000 Mann gewachsenes Heer [3]). Es waren meist kriegsgeübte Männer unter den bewährtesten Führern, einem Alexander Farnese, Bernardino de Mendoza, Fernando de Toledo, Ottavio Gonzaga, Martinengo, Mondragon, Verdugo. Das Hauptbanner des Feldherrn zeigte ein Kreuz mit der Unterschrift: »Con esta enseña venci a los Turcos, con esta venceré á los rebeldes.« Die Musterung der Staatischen bei Namur ergab 20- bis 24,000 Streiter, zum grossen Theile frisch geworben, ohne Uebung und kriegerische Erfahrung, geführt von Antoine de Goignies, einem Edelmann aus dem Hennegau, der schon in den Schlachten Karl's V. mit Auszeichnung gefochten hatte; unter ihm hatte der Graf Lalaing den Befehl. Als Goignies

---

[1]) Nach dem Bericht vom 31. December 1577 des von seiner Gesandtschaft nach England zurückkehrenden Marquis von Havré an die Staaten sagte Elisabeth, »que son intention estoit de n'avoir plus respect ny au roy d'Espaigne, ny au roy de France, sinon à son propre bien, lequel dépendoit d'un bon accord et mutuelle amitié avecq ses bons et fidelz voisins les pays d'embas«. Gachard, Actes etc.

[2]) 1. Februar 1578. Ebendas.

[3]) Nach einer Depesche des Vargas-Mexia an Antonio Perez (11. December 1577) bestanden die Streitkräfte D. Juan's in 50 Fähnlein (vanderas) von Deutschen, Burgundern und Wallonen, 4000 Spaniern, 1700 leichten Reitern und 2 companias de hombres de armas. Abschrift aus Simancas.

von der Zahl und Rüstung des Feindes genaue Kunde gewonnen hatte, gab er den beabsichtigten Angriff auf und schlug von Namur die Strasse nach dem 3 Meilen entfernten, an der Grenze von Brabant gelegenen Gemblours ein. Ihm nach D. Juan, der seinen Vortrab unter Gonzaga und Mondragon theilte. Mit diesen, denen sich Verdugo und Graf Karl von Mansfeld anschlossen, warf sich Alexander Farnese am 31. Januar 1578 in der Ebene von Gemblours auf den im Marsch begriffenen Feind. Beim ersten stürmischen Angriff wurden die staatischen Reiter, welche der junge Egmont zusammen zu halten vergeblich bemüht war, geworfen, die sich nun, in einen Knäuel gedrängt, auf ihr Fussvolk stürzten und hier die letzte Ordnung brachen. Goignies' Commando wurde überhört, sein männlicher Widerstand ermuthigte die Verstörten nicht. Vor den einbrechenden Spaniern und Burgundern rettete nur Flucht. So erfocht D. Juan in anderthalb Stunden den vollständigsten Sieg. 7000 Staatische lagen erschlagen oder wurden gefangen, und mit 36 Fahnen gerieth deren Geschütz und Gepäck in die Hände des Siegers [1]. Unter den Gefangenen, von denen 600 als Fahnenflüchtige aufgeknüpft wurden, befand sich Goignies. Es war die Zucht aus den Tagen Alba's, die spanische Furia, dass heisse Verlangen der Veteranen, den Hohn zu rächen, mit welchem diese Niederländer im Jahre zuvor ihrem Abzuge zugesehen hatten, wodurch der Tag entschieden wurde.

Selbst dem festen Gemblours wagten sich die flüchtigen Staatischen nicht anzuvertrauen und folgten unaufhaltsam dem Wege nach Brüssel. In Gemblours, wo Vorräthe jeder Art für den Krieg gehäuft lagen, ergab sich die Besatzung und wurde nach geleistetem Schwure, fortan gegen Spanien die Waffen nicht führen zu wollen, entlassen. In Brüssel herrschte namenlose Bestürzung; als ob D. Juan bereits vor den Thoren stände, gab man Alles verloren, und mit dem Staatsrath enteilten Wilhelm von Oranien und der Erzherzog Matthias nach Antwerpen. D. Juan verstand es, den Sieg mit Nachdruck und Schnelligkeit zu verfolgen. Tirlemont musste sich an Ottavio Gonzaga ergeben, der dann von hier auf Löwen und

---

[1] Tassis, S. 293 ff.

Mecheln zog. Ersteres vertrieb seine schottischen Söldner und öffnete das Thor [1]), in letzteres hatte Oranien noch in der Eile eine starke Besatzung geworfen. Sichem, Stadt und Schloss, wurde nach langem und muthigem Widerstande durch Barlaimont und Alexander Farnese erstürmt; weil man die dortige Mannschaft als dieselbe wiedererkannte, welche bereits bei Gemblours in Gefangenschaft gerathen und nach abgenommenem Treuschwur für Philipp II. entlassen war, gebot Farnese, die Hauptleute aufzuknüpfen und die Leichen von 160 enthaupteten Söldnern in's Wasser zu werfen. Es war derselbe Farnese, der die standhaften Vertheidiger von Diest so ehrenvoll und anerkennend behandelte, dass die meisten derselben unter seine Fahne traten. Hiernach fielen Maubeuge und das feste, dem Herzoge von Aerschot zugehörige Chimay. Das im Hennegau, hart an der Grenze von Brabant gelegene Nivelles konnte von den Staatischen so wenig behauptet werden, wie das erst wenige Jahre zuvor erbaute starke Philippeville [2]).

Nach dem ersten Schrecken über das siegreiche Vordringen der Spanier brach bei den Zünften in Brüssel eine masslose Erbitterung gegen den Adel durch, welchem man die Niederlage bei Gemblours zuschrieb. Nur von Oranien, dem es mit Mühe gelang, das Volk von Gewaltthätigkeiten gegen die Aristocratie zurückzuhalten, erwartete man noch Rettung; des Erzherzogs gedachte Niemand. Grösser hatte sich der Einfluss des Prinzen nie gezeigt als in diesen Tagen gemeinsamer Gefahr. Er legte dem Clerus die Eidesleistung auf, die Behauptung der Pacification von Gent mit Wort und That vertheidigen und stützen, den Erzherzog in seiner Eigenschaft als Generalstatthalter anerkennen, zur Beschirmung Flanderns gegen D. Juan alle Kräfte aufbieten und Jeden als Verräther am Vaterlande betrachten zu wollen, der sich einem gleichen Eide entziehe. Gegen solche Geistliche, welche der

---

[1]) Rath und Gilden von Löwen gaben am 5. März 1578 die feierliche Erklärung ab, bei der römisch-katholischen Religion, dem Glauben ihrer Väter, bis zum Tode auszuharren und treu-gehorsame Unterthanen des Königs verbleiben zu wollen. Gachard, Analectes historiques, Brüssel 1863. S. 569.

[2]) Strada. — Tassis.

Forderung nicht entsprachen, verfuhr er mit nachsichtsloser Strenge; die meisten derselben mussten in's Elend wandern, Einzelne verfielen als Opfer fanatischer Rotten dem Tode. Als seine Hauptaufgabe verfolgte Oranien die Entfernung von D. Juan, in dessen Feldherrntalent und gewinnender Persönlichkeit er die mächtigste Stütze der spanischen Partei erkannte. Bis zu dem Tage von Gemblours hatte er sich der Hoffnung auf Abberufung desselben hingegeben, theils weil dieser selbst sie dringend begehrte, theils weil nur auf solche Weise die in Madrid gewünschte Aussöhnung mit den Provinzen gefördert werden zu können schien. Nach der Niederlage der Staatischen stand dagegen nicht zu erwarten, dass der Gegner bereitwillig die betretene Siegesbahn verlassen, noch dass der König bei der früher bewiesenen Nachgiebigkeit gegen die Wünsche der Niederländer verharren werde. Um gleichwohl zum Ziel zu gelangen, griff Oranien zur Intrigue; es galt, D. Juan beim Bruder dergestalt zu verdächtigen, dass der Gefürchtete entweder seiner politischen Stellung enthoben oder in ihr gelähmt werde. Zu diesem Zwecke liess er das Gerücht verbreiten, dass D. Juan seine Vermählung mit Elisabeth von England betreibe und im eigenmächtigen Streben nach einer auf Glaubensduldung und Wiederherstellung der alten Gerechtsame beruhenden Herrschaft über die Niederlande von ihm, Oranien, heimlich unterstützt werde. Er berechnete richtig, dass dieses Gerücht, sobald es in einem Theile Bestätigung finde, auch in seiner Gesammtheit der gläubigen Aufnahme gewiss sein werde.

Allerdings hatte D. Juan eine Zeitlang dem Gedanken an eine Verbindung mit Elisabeth Raum gegeben, wie es scheint, auf Antrieb Gregor's XIII., der dadurch die römische Kirche zur Herrschaft in England zu erheben oder doch für sie die volle Duldung zu gewinnen vermeinte [1]). Doch konnte er sich bald der Ueberzeugung nicht verschliessen, dass jeder Versuch zur Bewältigung der Hindernisse, welche der Erreichung dieses Zieles entgegenstanden, eitel sein werde, und indem er die

---

[1]) Dass D. Juan den König von diesem Plan in Kenntniss gesetzt habe, wie Van der Hammen und nach ihm Lafuente erzählen, entbehrt der Begründung.

locker angeknüpfte Correspondenz mit der Königin auf die schonendste Weise abbrach, wandte er sich von Neuem dem seit Jahren gehegten Plan zur Befreiung von Maria Stuart wieder zu. Es geschah nicht ohne Einverständniss des Papstes, der die Investitur mit dem Inselreiche an D. Juan ertheilte und seinen Nuntius in Madrid beauftragte, die schleunige Durchführung des Unternehmens am Hofe zu befürworten. Es sei, erwiederte Philipp II. auf die Vorstellungen des päpstlichen Botschafters, eine gewichtige Sache, die mit Ueberlegung und der höchsten Vorsicht angefasst sein wolle, da, wenn man sie ein Mal in die Hand genommen, ein Rückschritt nicht statthaft sei[1]). Zur nämlichen Zeit sandte D. Juan seinen Escovedo nach Rom, um für die Verleihung der Investitur zu danken, und von dort nach Madrid, um den König von dem Geschenke Gregor's zu benachrichtigen und an die zugesagte Unterstützung gegen England, sobald die in naher Aussicht stehende Unterwerfung der Niederlande erfolgt sei, zu erinnern.

Es ist bereits früher des Verhältnisses gedacht, in welchem D. Juan und Escovedo zu Antonio Perez standen. Jeden ihrer Wünsche, ihre Ansichten über das in den Niederlanden zu beobachtende Verfahren, ihre auf die Ueberziehung Englands gerichteten Hoffnungen theilten sie dem Vertrauten des Königs mit. Sie glaubten in ihm den warmen Freund, den Vertreter ihrer Interessen gefunden zu haben, dessen leise Befürwortung bei Philipp II. der Beachtung gewiss sein werde. Antonio aber legte jedes Schreiben aus den Niederlanden dem Könige vor, antwortete nach dessen Anweisung, ränkevoll, verstellt, unter der Hand ermuthigend, in Ausdrücken, die jeder Deutung fähig, und indem er ein Gewebe von Lügen um D. Juan strickte, erhielt er sich in der Mitwissenschaft von dessen geheimsten Anschlägen, um mit diesen das Misstrauen seines Herrn zu nähren. »Wüsste der König«, schrieb er an D. Juan, »dass wir irgend ein anderes Interesse als das seinige vor Augen hätten, wir wären alle verloren.« Dann mahnte er wohl zur Mässigung und Geduld, versäumte aber nicht, durch die Mittheilung aufzurichten, dass der König die Verstimmung wegen augenblicklichen Aufschubes des Zuges gegen England

---

[1]) Relaçiones de Antonio Perez. Paris 1624. 4°. S. 192.

theile[1]). In einer seiner Zuschriften an Escovedo heisst es: »Um des Königs gewiss zu sein, müssen wir uns scheinbar immer nur seinen Andeutungen und Absichten fügen; deshalb darf D. Juan's Wunsch nach Abberufung aus den Niederlanden zur Zeit am Hofe nicht verlautbaren; was aber England anbetrifft, so würde den König nichts mehr aufbringen, als wenn D. Juan auf eigene Hand seinem Plane nachginge; was Euch zunächst obliegt, ist die Beseitigung Wilhelm's von Oranien, wodurch D. Juan eine Anwartschaft auf Gewährung seiner übrigen Wünsche davontragen würde.« Wenn dann gleichwohl Escovedo in seinem Andringen auf Abberufung D. Juan's und dessen Verwendung gegen den Protestantismus Elisabeth's nicht nachlässt, mit dem Zusatze, dass, wenn es sich nur um ein Eingehen auf die Forderungen der Niederländer handele, eine Frau mit der Kunkel in der Hand dazu tauglicher sein werde, als ein Sieger von Lepanto[2]), so beharrt doch Antonio bei der Mahnung, sich zunächst dem klar ausgesprochenen Willen des Königs unterzuordnen und vor allen Dingen ohne dessen Mitwissen keine Anschläge zu entwerfen, noch irgendwelche politische Verbindungen anzuknüpfen.

Das selbständige Streben D. Juan's, sein Ehrgeiz, dieses immer wieder aufflammende Verlangen nach fürstlicher Unabhängigkeit irrte und ängstigte den König. Er wollte, dass dieser dem geheimnissvollen Dunkel der Geburt entzogene Bruder, den Gott mit allen jenen Gaben beschenkt hatte, die ihm selbst auf dem Thron versagt waren, in dienender Dankbarkeit ihm angehöre, fern von eigenen Ansprüchen, durch ein gnädiges Lächeln reich belohnt. Er sollte sein Blut für die Glorie des Throns dran setzen, ohne den Blick über die Stufen desselben zu erheben. Hätte Philipp II. die Natur von D. Juan auch nur annähernd zu würdigen, den in Jugendlust und Jugendmuth Gehobenen zu begreifen vermocht, er würde solche Forderungen nimmer gestellt haben. Daher seine unwillige Verwunderung, als jener in Morea und Tunis eine Krone zu gewinnen trachtete, dann als billige Anerkennung

---

[1]) Motley, Th. 3, S. 193.

[2]) Ebendas. S. 194.

seiner Thaten den Namen und die Rechte eines spanischen Königssohnes arglos beanspruchte, und obendrein in diesen Wünschen begünstigt und befürwortet von dem Vorsteher katholischer Christenheit, in dessen Ausspruch eine höhere Weisung zu ehren, Philipp so gern den Schein rettete. Er war nicht gewohnt, dass seine Gedanken errathen, noch weniger dass sie durchkreuzt wurden. D. Juan aber schnitt keck in seine Pläne hinein, indem er es wagte, Bahnen einzuschlagen, die ihm nicht vorgeschrieben waren. Das steigerte ein Misstrauen, welches seit dem Tage von Lepanto nicht mehr hatte übertüncht werden können. Aber entbehren konnte er des thatkräftigen Mannes nicht, auf den das Heer mit Stolz blickte und der allein im Stande zu sein schien, die in der Stille des Cabinets geborenen Entwürfe zur Ausführung zu bringen. Um so mehr wollte der Gegenstand des königlichen Argwohns überwacht und auf feste Schranken zurückgewiesen werden. Daher die schwanke Stellung, welche ihm in den Niederlanden angewiesen wurde, diese Gebundenheit durch widersprechende Befehle. Ohne Heer, ohne Geld, sollte er die Rechte der Krone gegen ein aufgestandenes Volk vertreten, die Erbitterung desselben auf sich lenken, um sie vom Könige abzuziehen.

Seit D. Juan die Generalstatthalterschaft in den Niederlanden übernommen hatte, mussten die inneren Widersprüche zwischen ihm und Philipp II. noch schärfer hervortreten. Dieser lieh den Klagen der Provinzen über den Vollstrecker seines Willens bereitwillig das Ohr, ohne gleichwohl des Letzteren wiederholtes Gesuch um Abberufung zu berücksichtigen. Das zehrte an der Pietät D. Juan's gegen den Bruder, ohne deshalb, wie man hat behaupten wollen, den Gedanken an Abfall, an Verrath gegen seinen Herrn in ihm aufsteigen zu lassen. Nur auf den Plan hinsichtlich Englands konnte er nicht verzichten; er gab den Mittelpunct seines Hoffens ab und hatte in Rom nicht nur Billigung, auch die Verheissung des Segens der Kirche gefunden. Aber eben dieser Plan passte nicht zu der bedächtigen, schleichenden Politik des Königs, und die Hartnäckigkeit, mit welcher er festgehalten wurde, steigerte die Besorgniss vor dem Unternehmungsgeist D. Juan's. »Wer den Gedanken fassen konnte, die Herrschaft mit einer Clause zu vertauschen, der ist zu jedem Wagen bereit.« Philipp's II. Verdacht ging noch weiter. Er wusste, dass Spanien ihn nicht liebe, dass Adel, Heer und Städte dem D. Juan zugethan waren. Wie, wenn Letzterer sich dem Volke Spaniens als wahrhafter Sohn von Kaiser Karl zeigte, der berufen sei, gleich dem Vater den Ruhm Castiliens durch alle Lande zu tragen? Dass selbst der Gedanke an eine solche Felonie in D. Juan nicht aufsteigen konnte, ist eben so gewiss, als dass Antonio Perez geflissentlich derartige Verdächtigungen seinem Herrn zuflüsterte. Wenn man erst Herr von England sei, so könne man Spanien in Schach halten, sobald man über Santander und eine befestigte Peña de Mogro gebiete, soll, wie eine wenig zuverlässige Quelle berichtet, Escovedo einst hingeworfen haben; jedenfalls hatte Antonio Perez solche Worte zum Könige getragen, der nun, als Escovedo später die Befestigung der Peña de Mogro beantragte und um die Befehlshaberschaft über Santander anhielt [1]), hierin die Bekräftigung der Wahrheit jenes Ausspruchs fand. Dazu kam das innige Verhältniss, in welchem D. Juan zu Herzog Heinrich von Guise stand [2]). Es war mehr die Verwandtschaft der Interessen als der Geister, welche diese Männer einander näher geführt hatte. Beide betrachteten den Sieg des Katholicismus als ihre Lebensaufgabe, Beide strebten, wenn schon auf verschiedene Weise, nach fürstlicher Unabhängigkeit. Ueberdies war der Herzog ein naher Verwandter von Maria Stuart und freudig bereit, die Werbung D. Juan's um Hand und Krone der Gefangenen zu fördern. In dieser Beziehung hatte Letzterer, als er verkleidet durch Frankreich nach den Niederlanden reiste, auf Schloss Joinville, wo er den Guise aufsuchte, die festesten Zusagen davon getragen [3]).

---

[1]) Relaçiones de Antonio Perez.

[2]) Von Paris aus meldete Vargas-Merxia (4. April 1578) dem Könige: »Para lo que toca a los Guisas convernia tener noticia de lo que el Sor Don Juan ha tratado y trata con ellos, como V. M. lo terna por no entrar à ciegos, porque los tratos, recato y forma dellos prometen y dan de pensar mucho.« Abschrift aus Simancas.

[3]) Bouillé, Histoire des ducs de Guise. Paris 1849. Th. 3, S. 40. Der Verfasser, dessen Untersuchungen im Allgemeinen der Schärfe und Genauigkeit nur zu sehr entbehren, stützt sich in seinen Angaben hinsichtlich D. Juan's auf Documente in Simancas.

Mit dem Zweck der heiligen Ligue, soweit dieselbe der Bekämpfung der Ketzerei galt und zugleich durch ihre Richtung gegen das Haus Valois dem Bürgerkriege in Frankreich Nahrung bot, war Philipp II. vollkommen einverstanden. Er hatte den Guisen Rath und Unterstützung nicht versagt und, um sie in Abhängigkeit von Spanien zu erhalten, zu ihrer Erstarkung den Zuzug spanischer Fähnlein aus Flandern gern gestattet. Aber er erkannte bald, dass Heinrich Guise, der Leiter der Ligue, ein verdecktes Spiel treibe, von Selbstsucht und Ehrgeiz getrieben, und weit über die Grenzen hinaus, welche die spanische Politik ihm vorgezeichnet hatte, die Bewegung in Frankreich fördere. Seitdem erhielt D. Juan de Vargas-Merxia, der spanische Gesandte in Paris, die Anweisung, die Guisen in ihrem Wollen und Thun zu erforschen. Als nun derselbe im Frühling des Jahres 1578 berichtete, dass Alonso de Sotomayor mit ausgedehnten Vollmachten D. Juan's bei Herzog Heinrich eingetroffen sei und wiederholt heimliche Conferenzen mit demselben abhalte, erschrack der König. Er wusste, dass der Guise lüstern nach der Krone Frankreichs blicke, und indem er D. Juan ähnliche Absichten auf den spanischen Thron zumuthete, konnte er sich der Besorgniss nicht erwehren, dass beide kriegsmuthige Männer einen Vertrag auf gegenseitige Unterstützung mit einander verabredet hätten. Den Anstifter und Förderer aller dieser Umtriebe glaubte er in Escovedo zu erkennen. Wusste er doch, dass dieser den Zwischenträger zwischen D. Juan und dem römischen Stuhle abgegeben hatte, und wenn in Betreff des Einflusses, welchen derselbe auf seinen Herrn übte, noch ein Zweifel hätte vorwalten können, so musste dieser durch dessen mit Antonio Perez gepflogenen und dem Könige vorgelegten Briefwechsel vollends beseitigt werden.

Unter diesen Umständen traf Escovedo in Madrid ein. Antonio Perez, welcher vom Könige beauftragt war, alle Schritte des Ankömmlings zu überwachen, empfing denselben auf die zuvorkommendste Weise, mit jener erkünstelten Offenherzigkeit, hinter welcher die Lüge ihr Versteck sucht. Beide Männer standen in Beobachtung von Wort und Blick auf der Lauer, während sie einander in inniger Freundschaft anzugehören schienen. Escovedo schmeichelte den Talenten des

Günstlings, und dieser wiederum heuchelte das lebhafteste Interesse für die Pläne des Gastes. Bald aber fühlte Escovedo das Gefährliche seiner Stellung in Madrid; das Misstrauen des Königs — und er wusste, was das bedeute — entging ihm nicht, und zu spät erkannte er, dass er ein Opfer der Schlauheit Antonio's geworden sei. D. Juan wartete seiner Rückkehr mit Ungeduld und drang in jedem Schreiben auf »Geld, mehr Geld und Escovedo« [1]); sein Auftrag erheischte die schleunigste Erledigung, und um diese zu erzwingen, griff er zu einem Mittel, das sein Verderben nach sich ziehen musste.

So kalt und strenge uns Philipp II. in seinem königlichen Amte entgegentritt, so wenig zeigte er sich unempfindlich gegen die Reize schöner Frauen; nur dass die Leidenschaft nie Herrschaft über ihn gewann und der Gegenstand derselben dem Hofe verborgen bleiben musste. Die einzige Ana de Mendoza, Gemahlin von Ruy Gomez de Silva, Prinzen von Eboli, konnte sich einer gewissen Gewalt über die Seele des Königs rühmen. Dafür lohnte sie mit Verrath, indem sie sich dem Vertrauten und Zwischenträger Philipp's II., dem schönen, geistreichen Antonio Perez, hingab. Das Verhältniss Beider zu einander durchschaute der Scharfblick Escovedo's, welcher als ehemaliger Untergebener von Ruy Gomez im Hause der Prinzessin Zutritt hatte und unter der Drohung, dass er widrigenfalls den Hof von seiner Entdeckung in Kenntniss setzen werde, von ihnen unbedingte Unterstützung seiner Anträge beim Könige verlangte. Damit schien Antonio eingeschüchtert, während die Prinzessin mit derber Rücksichtslosigkeit und anstössigen Aeusserungen über den König ihre Liebe zu dem Günstlinge gestand, zugleich aber den ganzen Stolz ihrer fürstlichen Stellung Escovedo fühlen liess und Antonio zur Beseitigung desselben aufforderte, bevor ihr Geheimniss durch den Lauscher verlautbare. Seit der Stunde war Antonio beflissen, dem Könige das Gefährliche der Mission von Escovedo auszumalen, und indem er die Angaben über dessen Intriguen häufte und durch fortlaufende Berichte des

---

[1]) »Dinero, mas dinero y Escovedo!« Bermudez de Castro, Antonio Perez, S. 200.

spanischen Gesandten in Paris über den heimlichen Verkehr D. Juan's mit den Guisen zu unterstützen suchte, sodann an das Andringen der Staaten auf Entfernung des Verhassten, in welchem sie den bösen Geist des Statthalters bezeichneten, erinnerte, gelang es ihm, den König von der Nothwendigkeit eines raschen und schonungslos durchgreifenden Verfahrens zu überzeugen. »Bringt's mit ihm zu Ende, ehe er uns tödtet«, schrieb der König seinem Vertrauten [1]). Während dessen glaubte Escovedo Antonio's gewiss zu sein, er betrachtete ihn wie einen in seinem Wollen Gebundenen und verlangte von ihm sofortige und günstige Ausfertigung der Depeschen und Beurlaubung zur Rückkehr nach den Niederlanden. Dass zu eben der Zeit der König den Günstling beauftragte, mit dem Staatsrath D. Pedro de Fayardo, Marques de los Velez, die Angelegenheit des Botschafters von D. Juan in Berathung zu ziehen, blieb ihm verborgen.

Bei der Besprechung mit dem Marques legte Antonio diesem die betreffenden Schriftstücke, namentlich die Correspondenz aus Flandern, vor, erörterte D. Juan's heimliches Verfahren in Italien, seine Zusammenkünfte mit dem Nuntius, seine verzweiflungsvolle Stimmung, als, trotz der Fürsprache des Papstes, die Unternehmung gegen England vom Könige gemissbilligt sei, seine mit den Guisen angeknüpften Intriguen, mit dem Zusatze, dass alles dieses den Einflüsterungen Escovedo's zuzuschreiben sei, dessen längeres Verweilen bei D. Juan den Staat den grössten Gefahren aussetzen müsse. Man einigte sich bald dahin, dass Escovedo keinenfalls nach den Niederlanden zurückkehren dürfe, dass aber ein längeres Hinhalten desselben eben so wenig rathsam sei, als, was freilich am nächsten lag, ein gerichtliches Verfahren, weil ersteres die leidenschaftliche Ungeduld D. Juan's erhöhen, letzteres demselben wie ein Angriff auf seine eigene Person gelten und ihn zu Schritten der Verzweiflung treiben werde. Schliesslich glaubten beide Männer nur einen Ausweg vor sich zu sehen: Beseitigung durch Mord, der jedoch auf solche Weise erfolgen

[1]) »Historia de las alteraciones de Aragon en el reinado de Felipe II. Por el marques de Pidal.« Madrid 1862. Th. I. Apendice de documentos Nro. 5.

müsse, dass das Publicum in ihm nur einen Act der Privatrache erkenne. »Wenn ich«, rief der Marques, »mit dem heiligen Sacrament im Munde entscheiden sollte, ob es besser sei, Escovedo oder einen der verruchtesten Verbrecher aus der Welt zu schaffen, so würde ich unbedenklich Escovedo nennen!« [1]) Eine Zeitlang schwankte der König, dann ging er auf das Resultat dieser Berathung ein und überliess die Ausführung an Antonio.

Während Antonio den freundschaftlichen Verkehr mit Escovedo geflissentlich fortsetzte, sann er über die Bewerkstelligung des Mordes. Bei einem Mittagsmahle auf seinem Landhause liess er inmitten eines warmen Gespräches Gift in den Wein des Geladenen mischen, der arglos den credenzten Trank schlürfte und vermöge seiner kräftigen Natur keine sonderlichen Folgen von dem Genossenen verspürte. Dann liess er durch seinen Haushofmeister den Küchenjungen Escovedo's erkaufen, dass er ein Fleischgericht vergifte; aber Escovedo ass an dem Tage nicht zu Hause, und seine Frau, die wenige Bissen von jener Speise zu sich nahm, verfiel in schwere Krankheit. Damals wurde eine in der Küche beschäftigte maurische Sclavin der schnöden That beschuldigt und nach kurzer Untersuchung aufgeknüpft [2]). Nun entschloss sich Antonio zum Mord durch Eisen, dingte drei verwegene Catalanen und begab sich, nachdem er mit ihnen die Einzelnheiten des Anschlages besprochen hatte, nach Alcala de Henares, um dort die heilige Woche zu verleben. An mehreren Abenden lauerten die Mörder vergeblich auf der Plaza de Santiago, weil Escovedo in Begleitung von Freunden erschien; am 31. März 1578 — es war der zweite Ostertag — 7 Uhr Abends erkannten sie, trotz seiner Verkleidung, den Gesuchten, der dieses Mal ohne Gefolge den Weg nach seiner Wohnung angetreten hatte, und stiessen ihn nieder. Noch in derselben

---

[1]) Relaçiones de Antonio Perez, S. 202.

[2]) Historia de los alteraciones de Aragon en el reinado de Felipe II. Por el marques de Pidal, Th. I, S. 320 ff. — »Diesem Menschen (Escovedo)«, schreibt Perez am 2. März dem Könige, »ist mit dem Tode nicht beizukommen, und ich habe dafür gesorgt, dass der Verdacht der Vergiftung auf die Sclavin desselben falle.« Ebendas., Apendice de documentos Nro. 7.

Nacht begab sich einer der Mörder nach Alcala de Henares und meldete Antonio die Vollziehung seines Auftrages [1]). Den König traf die Kunde von dem Geschehenen im Escurial, dessen Einsamkeit er für die osterliche Zeit gesucht hatte [2]).

Während dessen steigerte sich in D. Juan mit jedem Tage die Ueberzeugung, dass er für das Cabinet in Madrid den Gegenstand des Argwohns abgebe und dass unter diesen Umständen jeder Versuch, das früher geschenkte Vertrauen wieder zu gewinnen, ein eitler sein werde. Dann schnitt die Nachricht vom Morde Escovedo's in sein innerstes Leben, und wir hören ihn die Klage wiederholen, dass der König ihn aufgegeben und dem Spott seiner Feinde geopfert habe. So welkte in ihm eine Hoffnung nach der andern und zehrender Gram trat an die Stelle des fröhlichen, auf Thaten sinnenden Jugendmuthes. Die Beschwerden des Krieges, durchwachte Nächte, in denen er einer vielseitigen Correspondenz oblag, Sorgen, die aus der Verantwortlichkeit einer, jeder gesunden Grundlage ermangelnden Stellung erwuchsen, nagten an seiner Gesundheit. Es kostete ihn einen schweren Entschluss, den Oberbefehl einstweilen auf Alexander von Parma zu übertragen, um in Namur Genesung zu suchen. Eben jetzt schien ihm noch ein Mal das Glück zu lächeln. Limburg zeigte so wenig Vertrauen auf seine Felsenwehr, dass es sich nach kurzer Belagerung an Parma ergab, der die Besatzung seinem Heere einverleibte; den hartnäckigen Widerstand Dalhems rächten Burgunder und Deutsche, als ihnen (10. Junius 1578) der Sturm gelang, durch unerhörte Grausamkeit gegen die Besiegten. Die Macht des Erzherzogs war erschüttert, und in den widerspänstigen Provinzen rangen sich Parteiungen auf, durch welche dem künstlichen Bau der Einheit Verfall drohte.

---

[1]) Bermudez de Castro, Antonio Perez a. a. O.

[2]) In einer Zuschrift (Rom, 3. Mai 1578) an den Abt von Montbarrey berichtet der Cardinal Granvella, dass, eingelaufenen Nachrichten aus Spanien zufolge, Escovedo und dessen Gemahlin der Gefahr der Vergiftung durch eine Sclavin, welche sich wegen harter Behandlung habe rächen wollen, entgangen seien, dass sodann Escovedo am zweiten Ostertage erstochen sei, ohne dass man, wie sehr der König es auch wünsche, die Mörder habe entdecken können. Gachard, Collection de documens inédits concernant l'histoire de la Belgique. Bruxelles 1833. Th. 1, S. 360.

Denn wenn schon der Umstand, dass Oranien sein Augenmerk vorzugsweise auf die nördlichen Provinzen richtete, die Staaten mit Unwillen erfüllte, so war dessen Verfahren hinsichtlich Amsterdams wohl geeignet, bei der katholischen Bevölkerung das Vertrauen auf den Führer zu untergraben. Es hatte der Prinz längst darnach gestrebt, diese durch Reichthum und Handelsverbindungen einflussreiche Stadt auf ähnliche Weise wie Holland und Seeland unter seinen Willen gestellt zu sehen; aber die Bürgerschaft hing zum überwiegenden Theile dem alten Glauben und durch diesen dem königlichen Gebieter an. Jetzt zwang Oranien die Stadt zum Oeffnen der Thore, überwies sämmtliche Kirchen den Reformirten und nöthigte die katholische Geistlichkeit zur Auswanderung. Wie hier, so wurden aus Gent und Antwerpen Jesuiten und Mönche ausgetrieben, weil sie den Eid der Huldigung für den Erzherzog verweigerten.

Solchergestalt rangen unter den Gegnern D. Juan's zwei mächtige Parteien mit einander; auf der einen Seite die strengen Anhänger Calvin's, welche den Pfalzgrafen Johann Casimir gegen Spanien gerufen hatten und auf die Unterstützung Englands rechneten; auf der andern Seite katholische Staaten, die dem Antrage des Herzogs von Anjou [1]), dem Vordringen der Sieger von Gemblours durch ein französisches Hülfsheer Schranken setzen zu wollen, bereitwillig Gehör schenkten. Hatte der reiche Adel der südlichen Provinzen früher darauf gerechnet, durch den Erzherzog die Machtstellung Oranien's abzuschwächen und Garantien für die bleibende Geltung des alten Glaubens zu gewinnen, so richtete er jetzt, seit Matthias sich der Abhängigkeit vom Prinzen nicht hatte erwehren können, seine Blicke auf den Bruder Heinrich's III. von Frankreich. Damit war selbst Oranien in so weit einverstanden, als er in demselben ein Gegengewicht gegen den wachsenden Einfluss Elisabeth's von England erkannte, und indem er seiner geistigen Ueberlegenheit über den ehrsüchtigen, aber feigen und nur im Spiel gemeiner Intrigue geübten Valois vertraute, baute er darauf, in diesem

[1]) So nannte sich Alençon seit der Thronbesteigung seines Bruders Heinrich III.

Widersacher ein brauchbares Werkzeug zur Durchführung seiner Pläne zu gewinnen. Er würde die Dienstbarkeit Frankreichs so schwer ertragen haben, wie die eines Philipp II., und nicht minder lästig war ihm der Gedanke an eine Abhängigkeit von der Königin jenseits des Wassers. Diese niederländischen Zustände glichen allerdings, wie Landgraf Wilhelm sie bezeichnete, einem confusum chaos, nur dass der Oranier die scheinbar widerstrebenden Elemente gleichmässig zu beherrschen verstand.

Die Instruction[1]) der von den Staaten an Anjou abgesandten Deputirten lautete dahin: es möge der Herzog ungesäumt die Grafschaft Burgund und das Herzogthum Luxemburg überziehen, um die Wehrkraft D. Juan's zu spalten und auf Kosten Spaniens Eroberungen zu machen, deren bleibenden Besitz man ihm verbürge; sei seine Absicht auf eine Vermählung mit der Infantin Isabella gerichtet, so werde man ihn auch darin unterstützen und gelobe, keinen Vergleich, der nicht auch sein Interesse wahre, mit Philipp II. einzugehen. — Die Unternehmung gegen Burgund und Luxemburg, wurde von Anjou hierauf entgegnet, biete wenig Schwierigkeit, werde jedoch zur Zeit nicht für geeignet befunden; sein Sinn sei nicht auf Eroberung, sondern auf nachdrückliche Unterstützung der Niederlande gerichtet; doch wünsche er weder als gedungener Fürst im Felde zu erscheinen, noch die Rolle eines von Spanien abhängigen Statthalters zu übernehmen, sondern unter dem Namen eines Befreiers oder Protectors des Landes aufzutreten; die angetragene Zahlung lehne er ab, müsse dagegen auf Einräumung einiger Sicherheitsplätze bestehen und könne nur unter dieser Bedingung zum offenen Kampfe gegen Spanien sich bereit erklären. Auf diese Forderung gingen nun freilich die Staaten im Laufe der Verhandlung ein und gaben überdies die Erklärung ab, dass, wenn man nach Beendigung des Krieges zur Wahl eines Oberhauptes schreiten werde, der Herzog vor jedem Bewerber den Vorzug behaupten solle; aber sie bestanden gleichzeitig darauf, dass derselbe ein Heer von 10,000 Mann zu Fuss und 2000 Reitern für die Dauer von 3 Monaten in's Feld stelle und auf eigene Kosten

---

[1]) 19. April 1578. Gachard, Actes etc.

erhalte, verwarfen dagegen das Begehren, auch mit dem Oberbefehl über die Fähnlein der Provinzen bekleidet zu werden [1]). Waren sonach die Schwierigkeiten, welche einer Uebereinkunft augenblicklich entgegenstanden, von nicht geringer Erheblichkeit, so war man doch beiderseits weit entfernt, auf Abbruch der Unterhandlungen zu denken.

D. Juan war weit entfernt, den Versicherungen von Vargas Glauben zu schenken, dass, wenn Alençon einen Einfall in die spanischen Landschaften beabsichtige, dieser wenigstens nicht im Einverständnisse mit König Heinrich III. erfolge und sonach ein Krieg mit Frankreich zunächst nicht in Aussicht gestellt sei. Es sei ihm mehr als unwahrscheinlich, erwiederte er dem Gesandten [2]), dass der französische Hof dem Herzoge von Alençon die Unternehmung gegen die Niederlande abgerathen habe; vielmehr hege er die Ueberzeugung, dass es sich um ein Gewebe von Lügen handele und dass schliesslich ein Juan de Vargas, wenn er auf die Worte und Demonstrationen Katharina's von Medicis baue, der Betrogene sein werde [3]).

Es ist schon früher darauf hingewiesen, dass das unsichere Verfahren des Königs, sein Schwanken zwischen Anwendung gewaltsamer und begütigender Massregeln mehr geeignet war, die Niederlande zu ermuthigen, als zur Nachgiebigkeit zu stimmen. Schrittweise war er von einer Forderung zur andern zurückgewichen, und schon fragte sich, ob auch die Grundbedingungen, von denen er bei allen Versuchen zur Verständigung ausgegangen war, noch haltbar seien. »Die Unterhandlungen«, schreibt Assonleville an Cardinal Granvella [4]), »nehmen einen kalten und langsamen Verlauf, weil der Niederländer in jeder Proposition eine Falle wittert; es ist dahin gekommen, dass Glaube und Anerkennung der königlichen

---

[1]) Schreiben der Staaten an Anjou; 20. Mai 1578. Gachard, Actes etc.

[2]) d. d. Namur, 17. Junius 1578.

[3]) »Yo quanto a mi tengo por quasi cierto, que es maraña y trama entre todos, y que si se fia Señor Juan de Vargas de las palabras, aparencias y demonstraciones de la reyna madre le engañara.« Abschrift aus Simancas.

[4]) Löwen, 1. April 1578. Groen van Prinsterer, Archives etc., Th. VI, S. 340.

Gewalt an einem Fädchen hängen; es handelt sich bereits nicht mehr um die Rechte des Oberherrn, nicht um die dem Erzherzoge eingeräumte Stellung, selbst nicht um den Ausspruch der Staaten, sondern nur um die Richtung, welche der Wille des Volks nimmt, und man weiss, wer diesen zu seinem Vortheile gängelt.« »Es ist ein Unglück«, schliesst das Schreiben, »dass wir vergeblich der Ankunft Margaretha's entgegengesehen haben; nicht als ob die Frau mit Sicherheit hätte Rettung bringen können — denn das vermag bei den jetzigen Zuständen kein Mensch —, aber man muss mit Gott die Hand an's Werk legen, und dazu taugt unter allen Geborenen Niemand besser als die Herzogin von Parma.« Mit der ihm eigenen Klarheit und Schärfe spricht sich Granvella über die Verwickelungen aus, und man wird seine Aeusserungen um so lieber hervorheben, als aus ihnen nicht der harte Eiferer für die Kirche und der rücksichtslose Vollstrecker königlicher Gebote, wie man ihn zu zeichnen beliebt hat, sondern der Staatsmann, in welchem Politik und Cabinetsmaximen die Regungen des Herzens nicht erstickt haben, uns entgegentritt. »Die Unruhen in den Niederlanden«, schreibt derselbe an Morillon [1]), »würden längst ihr Ende gefunden haben, wenn meine Rathschläge befolgt wären. Statt dessen hat man den wahren Grund derselben absichtlich nie erkennen wollen, und man hat es an nichts fehlen lassen, um den König zu überzeugen, dass alle Uebelstände lediglich durch meuterische und ketzerische Unterthanen hervorgerufen seien, während sich doch in den Prozinzen zu aller Zeit eine beträchtliche Zahl treuer Unterthanen und fester Katholiken vorfand. Die Schuld der jetzigen unseligen Verhältnisse trägt Alba und dessen Umgebung, und ich füge hinzu, dass bis zur Stunde Keiner eine derartige Aeusserung laut thun darf, ohne der Verwirkung der königlichen Gnade gewiss zu sein. Nächst Alba steigerte die Raubsucht der meuterischen Fähnlein und dass man nur durch Spanier und von Spanien aus regieren wollte, den Widerstand. Obgleich Keiner mehr Grund hat, als ich, den Niederländern zu grollen, habe ich doch stets dem Könige und seinen

---

[1]) Rom, 14. Julius 1578. Groen van Prinsterer, Archives etc., Th. VI, S. 410.

Räthen rund und offen die Wahrheit geschrieben, damit der Friede hergestellt werde. Unter den jetzigen Verhältnissen aber kann ich nur einem schonungslosen Rachekriege entgegensehen, und so gewiss ich in Oranien und dass der verblendete Clerus von Brabant diesem eine folgenschwere Machtvollkommenheit eingeräumt hat, die Ursache alles Elends erkenne, so trage ich doch warmes Mitleid mit den Tausenden, die ohne Schuld dem Verderben verfallen. Was D. Juan anbelangt, so weiss ich, dass er von Herzen und Gesinnung gut und treu ist und keine Gefahr scheut, wenn es dem Dienste des Königs gilt. Der Anfang seiner Statthalterschaft versprach viel, denn durch Entfernung des Heeres und dass er den König zur Anerkennung des Vertrages von Gent bewog, waren die Herzen für ihn gewonnen; aber man liess ihn nicht gewähren und begab sich damit der errungenen Vortheile.«

Die Vergleichsvorschläge, welche Philipp II. durch Jean Noircarmes, Baron von Selles, den Staaten zugehen liess, bestanden darin, dass D. Juan, sobald die für Aufrechterhaltung des Glaubens und des Gehorsams erforderlichen Garantien gegeben seien, nicht nur mit dem Heere abziehen, sondern sich auch einem von den Staaten zu bestimmenden Fürsten zu Handen stellen werde, vorausgesetzt, dass auch Oranien sich in die Obhut eines von Spanien zu bezeichnenden Herrn begebe [1]). Die hierauf gerichteten Verhandlungen, an denen sich auch Graf Otto Heinrich von Schwarzburg als kaiserlicher, Bellièvre als französischer und Walsingham als englischer Gesandter in der Eigenschaft von Vermittlern betheiligten, wurden in Löwen gepflogen [2]). Auf diese Anträge einzugehen, waren die Staaten um so weniger geneigt, als ein Aufgeben ihres augenblicklichen Standpunctes damit verknüpft gewesen sein würde. Ueberdies war Oranien, dessen Interesse jeder Ausgleichung widerstrebte, eifrig bemüht, das Anerbieten des Königs als ein auf Trug beruhendes darzustellen. Man möge, rieth er, bei der Erwiederung beharren, dass eine Verständigung der Art nicht ohne vorangegangene Berathung mit den

---

[1]) Gachard, Actes etc., Th. 1.

[2]) Tassis, S. 308.

Provinzen Statt finden könne und dass jedenfalls vorher ein Waffenstillstand eingegangen werden müsse. Nun drang zwar der spanische Botschafter in Alexander von Parma, das letztgenannte Verlangen Oranien's bei D. Juan zu unterstützen; aber Alexander weigerte sich dessen, weil er wusste, dass der Gegner nur Zeit zu gewinnen trachte, um die in Deutschland Geworbenen heranzuziehen.

Es war gegen Ausgang des Junius 1578, als endlich im spanischen Lager die längst erwarteten Verstärkungen eintrafen, 4000 Veteranen, geführt von Pedro de Toledo, Herzog von Fernandina, einem Sohne Garcia's, dem kriegserfahrenen Lope de Figueroa und Antonio de Leiva, dem Sohne des navarresischen Vicekönigs Sancho. Eine Schaar edler Spanier, unter ihnen jener Diego Hurtado de Mendoza, in welchem Castilien seinen Dichter, Staatsmann und Ritter feierte, hatte Kampflust zum Aufbruch nach den Niederlanden getrieben. Bei dem Anblick dieser Männer wurde das kranke Herz D. Juan's von neuem Leben durchströmt. Mit wehmüthiger Freude begrüsste er in Gabrio Cervelloni einen alten Waffengefährten aus glücklicheren Tagen, der aus der Sclaverei in Tunis durch Gregor XIII. gegen einige bei Lepanto gefangene Türken eingetauscht war und jetzt an der Spitze von 2000 Gerüsteten erschien, die er im Mailändischen um sich gesammelt hatte. Diese Verstärkungen waren für D. Juan um so erwünschter, als auch die Streitkräfte der Gegner durch beträchtlichen Zuzug gewachsen waren. Nicht minder erfreulich war, dass der König 900,000 Ducaten übersandte und für die Folgezeit monatlich deren 200,000 zusagte, um ein Heer von 30,000 Fussgängern und 6000 Pferden im Felde zu erhalten, mit der Meldung, dass er umfassende Werbungen in Italien anzustellen verordnet habe. In seinem Begleitschreiben gab Philipp II. die Erklärung ab, dass, da durch die Nachsicht, welche er bisher gegen die Aufgestandenen geübt habe, nur deren Hartnäckigkeit gesteigert sei, fortan durch Waffengewalt die königliche Autorität wieder hergestellt werden solle. Zugleich übersandte er ein zur Veröffentlichung bestimmtes Edict, kraft dessen er D. Juan zu seinem Lugarteniente ernannte, den Staaten den Zusammentritt untersagte, bis sie von ihm berufen werden würden, und jeden Beschluss derselben als unkräftig bezeichnete [1]). Der Werbungen in Italien, entgegnete D. Juan auf die Zuschrift des Königs, bedürfe es nicht, da Polweiler und der Graf von Hohenems in Deutschland neu errichtete Fähnlein für ihn in Sold nähmen; überdies werde er mit den zugesicherten Geldmitteln kaum sein jetziges, geschweige ein grösseres Heer zu erhalten im Stande sein [2]). Ihm fehlte das feste Vertrauen auf die Zusagen von Madrid; sein Glaube an König Philipp II. war zu sehr erschüttert, als dass er durch eine Wiederholung vielfach gegebener Verheissungen hätte aufgerichtet werden können.

Anderer Art waren die Schwierigkeiten, mit denen Oranien zur nämlichen Zeit zu ringen hatte. Ihm schrieb kein Königsgebot die Wege vor; nach freiem Ermessen verfolgte er sein Ziel, und dem Neide und der Eifersucht des Adels von Brabant und Flandern mochte er, gestützt durch den Anhang städtischer Gemeinen und im stolzen Bewusstsein geistiger Ueberlegenheit Trotz bieten. Aber eben jene Partei, die ihn gehoben und die er wiederum trug, drohte die Frage der Confession auseinander zu sprengen. Der Calvinismus kannte und wollte keinen Stillstand in der Eroberung, der Katholicismus kein Aufgeben des früher behaupteten Glaubensgebietes; von der einen Seite schaarten sich fanatisirte Haufen um den wetternden Prädicanten und drängten rastlos weiter, von der andern Seite bildeten Altgläubige eine geschlossene Phalanx um ihren Priester, um ererbte Heiligthümer zu behaupten oder verlorene wieder zu gewinnen. Schon hatten in manchen Städten die Parteien ihre Kräfte in blutigen Raufereien mit einander gemessen; es stand ein Aufstand unter Aufgestandenen zu befürchten. Bei dieser Sachlage musste Oranien, falls nicht die mühsam angebahnte Einigung gegen Spanien wieder in sich zerfallen sollte, seine nächste Aufgabe darin erkennen, durch möglichste Ausgleichung der Interessen beider Theile die Mittel zum Widerstande zu concentriren. Zu diesem Zwecke bewog er den Erzherzog und die Generalstaaten, einen

---

[1]) Lafuente. — Das in lateinischer, französischer und flämischer Sprache abgefasste Edict wurde durch D. Juan am 26. Junius 1578 veröffentlicht. Van der Hammen, S. 319.

[2]) Strada.

von ihm entworfenen Religionsfrieden zu genehmigen, welchem gemäss beiden Confessionen gleiche politische Rechte in allen Provinzen zuerkannt wurden. Ein solcher Ausweg, so urplötzlich und ohne Berücksichtigung nationaler Richtungen in den verschiedenen Landschaften, beruhte doch in der That zu sehr auf einem Verkennen oder Hintansetzen gegebener Zustände und Stimmungen, als dass derselbe dem erwarteten Ziele hätte entgegenführen können. Viele Städte, Valenciennes, Lille und Douay an der Spitze, protestirten gegen die freie Religionsübung der Calvinisten, während Antwerpen die Lösung dieser Frage wenigstens vertagt zu sehen wünschte. Der Adel von Artois und Hennegau verwarf mit nicht weniger Entschiedenheit als das Capitel in Utrecht jede Gleichberechtigung der Akatholischen, und statt der Einheit erwuchs aus dem Religionsfrieden eine Missstimmung und Gährung, die von den zahlreichen Gegnern Oranien's geflissentlich genährt wurde. Man sieht, es rangen sich schon damals jene Elemente durch, die später zur vollendeten Trennung des Südens von dem Norden führen sollten. Was in jenen Tagen noch den offenen Ausbruch der Bewegung hemmte, war ein Mal die gemeinsame Gefahr vor dem spanischen Banner und dessen Träger, sodann die Klugheit, mit welcher Oranien vorläufig auszugleichen und zu beschwichtigen verstand, sein Hinweisen auf die Nothwendigkeit, den äussern Feind niederzuschmettern, bevor man sich einer gründlichen Erledigung der Glaubensfrage unterziehe.

Die von den Staaten in Niederdeutschland geworbenen Söldner sammelten sich bei Nimwegen, Anjou setzte sich gegen Mons, die Hauptstadt Hennegau's, in Bewegung, und an der Spitze von 12,000 Mann zog Johann Casimir durch Geldern heran. Es erfolgte bei Mecheln die Vereinigung der deutschen mit den staatischen Fähnlein, ohne dass D. Juan diese zu hindern vermocht hätte. Seitdem war das Heer der Niederländer den Spaniern an Zahl der Streiter überlegen. Gleichwohl vermieden die Oberbefehlshaber desselben, Graf Boussu und François de la Noue, genannt Bras de fer, jede Gelegenheit zu einem entscheidenden Kampfe mit dem Feinde und beschlossen, in dem stark befestigten Lager bei Mecheln die Vereinigung mit dem Pfalzgrafen abzuwarten.

Dagegen verlangte D. Juan nach der Schlacht, bevor noch der Gegner durch fortgesetztes Heranziehen befreundeter Schaaren erstarkt sei. Im Kriegsrath entwickelten Alexander von Parma und Cervelloni die Gründe, aus denen sie gegen einen Angriff auf das von hohen Schanzwerken umschlossene Lager stimmen zu müssen glaubten. Als D. Juan gleichwohl bei seinem Vorhaben verharrte, erbat sich Alexander vom Freunde als Zeichen besonderer Liebe, an die Spitze der spanischen Vorhut gestellt zu werden. Am 1. August 1578 ordnete sich das königliche Heer — 12,000 zu Fuss und 5000 Reiter — dem Lager gegenüber, verharrte 3 Stunden lang in der Schlachtordnung, während der herausfordernde Kriegsruf der Trommel den Feind aus seinen Wällen herauszulocken suchte; und wagte endlich den Sturm auf Schanzen und Verhaue, Allen voran Alexander von Parma mit dem spanischen Fussvolk. Der äussere Wall war erstiegen, der nächste Widerstand beseitigt, als im ungestümen Vordringen die Spitze der Spanier hart vor die Mündungen staatischer Geschütze gerieth, einen Augenblick stutzte, dann, bevor noch der letzte Anlauf erfolgt war, rottenweise von Kugeln niedergeworfen wurde. Alexander's Kaltblütigkeit und Umsicht machten den Rückzug weniger verderblich; deutsche und spanische Reitergeschwader warfen die über das Lager hinaus Nachsetzenden zurück. Noch ein Mal wiederholte D. Juan den Versuch, den Feind durch Schlachtruf zur Annahme des Kampfes in der Ebene zu bewegen. Graf Boussu blieb unbeweglich innerhalb der Schanzen, und unlustig schlugen die Königlichen die Strasse nach Namur ein. Unlange darauf bewerkstelligte der Pfalzgraf seine Vereinigung mit den Staatischen.

Hiernach nahmen die Verhandlungen der Staaten mit Anjou einen rascheren Verlauf. Schon am 21. Julius hatte der Herzog von Aerschot den Ankömmling zu Mons im Namen der Provinzen begrüsst, die 3 Wochen später das Hülfs- und Freundschaftbündniss mit demselben genehmigten [1]). Diesem gemäss verpflichtete sich Anjou zur Stellung und Besoldung eines Heeres von 10,000 Fussgängern und 2000 Reitern für

[1]) Gachard, Actes etc., Th. 1.

die Dauer von 3 Monaten, gelobte, sein Mühen daran zu setzen, dass Elisabeth von England zum Abschlusse eines ewigen Bundes mit den Staaten bewogen werde, verzichtete auf jede Betheiligung an der innern Verwaltung des Landes, wurde dagegen zum Beschützer niederländischer Freiheit wider spanische Tyrannei ernannt, gewann den Oberbefehl auch über das einheimische Heer, die Einräumung der begehrten Sicherheitsplätze und die Zusage, dass Eroberungen auf Kosten Luxemburgs oder Burgunds bei ihm und seinen männlichen Nachkommen stetiglich verbleiben sollten; ausserdem wurde das Versprechen wiederholt, dass, falls man zur Wahl eines andern Oberherrn überzugehen sich entschliesse, diese zunächst auf ihn fallen solle, und dass man nach Verlauf von 3 Monaten nach Beendigung des Krieges in Bezug auf diese Fragen einen unzweideutigen Bescheida bgeben werde.

An eine Dauer dieses auf den ungesundesten Grundlagen beruhenden Vertrages scheinen doch auch in den Niederlanden Männer von Einsicht kaum geglaubt zu haben, während derselbe für den Augenblick wohl geeignet war, die Lage D. Juan's zu einer höchst bedenklichen zu gestalten. Zu den mit jedem Tage wachsenden Streitkräften der Staaten gesellte sich jetzt ein kriegsgeübtes französisches Heer, und während er nach zwei Seiten einem überlegenen Feinde die Stirn bieten sollte und zu diesem Behufe alle Besatzungen aus kleineren Städten und Festen an sich zog, harrte er sehnsüchtig auf die vom Könige verhiessenen Geldsendungen, um die im Lager stehenden Fähnlein besolden und die in Deutschland geworbenen in Bewegung setzen zu können. Statt dessen sagten die aus Spanien einlaufenden Briefe, dass man sich nicht im Stande fühle, mit Geld oder Soldaten auszuhelfen, und Philipp II. gab die Erklärung ab, dass unter diesen Umständen kein anderer Ausweg bleibe, als sich abermals dem Versuche zu einer friedlichen Verständigung zuzuwenden und die abgebrochenen Unterhandlungen in Löwen wieder aufzunehmen. Hier zeigte sich nun freilich bald, bis zu welchem Grade in Folge der veränderten Machtstellung beider Theile auf der einen Seite die Ansprüche, auf der andern die Bereitwilligkeit zu Concessionen gesteigert waren. Dem Verlangen D. Juan's gegenüber, dass eine Entwaffnung von Seiten der Provinzen und die Rückkehr

Oranien's nach Holland der Besprechung vorangehen möge, stellten die Staaten als erste Bedingung, dass vielmehr zunächst das spanische Heer Belgien verlasse, die amtliche Stellung des Erzherzogs anerkannt und die Entscheidung der Religionsfrage den Niederlanden überlassen werde; der Erwiederung D. Juan's, dass zur Bewilligung der Glaubensfrage jede Ermächtigung ihm abgehe, setzten sie die Forderung der Rückkehr aller Verbannten, Herausgabe der eingezogenen Güter, Ueberlieferung der eroberten Städte und Festen entgegen; sie bestanden darauf, dass der Stellvertreter Philipp's II. alle seit der Einnahme Namurs von den Repräsentanten des Landes gefassten Beschlüsse gut heisse und noch vor dem Schlusse des Monats mit den nicht eingeborenen Söldnern Belgien räume; endlich, dass der König nur mit Genehmigung der Provinzen zur Wahl eines neuen Statthalters schreite, Rechte und Privilegien aufrecht zu erhalten beschwöre und sowohl der Pfalzgraf als der Herzog von Anjou in den Frieden eingeschlossen würden. Schliesslich sprach sich der auch bei dieser Gelegenheit als Vermittler auftretende Graf von Schwarzburg dahin aus, dass die Staaten, falls nicht die unverzügliche Entfernung des Heeres erfolge, sich vom Gehorsam gegen den König für immer lossagen würden, und drang auf Annahme der vorgelegten Artikel. Empört über diese masslosen Forderungen stand D. Juan im Begriff, die Unterhandlungen abzubrechen und, so untergeordnet auch seine Streitkräfte waren, die letzte Entscheidung auf die Spitze des Schwertes zu verstellen, als die Vorstellungen Alexander's von Parma, dass unter diesen Umständen die Niederlande sich Frankreich in die Arme werfen und für immer für Spanien verloren sein würden, ihn zu dem Bescheide bewogen, er wolle die geschehenen Anträge dem Könige melden und begehre bis zum Eintreffen der Antwort von Madrid eine Frist bis zum 12. September, während welcher Zeit Waffenstillstand von ihm bewilligt werde.

Die Wege und Mittel der spanischen Politik entsprachen selten den Auffassungen und Wünschen D. Juan's, und wenn er sich ihnen auch da fügte, wo sein gesunder Blick die Unzweckmässigkeit derselben erkannte oder ein Preisgeben seiner theuersten Interessen mit ihnen verknüpft war, so geschah es, weil Gehorsam gegen den Willen des Königs sein Handeln bedingte. Wo aber Weisungen oder Andeutungen Philipp's II. und seiner Vertrauten der Mannesehre oder dem Pflichtgefühl zu nahe traten, erwehrte sich ihrer D. Juan so entschieden wie scharf. Er lebte, wie oben bemerkt ist, der Ueberzeugung, dass Oranien ihm persönlich nachstelle; wie wenig er aber dadurch ein ähnliches Verfahren gegen seinen Widersacher gerechtfertigt fand und wie richtig in dieser Beziehung Leoninus im Jahre zuvor über ihn geurtheilt hatte, ergiebt sich aus einer dieser Zeit angehörigen Correspondenz mit dem spanischen Gesandten in Paris. In einem Schreiben vom 27. Mai 1578 hatte Vargas die Ankunft eines Italieners gemeldet, der vortrefflich geeignet sei, die Absichten und Schleichwege Alençon's zu erspähen, und sich zugleich erbiete, den Prinzen von Oranien aus dem Wege zu räumen. »Es hat sich«, erwiederte D. Juan hierauf am 6. Julius, »die bezeichnete Persönlichkeit bei mir eingestellt; auf den Antrag des Mannes, als Kundschafter gegen Alençon zu dienen, bin ich nun freilich eingegangen, dagegen habe ich ihm erklärt, dass ich nicht gewohnt sei, mich durch Anwendung unwürdiger Mittel an meinen Feinden zu rächen, dass es, meines Dafürhaltens, sich für keinen Fürsten gezieme, sich eines Gegners auf solche Weise zu entledigen, und dass ich sonach seinen Vorschlag unbedingt verwerfe.« [1])

In seinem Schreiben an Philipp II. liess D. Juan bittere Klagen über den endlosen Aufschub der versprochenen Hülfe freien Lauf; statt Gold habe man ihm glatte Worte gesandt, mit denen er weder Soldaten werben noch sättigen könne; der König nähre durch seine unschlüssige Haltung die Kühn-

---

[1]) »He aceptado su offerta en lo que toca a avisarme de los andamientos del duque de Alençon, y dichole que yo no he acostumbrado jamas a vengarme de mis enemigos por medios indignos de mis obligaciones, y que assi como a mi paresceria mal que otro principe tratase de matar a nadie par caminos tales, assi yo in ninguna manera prestasse la voluntad a ello.« Abschrift aus Simancas. — Es scheint, dass dieser Italiener kein Anderer gewesen sei, als jener Mario Carduyno, der als Officier im spanischen Heere diente und von dem Vargas in einer späteren Depesche (12. April 1579) sagt, dass er die Ermordung Oranien's beantragt habe und von D. Juan sei »recebido friamente«. Abschrift aus Simancas.

heit der Rebellen; es sei der letzte Augenblick gekommen, in dem noch die Möglichkeit zur Behauptung der Provinzen gewährt werde; lasse man auch ihn ungenutzt verstreichen, so sei das Land für alle Zeit verloren; er beschwöre den König, entweder die Durchführung eines ehrlichen Krieges zu gestatten, oder doch wenigstens keine Forderungen zu genehmigen, die seine und des Heeres Ehre zu Grabe trügen [1]). So jung und doch im Lebensmuth gelähmt, ein müde gehetztes Wild, zeigte D. Juan eine in früheren Tagen an ihm nicht bekannte Mässigung in Wort und That. Der kecke Frohsinn war längst dahin, an die Stelle der Leidenschaft trat trübes Sinnen, aus dem sonst blitzenden Auge sprachen Gram und Resignation. Er konnte den Soldaten die schuldige Löhnung nicht verabreichen, sollte nicht dreinfahren, wenn der Feind ihm Trotz entgegenwarf, und durfte gleichzeitig das Heer nicht verlassen, weil alle seine Gesuche um Abberufung unbeantwortet geblieben waren.

Es fehlte damals wenig, dass eines Buben Hand den Lebensfaden des Helden von Lepanto abgeschnitten hätte. Von London aus war ihm durch Bernardino Mendoza die Nachricht zugegangen, dass in England ein Mörder gegen ihn gedungen sei, Ratclif geheissen, der bereits die Ueberfahrt nach dem Continent angetreten habe. Als unlange darnach im Lager vor Tirlemont zwei Engländern die erbetene Audienz bewilligt wurde, erkannte D. Juan in einem derselben den bezeichneten Meuchler, liess ihn greifen und sammt seinem Gefährten nach Namur abführen.

Egremont Ratclif, Bruder des Grafen von Sussex, sass im Staatsrath Elisabeth's, als er wegen Betheiligung am Aufstande der englischen Katholiken (1569) nach den Niederlanden flüchtete, wo Alba ihm ein Jahrgeld auswarf. Weil er in Antwerpen einen englischen Kaufmann erstochen, entwich er von da nach Lüttich, gelangte nach Italien, dann, wegen eines in Mailand begangenen Mordes, nach Spanien, wurde von hier wegen ungebührlichen Betragens entfernt und erschien hierauf zum zweiten Male in den Niederlanden. Weil aber zu eben jener Zeit der Grosscomthur Requesens, in Folge

---

[1]) Strada.

eines mit Elisabeth abgeschlossenen Vergleichs (1575), alle englischen Flüchtlinge auswies, wagte Ratclif in der Aussicht auf Begnadigung die Rückkehr in sein Vaterland. Doch wurde ihm die frühere Schuld nicht erlassen, und nach 3jähriger Gefangenschaft im Tower trat er, mit Empfehlungsschreiben des Bischofs von Glasgow versehen, die Reise über Frankreich nach Tirlemont an. Ein durch die Folter ausgepresstes und später zu zwei Malen freiwillig wiederholtes Geständniss lautete dahin, dass er durch Ermordung D. Juan's für früher begangene Verbrechen in England die Verzeihung seiner Königin zu gewinnen gehofft habe [1]).

Von den nach Spanien und Italien bestimmten Briefen, welche einem aus dem königlichen Lager abgesandten Courir, trotz des Geleites von 160 Reitern, abgenommen wurden, sind uns zwei aufbewahrt, in denen sich die trübe, auf alle Ansprüche an's Leben verzichtende Stimmung D. Juan's, seine Entrüstung über die unwürdige Stellung, in welche ihn Philipp II. gedrängt hatte, ausspricht. In dem ersten, an Andrea Doria gerichteten Schreiben [2]) heisst es: »Ihr bringt Euer Leben in Stille zu, während um mich die Welt von Stürmen aufgewühlt wird; Ihr könnt Euerm Gott und der Versöhnung leben und braucht nicht täglich Seele und Ehre auf ein Glücksspiel zu setzen. Ich bin von überzähligen Feinden umgeben, kann mich kaum noch 3 Monate halten, und in Madrid vermag man keinen festen Entschluss zu fassen und will nicht begreifen, dass, wenn die Sache jetzt verloren geht, sie für immer verloren ist. Ich habe mich in dieses Lager werfen müssen, das ich für den Fall der höchsten Noth herrichten

---

[1]) Bericht (2. December 1578) des geheimen Raths an Alexander Farnese über die beiden der Conspiration gegen D. Juan angeschuldigten Engländer, bei Gachard, Analectes historiques. Bruxelles 1863. — Ratclif wurde unter der Statthalterschaft Alexander's, dem Spruche des Gerichts gemäss, enthauptet, die Leiche geviertheilt. Sein Begleiter, Edmond Grey, der, nach den Ergebnissen der Untersuchung, erst in Rouen von dem Mordplan Ratclif's Kenntniss erhalten, denselben damals entschieden gemissbilligt hatte, aber gleichwohl dem Genossen nach Tirlemont gefolgt war, wurde als Mitwisser des Anschlags vorläufig in Haft behalten.

[2]) Pieter Bor, Vervolgh der Nederlandtsche Oorloghen. Leyden 1621 fol. Buch XII, fol. 64. — Das Schreiben datirt aus dem Lager vor Namur, 16. September 1578.

liess; 5 Meilen von hier steht zwischen Löwen und Brüssel der Feind, und von der andern Seite wächst das französische Heer im Hennegau, so dass ich fast eingeschlossen bin und einen Einfall in Burgund nicht abhalten kann. Ich habe wiederholt den König beschworen, mir mindestens bestimmte Befehle zu senden; geschieht es, so werde ich ihnen treu nachkommen, aber ich fürchte, dass es zu spät ist. Gott sei mit uns! Man hat mir die Hände gebunden und es bleibt mir nichts, als meinen Nacken hinzustrecken. Lasst Euch meinen Kummer nicht das Herz belasten; aber ich bitte Euch, meiner im Gebet zu gedenken.«

In dem zweiten an Pedro de Mendoza gerichteten Schreiben vom nämlichen Tage [1]) klagt D. Juan: »Ich darf das Lager nicht verlassen, um den Kampf mit dem übermächtigen Feinde aufzunehmen; wir zehren von dem, was wir in der letzten Noth gesammelt haben. Der König von Frankreich rüstet mit Eifer, und bis auf den spanischen Gesandten in Paris, D. Juan de Vargas-Merxia, hält Jeder für ausgemacht, dass er in Belgien einbrechen will, um seinen Bruder Anjou zu stützen. Philipp II. entschliesst sich zu nichts, während uns das Leben nach Augenblicken zugemessen ist. So geht durch Unschlüssigkeit Alles zu einem Ende, wie nur der Teufel es wünschen kann!«

Wie Karl V. in seiner kaiserlichen Pracht sehnsüchtig der Klosterstille in Juste gedachte, so hörte man jetzt von D. Juan den Wunsch äussern, unter den Mönchen des Montserrat einem Herrn zu dienen, der mehr vermöge als sein Bruder Philipp. Am 20. September [2]) meldete er dem Könige: Fieber banne ihn an die Stube und schwäche ihn dergestalt, als ob er seit Monaten daran gelitten hätte; in seiner Lage sei es leicht, Gesundheit und Leben zu verlieren. Mit seinen geringen Kräften könne er kaum dem einen staatischen Heere die Stirn bieten und gleichzeitig für die Behauptung besetzter Festen sorgen; bleibe er aber im Lager, so laufe er Gefahr, von Zufuhr und jeder Verbindung nach aussen abgeschnitten zu werden. »Mehr als mein Leben wünsche ich jetzt die so

---

[1]) Pieter Bor, Vervolgh etc., fol. 65.

[2]) Motley, Th. 3, S. 356 ff.

oft erbetenen Befehle für mein Verfahren, feste, keinen verschiedenen Deutungen unterliegende Instructionen.« [1]) Er will wissen, ob er den Feind in Burgund angreifen, oder den Kampf mit den Staatischen aufnehmen, oder an Ort und Stelle Verstärkung abwarten soll, »Gleichviel«, fährt er fort, »ob es Gewinn oder Verlust gilt, ich werde den Befehlen nachkommen. Es schmerzt mich, vom Könige, dem ich als Mann und Bruder in Liebe und Treue gedient habe, aufgegeben und in dessen Gnade gesunken zu sein. Ich setze mein Leben gern ein, nur dass ich es in Ehren verlieren möchte.«

Trotz des raschen Schwindens seiner Kräfte drängte es ihn, am folgenden Tage (21. September) sich nochmals gegen Vargas über die den Niederlanden von allen Seiten drohenden Gefahren auszusprechen. Gegen die Sorge für die Rettung der ihm anvertrauten Provinzen trat der Gedanke an die Nähe des Todes in den Hintergrund. »Ich zweifle keinen Augenblick«, lauten seine Worte, »dass der König von Frankreich unsere Schlaffheit und Sorglosigkeit benutzen und zum offenen Bruche schreiten wird; sollte er auch wirklich dem abgeneigt sein, so werden die Königin-Mutter und einflussreiche Höflinge ihn dazu drängen. Baut Philipp II. auch ferner noch auf Zusagen und Verheissungen von Paris, so wird er zu spät inne werden, dass man mit ihm gespielt hat.« [2])

Neun Tage nach Abfassung dieses Schreibens war D. Juan eine Leiche.

Schon früher hatte Gabrio Cervelloni im Auftrage des Oberbefehlshabers auf einem nackten Hügel an der Maas, etwa eine Wegstunde von Namur entfernt, ein befestigtes Lager angelegt. Bereits war die Umwallung geschlossen, Gräben und vorspringende Schanzwerke vollendet, während sich

---

[1]) Diese Worte finden sich im Original unterstrichen, mit dem Zusatze von der Hand des Königs: »lo rayado no yo le diré.«

[2]) »Tuve por cierto, como agora tengo que al cabo rompera esse rey aprovechandose de nuestra floxedud y descuido, pues si bien se considera el camino que hasta aqui ha llevado, no le queda cosa por hazer en nuestro daño, sino declarar la guerra, porque si esso no fuere su intencion, sera la de su madre y de los que le goviernan, y si Su May. se fia de sus palabras, como lo deve de haver hecho hasta agora, tengo por sin dubda que se ha de hallar burlado.« Abschrift aus Simancas.

innerhalb der Befestigung, ausser einem ärmlichen Dorfe, nur vorläufig aufgeführte Erdhütten zeigten. Dahin führte D. Juan sein ermattetes, schlecht versorgtes Heer. Als während des Marsches mit ungewöhnlicher Schnelligkeit Seuchen um sich griffen, war er es, der durch Wort und Blick den Muth der Kriegsgenossen aufrichtete, zur Ausdauer mahnte, Rast und Erquickung verhiess. Freundlich und ohne Scheu vor dem Gifthauch der Seuche trat er zu den Erkrankten heran, vertheilte seine letzte Baarschaft und folgte gern dem Priester, der Sterbenden das Sacrament brachte. Da packte die Pest auch ihn. Von Soldaten in einem Feldbette getragen, gelangte er nach dem Lager und liess sich in dem nothdürftig aus einem Stalle hergerichteten Quartier des Hauptmanns Bernardino de Zuñiga absetzen. Noch glaubten die Aerzte an keine Gefahr, als D. Juan, im sichern Gefühl von der Nähe des Todes, die Obersten alle herbeirufen liess und in ihrer Gegenwart Alexander von Parma zum Nachfolger in der Statthalterschaft und im Oberbefehl ernannte. Mit heimlichem Widerstreben fügte sich der Sohn Margaretha's dieser Anordnung; er war der Einwilligung Philipp's II. nicht gewiss und wusste, wie schwer derselbe ein durch seinen Befehl nicht bedingtes Auftreten eines Untergebenen ertrug. Was Andere abgeschreckt haben würde, diese hoffnungslose Lage des Heeres, das Zusammenbrechen aller königlichen Gewalten in den Niederlanden, bestimmte ihn, sich dem Spruche des sterbenden Freundes zu fügen.

Einem 2 Tage nach dem Tode D. Juan's von dessen Beichtvater abgefassten und für den König bestimmten Berichte [1]) entnehmen wir Folgendes: »Schon während seines Aufenthalts im Schlosse zu Namur richtete D. Juan seine Gedanken fortwährend auf eine Aussöhnung mit Gott und betete, dass er als glückliches Werkzeug zur Behauptung des katholischen Glaubens verwendet werden möge. Zwei Tage vor dem Siege bei Gemblours legte er bei mir Generalbeichte ab, empfahl seine Seele dem Herrn und seinem Vater und beauftragte mich, von Euch als Gnade zu erbitten, dass seine

[1]) d. d. Namur, 3. October 1578. Coleccion de documentos ineditos, Th. 7, S. 247 ff. — Lafuente.

Gebeine dereinst neben denen seines Vaters bestattet werden möchten; dadurch fühle er sich für alle seine Dienste reichlich belohnt. Ausserdem solle ich Eurer Majestät Verzeihung einholen, dass er sich zur Bestreitung der Kriegskosten mehrfach der ihm nicht zugewiesenen königlichen Gelder bedient habe. Eine ähnliche Beichte wiederholte er am 1. August, als er sich zum Angriffe des Feindes bei Mecheln entschlossen hatte. Bereits am Tage seines Erkrankens gestand er mir, dass er auf keine Genesung rechne. Folgenden Donnerstags (25. September) sprach er gegen mich die Ueberzeugung aus, dass ihm das Leben nur noch für wenige Tage gefristet sei, und fügte hinzu, dass er, da ihm der Segen nicht beschieden worden, als Geistlicher Gott zu dienen, jetzt wenigstens an nichts Irdisches mehr denken wolle. Er empfehle dem Könige seine arme Dienerschaft, der er verschuldet sei und doch über keinen Maravedi zu verfügen habe. Am folgenden Montag und Dienstag litt er grosse Schmerzen, lag im Delirium, glaubte sich im Schlachtgedränge, gab das Commando für die Geschwader und rief Victoria! ,Wie sollte ich mich nicht', sprach er, ,nach der Weite des Himmels sehnen, da von der Erde keine Handbreit mir gehört.' In der Nacht auf den Mittwochen empfing er die letzte Oelung, und als ich anderthalb Stunden vor seinem Tode die Frage an ihn richtete, ob er Messe zu hören begehre, nickte er bejahend mit dem Kopfe und zog, als die an seinem Bette stehenden Cavaliere ihm sagten, dass das Hochheilige emporgehoben werde, die Bedeckung vom Haupte, obgleich sein Auge bereits geschlossen war. Etwa 1 Uhr Nachmittags, am 1. October 1578, entschlummerte er so sanft, wie sich ein Vogel aufschwingt. Der Soldat sagt von ihm, dass er nicht wie ein Mensch, sondern wie ein Engel gestorben sei.« [1])

Das war der Ausgang des jugendlichen Helden, des Kaiser-

[1]) Dem Könige von Frankreich zeigte Alexander von Parma durch ein im Lager bei Namur am 5. October abgefasstes Schreiben den Tod seines Freundes an. In dem Berichte des Juan de Vargas, d. d. Paris, 10. October, an Antonio Perez heisst es: »La mas desventurada confirmacion de la muerte de Su Alteza llego esta mañana, la qual ha puesto grandissimo dolor en la yglesia catolica y buenos deste reyno.« Abschrift aus Simancas.

sohnes, den der Spanier mit Stolz und Liebe den Seinigen nannte. Sein Leben war im Dienen Philipp's II. verbraucht, von all den hohen Plänen, mit denen er in die Welt hinaustrat, keiner verwirklicht. Dem kurzen, frühlingshellen Morgen, da die christliche Welt ihn als Retter pries, sein Name die türkische Flotte scheuchte und Rom dem Kreuzritter im Siegerkranz entgegenjubelte, war ein langer, trüber Wintertag gefolgt, der die Freude am Dasein in Sehnsucht nach der Gebetszelle wandelte. Es hielt die kalte Hand des Bruders sein Herz bis zum letzten Zucken umklammert. Wie hätte auch der Mann auf dem Königsstuhl, der sich als Lenker der Geschicke von Völkern anbetete, anders lohnen können!

Im Lager an der Maas legten Fähnlein und Geschwader Trauer an. Die Obersten der verschiedenen Nationalitäten haderten unter einander, wem der Vorzug gebühre, die Leiche nach Namur zu tragen. Spanier beriefen sich darauf, dass D. Juan der Unterthan ihres Königs, Deutsche, dass er bei ihnen geboren, Wallonen, dass er in ihrer Heimath gestorben sei. Unter diesen Umständen traf Alexander von Parma die Entscheidung dahin, dass die Hausdienerschaft die Leiche aus dem Sterbehause trage und sie den Obersten der Nationalität übergebe, welche zunächst lagere, diese wiederum sie denen abtrete, an deren Zeltgasse sich der Zug vorüberbewege. Die Zipfel des Sargtuches trugen Graf Ernst von Mansfeld, Ottavio Gonzaga, D. Pedro de Toledo und Jean de Croi, als Oberanführer der deutschen, italienischen, spanischen und wallonischen Schaaren. Hinter der Leiche schritt Alexander von Parma einher. Das ganze Heer, Fahnen und Waffen florumhüllt, geleitete den Todten nach Namur, an dessen Thor der städtische Rath den Trauerzug empfing. Es war am 4. October 1578, als in der dem heiligen Alban geweihten Cathedrale Namurs die Leiche vorläufig beigesetzt wurde, bis ein Befehl des Königs über dieselbe verfüge [1]). Die Lebenskraft des 70jährigen Cervelloni — er war gleichzeitig mit D. Juan erkrankt — konnte die Pest nicht brechen; er ging der Genesung entgegen, während man seinen Herrn einsargte.

---

[1]) Strada.

D. Juan's Antlitz zeigte reine und edle Züge; die Stirne hoch und stolz, aus dem grossen blauen Auge leuchteten Ernst und Anmuth, das Kinn und der fein geschnittene Mund waren nur wenig vom Bart beschattet, der Wuchs schlank und ebenmässig, die Haltung ungezwungen und würdevoll. Als Karl V. zur Kaiserkrönung nach Italien kam, liess er sich, um Linderung für Kopfschmerzen zu gewinnen, das Haar verschneiden. Diesem Beispiele kamen damals die Hofleute nach, und nach kurzer Zeit gebot die Sitte, statt des bis dahin üblichen langen Haares dasselbe verkürzt zu tragen. D. Juan aber fing zuerst an, alles Haar aus der Stirn in die Höhe zu streichen; auch dieses fand Nachahmung und galt bald als unerlässlich. Mehr als in der Liebe für Spenden und in einer Freigebigkeit, die ihn oft Mangel empfinden liess, ähnelte er dem Kaiser in einer Gottesfurcht, zu welcher Madalena de Ulloa den unvergänglichen Grund gelegt hatte. In jedem Monate suchte und fand er Erleichterung des Gewissens in der Beichte; er ging in keinen Kampf, er wandte sich keiner Angelegenheit von Wichtigkeit zu, ohne zuvor zu Gott gebetet zu haben. »Das ist nichts Gewöhnliches bei einem Jüngling, dessen Leben dem Lager angehört.« [1])

Philipp II. ging auf die letzten Wünsche D. Juan's bereitwillig ein. Er liess, wie einst bei D. Carlos, gegen den Todten gern die Gnade vorwalten, die er dem Lebenden nicht gewährt hatte. Fünf Monate lang blieb die einbalsamirte Leiche D. Juan's in der Gruft zu Namur. Dann wurde sie in grösster Stille herausgenommen, um auf Befehl des Königs durch Frankreich nach Spanien gebracht zu werden. Dem Obersten und Kammerherrn [2]) D. Gabriel Niño de Zuñiga aus Toledo wurde mit einem Gefolge von 60 spanischen Hausdienern des Verstorbenen das Geleit anvertraut. Derselbe zerlegte die Leiche, um sie heimlich durch Frankreich zu führen, in drei gleiche Theile, barg diese in einem mit Sammet ausgeschlagenen Koffer, den er hinter sich auf's Pferd schnallte, und verliess also, mit einem französischen Passe versehen, am 18. März 1579 Namur. Er schlug die Strasse über Paris

---

[1]) Strada.

[2]) maestre de campo, caballero y de su (D. Juan's) camara.

nach Nantes ein, wo die Einschiffung nach Spanien erfolgte. Dort angelangt, setzte er den König von seiner Ankunft in Kenntniss, der ihm aufgab, in der bisherigen Weise die Reise fortzusetzen. Am 22. Mai gelangte er nach der 5 Leguas von Segovia gelegenen Abtei Parraces, wo er die schriftliche Anweisung des Königs vorfand, dass die Leiche, nachdem derselben durch künstliches Zusammenfügen der gesonderten Theile die ursprüngliche Gestalt wiedergegeben sei, nach dem Escurial gebracht werden solle. Eine zahlreiche Begleitung fand sich in der Abtei ein, um der Todtenfeier beizuwohnen. Neben dem Bischof von Avila und dem königlichen Geheimschreiber Martin de Gaztelu sah man, ausser vielen Caballeros, Hofleuten aus Madrid und ehemaligen Dienern von D. Juan, 12 königliche Capläne und eine gleiche Zahl Mönche des Escurial. Während der Nacht wurde in der Klosterkirche zu Parraces die Leiche in einem mit schwarzem Sammet ausgeschlagenen Sarge ausgestellt, auf welchem, neben dem Kreuz, Schwert und Vliessorden des Verstorbenen lagen. Fackelträger umstanden das Cenotaph. In der Frühe des andern Tages sang der Bischof die Messe, der Sarg wurde auf eine Bahre gehoben, durch betende Mönche und 400 Berittene von einem Kloster zum andern geleitet, für die Nacht allezeit in einer Kirche niedergesetzt. Am 24. Mai traf der Trauerzug vor dem Escurial ein, wo die feierliche Beisetzung in der Gruft unter dem Hochaltar erfolgte [1]).

Es ist auffallend, dass D. Juan auf dem Krankenbette, als er seine letzten Wünsche und Aufträge für den König aussprach, der Zukunft seiner beiden Töchter nicht gedachte. Strada glaubt die Erklärung darin zu finden, dass der Ster-

---

[1]) Coleccion de doc. inedit., Th. 7, S. 264 und 443 ff. — Dass nach der Meinung Spaniens der Sieger von Lepanto die ihm gebührende äussere Anerkennung nicht gefunden habe, bezeichnen folgende Worte:

Tu, que con tan alta gloria
Yaces tan humilde aqui,
Que templo, que estava, di,
Se levanta en tu memoria?

Que aroma en humo derrama
España al nombre que cobras?
Mi templo fueron mis obras,
Mi estatura ha sido mi fama.

bende der Meinung gewesen sei, das Dasein dieser Kinder sei für Philipp II. ein Geheimniss geblieben; er stützt seine Ansicht darauf, dass D. Juan in dieser Beziehung so verschwiegen gewesen, dass selbst Alexander von Parma, dem er jede Sorge und jede Freude anzuvertrauen gepflegt, von nur Einer Tochter Kenntniss gehabt und von dem Dasein einer zweiten erst durch seine Mutter Margaretha gehört habe. Dem widerspricht jedoch der Umstand, dass D. Juan, als er im Mai 1576 den Escovedo von Neapel nach Madrid sandte, durch diesen den Wunsch vortragen liess, dass die Königin seine beiden Töchter in ihre Umgebung aufnehmen möge [1]). Es waren Anna, welche ihm die edle Diana von Sorrent [2]), und Juana, welche ihm die schöne Maria de Mendoza geboren hatte. Die Erstere wurde unter fremdem Namen von Madalena de Ulloa auferzogen, trat dann in ein Kloster zu Madrid und wurde später, auf Anordnung des Königs, Aebtissin der Benedictinerinnen in Burgos. Juana zeigt sich anfangs im Gefolge Margaretha's von Parma, verlebte darnach einige Jahre in einem Clarissenkloster zu Neapel und vermählte sich schliesslich mit Francisco de Brancaforte, Fürsten von Butera [3]). Beide Töchter starben im Februar 1630.

Für seinen Halbbruder Conrad, Sohn Barbara's und des Hieronymus Kegell, ein anständiges, den Forderungen guter Erziehung und Unterweisung entsprechendes Unterkommen ausfündig zu machen, hatte D. Juan den Herzog von Alba, als dieser in den Niederlanden gebot, beauftragt, und es liegt von dem Letztgenannten ein Schreiben [4]) vor, welches Simon Creton ersucht, den Knaben zu sich in's Haus zu nehmen und einer sorgfältigen Pflege und Aufsicht zu unterziehen. Nachmals sandte D. Juan den Bruder nach Burgund, sah sich aber, weil derselbe, anstatt den Studien obzuliegen, sich einem zügellosen, ausschweifenden Leben ergab, gezwungen, dessen Ver-

---

[1]) Gachard, Corresp. de Phil. II. etc., Th. 4, S. 166 ff.

[2]) Dumesnil (a. a. O., S. 111) nennt sie Diana de Phalanga aus Sorrent.

[3]) Strada. — Lafuente.

[4]) d. d. Brüssel, 8. August 1572. Gachard, Corresp. de Phil. II., Th. 2, S. 390.

haftung zu gebieten. Als er im Begriff stand, die Statthalterschaft in den Niederlanden zu übernehmen, hielt er für wünschenswerth, dass der Bruder zeitweilig ein Unterkommen im Auslande finde, und fragte deshalb beim Könige an, ob er geneigt sei, denselben nach der neuen Welt zu senden [1]). Es mag dahin gestellt bleiben, ob Conrad damals sein Vaterland verliess; man findet ihn später unter Alexander von Parma als Befehlshaber über ein Fähnlein oberdeutscher Knechte in den Niederlanden [2]).

Der Tod von D. Juan erfolgte so rasch und unerwartet und die an der Leiche hervortretenden Merkmale waren so ungewöhnlicher Art [3]), dass die Vermuthung, es liege demselben ein Verbrechen zum Grunde, frühzeitig Verbreitung fand. Der Soldat im Lager richtete seinen Argwohn auf Ramirez, den Arzt des Verstorbenen, Einzelne anch wohl auf den Anstifter des Mordes von Escovedo. Der Bericht Brantôme's [4]), es gehe das Gerücht, dass D. Juan durch die Marquise von Havré, deren Liebe er sich zu erfreuen hatte, angesteckt, oder aber, dass sein Tod durch den Gebrauch vergifteter Halbstiefeln, welche ihm Philipp II. zugeschickt habe, erfolgt sei, verräth abermals die Vorliebe des Erzählers für pikante Schilderungen. Wenn die meisten Berichterstatter des 16. und 17. Jahrhunderts keinen Anstand nehmen, Philipp II. der Vergiftung seines Halbbruders zu zeihen, so darf freilich von der einen Seite nicht ausser Acht gelassen werden, dass der wohlverdiente Hass, welcher auf diesem Könige lastete, nur zu leicht, auch ohne für den besondern Fall vorliegende Beweise, zu einer Anklage der Art drängen konnte, während andererseits es schwer halten möchte, aus dem Character und der Handlungsweise Philipp's II. die Gründe zu entnehmen, welche einen feigen Mord nicht gestattet hätten. Bei alle dem scheint es bedenklich, den Glauben an die Wahr-

---

[1]) Gachard, Corresp. de Phil. II., Th. 4, S. 166.

[2]) Strada. — Van der Hammen, S. 325.

[3]) Van der Hammen, S. 323, sagt: »Die Leiche war von innen und aussen schwarz, wie geröstet, und bei leiser Berührung lösten sich die Glieder aus den Gelenken.«

[4]) Vies des capitaines étrangers (Collection universelle de mémoires etc., Th. 67), S. 197.

heit dieser Beschuldigung zu theilen, welche man wohl richtiger als ein Seitenstück zu den bei Gelegenheit des Todes von D. Carlos laut gewordenen Vermuthungen bezeichnen darf.

Von neuern Schriftstellern hat keiner mit grösserer Entschiedenheit den König des Brudermordes beschuldigt und die dafür sprechenden Gründe zusammengestellt, als Considerant [1]. »Es liegt«, sagt derselbe, »die Beantwortung der hier zunächst in Betracht kommenden Frage, welches Interesse Philipp II. gehabt habe, sich seines Bruders zu entledigen, überaus nahe. D. Juan hatte von jeher den Gegenstand der Eifersucht und Furcht abgegeben; seine glänzende Begabung, seine Tapferkeit, Hochherzigkeit, die Verehrung, deren er sich auf der Flotte und im Landheer zu erfreuen hatte, waren dem Könige missliebig. Nach der Schlacht bei Lepanto sah dieser in ihm einen Nebenbuhler; ihn schreckte die unwiderstehliche Gewalt, welche der junge Held auf seine Umgebung ausübte, mehr noch sein auf kecke, abenteuerliche Unternehmungen gerichteter Sinn, und so warf er ihn plötzlich ohne Geld und Heer nach den Niederlanden, um ihn aus einem ihm dienstbar gewordenen Lebenskreise zu entfernen und seinen Einfluss abzuschwächen. Dort liess er ihn in berechneter Ohnmacht sich verzehren und führte ihn schrittweise der Entmuthigung entgegen. Als aber D. Juan's Lebenskraft noch ein Mal aufflammte und sein Plan zur Befreiung Maria's von Schottland neue Gestaltungen gewann, erfolgte der Mord Escovedo's und damit der letzten auf die Eroberung Englands gerichteten Hoffnung.« »Dieselben Gründe«, fährt Considerant fort, »welche Philipp II. zum Morde Escovedo's bewogen, konnten auch ausreichen, um in D. Juan einen Nebenbuhler zu beseitigen, um so mehr, als in Alexander von Parma dem Heere längst ein Nachfolger im Oberbefehl beschieden war.« »Es gedenkt«, heisst es schliesslich, »der Beichtiger in seinem Berichte über die letzten Stunden D. Juan's mit keinem Worte der Krankheit, welche den Tod herbeigeführt habe; wäre aber der Genannte in Folge seines Verkehrs mit Pestkranken ein Opfer der Seuche geworden, so würde der Priester nicht

---

[1]) Histoire de la révolution du XVI siècle dans les Pays-Bas. 2. Auflage. S. 278 ff.

unterlassen haben, diesen Umstand zur Verherrlichung des Abgeschiedenen hervorzuheben«.

Zu diesen Gründen, mit welchen Considerant seine Ansicht stützt, könnte man noch hinzufügen, dass der Herzog von Guise zur nämlichen Zeit, als er durch den Gesandten Philipp's II. am Hofe von Paris vom Tode D. Juan's benachrichtigt wurde [1]), in Erfahrung brachte, dass ein Dutzend unbekannter Menschen auf spanischen Pferden in der Nähe seines Schlosses Joinville lauernd wahrgenommen seien.

Man wird der obigen Begründung einfach entgegenstellen können, dass die Sendung D. Juan's nach den Niederlanden doch wahrlich nicht erfolgte, um ihn in allen seinen Plänen und Hoffnungen scheitern zu sehen, dass Philipp II. Heer und Geld nicht vorenthielt, um Ruhm und Ehre seines Statthalters, und in ihm der Krone, einem langsamen Tode entgegen zu führen.

Dass im Lager an der Maas die Pest wüthete, ist Thatsache. Gleich nach dem Einzuge D. Juan's in dasselbe zählte man 1200 von ihr Befallene in den Hospitälern. In gleichem Grade verbürgt ist die Angabe, dass D. Juan furchtlos die Kranken besuchte, an ihrem Bette verweilte, mit Wort und Spenden sie erquickte. Aus dem feindlichen Lager erhielt Oranien die Kunde, dass sein Gegner an der Pest darniederliege [2]). Der in seinen Niederzeichnungen wahrheitstreue Tassis stellt als unzweifelhaft hin, dass D. Juan an einer febris acuta ac pestilentialis gestorben sei [3]); damit im Wesentlichen übereinstimmend, bezeichnet Van der Hammen [4]) die Krankheit als ein Fleckfieber (tabardillo).

---

[1]) In seinem Antwortschreiben, d. d. Joinville, 4. November 1578, erklärt Guise, es sei der schwerste Verlust, der ihn je betroffen habe. Bouillé, Histoire des ducs de Guise, Th. 2, S. 77.

[2]) Pieter Bor a. a. O., fol. 65.

[3]) Joh. Bapt. de Tassis Commentarii de tumultibus belgicis, bei Papendrecht, Analecta belgica, Th. 2, S. 325. — Der Verfasser, geboren in Brüssel, Comthur von Sanyago, Sohn von Joh. Baptista, der bei Kaiser Karl V. das Amt eines Kämmerers und Oberpostmeisters bekleidet hatte, stand zu D. Juan in nahen Beziehungen.

[4]) S. 323.

Hier liegt in der That die Annahme, dass dieselbe Seuche, welche die Fähnlein des spanischen Heeres decimirte, auch D. Juan als Opfer gefordert habe, zu nahe, als dass es der Voraussetzung einer, jeden positiven Beweises ermangelnden, Vergiftung bedürfen sollte.

CPSIA information can be obtained
at www.ICGtesting.com
Printed in the USA
LVHW100442110522
718424LV00003B/201

9 783375 008833